***Sylvain Larue** a publié dix-huit livres aux éditions De Borée dans la collection des « Grandes Affaires Criminelles » et a fait paraître en 2019* Desfourneaux bourreau. L'homme du petit jour. *Après le succès des trois précédents volumes de la série des enquêtes de Léandre Lafforgue, il plonge le Goupil au cœur même du terrorisme. Ce dernier devra apprendre, pour survivre, à se méfier des machines infernales…*

Les Mécaniques du crime

VENTS D'HISTOIRE
45, rue du Clos-Four – 63056 Clermont-Ferrand cedex 2

Sylvain Larue

Les Mécaniques du crime

Une enquête de Léandre Lafforgue

Sous la direction d'Anthony Frot

Vents d'histoire

Sur une idée originale d'Anthony Frot

À ma nièce.

Prologue

De la jeunesse de l'Amour et de ses faits les moins probes

Ayant repoussé les draps d'un geste doux, il sortit du lit sans faire un bruit. Il n'avait plus sommeil, et le peu de lumière filtrant à travers les jalousies des volets aurait suffi à l'empêcher de se rendormir. Il savait que le jour venait tout juste de se lever, l'heure exacte importait peu. Debout dans la ruelle, il attendit que ses yeux s'habituent à la pénombre. Enfin, il put la contempler. Étendue sur le ventre, ses longs cheveux masquant à moitié son visage, Patrizia dormait profondément, les paupières agitées de légers frémissements qui semblaient indiquer qu'elle se trouvait au beau milieu d'un rêve. Il se demandait souvent où son esprit vagabondait durant les heures noires, mais elle semblait ne jamais se remémorer ses songes sitôt levée. À part sa tête et sa main gauche, tout le reste de son corps demeurait caché sous les épaisseurs de draps et de couverture. Il n'avait aucun besoin de se forcer pour imaginer ce qui lui était dissimulé. Il en connaissait la moindre courbe. En pensant à ses formes nues, il ressentit aussitôt un vif désir et songea un instant à l'éveiller pour le lui faire partager. Il repoussa vite cette envie. Elle dormait trop bien, et il avait à faire. Il serait toujours temps, à un moment ou à un autre de la journée, de rattraper cette occasion manquée.

À tâtons, il saisit son pantalon et l'enfila, avant de faire de même avec une chemise propre qu'il avait posée, la veille, sur le dossier d'une vieille chaise. Il quitta la chambre sans craindre le contact de la brique au sol avec la plante de ses pieds nus. Jamais il ne tombait malade. Jamais il n'avait eu à souffrir du moindre coryza, et désormais habitué à l'air pur et salutaire des sommets, il ne craignait pas même les températures les moins chaleureuses. Patrizia, pourtant née dans ces alpestres hauteurs, ne supportait pas le froid aussi bien que lui. Alors tous les soirs, une hache à la main, dans le bûcher attenant à la maison, il fendait du bois pour alimenter les cheminées de leur demeure, un exercice qui, il devait l'admettre, lui faisait beaucoup de bien. Quand il rapportait les lourdes bûches dans la cuisine, elle le regardait avec un sourire radieux qui le touchait au plus profond de son cœur. La dernière pièce de bois rangée, elle s'approchait, effleurait de la paume les muscles de sa poitrine, puis ses bras que l'effort récent rendait durs comme l'acier, avant de l'embrasser avec voracité. Presque immanquablement, il la soulevait de terre sans difficulté et l'asseyait sur la table pour la prendre. La frénésie de leurs sens comblés les laissait haletants mais ravis, d'autant qu'il faisait de son mieux pour ne jamais exulter trop tôt, ou du moins pas avant elle. C'était à la fois une façon de lui prouver son amour, mais aussi une satisfaction virile et égoïste de l'entendre atteindre l'extase à grands cris avant de se libérer à son tour… Il ne lui disait pas ce détail. Même dans une histoire aussi fusionnelle que la leur, certaines choses se devaient de rester tues.

Il n'avait pas faim, mais dans la cuisine il vida en quelques gorgées une chope de bière avant de descendre à la cave. Nul visiteur n'aurait pu voir ce qu'il y faisait, la maison étant bien isolée ; de toute façon, il ne fréquentait guère les habitants du patelin, mais il préférait travailler sous terre, à la lueur plus ou moins faible de quelques chandelles, voilà tout. Le bougeoir de la cheminée dans la main gauche, il fit jouer la trappe de bois de la droite et descendit sans se précipiter les marches raides de l'échelle qui le conduisait au sous-sol. Avant de refermer derrière lui, il se servit de la flamme pour allumer une à une les bougies des cinq lanternes disposées aux murs dans la petite salle. Il en avait fait provision assez récemment, en assommant la bonne d'un curé lors d'un de ses derniers voyages. Il était parvenu à rentrer dans le presbytère en l'absence de tout témoin, et il avait frappé d'une redoutable manchette à la nuque la vieille domestique qui faisait mijoter une soupe, la retenant serrée contre lui pour éviter qu'elle ne s'effondre au sol avec un trop grand fracas. Avant de s'enfuir avec son butin, il avait constaté que la femme n'était pas morte, juste inconsciente, et il s'en était félicité : un meurtre était toujours synonyme d'enquête poussée, bien davantage qu'une simple agression perpétrée à mains nues. Il était reparti de là avec une cargaison importante : une caisse contenant cinq cents bougies de cire blanche, d'excellente facture, et qui sentaient fort bon en flambant. Il n'avait pas toujours eu cette chance – la qualité de ses larcins en matière de luminaire variait souvent. Un jour, dans une chapelle pourtant cossue d'Autriche, il avait dérobé des bougies qui, une fois enflammées, dégageaient une odeur de charogne de porc infecte. Il avait dû se débarrasser d'elles en les jetant, de nuit, sur le talus d'un chemin de forêt où les sangliers pullulaient. Pendant plusieurs minutes, à l'abri dans sa charrette, fusil en main même s'il était hors d'atteinte des bêtes, il s'était amusé du spectacle cannibale des laies, des ragots et des marcassins, attirés par l'aubaine, en train de dévorer les puants morceaux de suif.

La pièce devint rapidement lumineuse et claire. C'était de loin l'endroit dont il raffolait le plus, si on omettait la chambre à coucher où dormait sa bien-aimée. C'était, en tout cas, le lieu qu'il avait aménagé à sa convenance, où il pouvait s'adonner à tous ses talents d'artisan, et il n'en manquait pas. À chaque mur son rôle : l'établi du ponant recelait les rouages et autres mécanismes, celui du levant les éléments d'ébénisterie, le sud servait de bibliothèque, pauvre en nombre de livres, riche en connaissances. Au nord se trouvait une armoire solitaire, en bois de chêne clair, fermant à clé. C'était la partie la plus secrète de l'atelier. La plus dangereuse aussi. Par superstition, chaque fois qu'il devait l'ouvrir, il touchait du bout de l'index le sein de la déesse Fortune gravée sur la paroi de la porte du meuble. La surface du mamelon s'en trouvait désormais nettement polie, détail qui n'avait pas échappé à Patrizia, qui lui en faisait régulièrement de tendres commentaires moqueurs.

— Je me demande vraiment si c'est pour favoriser la chance, ou juste parce que tu es un vilain pervers qui adore les tétons des femmes.

Il se contentait de sourire sans la détromper, car les deux faits relevaient de la plus stricte vérité, et il ne voyait nulle raison de s'en excuser.

Sa crainte était fondée, cependant, partant du principe qu'il vaut mieux prévenir que guérir. En effet, l'armoire servait à l'entrepôt de produits chimiques. Certains étaient d'une parfaite innocuité pris de façon séparée. Les associer les rendait redoutables. Ainsi, chaque partie était soigneusement délimitée et isolée, histoire d'empêcher toute miscibilité indésirable.

Il n'était pas l'heure d'y toucher. Pour l'instant, seul comptait le mécanisme. D'un tiroir, il sortit un assortiment de minuscules tournevis qui, entre ses mains puissantes, paraissaient plus petits encore, mais qu'il maniait avec la précision d'un spécialiste… ce qu'il était.

Quand il était enfant, à Plzen, il avait grandi dans l'atelier d'horlogerie de son père Libor, destiné comme fils aîné à prendre sa suite, et il fallait l'admettre, il avait la patience et le talent pour cela. Observateur, adroit, à sept ans, il était parvenu à réparer les rouages d'une montre hors d'usage deux fois plus vite que son père, lequel en avait conçu une vive fierté. Le seul gros défaut du garçonnet était son absolue désobéissance : il ne suivait que sa propre volonté, et tant mieux si cela coïncidait avec celle de ses parents. Toutes les règles, il les enfreignait, se riant des punitions, des gifles et autres menaces. Il n'était pas un délinquant pour autant, il n'en ressentait pas le besoin. C'était une chance. Sa rétivité envers les lois l'aurait conduit plus d'une fois en prison, tout enfant qu'il était...

Ce n'était, hélas, que partie remise.

L'apprentissage s'était poursuivi dans un climat somme toute heureux jusqu'à ses onze ans. Le 14 janvier de cette année-là, des policiers étaient entrés dans le magasin de Libor. Ils étaient trois, en uniforme, la moustache surplombant des bouches dépourvues de sourire, les yeux froids, le visage fermé. Après l'avoir sommairement interrogé quant à son identité, ils l'avaient prié de les suivre, essuyant un refus très net.

— J'exige de savoir pourquoi je devrais vous accompagner.

— Ce n'est qu'une simple formalité.

— À d'autres.

C'est alors que les coups avaient commencé à pleuvoir. Et que le petit garçon avait fait irruption dans l'horlogerie, découvrant son père, visage tuméfié, aux prises avec les agents. Avec un cri de rage, il s'était jeté sur ces adversaires pourtant bien plus forts que lui, frappant de ses petits poings, mordant avec violence un doigt, une oreille qui passait trop près de ses mâchoires... Il entendait bien son père qui lui disait d'une voix faible de ne pas continuer, mais pour un enfant n'ayant jamais fait acte d'obéissance, agir de la sorte en un moment pareil était tout simplement impossible. Sa lutte fut de courte durée. Un coup violent dans le visage l'envoya à terre, inconscient.

Quand il rouvrit les yeux, sa mère était agenouillée à ses côtés, en larmes, et son frère et sa sœur pleuraient eux aussi. Le magasin avait été détruit, les vitrines, les pendules et autres montres qui s'y trouvaient n'étaient plus que des souvenirs. L'enfant s'en tira avec un œil amoché et une molaire cassée.

Jamais Libor ne revint auprès des siens.

Ce fut après cet épisode tragique que son fils apprit l'existence de la vie cachée de l'horloger : il faisait partie du mouvement secret « *Hora Říp* », un groupe séditieux slave réclamant l'indépendance du royaume de Bohême, ravalé depuis trop longtemps au rang de simple fief de l'empire germanique d'Autriche, et dont les actes, autrefois simplement contestataires et devenus au fil du temps violents, inquiétaient le gouvernement. Libor était l'un des chefs de la région de Plzen. Sa disparition, associée à plusieurs autres « arrestations » dans le pays, portait un coup sensible aux objectifs du mouvement, qui ne survécut pas longtemps.

Si ce n'est dans l'esprit du fils de Libor.

La priorité restant de disposer d'un toit et d'un repas, le jeune garçon dut se résoudre à quitter sa mère pour gagner son pain comme apprenti horloger. Quand il se présenta à divers concurrents de la région, il ne reçut que des refus, certains navrés, d'autres pas, tous définitifs et catégoriques. L'un d'eux, une brute du nom de Canov, l'expédia même hors de son magasin de plusieurs coups de pied au derrière et acheva l'humiliation en le qualifiant de « fils de traître ».

Le garçon n'avait pas pour habitude de baisser les bras trop facilement. La faim étant plus forte que la mortification, il se résolut quelque temps à mendier de quoi manger, mais pareille honte ne pouvait s'éterniser. Il fallut que le hasard s'en mêle pour qu'il ne finisse pas mort de faim dans un caniveau de Prague.

Un après-midi de printemps où l'air était aussi vif et piquant qu'en plein hiver, et qu'il n'avait dans l'estomac que les restes d'un bout de pain avalé la veille, il trouva sur un trottoir plusieurs allumettes neuves, qu'il s'empressa d'empocher. Il passa le reste de la journée à trouver de quoi faire un feu et revint à son abri de fortune du moment au soir tombé. Le butin était dérisoire : quelques branchages secs glanés çà et là, et même un peu de sciure récoltée sous la devanture d'un menuisier. Rien qui ne durerait une nuit entière… Il devait se résoudre à un terrible sacrifice, et ce fut les larmes aux yeux qu'il sortit sa boîte du sac.

C'était un joli coffre ouvragé, fait dans un bois dont il ignorait le nom – il en avait chipé quelques plaques quelques mois plus tôt – et qu'il avait fabriqué pour s'occuper le soir avant de dormir. Il s'en servait pour garder ses trois trésors : une lettre de sa mère destinée à convaincre un employeur de l'excellent choix qu'il faisait en l'engageant, une autre où elle lui disait tout l'amour qu'elle avait pour lui, et enfin la montre personnelle de son père disparu, qu'il avait ramassée dans la rue, à la chaîne et au cadran brisés au cours de l'arrestation. L'enfant était capable de la réparer, mais il ne le souhaitait pas. Elle avait une valeur plus symbolique qu'autre chose, avec ses aiguilles à jamais bloquées sur l'heure maudite : 11 h 23.

Il vida le coffre de toutes ses richesses et s'apprêtait à le placer au centre de son feu de joie quand il fut interpellé par une voix qui ne lui était pas familière.

— Hé, petit !

Il leva la tête et regarda avec curiosité et méfiance l'homme qui se trouvait devant lui. L'inconnu sourit et tendit la main.

— Je peux voir ta boîte ?

— Elle est à moi.

— Je sais bien, qu'elle est à toi, bêta. Je veux juste la voir, et je te la rendrai.

Si l'homme, profitant de son statut d'adulte, avait eu la mauvaise idée de lui ordonner cela, il se serait heurté à un mur. Mais pas là. Après une brève réflexion, le gamin tendit la boîte sans dire un mot. L'homme passa un assez long moment de silence à observer l'objet sous toutes ses coutures, avant de regarder l'enfant, soupçonneux.

— Tu l'as volée ?

— Non.

— On te l'a donnée ?

— Non.

— Alors ?

— Je l'ai faite moi.

L'homme le contempla, incrédule, mais s'abstint de commenter négativement. Il demanda juste un éclaircissement supplémentaire.

— Avec quoi ?

Le petit sortit alors son couteau. C'était une arme singulière, unique, dont il était là aussi l'auteur, un canif à deux lames opposées. L'une provenait d'un couteau effilé et épointé, l'autre d'un fragment de scie fine. Un outil efficace, mais peu approprié pour les rajouts les plus minutieux. Cependant, dans les deux cas, le travail démontrait une habileté très nette, les assemblages des diverses parties étaient presque invisibles, et il était clair que si le résultat n'était pas esthétiquement meilleur, c'était uniquement faute de matériel adapté, et non de talent.

Ce soir-là, le garçon reçut une proposition qu'il accepta avec sagesse. Il suivit l'inconnu jusque chez lui, dans une belle maison donnant sur la Konviktska, rencontra sa femme et leurs deux enfants, plus jeunes que lui, reçut une consistante gamelle de *zelnacka* aux choux, et une paillasse avec ses couvertures pour dormir au grenier. Le lendemain, après une nuit revigorante, il découvrit que son bienfaiteur s'appelait Zitomir Ezr, et qu'il était ébéniste. Ezr le conduisit dans son atelier et lui montra des outils qu'il nomma un à un, lui proposant un marché : si dans les deux semaines, le gamin était capable de réaliser un coffret identique à celui qu'il prétendait avoir construit durant son errance, il le garderait à son service et lui apprendrait son métier. Il n'eut pas besoin de préciser ce qu'il adviendrait dans le cas contraire.

À sa stupéfaction ravie, Ezr n'eut à attendre que dix jours avant que le résultat ne lui soit présenté. C'était du travail d'orfèvre, une merveille qu'il n'avait pas besoin – ou presque – de retoucher et qu'il pourrait revendre à prix d'or à quelque bourgeois fortuné en un claquement de doigts. Il ressentit face à cet objet de l'admiration, et aussi un peu d'envie envers le talent incontestable de ce gamin vêtu de guenilles mais à l'air fier comme s'il était un prince. Ezr étant homme de parole, il garda l'enfant comme apprenti quatre années durant, au cours desquelles les qualités professionnelles ne cessèrent de le séduire, même s'il ne parvint jamais à le cerner tout à fait...

Leur collaboration prit fin un soir de juin, quand le gamin, ayant bien grandi, l'informa d'un ton neutre qu'il avait l'intention de partir.

— Tu n'es pas bien ici ?

— Si, patron.

— Alors, pourquoi nous quitter ? Nous t'aimons bien ! N'est-ce pas ton cas ?

— Si, patron.

— C'est ta mère, n'est-ce pas ? Elle te manque ?

— Oui, patron, c'est vrai... mais je ne retourne pas la voir.

— Alors ?

— J'ai d'autres choses à voir. Des choses à régler avant de revenir.

— Tu ne me fais pas plaisir, *špunt*... mais il faut bien que jeunesse se passe. Alors va. Si tu te sens perdu, reviens sur tes pas. Tu seras toujours chez toi, ici.

Ezr eut alors une réaction qui le surprit lui aussi : il serra le garçon contre son cœur, et l'apprenti lui rendit son accolade avant de quitter la maison. En y repensant plus tard, il se dit que cela avait un sens. Son épouse lui avait donné deux filles qu'il chérissait, mais il lui manquait un fils, et même si le garçon n'était jamais rentré dans les détails, il le savait orphelin de père. C'était donc un élan bien compréhensible, une embrassade toute paternelle. Il espéra qu'un jour le destin le lui ramènerait, riche de souvenirs et de voyages, pour reprendre l'entreprise à ses côtés.

Mais oncques l'apprenti ne revint à Prague.

Riche de ses talents conjoints d'horloger et d'ébéniste, il prit la direction de l'occident, s'arrêtant en Suisse, où il n'eut aucune peine à se faire embaucher sur place chez l'artisan qu'il souhaitait. En deux ans, il maîtrisa son art à la perfection et put entreprendre la dernière partie de son plan, bien plus complexe que tout le reste : l'étude de la chimie l'obligea à se rendre encore plus loin, notamment en Angleterre et en France. Usant de subterfuges efficaces, il parvint à se mêler aux étudiants d'Oxford puis de la faculté de chimie de Paris avant de rallier l'Italie. Ce fut dans ce dernier pays qu'il fit la rencontre de sa belle. Ce fut aussi là qu'un jour de 1848 il entendit parler d'une étonnante découverte faite peu auparavant dans une usine de Turin. S'introduire dans la fabrique fut pour lui un jeu d'enfant, et découvrir les secrets de la nouvelle substance également. La formule en poche, il revint auprès de sa belle mener une existence discrète, oscillant entre ascèse et plaisir, et perfectionnant tous ses talents à l'abri des regards intempestifs. Il était doué, et il ne lui fallut que deux ans pour maîtriser son œuvre et commencer à se faire un nom, ou plutôt un surnom dans les milieux considérés comme parmi les moins recommandables de l'Europe…

Son premier coup d'essai eut lieu le 14 janvier 1850. Ce jour-là, à 11 h 23, le poste de police de Plzen fut victime d'une très grave explosion qui causa la mort du commissaire de police et détruisit deux pièces du bâtiment, ainsi qu'une partie des dossiers qui y étaient entreposés.

Le lendemain, à la même heure, le sieur Canov périssait à son tour dans une terrible déflagration qui, de plus, mit le feu à son magasin, annihilant commerçant et fonds de commerce d'un seul coup.

Ces deux événements n'avaient rien d'une coïncidence, comme on le constata assez vite. Dans un cas comme dans l'autre, les témoins survivants rapportèrent qu'un gros colis avait été livré au cours de la matinée aux victimes, et une partie de leurs restes – celle qui n'avait pas été calcinée – dut être recueillie à même les murs et le sol à l'aide de serpillières.

Et dans les deux cas, au lendemain de l'attentat, une lettre avait été apportée à la même adresse, sans l'indication du moindre expéditeur connu, et même sans le moindre texte. Les enveloppes contenaient un dessin identique.

Tracé au fusain, il s'agissait d'une représentation des plus honnêtes du dieu Cupidon, dépeint comme un angelot dodu armé d'un arc et de flèches.

Ceci étant, au cours des trois années suivantes, les opportunités de retrouver la trace de cet ange furent relativement nombreuses, et ce aux quatre coins d'une Europe fragmentée, riche en guerres et autres révolutions. À chaque fois, les personnes visées étaient des notables faisant rarement l'unanimité quant à leurs qualités morales et humaines, ou bien des politiciens auteurs de lois iniques et néfastes. Aucune des bombes ne manqua son coup, privant ainsi les enquêteurs d'éléments précis quant à leur fabrication, même si leur concepteur devint vite célèbre. La première fois que Patrizia lui avait montré le dessin qu'elle venait de faire, il lui avait pris la main avec affection, ne voyant en cela que l'expression artistique des sentiments qu'ils se portaient. Mais l'idée de laisser une carte de visite à chacun de ses actes le taraudait : que choisir pour « s'identifier » sans pour autant se trahir ? Ce fut bientôt une évidence, et elle accepta de refaire encore et encore son croquis pour qu'il s'en serve de signature.

Et ce fut ainsi que l'Amour devint la bête noire de toutes les polices du coin.

Minutieusement, les mains assemblaient les pièces, vérifiant que les engrenages étaient bien en place, un coup de tournevis ici, une goutte d'huile là.

Deux mains menues se posèrent sur ses épaules et il se figea. Au creux de son oreille, une voix chuchota :

— C'est magnifique, *amore*. Comme d'habitude.

Il se retourna sur son tabouret. Patrizia était là, brune, rayonnante, déjà vêtue mais le visage encore ensommeillé. Il l'attira contre lui d'un geste, et elle se laissa tomber sur ses genoux avec un petit rire avant de le taquiner en lui mordillant le lobe de l'oreille, un signe intime qu'elle pratiquait quand elle avait envie d'aller plus loin que de simples agaceries.

— Hé là, hé là, ma belle… je n'ai pas le temps. Il faut que je finisse.

— Tu n'es pas aussi pris d'habitude, fit-elle, boudeuse.

— C'est que d'habitude, je ne travaille pas pour les autres. Et comme me disait mon père, le secret d'un bon travail, c'est avant tout le sérieux et la ponctualité.

— Moi, mon père ne m'a rien inculqué.

— Il n'a sans doute pas que des mérites, mais sans lui, tu ne serais pas là. Cela me donne le droit de lui rendre mille grâces.

— J'ai hâte de partir en voyage, tu sais, dit-elle d'une voix d'enfant en se pelotonnant un peu plus contre lui.

— Raison de plus pour que je termine au plus vite mon œuvre.

Il revint avec quelques difficultés à sa besogne, embarrassé par la voluptueuse présence de sa maîtresse toujours juchée sur lui, mais parvenant à se concentrer suffisamment pour achever en quelques minutes le montage mécanique.

Il était encore stupéfait de la visite reçue une semaine plus tôt. Patrizia était alors partie au marché, et lui, installé dans un fauteuil près de l'âtre, était plongé dans un ouvrage nommé *Les Confessions d'un révolutionnaire*, publié par un théoricien français du nom de Proudhon. Comme souvent quand il était captivé par l'une de ses activités, il ne prêtait aucune attention à ce qui l'entourait. Cette fois-ci, il n'avait pas entendu la porte s'ouvrir et avait fait un bond quand, déconcentré par une ombre subite sur les pages de son livre, il avait finalement constaté une présence dans la pièce, à deux mètres de lui.

L'inconnu portait un long manteau noir à capuche, suffisamment baissée pour qu'on ne distingue que son menton et sa bouche, et ce fut en allemand qu'il lui adressa la parole.

— Milos Vesely ?

L'Amour frémit.

— Qui vous a dit ce nom ?

— Cela importe peu.

— Que me voulez-vous ?

— Vous proposer un travail.

— Quel genre de travail ?

— Celui que vous exercez avec brio depuis trois ans.

— Je n'agis que pour le bien des autres, et pas à la commande. Sortez d'ici.

— Tout le monde n'en ferait pas autant. Mais là aussi, peu importe. Est-ce que cinq cents pièces d'or vous suffiraient ?

L'Amour resta interloqué par l'importance de la somme.

— Je ne...

— Vous ne voulez pas d'argent ? Voilà qui serait singulier... Je vous conseille de changer de lectures : les idées de M. Proudhon sont irréalisables en ce monde. Nous disions donc... mille ?

L'Amour, épaté par l'attitude de son visiteur, haussa les épaules.

— Je prends cela pour un oui. Combien de temps vous faut-il pour élaborer une commande ?

— Cela dépend de ce que vous souhaitez.

— Disons... six de vos machines les plus efficaces pour commencer.

— Six ? Et pour commencer ?

— La tâche vous effraye ?

— Non, ce qui m'effraye, c'est plutôt ce que vous comptez en faire.

— Ni plus ni moins que ce que vous avez accompli de votre propre chef. Auriez-vous des scrupules, au fond ? Si oui, il faut les noyer sur-le-champ et, pour cela, mon employeur peut se montrer encore plus généreux. Acceptez son offre, je vous paye dans l'instant et, si vous livrez commande en personne, la somme sera triplée. Cela me semble un marché honnête ?

— Pour qui travaillez-vous ?

— Quelqu'un qui paye assez cher pour que son nom soit gardé secret. Je pense que vous n'avez rien contre une part d'anonymat ?

Le ton volontiers moqueur de l'homme en noir tapait sur le système de l'Amour, mais il acquiesça.

— Parfait. Pouvons-nous compter sur vous dans soixante-quinze jours à compter de cette date ?

— Oui, je crois, monsieur...

— Appelez-moi Angelo Delfine.

— Rien que ça ?

— Quand on se fait appeler l'Amour, on se prive du droit de se gausser des faux noms d'autrui, dit l'homme avec sévérité.

— Vous devriez travailler votre langue italienne si vous comptez rester sous cette identité. Vous n'êtes pas autrichien non plus. Je n'arrive pas à situer votre accent...

— Ce que vous pensez être un accent n'est dû qu'au fait que je vienne d'ici et d'ailleurs... ce qu'on attend d'ailleurs d'un ange... Et mon italien vaut bien le vôtre. Maintenant, je pense que votre amie ne va pas tarder. Je vous laisse.

L'homme fouilla sous son manteau et sortit une aumônière remplie à ras bord qu'il posa sur la table avec un respect manifeste. L'Amour se contenta de la regarder sans la toucher. Le pseudo-Angelo

Delfine poussa un soupir excédé avant de faire demi-tour.

— Attendez donc ! Vous ne m'avez pas dit où nous retrouver !

— Tout se trouve dans la bourse. Je sais que vous allez l'ouvrir. Je n'ai nul besoin d'en dire plus, dit l'inconnu en franchissant le seuil sans se retourner.

À nouveau seul, après quelques instants de silence, l'Amour posa son livre par terre. Parfois sujet aux rêveries diurnes, il lui était arrivé d'imaginer des scènes particulièrement étranges… jamais à ce point-là. Il fit un pas en avant. Non, pas un songe éveillé… L'aumônière semblait prête à craquer sous le poids de l'or qu'elle contenait. Après une longue hésitation, il la renversa sur la table et resta ébahi par le nombre de pièces qui en dégringolèrent pour rouler sur le bois usé de la table. Gagner une fortune n'était pas dans ses intentions en se lançant dans la lutte… mais avec cette somme, il avait de quoi acheter du matériel supplémentaire, se permettre de voyager plus rapidement, s'autoriser des facilités qui lui étaient jusqu'alors impossibles. Il serait idiot de refuser pareille opportunité…

« Refuser ? se dit-il. Il est trop tard pour y songer. Ce n'est plus une proposition, puisque je l'ai déjà acceptée ! »

Au milieu du magot, il vit donc une feuille pliée en trois. Il était en train de la lire quand Patrizia revint, un sac de jute rempli de denrées sur l'épaule, et s'immobilisa net en voyant le tableau.

— Qu'est-ce que c'est que tout cet or ?

Il vit bien que la question était rhétorique, et qu'elle souriait en la posant. Malgré ses idées,

Patrizia était sensible à la beauté des métaux et des pierres précieuses – plus qu'à leur valeur.

Mieux valait ne pas s'interroger sur les intentions du commanditaire : à chacun ses combats. Oui, ce pactole inespéré pourrait lui permettre d'améliorer encore la qualité, l'efficacité et le nombre de ses actions… et ce n'était encore rien à côté de ce qui l'attendait en cas de livraison personnelle au lieu inscrit sur le papier. Sa décision était prise. Il fallait que sa belle l'agrée à son tour, voilà tout.

— *Drahy ?*

— *Si, amore mio ?*

— Est-ce que cela te tenterait de faire un petit tour en France ?

Chapitre premier

De la meilleure façon de se faire épouser d'un prince

Dimanche 30 janvier 1853.

Le ciel était d'un gris-bleu si particulier, clair et pur qu'un peintre se serait épuisé à le reproduire sur une toile. Un vent à peine perceptible soufflait au-dessus de la ville, chassant les rares nuages qui auraient pu voiler les chauds rayons du soleil, lequel, par un agréable hasard, avait décidé de se donner des airs printaniers. Nous étions au beau milieu de l'hiver, cependant bien des Parisiens avaient, ce matin-là, jeté un coup d'œil au calendrier pour être sûrs de ne pas être victimes de quelque magie qui les aurait conduits à s'endormir la veille, au soir du 29 janvier, pour ne se réveiller qu'en plein mois de mars. Du moins, c'était ce que racontaient dans la foule les plus excentriques des spectateurs. Qu'importaient les fariboles ! Ce dimanche était jour de fête, et même les moins prompts à rire ressentaient la joie dans l'air.

Des Tuileries à l'île de la Cité, tous les habitants paraissaient s'être réunis le long de la route, prêts à acclamer et applaudir le cortège impérial. Le palais du Louvre ainsi que la rue de Rivoli qui le longeait étaient décorés comme jamais : on voyait des écussons dorés presque sous chaque fenêtre, et au sommet d'immenses *pili* à la vénitienne, les bannières bleu, blanc et rouge frémissaient au moindre courant d'air. Ce rassemblement était bien évidemment supervisé par de multiples escouades militaires, dont la Garde nationale, qui formaient une double haie le long du trajet qu'emprunterait bientôt le cortège.

La foule n'était qu'un joyeux brouhaha : des pères hissant leurs enfants sur leurs épaules pour qu'ils profitent davantage du spectacle, des femmes ayant pour l'occasion sorti leurs plus belles toilettes, comme si leur élégance pouvait leur permettre, l'espace d'un rêve, de participer aux réjouissances en cours, les garçons des cafés avoisinants, sourire aux lèvres, proposant services, aliments sur le pouce et boissons à des prix plus élevés que de coutume (« On paye d'avance, m'sieur »). On entendait, ici et là, des paroles vives et quelques sonores brutalités, car tout ce que Paris comptait de tire-goussets et de détrousseurs de bourses s'était également réuni dans les parages, bien décidés à jouir eux aussi de ce rassemblement peu commun et propice à vider les poches des assistants les moins vigilants. Les forces de police avaient donc été dépêchées de façon exceptionnelle, et les officiers qui, en d'autres circonstances, auraient pu profiter d'un dimanche de repos chez eux s'étaient retrouvés contraints de superviser les patrouilles de gardiens de la paix.

L'agent Roënel, alias le commissaire Charles Leterrier, n'était pas de ceux-là.

Un léger gargouillis, imperceptible à deux mètres, se fit entendre en provenance de son abdomen, ce qui fit rire Léandre Lafforgue.

— Eh bien, Charles ? Est-ce là quelque mouvement de contestation ?

— À dire vrai, c'est bien le cas : messire mon estomac n'apprécie guère ce sevrage.

— N'avez-vous rien pris pour le faire patienter ce matin ?

— Hélas. Ayant manqué trop dormir, je n'ai pas seulement eu le temps de consommer la tasse de café que Catherine m'avait préparée, encore moins de saisir au vol une rôtie beurrée.

— Le devoir avant tout : c'est ce qui fait de vous un auxiliaire de choix.

— Allez l'expliquer à mon ventre !

Ils rirent derechef. Léandre, retardataire chronique comme peu d'hommes avant lui, avait cependant eu la possibilité de se distraire légèrement la panse au réveil – un des nombreux avantages à vivre auprès d'un oncle hôtelier – mais, tout comme Leterrier, il songeait déjà au copieux repas qu'il prendrait quand tout le cérémonial prendrait fin.

Ce qui, il le craignait, ne serait pas pour tout de suite.

Il était près de 11 heures et demie et, dans la cour des Tuileries, une foule d'hommes en grande tenue patientait, qui à pied, qui à cheval. Pour passer le temps, ces messieurs du meilleur monde discutaient de choses et d'autres – les femmes occupaient une grande partie des conversations –, riant à voix basse aux plaisanteries, mais tous prêts à rentrer dans le rang au premier signe.

Au milieu de ces dignitaires, à proximité immédiate du pavillon de l'Horloge, les deux agents de la Noble Cour étaient chacun juchés sur des chevaux blancs, à peine piaffants. Plusieurs fois, le Goupil et Roënel avaient surpris dans leur direction des regards, certains aimables et amusés, d'autres plus réprobateurs. Ils n'avaient pourtant jamais été aussi bien vêtus que pour cette occasion, ayant eu recours, à la demande expresse de leur maître, à un excellentissime tailleur qui avait fait des merveilles en moins d'une semaine ; mais tous deux arboraient avec panache leurs couleurs fétiches, le rouge et le doré pour Leterrier, le prune pour Léandre. Cela créait un contraste remarquable avec le reste des officiers présents, qui avaient opté pour des teintes plus sobres, et par conséquent plus ternes.

Soudain, on entendit résonner les tambours qui battaient aux champs, et le bruit des troupes présenter les armes. Les agents se raidirent sur leur monture et regardèrent dans la même direction. Au milieu d'un détachement de cavalerie, quatre voitures étincelantes venaient de traverser la place du Carrousel pour franchir la grille du pavillon de Flore. À mesure qu'elles se rapprochaient, Léandre parvint à en reconnaître les passagers. Le premier carrosse transportait quatre personnes : il y avait là la comtesse Adrienne de Montebello, la duchesse Pauline de Bassano et surtout la grande maîtresse de l'impératrice, doyenne des dames du palais, la princesse Anne d'Essling. Leur compagnon de trajet, le comte Charles Tascher de La Pagerie, premier chambellan, précéda ces dames selon l'étiquette pour leur tenir la porte ouverte en galant homme qu'il était.

C'était déjà du fort beau monde, mais rien de comparable aux trois occupants de la seconde berline.

Cousin de Joséphine de Beauharnais et père du premier chambellan Charles, combattant héroïque des guerres napoléoniennes, devenu général de division et chambellan du roi de Bavière à la Restauration, nommé un mois auparavant sénateur, et appointé grand maître pour la cérémonie, Louis Tascher de La Pagerie, portant beau à soixante-cinq ans, faisait face à deux femmes, souriantes mais un rien affolées, qu'il tâchait de son mieux de distraire en ce moment d'intensité croissante.

L'aînée, approchant de la soixantaine, était Maria Manuela Kirkpatrick, comtesse douairière de Teba, fille d'un consul écossais et d'une aristocrate espagnole. Elle avait posé sa main sur celle de la jeune femme, un geste empreint de tendresse et d'apaisement, maternel comme il se devait : Maria Eugenia Ignacia Agustina de Palafox-Portocarrero de Guzman y Kirkpatrick, comtesse de Montijo, était sa fille cadette. Et depuis la veille, suite à son union civile avec le prince Bonaparte, celle qui avait francisé son prénom usuel en Eugénie avait ajouté à ses titres de noblesse – déjà nombreux – l'un des plus prestigieux de tous : celui d'impératrice consort des Français.

Le véhicule poursuivit son chemin au pas, jusqu'à parvenir à l'entrée du pavillon de l'Horloge, où ses occupants descendirent pour être reçus par les grands officiers de la maison de l'empereur et être conduits jusqu'au bas du grand escalier des Tuileries où les attendaient la princesse Mathilde et le prince Napoléon.

— Mon neveu ?

Assis sur un des fauteuils de ses quartiers privés, le regard perdu dans le vague, pensif et nerveux comme tout jeune marié qui se respecte, Napoléon III leva les yeux vers son oncle, le roi Jérôme, qui lui souriait d'un air affable.

— La voici.

L'empereur hocha la tête et, sans marquer une once d'hésitation, se leva pour quitter la pièce. Patientant sur le palier, d'éminents personnages le suivirent, tous parés de titres importants : grand maréchal du palais, grand veneur, ministres... Les bottes de cuir de ces hommes, lustrées comme jamais, résonnaient sur le sol de marbre, d'un pas si régulier, si coordonné qu'on aurait eu peine à imaginer que le son provoqué venait d'un groupe entier et non d'un seul individu.

Aux portes du salon de l'empereur, les deux cortèges finirent par se retrouver. Les accompagnateurs s'immobilisèrent, tandis que Napoléon III parcourait seul les derniers mètres pour saluer son épouse. D'un geste gracieux, il s'installa à sa droite et la guida dans le salon.

— Que pensez-vous qu'ils vont se dire ? demanda Leterrier.

— Si j'étais à sa place, répondit Léandre, je pense que je l'attirerais en quelque salle discrète pour m'adonner à quelque frivolité. Après tout, ils sont mariés depuis hier.

— Oui, mais pas devant Dieu. Consommer une union sans le consentement du Seigneur… Il n'y a qu'un impie comme vous pour y songer !

— Bah ! Vous devenez bien prude en prenant de l'âge, mon ami.

— Alors prenons un cas pratique : trouveriez-vous du plaisir au carambolage alors que l'essentiel de la Cour se trouve derrière la porte ?

L'idée fit franchement rire le Goupil :

— Ah ça, non !

— Vous voyez ? Nul besoin d'être puritain pour se ranger à mon parfait bon sens !

— Vous devenez aussi prétentieux avec les années, railla le Goupil.

— Vous y viendrez aussi.

— À l'âge ou à la vanité ?

— La vieillesse guette tout le monde dès le berceau ; pour ce qui est de l'orgueil, vous en avez déjà à revendre.

Sous quelques regards appuyés d'officiers goûtant fort peu leur désinvolture en un lieu et un jour si sacrés mais n'osant se permettre de leur en faire reproche à haute voix, les deux agents devisèrent ainsi jusqu'à ce qu'une rumeur croissante ne les interrompe. Au même moment, les cloches d'une église voisine sonnèrent midi, et cela plus que tout le reste marqua le signal du départ pour la Cour.

Juché sur sa piaffante monture, en voyant approcher le couple impérial, Léandre, cessant de plaisanter, se laissa aller à songer aux quatorze mois passés.

Alors que le Goupil soignait sa cheville et son cœur, blessés de manière différente à peu de temps d'intervalle, la France avait connu les suites du coup d'État, et ne l'avait pas vécu de la façon la plus paisible qui soit. À Paris, la contestation, somme toute réduite, avait fait long feu : la majorité du peuple se moquait éperdument du sort des députés arrêtés, tant ils étaient perçus comme des traîtres qui ne cherchaient qu'à leur retirer leurs privilèges. En province, cela avait été tout autre. Nul n'avait osé employer le terme de guerre civile, et pourtant, les partisans de l'ordre et les autres avaient mené, au cours du mois de décembre 1851, un véritable conflit. On se serait cru un demi-siècle plus tôt, lors de la Terreur blanche.

Les ouvriers républicains menaient une lutte sans merci avec les forces armées et, par leurs harangues pleines de férocité, les meneurs ne faisaient qu'enflammer les esprits échauffés d'une part comme de l'autre. Le peuple s'entendait dire qu'il serait le premier à pâtir de la nouvelle situation politique, que le chômage enflerait au même rythme que les salaires diminueraient. Les gendarmes, eux, étaient envoyés sur les traces d'ils ne savaient trop quelles sociétés secrètes et, pour mieux les débusquer, ils allaient jusqu'à faire interdire les fêtes et les rassemblements de village, par crainte d'une manifestation qui finirait en assaut. Une trentaine de départements vécurent dès lors en état de siège et, au grand désarroi de Léandre, les Gersois ne furent pas alors les moins remuants des Français. À Auch, le journal *L'Ami du peuple* n'avait-il pas réussi, par ses éditoriaux révoltés, à lever une troupe de six mille hommes courant à travers la Gascogne pour massacrer vingt malheureux hussards ?

Les plus terribles combats eurent pour cadre Béziers et Clamecy, sous-préfectures de l'Hérault et de la Nièvre, mais, curieusement, cette insurrection n'atteignit nulle grande ville et restait, malgré sa violence, cantonnée en un statut local. Il n'en fallait pas plus pour que le gouvernement s'en serve pour asseoir sa légitimité. Il suffisait, pour les élections à venir, de jouer sur la virulence des « rouges » et leur soif de crime pour convaincre la majorité que l'ordre, incarné par les partisans du prince-président Bonaparte, restait plus que jamais la seule politique valable et digne de confiance. On n'hésiterait pas, bien entendu, à forcer le trait pour convaincre les hésitants, tant par des articles de presse exagérant les débordements des opposants au régime que par des « cadeaux » au peuple qui récompenseraient sa docilité et amélioreraient d'autant l'image qu'il avait de ses dirigeants.

C'est au beau milieu de cette période de conflits que le vote eut lieu et que les Français, au fond plus tourmentés par la violence des combats qu'ils lisaient dans la presse quotidienne que par la légalité du coup d'État, se rendirent aux urnes en masse pour confirmer, avec une écrasante majorité, le statut de chef du prince Bonaparte. Plus de sept millions de oui contre moins de six cent cinquante mille non. Cet impénitent joueur de Morny pouvait sourire : la main était bonne. La partie était gagnée.

Il fallut cependant quatre mois pour que la nation regagne une législature digne de ce nom, par le biais d'une constitution, rédigée par Rouher et Troplong, dont les éléments ressemblaient fort aux règles en vigueur au temps du Consulat. À la courte dictature suivrait un régime d'autorité… et cependant démocratique, la présence du suffrage universel en faisant foi. Lors de son discours devant les chambres le 29 mars, Bonaparte était allé jusqu'à préciser que le peuple français disposait d'un véritable droit de regard sur les décisions politiques.

« Le Sénat peut, de concert avec le gouvernement, modifier tout ce qui n'est pas fondamental dans la Constitution, mais quant aux modifications à apporter aux bases premières, sanctionnées par vos suffrages, elles ne peuvent devenir définitives qu'après avoir reçu votre ratification. »

À côté de cela, il y avait les évolutions en cours, destinées à améliorer le quotidien : l'agrandissement du réseau ferroviaire et télégraphique ou la fondation d'un Crédit foncier étaient des actes bénéfiques dont les citoyens pouvaient mesurer la valeur sans tarder.

La République pouvait poursuivre son chemin, ayant à sa tête désormais un président jouissant d'un pouvoir exécutif absolu et d'une mainmise de fer sur le législatif, et ce pour les dix années à venir.

Dans ce tableau imparfait – mais dont on espérait qu'il s'améliore au fil du temps –, un homme allait se distinguer.

Jean-Gilbert Victor Fialin avait toujours eu le goût de l'insurrection. Fils d'un grognard mort quand il avait deux ans, élevé par un oncle monarchiste, il avait à l'âge d'homme intégré les rangs d'un régiment de hussards : les idées du capitaine, Guillard de Kersausie, républicain et *carbonaro*, l'avaient séduit. Ayant tout naturellement, pendant la révolution de Juillet, arboré le drapeau tricolore, il s'était retrouvé mis « en congé » en 1831. Usant de son talent de plume, il s'était installé à Paris pour se lancer dans le journalisme, écrivant pour certaines revues, et pas les moins prestigieuses. Pour se faire remarquer du beau monde, il avait adopté le nom et le titre d'une terre que possédait jadis son grand-père.

Ainsi était né le comte de Persigny.

Ce fut au cours de cette période qu'à l'instar de Julien Sorel, captivé par le *Mémorial de Sainte-Hélène*, il était devenu bonapartiste. En 1834, il avait enfin rencontré le frère de son héros, le roi Jérôme, et l'année suivante, à Arenenberg, il échangeait une poignée de main avec le neveu de ce dernier, le prince Charles Louis Napoléon, alors en exil. Entre ces deux hommes du même âge, la sympathie fut immédiate : si le prince gagna un ami, Persigny, lui, trouva en Bonaparte sa raison d'être.

Il l'accompagna fidèlement dans ses projets de coup d'État, dans ses exils. Condamné à vingt ans de prison à la suite de la tentative de Boulogne, libéré après la chute de Louis-Philippe en 1848, son rôle avait été primordial pour les élections présidentielles, tant il s'était acharné à faire savoir – en personne – jusque dans le plus petit village que le candidat Bonaparte était l'homme de la situation.

Élu député du Nord en 1849, puis nommé ambassadeur en Allemagne, son zèle envers son maître et ami ne devait pas s'apaiser avec l'importance croissante des missions dont il avait la charge, bien au contraire. Ne lui devait-on pas la création, au sein de l'Assemblée législative, d'un parti bonapartiste ? C'est tout naturellement qu'il avait eu une place de choix au sein de la conjuration du 2 décembre 1851. Il y avait gagné, au final, un siège double dans le gouvernement, occupant les fonctions conjointes de ministre du Commerce et de l'Agriculture, mais surtout de ministre de l'Intérieur suite au désistement de Morny.

Devenu à son tour un membre du cercle intime du prince, Léandre et Persigny se tenaient en assez bonne estime. Ils avaient eu, à de nombreuses reprises, de fort intéressantes conversations, comme on pouvait s'y attendre entre personnes ayant le goût des lettres. Le Goupil percevait le comte comme un homme fidèle en amitié, même si quelque peu zélé. Persigny voyait le Gascon comme une recrue de choix, même si un peu trop désinvolte et brute pour occuper autre chose que des fonctions de second ordre.

Cet état d'esprit s'était, imperceptiblement, transformé en défiance quand une rumeur était parvenue jusqu'à Léandre. On affirmait en effet que Persigny était de loin le plus prompt à inciter les gens à parler de Bonaparte non plus comme un président... mais comme un empereur.

— Napoléon le Troisième ! Je vous demande un peu ! dit-il un jour, furieux, à son oncle Constant et à Arnaud Davezac.

— Allons, allons ! Y a-t-il là de quoi se mettre en rage ?

— Quand j'ai accepté de travailler pour le prince, nous étions dans une république.

— Nous y sommes encore.

— Pour combien de temps ? Vous avez goûté à l'Empire autrefois, vous savez que c'est une folie de suivre le même parcours !

— Ton Bonaparte n'est pas le nôtre : le Premier consul était un mégalomane belliqueux. Le portrait que tu as pu nous faire de ton maître ne le laisse pas envisager. Ambitieux, oui, comme tous les politiciens, mais de là à se laisser convaincre par les chimères du pouvoir absolutiste…

— C'est une chose dangereuse, dit Davezac, une sorte d'ivresse à laquelle on prend trop vite goût, surtout quand on porte un nom comme le sien. Je comprends les inquiétudes de notre Léandre.

— Toi, tu vois toujours le verre à moitié vide, répliqua Constant avec une bourrade à son vieil ami.

— Peut-être, mais cela m'évite d'être surpris en parvenant au fond plus vite que je ne l'aurais pensé. Léandre, si tu t'en alarmes, tu as la place de choix pour t'assurer qu'on ne monte pas la tête à ton maître. Use de tes talents d'interrogateur et d'observateur pour savoir la vérité, et enquiers-toi fréquemment des intentions du prince, comme tout collaborateur se doit d'agir. Tu seras tôt ou tard fixé.

Il fallut quelques mois pour que le Goupil, l'oreille toujours aux aguets, comprenne que non seulement les soupçons étaient fondés quant aux initiatives de Persigny, mais qu'en outre le prince Bonaparte en était bien conscient, qu'il laissait faire sans protester… et qu'il commençait à envisager comme une voie raisonnable celle de transformer la République en Empire ! Nul ne fut plus contrarié que Léandre Lafforgue mis face à cette vérité, à tel point que, quand Bonaparte accepta de façon définitive le titre dont on le parait depuis près d'un an, l'estomac en proie à de violentes douleurs, le Goupil dut garder le lit deux jours durant et afficha les semaines suivantes la mine chagrine d'un homme trahi dans ses convictions les plus profondes.

Désabusé, mais pas assez pour abandonner ses fonctions, il entendait bien rester un adjoint de confiance ; ceci dit, quand il lui arrivait d'assister à certaines réunions politiques où le cri « Vive l'empereur ! » retentissait, il devait se contenir de toutes ses forces pour ne pas hurler à pleins poumons : « Vive la République ! » ou « Vive le président Bonaparte ! » Il n'était malgré tout qu'un membre de la garde rapprochée, et pas un homme d'État. On ne lui aurait sans doute pas pardonné ce coup d'éclat.

De leur côté, malgré ces péripéties politiques, les Français – tout du moins la partie de la population la moins réfractaire à l'idée de renouer avec un régime monarchique – continuaient à vivre comme avant, se souciant principalement de leur existence et de celle de leurs proches, et tâchant de tirer le meilleur parti de ces changements successifs de régime. Parmi leurs primes préoccupations, l'amour se tenait en bonne place, et comme rien n'est plus intéressant que ce qu'il se passe chez les autres, d'autant plus si la personne concernée a du pouvoir et de la renommée, le peuple commentait volontiers la situation sentimentale de son prince.

Bonaparte, en effet, n'était pas rentré dans le rang d'un point de vue matrimonial : d'une part, la période agitée qu'ils venaient de vivre ne s'y prêtait guère, d'autre part, rompre avec ses habitudes de célibataire viveur et amateur de nouveautés était difficile. Les femmes étaient plus virulentes à critiquer cette vie de patachon, bien entendu ; les hommes, eux, toujours prompts à éviter les ennuis, se contentaient d'acquiescer en présence de leur compagne, tout en enviant le prince de ses bonnes fortunes. Ceci étant, pour l'image d'une patrie, l'idée d'un chef d'État sans alliance à la main gauche devenait intolérable pour beaucoup, y compris à la Cour, et cette insistance commençait à échauffer les humeurs de l'intéressé. Tout au long de l'été, des projets d'union destinés à légitimer la place du prince Bonaparte au sein de l'Europe avaient fleuri. Une jeune princesse de Darmstadt, une nièce de la reine Victoria, entre autres, avaient été approchées en ce sens, mais leurs familles n'étaient pas enthousiastes à l'idée d'offrir leur jouvencelle au prince français. Pour les dynastes, il n'était que le dernier maillon d'une petite chaîne d'usurpateurs, pis encore, un ancien *carbonaro* et, au final, le représentant d'un pays en butte à une instabilité politique qui durait depuis près de soixante ans...

L'automne était arrivé et, avec lui, les premiers signes concrets du changement radical de régime qui s'opérait quand, le 7 novembre, une voix se fit entendre au-dessus de toutes les autres, celle du sénateur Raymond Troplong. Juriste hors pair, corédacteur de la nouvelle Constitution, il faisait partie de ces hommes pour qui une assemblée entière faisait silence quand venait son tour de s'exprimer. Ce fut par le biais d'un rapport sur le sénatus-consulte qu'il fit part de ses espérances vis-à-vis de la Couronne. Bonaparte, qui d'habitude n'aimait pas manifester trop ouvertement ses colères, éclata deux jours plus tard, à midi, alors qu'il déjeunait en compagnie de son demi-frère Morny, de Mocquard et de Léandre.

— *La France espère que, dans un temps non éloigné, une épouse viendra s'asseoir sur le trône qui va s'élever et donner à l'empereur des rejetons dignes de son grand nom et de ce grand pays.* Ne peuvent-ils pas se mêler de leurs propres affaires ? Est-ce que je vais, moi, m'occuper de leurs histoires de lit ?

— Vous n'y pouvez rien, monseigneur, dit Morny. Par votre nom, vous étiez destiné à être une personne publique. En vous engageant dans la voie du pouvoir, vous l'êtes devenu doublement. C'est là le prix à payer, j'en suis navré. Tout le monde aura désormais quelque chose à dire vous concernant. En bien… comme en mal.

— Trouvez-vous cela normal ?

— Normal, non. C'est une triste fatalité. Ceci dit…

— Ah non ! Vous n'allez pas commencer à approuver les opinions de ces gens-là ?

— Le fait est, dit Mocquard, que par votre statut vous vous devez d'être un exemple. Et on demande aux exemples d'être irréprochables.

— En gros, grommela Bonaparte en secouant la tête avec fatalité, vous vous rangez à la cause de la majorité ! Peste soit de tous ces… C'est un complot.

— N'exagérons pas, monseigneur, répliqua Mocquard. La douleur de devoir trouver femme n'est pas celle qu'on ressent lors d'une trahison ou d'un attentat.

— Le tout reste de la trouver, bien évidemment. Mais au vu de toutes celles qui ont eu vos faveurs, monseigneur mon frère, il doit bien s'en trouver quelques-unes qui pourraient convenir au rôle d'épouse d'empereur.

— *Zum Kuckuck...* Vous parlez d'un choix ! Il est des jours où l'on regretterait ses ambitions.

Qui, en effet, était digne de l'agrément suprême parmi les conquêtes princières ? À regret, Bonaparte ne pouvait décemment convoler avec sa belle et généreuse Harriet Howard : l'esprit français, si farouchement haineux envers la perfide Albion quatre siècles après la guerre de Cent Ans, n'aurait pas toléré pareille alliance. Le Goupil n'ignorait pas que la jeune femme, éprise et malgré tout calculatrice, espérait depuis longtemps se voir épouser par le prince, et que la prodigalité financière dont elle avait fait preuve au cours des années passées méritait à ses yeux compensation. Sauf qu'en l'état et pour l'État, l'intérêt primait sur l'amour ; Léandre gageait que la rupture à venir ne se déroulerait pas dans les meilleures conditions.

Il n'était pas davantage question pour Louis Napoléon d'épouser sa cousine Mathilde. Certes, ils avaient été fiancés une quinzaine d'années plus tôt, et elle occupait à l'Élysée national le rôle officieux de maîtresse de maison – si pas de maîtresse au sens strict du terme – mais son tempérament quelque peu volcanique irritait trop souvent Bonaparte.

Les autres n'étaient que des trophées pour ce chasseur de femmes, comme autant de fruits aussi rapidement consommés que cueillis.

Le destin ne mit pourtant que fort peu de temps à se décider d'intervenir. Moins d'une semaine après ce déjeuner, le prince quitta Paris pour les galeries du château de Fontainebleau, ayant manifesté l'intention de faire une partie de chasse dans les bois en compagnie de quelques intimes. Léandre, pour cette occasion, fut dispensé de joindre l'expédition. Bonaparte savait que son Goupil exécrait la chasse et, au demeurant, ne craignait aucune attaque personnelle quand il gardait un fusil entre les mains. Mais dans le rang des invités, outre l'ambassadeur anglais lord Cowley, le général Magnan et leurs épouses, Morny et sa friandise du moment, la marquise Sophie de Contades, se trouvaient deux femmes qu'on épiait, discrètement, mais avec toute l'attention du monde depuis plusieurs mois.

Il s'agissait des dames Montijo.

L'histoire voulait que, seize ans plus tôt, la petite Eugenia de Guzman, alors âgée de dix ans, ait pour la première fois fait la rencontre du prince Louis Napoléon au lendemain de l'échec de son coup de force de Strasbourg. Bien qu'épuisé par deux jours de voyage – trajet qui devait le conduire en Amérique –, barbu et crotté, le prestigieux révolutionnaire avait marqué de manière indélébile le souvenir de la fillette, au même titre qu'une autre rencontre avec une personne moins illustre quelques années plus tôt.

Un jour, alors qu'elle s'amusait à dévaler un escalier à califourchon sur la rampe, Eugenia avait perdu l'équilibre et était tombée avec force sur le sol. Là, une vieille femme – sans doute quelque vénérable servante, mais rien ne permit de l'affirmer – était venue lui prêter secours ; alors que l'enfant sanglotait, sous le coup de la douleur et de la frayeur, elle lui avait pris la main et, parcourant les lignes de la petite paume de son index ridé, elle avait proféré ces paroles prophétiques qui avaient aussitôt calmé la petite.

— Tu monteras haut, très haut. Tu vivras cent ans, et tu finiras dans la nuit.

Sans doute la fillette ignorait tout du destin qui se cachait derrière cette mystérieuse prédiction, mais par sa naissance elle se savait malgré tout vouée à une existence prestigieuse. N'était-elle pas trois fois grande d'Espagne, et même dix fois comtesse ?

En grandissant, elle était devenue une femme plus que convoitable, et un parti intéressant pour bien des prétendants fortunés, mais sa mère, elle-même simple fille d'un riche marchand, avait des ambitions d'exception pour ses deux filles. Après tout, elle était bien parvenue à marier son aînée, « Paca », avec le jeune et beau duc d'Albe !

Le fiancé le plus prometteur n'était autre que le duc d'Aumale, le fils de Louis-Philippe, mais la famille du roi des Français n'avait pas vu cette union d'un bon œil… Entre les soupirants éconduits sans pitié pour manque de fortune et les richissimes envisagés qui ne donnaient nulle suite aux tractations matrimoniales de doña de Montijo,

Eugenia avait gagné au fil du temps une réputation peu flatteuse qui l'avait suivie jusqu'à Paris.

Elle n'avait jamais pour autant oublié le prince Bonaparte.

Et le destin non plus.

À l'été 1849, elle s'était rendue à cheval jusqu'au camp de Satory, où le président passait en revue ses troupes. Il ne convenait pas qu'elle s'approchât trop près lors de cet exercice martial ; c'était donc de loin qu'elle l'avait admiré. Avec son uniforme de général, il était encore plus attrayant que dans ses souvenirs, et elle fut confortée dans ses intentions : elle devait se faire remarquer de lui.

Quelque temps plus tard, à l'occasion d'une soirée chez la princesse Mathilde, revêtue de sa plus belle toilette, elle réussissait sans se forcer à capter l'attention de Bonaparte… ignorant alors que ce dernier l'avait déjà repérée à Satory, amazone resplendissante en robe bleue. Le prince saisit l'opportunité de la complimenter sur sa maîtrise équestre, et les choses auraient pu s'arrêter là… si seulement elle n'avait pas été aussi belle.

À partir de la Saint-Sylvestre suivante, et à maintes reprises au cours des années à venir, Mlle Eugenia avait eu le privilège d'être conviée aux soirées présidentielles et de devenir par conséquent un sujet de conversation notable au sein de la bonne société, et pas dans les termes les plus flatteurs. Si les hommes ne pouvaient que reconnaître sa vénusté et se contentaient de souligner ce point – se réservant le droit de formuler de plus licencieux commentaires entre eux lors de réunions d'intimes –, les femmes, par nature moins avares d'âpres propos, se livraient sans vergogne à la clabauderie la plus ouverte.

Bonaparte avait, comme tout le monde, eu vent de ces propos, mais il n'y avait prêté qu'une attention limitée, comme il sied de répondre aux médisances, même quand elles sont justifiées. Il préférait en secret faire la nomenclature de ses qualités : issue d'une bonne famille, fille d'un allié de son oncle l'Empereur, elle offrait un mélange de charme andalou et de discrétion britannique qui la rendait très désirable.

Et inaccessible.

Car « l'aventurière » n'était pas du genre à s'offrir aussi facilement que la rumeur le prétendait. Ainsi, au nouvel an 1850, elle avait refusé de se laisser embrasser par Bonaparte, arguant que « telle n'était pas la coutume en Espagne », et c'est hilare qu'elle lui avait souhaité ses vœux… en lui serrant la main !

Leurs entrevues suivantes ne furent pas davantage couronnées de succès pour le prince. À l'instar d'un chasseur qui convoite de longues années une proie de choix, il n'en conçut nulle rancœur, mais un désir encore accru, qu'il avait de plus en plus de peine à masquer en sa présence et qui n'échappait à aucun de ses familiers.

Homme à femmes, Bonaparte ne comptait pas pour autant s'avouer vaincu par ce genre de résistance, si habile fût-elle. Il savait très bien que certaines allusions explicites, prononcées avec humour et au bon moment, pouvaient vaincre bien des réticences ; aussi, durant ce séjour à Fontainebleau, il osa tenter l'expérience. Un matin, faisant mine de se promener, il aperçut Eugenia qui prenait l'air à sa fenêtre ouverte.

— Votre nuit fut-elle bonne ?

— Excellente en tout point, monseigneur.

— Me feriez-vous l'honneur d'une promenade à mes côtés ?

— À l'instant ? Je ne le puis, je ne suis pas prête. Pour l'heure, je me réchauffe quelque peu en invitant le soleil dans ma chambre !

— Peste ! Me voilà désormais jaloux du dieu Hélios, convié en de si charmants lieux ! C'est sans doute sa divinité qui lui autorise de tels égards ! Et sans façons, le voilà qui entre par la fenêtre ! Et pour ma part, tout homme que je suis, s'il me prenait l'envie de venir vous retrouver dans cette même chambre, quel chemin devrais-je emprunter ?

— Celui qui passe par la chapelle ! À tout à l'heure, monseigneur !

Avec un petit rire, elle laissa là le prince pantois, et subjugué par sa repartie. Cependant, elle n'avait pas oublié l'invitation et, dans l'après-midi, le prince put bénéficier dans les jardins d'un rare moment d'isolement aux côtés de sa belle Espagnole, au cours duquel il révéla la vraie nature de ses sentiments.

— De l'amour ? Voyez-vous cela ! rit-elle.

— Ne plaisantez pas, ma chère. Quand un homme tient ce genre de propos, il est plus vulnérable qu'un guerrier en pleine bataille dépourvu de son armure.

Elle constata qu'elle l'avait peiné, mais il n'était pas question pour elle de baisser la garde trop aisément. Il fallait davantage que de belles paroles pour céder.

— Et miss Howard ? L'oublieriez-vous aussi vite ? Ne lui avez-vous jamais parlé d'amour ?

— Vous ne pouvez être comparées l'une à l'autre... Il fut un temps, sans doute, où ce que je ressentais pour elle ressemblait à peu de chose près à ce que j'éprouve pour vous aujourd'hui. Mais désormais, notre relation n'est guère plus qu'une douce habitude.

— C'est bien là ce qui me heurte, monseigneur... Je n'ai pas pour but d'être une maîtresse de remplacement, encore moins de devenir au fil des ans une douce habitude.

Ayant dit cela, comme elle faisait mine de s'éloigner, elle sentit alors la main de l'homme lui saisir le bras, avec fermeté mais tout en douceur. Et ce fut de la même façon qu'elle se dégagea, le tout sur un sourire qui acheva de le rendre fou d'elle.

Les semaines qui suivirent furent l'occasion pour les dames de Montijo de craindre pour leur bonne fortune : Bonaparte devenu empereur, les ragots croissants concernant les projets d'alliance qui légitimeraient son nouveau statut les épouvantèrent. Mère et fille précipitèrent le mouvement de séduction pour s'assurer que Napoléon III n'accepterait pas, par lassitude, de renoncer à ce marivaudage pour convoler avec une princesse moldave ou une duchesse des Amériques qu'il installerait sur le trône ! Tâchant au mieux de rassurer sa mère superstitieuse, Eugenia ne cessait de faire preuve d'ingéniosité, de ruse et de bons mots pour conserver le cœur du prince captif, bénéficiant d'attentions délicates et de somptueux cadeaux de sa part lors des fêtes de Noël à Compiègne. Le présent le plus révélateur était cependant le moins coûteux qu'elle reçut cette semaine-là. Ce fut une branche de lierre que Napoléon tordit en couronne et qu'il lui offrit avec ces mots :

— En attendant l'autre.

Quand l'empereur informa son cénacle de ses projets, l'annonce eut l'effet d'une bombe.

— Mon cousin, vous devenez fou ! glapit la princesse Mathilde. Tombez amoureux d'elle, couchez avec elle si c'est là votre désir ! Mais l'épouser ? On n'épouse pas une Mlle de Montijo !

— On se doit d'épouser qui on aime, répondit l'empereur, plus lassé que vraiment en colère de se sentir si incompris.

Écarlate d'indignation, Persigny reprit le flambeau des récriminations :

— Votre Majesté, cette union est indigne de votre nom, indigne de votre statut, indigne de votre race ! Vous êtes la France incarnée ! Elle est indigne de la France !

— Peut-être. Mais je l'aime.

— Ce n'est pas possible d'entendre de pareilles choses ! Quand je pense que nous avons tout risqué pour parvenir là où nous sommes ! C'est grande pitié d'avoir osé un coup d'État pour se laisser embobiner par une vulgaire *manola* !

— Tout de même, monseigneur, fit Morny, quand il existe tant de belles jeunes femmes dans notre aristocratie…

— Sans doute. Mais elle… c'est elle.

Morny se passa la main sur le visage avec dépit et se leva pour prendre congé, d'une simple révérence sèche et sans un mot. Son départ marqua le signal pour tous les convives réfractaires à la décision impériale de s'en aller également, ce qu'ils firent dans le plus grand silence, avec force regards courroucés, histoire de bien manifester leur désapprobation.

Bientôt, dans le salon, ils ne furent plus que quatre.

— Mon oncle, dit Napoléon au roi Jérôme, suis-je en train de me fourvoyer ?

— Bah, fit le vieil homme en haussant les épaules, l'amour est toujours un risque à prendre. Fais comme bon te semble. Tu l'aimes ? Prends-la pour femme. Tu le regretteras peut-être après, mais tu auras au moins une belle créature dans ton lit !

— Fleury ?

— Je ne me dédis point de mon opinion de la Noël, sire. Si vous l'aimez, épousez-la.

— Et vous, Goupil, vous ne me ferez pas croire que la réponse à mes questions se trouve dans votre tasse de chocolat vide !

Ainsi interpellé, Léandre, qui semblait absent mais n'avait en réalité omis aucun détail de la conversation, regarda son bienfaiteur dans les yeux.

— Vous connaissez mes avis concernant le mariage, monsieur. On attend des hommes qu'à un certain âge ils s'assagissent et consentent à oublier leurs passions d'autrefois. C'est une idée qui me dérange, et pourtant, comment aller à l'encontre de traditions aussi ancrées ? J'ai cet avantage sur vous de n'avoir ni particule ni sang royal, et par conséquent mon cas est bien éloigné du vôtre.

— Qu'importe, bien au contraire : vous qui êtes le benjamin, vous qui venez d'un autre milieu, vous vous devez de partager votre sentiment à ce sujet, dit Jérôme Bonaparte.

— Le fait même de ma présence suffit à indiquer que je suis d'accord avec monsieur Fleury et avec votre oncle. Monsieur, je vous dirai de suivre votre cœur. Faites fi des traditions. Vous avez souhaité faire preuve de changement dans votre course au pouvoir. Agissez dans la même optique pour vos amours. Les mécontents protesteront. De toute manière, vous n'empêcherez jamais une partie des gens de commenter vos décisions, alors… autant que vos choix matrimoniaux soient faits au nom de votre satisfaction personnelle !

— Voilà qui est bien parlé, confirma Fleury.

Léandre, cependant, s'interdit de révéler le vrai fond de sa pensée : si les sentiments de son maître étaient incontestables, qu'en était-il de ceux de la dame ? Pour l'heure, c'était de soutien dont Napoléon avait besoin. Inutile de mettre du sel sur une plaie à vif. D'ailleurs, l'empereur demeurait partagé par la crainte de décevoir les gens en tranchant trop hâtivement. Les jours passaient sans qu'il n'ose prendre de décision formelle.

Il fallut un signe du destin pour que tout s'accélère.

Le 12 janvier, lors de la première réception officielle de l'année aux Tuileries, Eugenia subit un outrage de la part d'une femme de ministre qui lui refusa l'accès à une banquette comme elle l'aurait fait à une mendiante. La jeune femme était habituée aux propos aigres, mais déjà, le 1er janvier, elle avait été bousculée et insultée par Mme Fortoul, laquelle l'avait traitée d'« aventurière » avec un dédain qu'elle n'avait jamais rencontré jusqu'alors. Elle était venue essayer de précipiter les choses en informant Napoléon que sa mère et elle comptaient partir dès le lendemain pour Rome ; ces deux offenses, si rapprochées dans le temps, associées aux tergiversations du chef de l'État, étaient en train de la décourager et, alors que ce voyage n'était dans son esprit qu'une manœuvre, la voilà qui songeait pour de bon à gagner l'Italie et à ne plus revenir dans cette cour qui lui réservait un si mauvais accueil.

Quand elle eut l'occasion de danser le second quadrille de la soirée avec le prince, celui-ci ne manqua pas de remarquer qu'elle avait les larmes aux yeux et s'en inquiéta. Elle l'informa de l'imminence de son départ et il la conduisit sur-le-champ à son cabinet pour parler à l'abri des oreilles les moins discrètes.

Elle en ressortit une lettre à la main que, tremblante d'émotion, elle présenta à sa mère sitôt revenue chez elle.

Madame la comtesse,

Il y a longtemps que j'aime Mademoiselle votre fille et que je désire en faire ma femme. Je viens donc aujourd'hui vous demander sa main, car personne plus qu'elle n'est capable de faire mon bonheur ni plus digne de porter ma couronne. Je vous prierais, si vous y consentez, de ne pas ébruiter ce projet avant que nous ayons pris nos arrangements.

Recevez, Madame la comtesse, l'assurance de ma sincère amitié.

Napoléon.

Dès lors, tout se passa très vite. Quelques jours après cet entretien, l'empereur réunit son état-major et les plus importants éléments de sa cour pour leur faire part de ses noces qui seraient célébrées avant la fin du mois. Comme prévu, on grommela, on leva les yeux au ciel, on songea à une mésalliance.

Mais on obtempéra.

Il fallut organiser les noces en toute urgence, mais si court fût le délai, il eût été inconvenant de se livrer à une dangereuse improvisation. Ne souhaitant rien laisser au hasard, le grand écuyer Fleury se plongea dans les notes du marquis de Ségur, auteur du protocole de 1809 qui avait régi le mariage de Napoléon Ier et de Marie-Louise. La différence majeure résidait dans le lieu de culte où serait célébrée l'union d'Eugenia et de Napoléon III. Son impérial oncle et prédécesseur avait refusé de se marier à Notre-Dame : le souvenir prestigieux de son sacre ne devait pas être estompé par une cérémonie nuptiale organisée au même endroit ! Mais pour le nouvel empereur, proclamé mais non oint, la question ne se posait pas ainsi : son mariage devait avoir le plus formidable des écrins, histoire de faire d'une pierre deux coups en légitimant aux yeux de l'Église et du peuple réunis son récent statut de potentat.

Ce fut ainsi qu'au lendemain de l'hyménée civil le beau monde de la Cour était réuni dans les cours du palais, prêt à rejoindre la cathédrale pour y entendre son maître prononcer le mot « oui ».

Un simple « oui » qui aurait des répercussions définitives sur son existence.

Positives, il fallait l'espérer.

— Messieurs ?

Léandre, un temps plongé dans sa rêverie, n'avait pas remarqué Fleury s'approcher d'eux.

— Rejoignez-moi, voulez-vous ? Sa Majesté en a fait la demande expresse.

— Ne devrions-nous pas demeurer en queue de peloton ?

— Point du tout ! L'empereur m'a fait transmettre ses derniers ordres il y a quelques instants à peine, et il est catégorique : il tient à conserver ses hommes de confiance, dont les membres de la Noble Cour, à ses côtés immédiats pour le trajet jusqu'à la cathédrale. Vous resterez donc à ma suite, portière de gauche, en compagnie du maréchal Magnan.

Sensibles à cette marque d'honneur supplémentaire de la part de leur maître, les deux policiers talonnèrent leur monture et vinrent prendre place où le premier écuyer leur indiqua de stopper, à trois mètres à peine du carrosse principal.

L'attente ne fut guère longue avant qu'à Saint-Germain-l'Auxerrois les cloches ne sonnent l'angélus de midi. C'était là le signal convenu du départ :

côte à côte, l'empereur et l'impératrice firent leur retour dans la cour sans tarder et grimpèrent en compagnie de la princesse Mathilde dans le confortable véhicule.

Le cortège s'ébranla aussitôt, dans un grand bruit de sabots heurtant le pavé, de tambours battant aux champs, de bottes et d'ordres clamés à haute et intelligible voix. Passant par l'arc de triomphe du Carrousel, une longue, longue procession d'uniformes et de grandes tenues précédait et encadrait les berlines d'apparat. La voiture impériale était la quatrième de l'équipage : son toit, dominé d'une couronne d'or, éclatait de mille feux au soleil hivernal, et les huit chevaux alezan clair qui la tractaient avaient été lavés, brossés, équipés de cuirasses et enfin empanachés. C'était un merveilleux spectacle que la foule ne manqua pas d'applaudir à tout rompre.

Ce tumulte enthousiaste empêcha les passagers de prêter attention à un petit incident, survenu alors que le carrosse franchissait l'arche monumentale : le Goupil dut cependant faire s'écarter sa monture pour éviter la couronne qui, sans un bruit, venait de se décrocher et de rouler sur le pavé. Il échangea un regard avec Roënel, qui haussa les épaules. Ni l'un ni l'autre n'étaient superstitieux, mais il valait mieux, cependant, s'abstenir d'en faire état à Leurs Altesses, qui auraient pu voir en cette mésaventure quelque mauvais présage. Inutile de gâcher les réjouissances.

Lentement, le défilé prit la direction de l'île de la Cité, *via* la rue de Rivoli et la place de l'Hôtel-de-Ville. On fit rapidement halte sur le parvis de

Saint-Germain, où une délégation ecclésiastique vint offrir de l'encens au couple impérial. Tout le long du chemin ne retentissaient que vivats et clameurs de joie, et dans la voiture, malgré les regards désapprobateurs de la princesse Mathilde, devenue d'une certaine manière la gardienne de l'étiquette impériale, Eugenia de Montijo ne put s'empêcher, émue, de prendre la main de son époux et de la serrer très fort.

Napoléon, à ce geste, eut un sourire ravi qui fit taire définitivement l'infecte petite voix qui lui conseillait avec malveillance de renoncer à cette union.

Une fois sur le parvis de la cathédrale Notre-Dame, la cavalerie se scinda en colonnes dans les rues, cédant le passage aux voitures seules qui, à tour de rôle, vinrent déposer leurs prestigieux passagers sous un porche édifié pour l'occasion.

Sur un signe de Fleury, Léandre et Leterrier mirent pied à terre et suivirent le colonel jusque dans le lieu de culte, au son d'une marche triomphale que l'acoustique du lieu intensifiait tant qu'on aurait cru l'œuvre de cinq cents musiciens jouant de concert.

En y pénétrant, l'impie Gascon eut une réaction d'émerveillement. L'endroit ne lui était que modérément familier, ses convictions le dispensant de rendre trop souvent visite aux multiples églises que comprenait la capitale, y compris au joyau gothique de l'île de la Cité. Pourtant, il n'était pas besoin d'être un fidèle pour apprécier la décoration qui s'y trouvait ce jour-là.

Un luminaire énorme, fantastique, riche de plus de quinze mille bougies, éclairait l'intérieur de la nef d'une manière enchanteresse. Face à l'autel, sur une estrade, deux sièges flanqués de prie-Dieu attendaient la venue des jeunes mariés, sous un dais de velours incarnat brodé d'abeilles d'or, doublé d'hermine.

De part et d'autre du transept déjà patientaient depuis près de deux heures d'importants personnages : représentants du corps diplomatique, sénateurs, députés, conseillers d'État, mais également le nonce apostolique Garibaldi, qui pour l'heure s'entretenait avec Mgr Sibour, l'archevêque de Paris, qui allait officier, crosse à la main et mitre sur la tête.

Léandre se retourna, alerté par une salve d'acclamations. Eugenia, au moment de franchir le seuil, venait de faire face à la foule pour lui offrir un geste de reconnaissance et d'humilité.

C'était en effet l'impératrice qui, d'un mouvement majestueux et plein de grâce, pliait le genou devant le peuple de France.

Le Goupil sourit. Il ignorait si la jeune Espagnole était une aventurière, si les racontars sur sa famille étaient majoritairement vrais ou bien un tissu de mensonges, mais cette attitude lui fit une exceptionnelle impression, tout comme à l'ensemble des gens réunis sur le parvis.

La nouvelle impératrice venait de gagner – ne fût-ce que pour un temps – l'adulation de ses sujets pourtant volontiers xénophobes.

Il essaya, l'espace d'une seconde, de se souvenir si Marie-Antoinette avait, en 1770, réussi pareil exploit, mais déjà, pénétrant dans le lieu sacré par la droite de la porte d'honneur, le cortège se rapprochait, et il dut presser le pas pour rejoindre la place qu'on lui avait réservée aux côtés de Roënel, afin d'assister en silence, si pas en recueillement, à la suite de la cérémonie.

Sous l'effet d'un tremblement irrésistible, ses dents s'entrechoquaient en cadence rapide, avec un bruit aussi désagréable que le froid ambiant. René Brichand maudissait en silence son supérieur, l'empereur et l'impératrice. Fallait-il qu'ils se croient tous sortis de la cuisse de Jupiter pour lui confier une telle tâche ! Pendant que dans les beaux appartements les réjouissances se poursuivaient, Brichand, à l'instar de tous les autres domestiques des Tuileries, s'occupait des basses besognes. Ce n'étaient pas eux qui auraient bénéficié d'une journée chômée pour célébrer cette noce, loin de là ! On aurait tôt fait de leur rappeler que la veille, c'était le jour du Seigneur, et qu'un dimanche de repos suffisait aux plus courageux enfants de Dieu pour attaquer la semaine suivante. Surtout ce petit enfant de chœur qu'était Régis Koeppen : toujours prêt à courber l'échine à se la casser face aux plus importants, toujours la bonne parole divine aux lèvres. Et pourtant, quel hypocrite ! Si Dieu avait fait Koeppen à son image, Brichand n'espérait pas croiser le Créateur de sitôt, tant il devait être sot, chicanier et laid !

Il n'avait même pas pu emporter un flacon d'eau-de-vie pour se réchauffer.

— Il en est absolument hors de question ! Et si, grisé, vous vous laissiez aller à quelque folie ? Comment iriez-vous expliquer cela à Leurs Majestés ? Je vous garantis que je ne me chargerai pas de cette mission à votre place : à chacun ses responsabilités.

« Amen », avait pensé Brichand quand Koeppen l'avait planté dans la cour. Alors, sur un soupir, il s'était posté à l'entrée de la pièce, auprès de la porte dérobée. Les portes intérieures avaient été soigneusement verrouillées, et seul quelqu'un ayant les clés aurait pu s'y introduire, ce qui réduirait d'autant la longueur de la liste des suspects en cas de larcin. De plus, Koeppen avait bien pris note de chaque article qu'on était venu y déposer… Non, ce serait définitivement une sottise que de s'en prendre aux cadeaux de mariage de l'empereur et de l'impératrice.

Ceci dit, laisser le lieu sans surveillance était impensable, et pour de sottes idées de discrétion, on s'était dispensé de confier cette mission aux gardes, préférant l'attribuer à un simple valet. Cet honneur était revenu à Koeppen, lequel avait vite décidé de ne pas se laisser geler sur pied durant la nuit et délégué plusieurs de ses subalternes pour monter la garde à tour de rôle.

Et comme il n'appréciait pas Brichand, il lui avait réservé l'horaire le plus haïssable : de minuit à 6 heures. Dans le froid et l'obscurité de la cour des Tuileries, avec pour seule source de lumière et de chaleur une lanterne aux vitres fêlées qui manquait s'éteindre à la moindre brise. René Brichand avait pu cependant récupérer un manteau de mauvaise laine qui atténuait un peu la froidure polaire, mais à chaque nouvelle minute passée dans la pénombre, il pensait qu'il finirait statufié par le gel. Et tout ça pour des cadeaux hors de prix dont les bénéficiaires n'auraient probablement pas cure.

C'était vrai, à bien y réfléchir : devient-on empereur ou roi sans rien posséder ? De quoi a-t-on besoin quand on est arrivé à pareil statut ? Brichand ne pouvait évidemment se permettre de tenir trop ouvertement ce genre de propos socialiste. Sur un sujet aussi sensible, il savait que Koeppen se ferait un devoir – et surtout un plaisir – de le dénoncer, et pour un domestique impérial, il n'y avait pas d'avertissement, c'était la porte immédiatement, avec toutes les difficultés pour retrouver un emploi par la suite que cela impliquait. Il lui fallait tout de même conserver son poste, et ce n'était pas en professant des idées révolutionnaires qu'il y parviendrait. Cette nécessité de se taire en permanence n'arrangeait rien aux pensées antimonarchistes qu'il nourrissait depuis l'adolescence, et peu avant 3 heures, son mécontentement prit le dessus sur le reste, à cause d'une bourrasque puissante qui l'avait figé net par sa violence. Avec une belle série de jurons, il trépigna de colère et décida d'aller contre les ordres. Après tout, s'il surveillait l'accès, il n'était pas lui-même surveillé, et à bien y réfléchir, on ne lui avait pas interdit de rentrer dans le salon. Oui, c'était une excellente idée : il allait utiliser la clé, pénétrer dans la pièce et profiter de la cheminée qui devait encore être bien chaude. Il en profiterait au besoin pour y ajouter une bûche, histoire de faire repartir la flambée. Brichand se demanda si Koeppen n'avait pas omis volontairement de préciser ce détail... C'était bien son genre, qu'un « oubli » de la sorte, destiné à laisser les bonnes gens perdre doigts et orteils à monter la garde sans abri ! Il le maudit une fois de plus, puis, ne voulant rien laisser au hasard, commença à réfléchir à son argumentation si, d'aventure, on s'apercevait de son absence à l'extérieur.

« Je dirai que j'ai entendu un bruit... oui, c'est bien cela, un bruit, dans la pièce, alors j'ai voulu m'assurer que tous les cadeaux étaient bien en sûreté, et que personne n'était entré pour s'y cacher. Je ne mentirai qu'à moitié, et je reconnaîtrai humblement que j'en ai profité pour me réchauffer quelques instants... sans préciser la durée de ces instants. »

Il hocha la tête, satisfait de son entourloupe, et, sans plus attendre, introduisit la clé dans la serrure et s'engouffra dans le palais. Quand il eut refermé la porte derrière lui, il ne put s'empêcher de lâcher un soupir d'aise : Dieu qu'il y faisait bon ! Certes, le foyer n'éclairait plus grand-chose, mais le tapis de braises brillait encore, irradiant une bénéfique chaleur dont il s'empressa de profiter en présentant son côté pile au bois incandescent. Une sensation ineffable de bien-être l'envahit progressivement ; quand il en eut son soûl, le cœur content et le corps revigoré, il décida de faire preuve d'une once de professionnalisme et s'aventura dans le salon, à la lueur de sa lanterne, afin de crédibiliser son possible rapport si on se rendait compte qu'il n'était pas à sa place... Il jura entre ses dents en voyant la beauté et le luxe de certains cadeaux : statues de marbre, meubles précieux, ouvrages portant le nom de grands joailliers… Une fortune destinée à des gens déjà trop fortunés. Et c'est à lui qu'on viendrait chercher des noises pour avoir eu l'initiative de se trouver un abri et un peu de feu ? Le monde était décidément bien injuste. Mieux valait ne pas penser à une éventuelle mauvaise surprise. Il poursuivit son inspection à pas lents, scrutant les recoins les plus noirs de la pièce et, se prenant au jeu, allant même jusqu'à écarter les rideaux par acquit de conscience. Mais il n'y avait aucun monte-en-l'air, aucun intrus à l'horizon. Il était le seul être présent dans ce salon. Inutile de continuer cette mascarade plus longtemps.

Avisant un fauteuil, il le poussa à deux pieds du foyer et s'y assit, bien emmitouflé dans le vieux manteau, laissant son regard se perdre dans les escarbilles qui rougeoyaient au milieu des cendres, son esprit vagabonder de pensée en pensée… Il crut entendre, à un certain moment, retentir une charmante petite musique…

Il poussa un cri rauque de peur en sentant une pression ferme sur son épaule, clignant des yeux dans l'obscurité quasi totale. Une lanterne vint lentement s'élever dans les airs, éclairant à peine son porteur, mais permettant de remarquer une autre silhouette qui se tenait juste derrière. Ce fut ce second personnage qui ouvrit la bouche le premier.

— Mais c'est qu'il somnolait ! Un vrai Jésus, ma parole ! grinça Koeppen avec cet accent alsacien que Brichand, en bon Flamand, trouvait guttural et détestable – mais sans doute était-ce motivé par les sentiments peu amicaux qu'il éprouvait à son encontre.

— Je me suis dit que vous voudriez sans doute le voir par vous-même, compléta l'homme au lumignon – il s'agissait d'un valet récemment embauché, du nom de Sergent, qui dès son arrivée s'était manifesté défavorablement auprès de ses collègues par son comportement servile et cauteleux.

— Vous avez bien fait. Allons, debout, Brichand, votre repos n'a que trop duré, n'est-ce pas ? Il est temps de vous remettre au labeur.

D'un bond, René quitta son fauteuil.

— Mais quelle heure est-il donc ?

— 6 heures passées de dix minutes, mon cher ! J'espère que vous avez bien ri en abusant de la confiance qui vous avait été accordée ce soir, car, croyez-moi, ce n'est pas près de se répéter ! Si vous êtes payé, permettez-moi de vous rappeler que c'est pour accomplir les tâches qu'on vous ordonne d'accomplir, et pas pour dormir une nuit entière !

— Une nuit entière ? Certainement pas ! Je ne suis là que depuis une grosse heure, mentit Brichand d'un ton geignard. Je reconnais avoir eu tort de m'être laissé prendre par le sommeil, mais n'importe qui en eût été victime par une nuit si froide !

— J'aimerais vous croire, siffla Koeppen, mais faute de témoin, nous ne pouvons nous fier qu'à votre parole, et Dieu sait qu'on ne peut lui accorder beaucoup de crédit ! Qui nous dit que vous avez réellement monté la garde comme je vous avais stipulé de le faire ?

— L'un des gardes m'a vu ! répliqua Brichand, alors triomphant – car, de fait, il n'avait croisé qu'une seule personne durant ses heures de veille.

— Ah oui ? Et à quelle heure ?

— Je dirais vers 2 heures, 2 heures et quart.

— Vous a-t-il parlé ?

— Non, il se tenait à une dizaine de mètres de moi, nous nous sommes salués d'un geste de la main.

— Comment se nomme ce garde ?

— Comment voulez-vous que je le sache ? Vous savez aussi bien que moi qu'ils sont nombreux en ce pays-ci.

— Ah, le beau témoignage que voilà ! répondit Koeppen avec un plaisir évident. Pour justifier votre assiduité, vous arguez de la présence d'un inconnu impossible à identifier ! Vous êtes décidément un homme de confiance que tout employeur rêvera d'embaucher !

L'utilisation de ce futur figea Brichand jusqu'à la moelle, plus sûrement que les coups de vent glacé de la nuit.

— Je suis congédié ? balbutia-t-il.

— Cela ne dépend pas de moi… du moins, pas vraiment… mais je saurai y mettre les formes, soyez-en assuré, quand on me demandera mon opinion.

— Mais que vous ai-je fait ?

— Oh… rien… sachez bien qu'au fond vous n'êtes pas un mauvais homme, et je ne vous hais point, vous êtes même compétent dans vos fonctions, mais il faut bien faire preuve de sévérité en ce monde, n'est-ce pas ?

— Vous cherchez à me faire perdre ma place... parce qu'il faut être sévère ? N'avez-vous pas de cœur ? Ne pouvez-vous rien me pardonner ?

— Le pardon est chose divine. Je n'ai pas écrit les règles de notre existence ici-bas.

— Non, mais vous savez bien les manipuler à votre guise, dit Brichand avec hargne.

À cette réponse, Koeppen se tut pendant quelques secondes et prit des mains de Sergent la lanterne avant de se rapprocher du valet fautif, l'œil étincelant et le sourire plein de fiel.

— Il est fâcheux que vous le preniez ainsi. Si vous aviez fait preuve de silence, j'aurais pu être magnanime, quand bien même je ne l'aurais pas souhaité. Mais là... je vous ferai regretter cette accusation.

Il prit Brichand par l'épaule et le poussa en avant, avant de rendre le lumignon à son compère.

— Allez, sortez, nous allons vous trouver de quoi vous occuper pour la journée. Sergent, éclairez nos pas, histoire que nous ne butions pas dans quelque tapis.

Il était impossible de le voir, mais René Brichand était blanc de rage. Fallait-il qu'il soit malchanceux pour être pris de la sorte en flagrant délit de sommeil, et pis encore, par les deux domestiques les plus obséquieux du palais ! Il allait perdre son emploi pour quelques heures de repos ! Quelle ignominie ! Il ne put donc retenir un ultime geste de colère et de désarroi, et en passant près d'une petite caisse, lui décocha un fameux coup de pied, énorme, prodigieux, nourri d'années de silence et d'humiliations accumulées.

Malgré la pénombre, Koeppen discerna l'esquisse du coup et, en percevant le son de l'impact du pied contre le bois, son esprit s'en réjouit d'avance. Il s'apprêtait juste à prononcer une sentence supplémentaire quand un bruit assourdissant et une lueur coruscante, tous deux dignes des profondeurs infernales, envahirent simultanément la salle.

La violence subite et immédiate de ce débordement d'énergie permit par chance à Koeppen de n'avoir conscience ni de la rupture de ses tympans, ni de la fonte de ses rétines, ni du craquement de ses vertèbres cervicales heurtant l'angle de la cheminée contre lequel il fut projeté.

Chapitre deuxième

De l'existence en demi-teinte de la « société » Chevrette

Mardi 15 mars 1853.

Avec un bruit mat, l'épais gant de cuir rembourré s'abattit sur la lèvre inférieure, fendant la chair et libérant une fine mais continue cataracte de sang frais. L'homme tituba en arrière, davantage victime d'un faux pas que réellement sonné, avant de tomber au sol, en position assise. Face à lui, son rival paraissait surpris, choqué même, mais en bon lutteur conservait la position de rigueur, prêt à reprendre l'action à la moindre seconde.

De son avant-bras droit, Léandre essuya l'humidité poisseuse qui dégouttait de sa lèvre abîmée. Un coup d'œil à l'empreinte sanglante qui vint maculer la manche de sa chemise lui permit de supposer l'étendue véritable des dégâts. « Rien de grave », se dit-il. Il avait connu bien pire en des situations autrement plus périlleuses ; mais en l'occurrence, il devait faire preuve à la fois de pugnacité et de réserve. Le Goupil connaissait sa vraie force et le manque extrême de tempérance dont il pouvait faire preuve au cours d'un combat réel. Il ne devait pas, cette fois, se laisser vaincre par son goût pour la violence.

L'adversaire n'avait, au fond, que seize ans.

D'un signe décisif, Hubert Lecour mit fin à l'affrontement et s'interposa entre les combattants avant de tendre une main en direction de son disciple resté au sol.

— Léandre, tu te sens bien ?

— Oui, ne vous en faites pas, maître, répondit le Gascon en prenant appui sur ses talons pour se redresser.

— Ne prends pas les horions à la légère, gamin. Une tête n'est solide que jusqu'à ce qu'elle reçoive le coup de trop. Fais-moi voir ça.

Le maître de combat examina la plaie ouverte. Hochant la tête d'un air grave, il fit signe à l'adolescent de retourner à sa place. Pas question de poursuivre cette démonstration maintenant que le sang était versé.

— Messieurs, patientez quelques instants, le temps que je soigne mon assistant. Nous poursuivrons l'étude pratique aussitôt après.

Les deux hommes allèrent dans un coin du gymnase où Lecour avait posé une sacoche de cuir. À l'intérieur, il transportait ses vêtements de rechange, quelques articles d'hygiène, car il détestait rester sale trop longtemps, et de quoi soigner les plaies de manière sommaire mais efficace, à condition bien sûr qu'elles ne soient point trop sévères.

Il prit un morceau d'étoffe douce et versa dessus quelques gouttes d'un élixir clair qui sentait nettement l'alcool de prune, avant de tendre la compresse humide à Léandre.

— Tiens, tamponne bien.

L'antiseptique eut l'effet d'une braise sur la peau à vif, et s'il ne laissa pas échapper une plainte, Léandre fit quand même une grimace très révélatrice.

— Ce sont toujours les égratignures les moins profondes qui font le plus souffrir.

— Passe ton doigt dans ta bouche, maintenant, et touche tes dents.

Le Goupil obéit, même s'il venait déjà d'agir inconsciemment d'une façon similaire avec le bout de sa langue. Une pression de la pulpe de l'index sur ses molaires, canines et incisives lui prouva, s'il en était besoin, que le coup n'avait fait qu'entamer la lèvre sans heurter trop rudement la mâchoire et l'édenter.

— Toutes là, et toutes bien accrochées.

— Voilà qui est mieux. Garde ce tampon en main deux ou trois minutes, et rejoins-moi après, histoire qu'on montre à ces mioches l'art de la canne.

— Oh non.

Lecour s'esclaffa face à l'air dépité de son élève et ami, et retourna vers le groupe de jeunes gens qui attendaient en ligne le long du mur.

Tout en épongeant sa bouche meurtrie, Léandre regardait le jeune homme responsable de sa contusion. Il irait lui parler après le cours. Non pas pour le provoquer, mais pour le féliciter et le conseiller, mais également l'interroger un peu. Il avait le potentiel pour devenir un élève de l'école Lecour, un sens du combat, de la position adéquate et du déplacement dans une rixe… Mais Hubert Lecour aimait dire qu'il ne souhaitait plus de pupille aussi féroce que Léandre Lafforgue.

— Tu te bats avec la hargne d'une hermine et la force d'un taureau. Ris si tu le veux, mais quand on connaît l'agressivité d'une hermine, on comprend à quel point c'est un mélange instable et hautement dangereux. Oh, je sais bien que dans ta profession tu es amené à risquer ta vie, mais tu devrais apprendre à te contrôler. Tu me fais parfois craindre pour ma santé quand nous combattons.

— Vous exagérez, maître !

— Un peu, sans doute. Mais il n'empêche. Imagine qu'un jour tu doives maîtriser un ami qui, pris de boisson et l'esprit embrumé, te cherche noise de façon insistante. Ton but n'est quand même pas de l'estropier. Me comprends-tu ?

— Très bien, mais je pense que je m'abstiendrai même de lutter avec un pochard.

— Si tu arrives à faire preuve de ce discernement, c'est heureux. Sache toutefois qu'on ne sait jamais la manière exacte dont on réagit face à une situation sans l'avoir déjà vécue. C'est un conseil d'ami.

— Et j'apprécie votre conseil d'ami, maître.

Le Goupil retira la compresse et l'inspecta. Elle était largement imbibée d'un mélange de sang frais et coagulé, indiquant que l'écoulement touchait à sa fin. Par précaution, il reprit la fiole d'alcool de prune et trempa un second emplâtre dans la liqueur. Ce fut déjà bien moins douloureux, et il se sentit d'attaque à reprendre le cours. Il n'était pas peu fier de la marque de confiance que lui témoignait son maître d'armes en le faisant venir à ses côtés pour cette démonstration.

Quelques jours plus tôt, durant leur entraînement, Lecour avait fait part à Léandre d'une invitation provenant du lycée Chaptal. Le directeur, Prosper Goubaux, avait en effet sollicité les services du professeur de boxe pour un cours particulier à des élèves triés sur le volet, avec le projet d'une possible embauche pour un enseignement régulier à la rentrée suivante. Faire de la boxe française une gymnastique scolaire ? L'opportunité était trop belle pour ne pas être saisie. Hubert souhaitait cependant pouvoir présenter la technique sans avoir à trop retenir sa force face à des néophytes. Le Goupil avait donc accepté avec enthousiasme et reconnaissance la proposition.

Ce qui lui valait maintenant une lèvre abîmée.

Sentant une présence derrière lui, il se retourna. Il reconnut alors le crâne dégarni et le visage intelligent et quelque peu anxieux du chef d'établissement.

— Comment vous sentez-vous, jeune homme ? demanda le directeur sur le ton qu'il employait pour s'enquérir de la santé d'un de ses élèves favoris.

— Au mieux, monsieur, je vous remercie de vous en inquiéter.

— J'en suis soulagé. Croyez bien que je n'ai pas l'intention d'en rester là et que je n'hésiterai pas à faire preuve de sanctions envers le responsable…

— Mais non, mais non, répondit le Goupil de sa voix la plus apaisante. Ce garçon n'y est pour rien. La vigueur et le manque de contrôle de la force sont des choses qui s'acquièrent avec le temps. Comment se nomme-t-il ?

— Paul Margotteau.

— Une recrue de choix ?

— Je le crois, sourit Goubaux. Je fais mon possible pour accepter dans nos classes des sujets d'élite. *Errare humanum est*, mais je n'ai jamais été vraiment déçu par mes élèves, à part une fois ou deux. Mais point avec lui.

— Un élève ou deux sur toute une carrière ? C'est là un quota des plus raisonnables, admit Léandre.

— Je rêve de voir davantage d'élèves intégrer des structures telles que la mienne, d'un avenir où plus de gens pourraient suivre une instruction poussée qui leur ouvrirait les portes d'un destin prestigieux. Je gage que vous me comprenez ?

— En effet, je vous comprends et je vous approuve. Feu mon grand-père prisait l'instruction par-dessus toute chose, et il m'a éduqué en ce sens.

— Vous eussiez donc été un élève brillant pour notre lycée.

— N'en croyez rien, j'aurais été le troisième à vous décevoir : je suis un littéraire avant tout, et l'enseignement scientifique, ou plutôt de l'arithmétique et de la géométrie, m'ennuie au plus haut point… et les sciences sont le point fort de l'instruction que vous prodiguez ici.

Avec un sourire, il retourna au combat et, une heure durant, enchaîna les positions de frappe et de défense, tant en boxe qu'en canne. Les combattants enchantèrent les élèves par leur rapidité et leur agilité, et quand on leur donnait l'occasion de répéter à leur tour les gestes auxquels ils venaient d'assister, ils s'y essayaient avec maladresse, certes, mais avec une rare bonne volonté qui démontrait à quel point cette lutte élégante et efficace les enthousiasmait ; dès la moitié du cours, Léandre eut la certitude qu'à la rentrée prochaine Lecour aurait sa place dans le corps enseignant du lycée Chaptal.

Une cloche sonna dans la cour. Il était midi passé et, malgré l'appétit qui leur tenaillait l'estomac et la réjouissante perspective de se retrouver autour d'une table dans les minutes qui suivaient, c'est avec un soupir général de dépit que les élèves se mirent en rang pour quitter le gymnase. Léandre s'en fut alors souffler quelques mots à l'oreille de M. Goubaux, qui tapa dans ses mains.

— Messieurs, à table. Margotteau, veuillez rester quelques instants, je vous prie ; vous rejoindrez vos amis tantôt.

Quelques regards furent échangés dans la colonne des adolescents. Il y eut des mains secouées, des mines soucieuses. Qu'est-ce qu'il allait prendre, le pauvre Paul ! Mais déjà la cohorte des affamés s'ébranla, tant la faim prévaut sur le sort d'un camarade…

Paul Margotteau se retrouva seul face aux trois hommes, la boule au ventre, fort mal à l'aise… et fut donc surpris à l'extrême quand le lutteur blond qu'il avait blessé d'un coup de pied en pleine figure lui sourit et lui tendit la main comme à un égal.

— De tous les garnements présents aujourd'hui, monsieur Margotteau, vous avez été de loin le plus vif et le plus adroit, dit Lecour.

— Croyez bien que ma lèvre s'en rappellera, renchérit Léandre.

Le garçon rougit et bredouilla :

— Je ne l'ai pas fait exprès.

— Mais si, vous l'avez fait exprès. Pas dans le but de me nuire, certes non, mais vous avez été pris par la virulence de la lutte, débordé par celle-ci, ce qui vous a fait agir comme si vous étiez au milieu d'une rixe, dans un véritable état de danger. Alors toutes mes félicitations.

Le jeune garçon pencha la tête, ne sachant trop si on se moquait de lui, mais il ne vit que visages rassurants, et comprit que l'entrevue ne l'expédierait ni au cachot ni en retenue.

— Avez-vous apprécié le cours ? demanda Goubaux.

— Oh oui, monsieur le directeur !

— Souhaiteriez-vous poursuivre dans cette voie ?

— Tout à fait !

— Sachez donc que, dès la rentrée prochaine, M. Lecour sera votre professeur, chaque semaine, dans cette même salle.

Le visage du garçon s'éclaira, et Léandre posa une main amicale sur l'épaule de son maître : l'excellente nouvelle que voilà ! Annoncée sur ce mode indirect, elle n'en avait que davantage de saveur.

— Ceci étant, vous avez été de loin le plus habile de mes élèves, ce jour. Je pense même, et mon ami M. Lafforgue ne me contredira pas, que vous avez un grand potentiel en la matière. Je vous incite alors, poursuivit Lecour, à signifier à monsieur votre père que j'apprécierais qu'il vienne à ma salle des Panoramas afin que nous puissions discuter de cours particuliers…

L'adolescent devint plus rouge encore et baissa la tête pour murmurer un remerciement. Sa confusion enchantée était si comique que les trois adultes ne purent résister et éclatèrent de rire de concert.

— Allons, Margotteau, dit Goubaux en reprenant son sérieux. Nous ne vous retenons pas plus longuement, sans cela votre repas sera bien froid ! Filez vous restaurer !

Ne se le faisant pas dire deux fois et sans se retourner, le jeune garçon fila à la vitesse d'un chevreuil en direction du réfectoire. Sa précipitation fit rire derechef Léandre et Lecour, et celui-ci vint alors serrer avec chaleur la main du directeur.

— Monsieur Goubaux, je suis si ému que je ne sais comment vous exprimer ma gratitude.

— En parvenant à passionner nos élèves comme vous avez su le faire ce jour ! La tâche n'est pas simple, ce sont des jeunes gens, et ils n'ont pas tout le temps la tête à suivre la discipline... Mais je suis persuadé que votre présence sera un atout supplémentaire pour notre lycée.

— Je m'y appliquerai.

— Et vous, jeune homme ? Souhaiteriez-vous intégrer le corps professoral... comme suppléant à votre maître ?

— Je crains de ne pas mériter un tel honneur, dit Léandre. Je manque de la pédagogie nécessaire pour enseigner...

Lecour toussa brièvement.

— ... et de plus, je ne manque pas de besogne. Mais je suis, à l'instar de mon maître, très touché que vous daigniez me le proposer.

Après une brève discussion, les deux lutteurs regagnèrent l'extérieur de l'établissement et prirent la direction de la gare Saint-Lazare en longeant les voies ferrées qui passaient en contrebas.

— Alors, ton impression ?

— Excellente, maître, excellente. C'est une place de choix, à n'en pas douter.

— Au fait, pourquoi avoir affirmé que tu ne pourrais pas être un bon enseignant ? Pas pédagogue, toi ? N'es-tu pas à la tête d'une ribambelle de marmots qui t'adorent ?

— Je ne suis pas à leur tête… je fais partie de leur bande, et il se trouve que je suis leur doyen… mais ils me voient comme leur égal… et je n'ai jamais prétendu être leur chef.

Des marmots. Léandre se répéta le mot avec une certaine nostalgie. Plus vraiment, non. Certains restaient petits, mais le temps avait déjà fait son œuvre, et pas qu'en bien. Parmi les plus âgés de la bande, deux d'entre eux étaient déjà des aguerris de la Petite-Roquette. Certains avaient un peu de poil aux bras et on discernait un filet de duvet sombre au-dessus de la lèvre supérieure… D'autres nouveaux malappris avaient intégré la bande au hasard de leur existence souvent difficile, mais la bande qu'avait intégrée le Goupil quatre ans et demi plus tôt s'était divisée, morcelée. Il continuait à participer aux réunions quand il le pouvait, Furet et Citronnelle quant à eux faisaient de temps à autre irruption à l'hostellerie du *Vieil Armagnac* où ils étaient toujours reçus avec le sourire par Arnaud et Constant… pas par Hermance, bien entendu.

— J'ai faim, dit-il pour changer de sujet.

— Moi aussi, répondit Lecour.

— Ceci étant, je pue, et je ne puis aller travailler de la sorte.

— Allons aux bains de Tivoli, nous nous y décrasserons, après quoi nous aviserons.

Les bains se trouvant rue Saint-Lazare, ils y furent en moins de cinq minutes et, bientôt, purent chacun se délasser dans une cuve de cuivre remplie d'eau fumante et parfumée. Ayant pris la précaution d'emporter avec eux une sacoche d'effets propres, c'est habillés de frais qu'ils quittèrent les thermes, les muscles apaisés par l'immersion, et prirent la direction du passage des Panoramas afin d'aller y rassasier leurs estomacs.

Léandre ne détestait pas y manger, à l'occasion ; bien sûr, rien n'était vraiment comparable à la table savamment garnie de maître Arnaud Davezac, mais ce coin de Paris ne manquait pas de bonnes tables et de gargotes destinées à satisfaire les affamés fortunés aussi bien que les indigents.

Assis dans un angle d'un restaurant à l'atmosphère tamisée et confortable, leurs mâchoires étaient en train de mettre à mal une cocotte de fricassée de volaille aux champignons quand la conversation dévia sur les illustres fréquentations professionnelles de Léandre.

— Alors, comment se porte notre souverain ?

— Au mieux, du moins je l'espère, éluda le jeune homme. Il a bien à faire avec ses récentes noces… et d'ailleurs, il serait bon que vous pensiez plus aux vôtres !

Hubert Lecour était en effet à deux mois de célébrer son propre mariage avec une charmante pianiste, cérémonie moins prestigieuse que celle ayant, un mois et demi plus tôt devant Dieu et les hommes, uni les destinées de Napoléon III et d'Eugénie.

Léandre ne pouvait cependant pas révéler – pas même à son maître d'armes, à qui il faisait pleine confiance – la vérité quant au sinistre qui avait, ce soir-là, manqué détruire une des plus belles salles des Tuileries.

La garde étant en nombre suffisant, l'alerte à l'incendie avait été rapidement donnée, et le feu circonscrit dans un laps de temps tout à fait raisonnable. En pénétrant dans les lieux encore fumants, aux murs et aux plafonds gluants de suie fraîche et d'eau, un des valets avait été soudain pris d'un malaise qui l'avait contraint à se précipiter vers l'angle opposé de la cour, le plus loin possible de là. Nul ne lui en fit reproche face à l'état désastreux des corps qu'il venait de découvrir. De Brichand, il ne restait qu'un squelette carbonisé, sauf en dessous du genou droit. Par un étrange et dérangeant miracle, l'incendie n'avait qu'à peine touché la jambe, et c'était sans doute la chose la plus répugnante de toutes que de voir ce moignon intact portant encore les restes d'un pantalon au bas de cette dépouille noirâtre…

Moins abîmés, mais n'ayant pas survécu pour autant, Koeppen et Sergent avaient été projetés au loin avec une force démentielle. Pauvres créatures de Dieu, brisées comme des branches sèches lors d'une tempête en heurtant les murs et les meubles du salon…

Aussitôt, on se douta qu'un incendie banal ne pouvait pas provoquer ce genre de trépas, et l'un des majordomes prit la responsabilité d'en référer à qui de droit. Il songea d'abord à prévenir la police, mais son instinct lui laissa entendre que ce serait une erreur et qu'il convenait d'en faire état à de plus hautes instances. Sage initiative de sa part, pour laquelle il fut par la suite félicité. L'inquiétante information remonta en moins d'une heure jusqu'aux oreilles du comte de Morny, qui ne dormait point. L'invétéré joueur achevait sa nuit dans son club favori, au beau milieu d'une partie d'un jeu ancien, cher aux monarques de l'Ancien Régime et qui s'appelait le pharaon. S'il pesta en devant abandonner le jeu – qu'il gagnait, comme à son habitude –, il agit avec promptitude, ordonnant que l'on aille quérir les chefs de la Noble Cour – en l'occurrence, les agents Goupil et Roënel – afin qu'ils se présentent aux Tuileries avant que la journée ne soit trop avancée. Léandre et Leterrier furent ainsi tirés du lit et conduits en quatrième vitesse jusqu'au palais où ils procédèrent, la mine chiffonnée et le bâillement fréquent, aux premières investigations dans la plus grande discrétion.

— Je ne vous cache pas, messieurs, qu'une telle tragédie ne manquerait pas de passionner la presse. C'est clairement ce que nous souhaitons éviter. Notre empereur n'a nul besoin, au soir de ses noces, d'entendre parler de cette histoire. Nous paierons les domestiques un supplément pour s'assurer de leur silence. Je gage qu'il ne sera pas nécessaire d'en faire de même avec vous.

Léandre lui jeta un regard sombre. Il imaginait fort bien le comte usant de la carotte et du bâton auprès de la domesticité. Quel valet aurait souhaité risquer sa place, voire sa liberté, pour une indiscrétion quand, en contrepartie, on lui offrait de récompenser financièrement son secret ?

Morny avait fait placer, à chaque entrée de la pièce détruite, plusieurs gardes de confiance, et qui n'ébruiteraient en aucune façon la situation pénible dont ils avaient la charge. Un chandelier en main, il observait les deux policiers, encore passablement fatigués, inspectant, le dos voûté et équipés d'une lanterne, les restes calcinés des présents et ceux des victimes, à la recherche de quelque indice encore assez révélateur.

— Quelle odeur infecte… commenta Roënel en examinant le cadavre démantibulé de Koeppen.

— Laissons les corps, dit le Goupil. Mouflart sera plus à même de les faire parler que nous. Monsieur le comte ? Vos hommes pourraient-ils se charger de leur convoi ?

— De quoi avez-vous besoin ?

— De quelques draps, pour servir de linceuls de fortune… à moins qu'on ne puisse récupérer ces tapis, dit-il en désignant sur le sol plusieurs carpettes jadis splendides mais maintenant largement consumées.

— Vous n'êtes pas sérieux ?

— Je sais bien que ce n'est pas là le respect dû à des morts, mais si nous ne devons pas nous faire remarquer, déplacer ces cadavres sans les camoufler quelque peu irait dans le sens opposé à vos désirs. De plus, récupérer ces tapis – au demeurant inutilisables désormais – pourrait nous aider à déblayer quelque peu cette salle.

— J'entends bien.

— Pas besoin d'être clairvoyant, cela part d'ici, dit Roënel en désignant au sol un emplacement rectangulaire, voisin du corps mutilé de Brichand.

— Sans doute : observez les murs, les meubles. La déflagration, survenue en ce point, a soufflé ce qui se trouvait au-dessus d'elle. Le reste a été généreusement roussi par la chaleur, mais guère. À l'évidence, on a cherché à détruire toute chose située à plus d'un mètre du plancher.

— En gros, à tuer quiconque était à proximité.

— C'est bien ça.

Morny secoua la tête avec incrédulité, effroi et ennui.

— Ne pourrait-ce être quelque accident ?

— Cela semble peu probable.

— Imaginons, par exemple, une bonbonne d'alcool, surchauffée ?

— Vous-même n'y croyez pas une seconde, monsieur. Et surchauffée comment ? Par la cheminée ? Trop lointaine pour provoquer une ébullition qui aurait fait explosion. Non, cela semble hélas un geste délibéré, nuisible à l'extrême.

— Sait-on quel article se trouvait là ? s'enquit Leterrier.

— Pour vous répondre directement, je l'ignore, et je crains que ceux qui n'aient de leurs yeux vu l'objet en question ne soient répandus à nos pieds, partis rejoindre le Créateur… À ce que je sais, nous disposons cependant d'une liste des présents, avec les noms des expéditeurs, afin qu'ils reçoivent un message de remerciement.

— Sa consultation pourrait nous être fort utile. La comparaison va être longue, tant les cadeaux paraissent nombreux, mais nous ne pouvons négliger aucune piste.

— Soit.

Morny les laissa alors pour donner quelques ordres, et les deux agents se regardèrent sans mot dire, partageant le même sentiment d'inquiétude.

L'examen des corps par le Dr de Flandre fut abominable, mais sans résultat accablant et utile aux investigateurs. Il conclut malgré tout que la déflagration était puissante, et cependant contrôlée, et qu'il fallait une expérience certaine en matière d'explosifs pour construire une telle machine infernale – car même en l'absence tangible de débris suffisamment gros et éloquents pour savoir à quoi ils avaient affaire exactement, la Noble Cour s'était fait une raison. Ils se trouvaient face à un attentat, qui avait manqué sa cible, mais avait tout de même été perpétré contre l'empereur... au soir de son mariage.

C'était là une affaire de bien sinistre augure.

Si la presse fit bien écho de l'affaire, ce fut à cause du triple décès qu'on ne pouvait décemment camoufler. Le préjudice fût-il resté matériel qu'aucun journaliste n'en aurait fait mention... Ceci dit, Léandre supervisa la chose et laissa entendre – sans approuver la version – que les défunts avaient trop fêté le mariage et que, dans leurs libations, ils avaient revisité le tragique bal des Ardents... L'incendie ramené aux proportions d'une beuverie s'étant mal terminée, nul n'en parla plus au bout d'une semaine, sinon les familles des disparus.

Pendant le mois de février, les membres de la Noble Cour restèrent aux aguets, étudiant sans relâche la moindre hypothèse. À leur grand désarroi, l'étude poussée de la nomenclature des cadeaux ne fournit là aussi aucune réponse capitale. L'objet avait dû être entreposé au milieu de bien d'autres, et aucun domestique ne se rappelait avec certitude ce qu'ils avaient rangé, encore moins où.

Au même moment, sur ordre de Morny et sans qu'il en soit jamais fait mention à l'intéressé, la surveillance rapprochée autour de l'empereur, en villégiature à Saint-Cloud, fut renforcée. S'il s'aperçut d'un regain d'activité dans son entourage, le chef d'État, ayant d'autres sujets de préoccupation en tête, préféra se dire qu'on faisait un peu d'excès de zèle pour lui assurer une lune de miel d'une absolue quiétude.

L'estomac rempli et l'humeur guillerette, Léandre quitta Lecour et poursuivit sa route en débouchant du passage dans la rue Montmartre. En empruntant cette artère, il pensait souvent à Balzac, qui disait d'elle qu'elle avait une belle tête et finissait en queue de poisson. Le Goupil se montrait bien moins sévère. Il appréciait, au contraire, la vie de cette rue, large, claire, de plus en plus commerçante à mesure qu'on se rapprochait de l'ancienne porte Montmartre.

Tournant sur sa gauche, il parvint rue du Petit-Lion-Saint-Sauveur et s'engouffra dans l'immeuble situé au numéro 15. Il s'agissait d'un ancien bâtiment d'aspect simple, malgré la présence d'une porte cochère qui n'aurait pas été de mauvais goût à la façade d'un hôtel particulier. L'entrée de l'immeuble, à droite en entrant, protégée par une porte de bois solide et de fer forgé, donnait sur un vieil escalier de chêne qui desservait les trois étages supérieurs.

— Bien le bonjour, monsieur Goupil !

Léandre sourit et salua le concierge. À la différence de bien des immeubles, c'était un homme qui occupait les fonctions de gardien, et sa présence aurait suffi à éloigner le moindre fouineur ou monte-en-l'air décidé à faire du repérage en vue d'un larcin.

Ce presque quinquagénaire s'appelait Jules Rousseau, mais tous le surnommaient Hercule, un surnom qui n'était pas démérité. Il frisait les deux mètres et le quintal et demi. Natif d'Étampes, soldat dans sa belle jeunesse, il avait accumulé les faits d'armes avant de subir une blessure catastrophique lors du bombardement de Mogador. Une balle l'avait cueilli en pleine charge, faisant imploser son tibia gauche, et les médecins n'avaient eu d'autre choix que de lui sectionner la jambe. Il se rappelait encore, huit ans après, le bruit et la souffrance de cette amputation qui avait mis un terme à sa carrière sur les champs de bataille. Ramené à Paris, ses vingt-deux années de service l'avaient rendu admissible à l'hôtel des Invalides. Il y avait appris à se déplacer sur une jambe de bois avec une aisance peu commune, et une souplesse non moins extraordinaire pour un homme bâti de la sorte. Rousseau ne s'était pas laissé démoraliser par ce changement brutal d'existence et, plutôt que de végéter au milieu d'autres estropiés ressassant leur héroïsme du temps jadis, il avait opté pour un changement radical en se frottant à la vie civile, cherchant à l'extérieur des activités où son handicap ne serait pas un écueil.

Ce fut, curieusement, sa prothèse qui lui permit de subsister mieux que d'autres. Plutôt que de se contenter d'un simple pilon mal dégauchi, il s'était procuré une bûche de vieux chêne bien sec et avait occupé une partie de ses soirées à l'agrémenter. De la lame de son couteau favori, creusant le bois brut, peignant et vernissant le tout, il avait réussi en quelques semaines à donner l'illusion qu'il avait un caducée à la place de la jambe gauche ! Le résultat était en tout point admirable : la couleuvre enroulée paraissait réelle, et même vivante, terrorisant certains enfants et la plupart des ménagères qui le croisaient !

Un jour, alors qu'il se promenait aux abords du Champ-de-Mars pour y assister à ces manœuvres qui lui rappelaient son passé, Rousseau avait attiré l'attention d'un autre badaud qui s'était vivement esbaudi à la vue de son pilon sculpté. Ils avaient discuté, sympathisé autour d'une chopine de blanc. C'était ainsi qu'il était entré au service de cet inconnu, un certain Winternitz, maître ébéniste marqueteur de la rue Chapon, qui cherchait à diversifier les options qu'il soumettait à ses clients fortunés… L'association des deux hommes devait être des plus fructueuses, et permettre à l'Hercule de s'assurer des revenus décents – en plus de sa pension – ainsi qu'une vie sociale régulière dont bien des blessés de guerre étaient privés. Après une quinzaine d'années de cette collaboration, Rousseau pouvait se permettre de ne travailler que sur des pièces d'exception, ce qui lui laissait beaucoup de temps libre. N'étant pas joueur, resté garçon, il avait une réputation d'avare et d'égoïste dont il se réjouissait. Il avait pris conscience que, même au sein d'hommes unis par la souffrance et l'expérience des champs de bataille, la jalousie était un élément omniprésent. Qu'y pouvait-il s'il avait le don de la sculpture ? Aurait-il dû, en plus d'une jambe, perdre l'usage de la main afin d'être un parfait désœuvré et se complaire dans les vieux souvenirs de guerre pour satisfaire les bons à rien ? Hors de question.

Alors quand, en février 1852, un officier venu de l'Élysée national s'était présenté aux Invalides afin d'y recruter un homme – un seul ! –, il avait fait partie des quatorze volontaires, ce malgré les commentaires les moins aimables de ses compagnons d'infortune envieux et velléitaires. L'envoyé ne précisait pas exactement l'objet de la mission, ni sa durée, encore moins sa rémunération : il s'était contenté de prendre des notes durant les courtes entrevues individuelles, en posant quelques questions d'état civil, l'aptitude à lire et à écrire, ou la force physique des postulants... Rousseau lisait peu et écrivait mal, mais il avait un esprit vif et comprenait rapidement les choses. Il sentit que la discrétion était une qualité primordiale pour cet emploi, mais qu'il fallait faire preuve d'un peu plus d'opiniâtreté que les autres. Sitôt son propre entretien achevé, il avait quitté le bâtiment principal et patienté dans un coin de la cour d'honneur, à l'abri des regards mais à petite distance du phaéton vert qui, selon toute évidence, était le véhicule du mandataire officiel. Quand celui-ci allait se hisser sur le marchepied, l'unijambiste l'avait interpellé et bénéficié de deux bonnes minutes supplémentaires pour lui démontrer qu'il était l'homme de la situation… même s'il ignorait tout de ce qu'on attendait de lui. L'émissaire l'avait écouté sans rien dire, mais, avant de partir, il lui avait serré la main… et dès lors Rousseau avait compris qu'il avait gagné. Une semaine plus tard, au matin du 28 février, il était convoqué dans le bureau du gouverneur des Invalides et ancien roi de Westphalie, le prince Jérôme Bonaparte, et ce dernier lui avait annoncé que, par faveur exceptionnelle de son neveu, le prince-président, il devait se présenter dans la journée au 15 de la rue du Petit-Lion afin d'y prendre ses ordres.

Léandre grimpa sans plus attendre au premier étage. L'appartement était vide d'occupants, et le printemps n'étant pas encore arrivé, il y régnait un froid sec et mordant. L'absence d'humidité ne rendait pas le climat plus agréable que cela. Il alla récupérer, dans la pièce principale, quelques morceaux de bois avec lesquels il remplit le poêle de son cabinet jusqu'à la gueule avant de faire embraser. Une chaleur réconfortante envahit peu à peu la pièce, et Léandre approcha ses mains du métal brûlant. Si les lieux étaient devenus pour lui familiers, il commençait seulement, au bout d'un an, à s'y sentir chez lui.

Tout avait commencé par une convocation dans le cabinet du prince, à la mi-février.

— Goupil, passez-moi la clé de votre bureau.

En obéissant, Léandre n'avait été qu'à demi surpris. Il connaissait déjà les intentions de son maître quant à un déménagement. Bonaparte avait manifesté le désir d'intégrer ses quartiers au palais des Tuileries, l'Élysée n'était plus assez prestigieux pour être le siège du régime – pas du point de vue du Goupil, toutefois.

— Dois-je comprendre que l'heure de rejoindre nos nouveaux locaux a sonné, monsieur ?

— De toute évidence.

Il lui rendit la clé après l'avoir examinée, l'air pensif.

— Vous en aurez besoin pour faire transporter les dossiers, dans les jours à venir. Accompagnez-moi.

Léandre s'était alors rendu compte que le prince était habillé d'une façon très simple, en bourgeois certes, mais rien qui puisse laisser penser au prestigieux rôle qu'il occupait. De même, ce fut dans une voiture verte d'allure banale qu'ils prirent la route, Bonaparte confiant les rênes à son agent.

— Tournez à droite, voulez-vous ?

— Ne gagnerions-nous pas de temps en empruntant les Champs-Élysées ?

— Pas vraiment.

Ils suivirent la rue du Faubourg-Saint-Honoré, poursuivant par la rue Saint-Honoré, mais quand Léandre fit mine de bifurquer en direction du Louvre, Bonaparte lui intima le contraire.

— Mais, monsieur, ce n'est pas là le chemin pour se rendre aux Tuileries !

— En effet, puisque nous n'y allons pas.

Tirant un briquet et une cigarette de la poche de sa redingote, Bonaparte se mit à fumer. Sachant que son agent ne fumait pas, il se garda de lui en proposer une et, entre deux bouffées de tabac, poursuivit son explication :

— Goupil, je pense qu'il est nécessaire à la Noble Cour de disposer de davantage de place qu'un simple bureau. Vous commencez à être un certain nombre d'agents, et j'ai pensé utile de vous trouver des locaux plus pratiques tant pour une question d'espace que pour le caractère particulier de vos missions. Vous conserver aux Tuileries m'apparût comme peu souhaitable, et la dispersion des différents agents guère facile à gérer. Tout sera désormais réuni en un seul et même endroit.

Bientôt, ils parvinrent dans la rue du Petit-Lion. C'était une venelle paisible, aux rez-de-chaussée consacrés au commerce, à part le numéro 15, qui ne semblait destiné qu'à l'habitation.

— C'est là, dit le prince.

Il descendit, frappa à la porte cochère, qui s'entrouvrit au bout de quelques instants, laissant apparaître la tête fanée d'un vieillard. Ce dernier, avec effort, ouvrit en grand les deux battants afin de laisser entrer le phaéton dans la cour arrière. En descendant, Léandre regarda avec attention le lieu. L'espace était petit et cerné de trois murs aveugles : seul le bâtiment dont la cour dépendait disposait de fenêtres donnant sur celle-ci. Sur le flanc ouest, il y avait une écurie délabrée, d'une superficie suffisante pour abriter deux chevaux et ranger une voiture de petite taille, le tout jouxtant un puits. La partie est était flanquée d'une double porte digne d'un entrepôt de commerce. À première vue, l'endroit était vieillot, gris, terne, sans charme, et Bonaparte n'eut aucun mal à percevoir cette impression sur le visage de son agent.

— Vous n'êtes pas satisfait.

— Ma foi… pour l'heure, je préfère ne pas me prononcer sur de simples questions esthétiques.

— Et vous avez raison. Attendez de voir le reste.

Ils rentrèrent dans le bâtiment, sous le regard attentif et méfiant du vieux concierge.

— Ce brave homme ne restera pas longtemps à nous scruter, soyez-en assuré. Montons.

Sortant un trousseau de clés, Bonaparte ouvrit la porte et pénétra le premier dans l'appartement du premier étage. Bien que gris de poussière, l'endroit, à la différence de l'extérieur, ne méritait pas qu'on le qualifie de sordide. Il était même assez agréable, avec son parquet ancien mais en bon état, ses fenêtres larges, ses quatre pièces.

— Il n'est pas utile de vous faire visiter les étages supérieurs, tous les logements ont la même allure.

— Pourquoi irions-nous d'ailleurs visiter les étages supérieurs ?

— Car tout l'immeuble est désormais le vôtre. Ou du moins, le siège de la Noble Cour.

Léandre le fixa avec des yeux incrédules.

— N'est-ce point trop ?

— Pas vraiment. M. Ledrue, le propriétaire – ce vieillard à l'air sinistre que vous avez vu tantôt –, est un affreux rapace qui déteste la compagnie. Riche, et même fort riche, il s'est arrangé pour faire déguerpir au fil des ans tous les occupants par son caractère acrimonieux. Dès lors, il ne trouve nul locataire et songe à vendre l'immeuble, mais comme il s'est fait des ennemis dans toute la rue, nul n'a envie de lui rendre service en conseillant l'acquisition du bien. Il a dû alors voir ses tarifs au rabais... Le prix a été un élément supplémentaire dans mon choix, même s'il ne fut pas le principal.

— Un immeuble entier... quand même !

— On ne dispose jamais d'assez de place. Pourquoi croyez-vous que je préfère m'installer aux Tuileries ?

— Je ne sais que dire !

— Dites simplement que vous êtes satisfait de ce choix ?

— Bien entendu, monsieur !

Bonaparte passa son index ganté sur le mur et grimaça en regardant la macule grise sur le bout du doigt.

— Un ménage appliqué ne sera pas de trop, je le concède. Il y a cependant une pièce qu'il serait bon que vous voyiez.

Ils redescendirent au rez-de-chaussée et, par la cour, accédèrent aux portes de l'entrepôt. La salle qui se trouvait derrière était vide, froide, sans le moindre éclairage... ni la moindre fenêtre. Et Léandre comprit aussitôt le parti que l'on pourrait tirer d'une salle tellement close et soustraite à tout regard indésirable.

— Quand vous disiez que tout serait réuni en un seul endroit...

Le prince sourit.

— Je me suis fié aux rapports de mon homme de confiance qui a passé plusieurs jours à visiter les lieux à la recherche de l'endroit idéal. D'autres lieux auraient été plus proches, sans doute, mais pas plus commodes ni aussi discrets. De plus, par quelque caprice du destin, nous nous trouvons dans une rue qui ne peut que plaire au littéraire que vous êtes : nous jouxtons l'hôtel de Bourgogne…

— Le berceau de la Comédie-Italienne, dit Léandre, rayonnant. Sans compter que dans la rue voisine, la rue Tiquetonne, mourut Scaramouche et vécut d'Artagnan, si l'on en croit bien entendu M. Dumas !

L'installation prit quelque temps, consacré à l'aménagement optimal des lieux et à quelques travaux de réfection, et à la récupération auprès du Mobilier national de tout le matériel nécessaire ; ne souhaitant pas susciter trop de polémique, le prince conseilla à ses agents de se contenter des meubles les moins tape-à-l'œil, déjà largement utilisés, ce qui laissait quand même un choix tout à fait raisonnable pour équiper le nouveau quartier général.

Le premier étage fut consacré aux bureaux. Léandre et Leterrier partageraient le même cabinet, la salle principale fut meublée d'une table ovale et d'une dizaine de petits fauteuils pour y tenir séance. Du deuxième, on choisit de faire un lieu de vie : trois des pièces devinrent chambres, avec neuf lits individuels, la dernière servait tant de cuisine et de salle à manger que de salon d'agrément. Au troisième niveau, sous les combles, Léandre décida de ranger les archives de la Noble Cour. Par ce terme, il désignait vouloir conserver les dossiers gérés par les agents, tant passés qu'actuels, et également une bibliothèque dont la consultation serait facilitée aux agents en cas de recherches ne souffrant aucun délai. Frémont, alias Camille Garnier, serait, bien entendu, la maîtresse des lieux et c'est nanti d'une liste par elle dressée qu'il fit remplir peu à peu les étagères de la pièce d'étude.

On laissa également tout loisir au Dr de Flandre pour sélectionner l'ameublement de « l'entrepôt ». La pièce fut dès lors carrelée de blanc, au sol comme aux murs, équipée d'une rigole pour faciliter le nettoyage, d'une table de dissection en tout point similaire à celles qu'on trouvait à la morgue, mais également d'un plan de travail zingué courant le long de toute la paroi.

Alors que Napoléon III changeait officiellement son statut de président en celui d'empereur, le 15 de la rue du Petit-Lion était devenu le siège d'un des organismes de police les mieux équipés du monde, et cela sans que quiconque habitant dans les environs ne soit au courant. Une rumeur, lancée par Léandre en personne, laissait entendre que le bâtiment était devenu le siège français d'une entreprise des Amériques. Les gens, se souciant fort peu de la réalité des affaires qui y étaient gérées et ne souhaitant pas se frotter au colosse invalide qui en surveillait l'entrée, avaient admis ce mensonge comme étant tout à fait plausible et riaient volontiers du nom du pseudo-propriétaire : M. Chevrette. Là encore, Léandre était responsable de ce choix, tant fait pour rendre hommage à l'auberge voisine où aurait vécu son compatriote d'Artagnan que pour susciter les calembours, ce qui ne manqua pas d'arriver.

— On reste dans le même élevage : après ce vieux bouc de Ledrue, nous voilà voisins d'une Chevrette…

Même Bonaparte avait ri de cette facétie.

Léandre s'assit à son bureau et regarda la pendule. Il devait se mettre au travail, et au plus vite. Bien sûr, il utilisait une partie de son temps au bureau pour ses activités littéraires, mais là, il avait à étudier – une fois de plus – la liste des mouvements contestataires violents ayant usé de machines infernales par le passé. C'était une piste sans l'être : l'auteur de l'explosion des Tuileries pouvait en être à son premier méfait, ayant réussi avec la « chance » du débutant un coup de maître. Et vers quelle branche politique se tourner ? Les ouvriers socialistes, les royalistes, les républicains dépités par l'orientation impériale de leur ex-président ? N'importe quel illuminé pouvait subitement ressentir le désir de faire mourir le chef de l'État…

Voilà plus d'un mois qu'il s'usait la santé, les yeux et le bout du doigt à compulser des rapports de police sur les faits et gestes des opposants les plus acharnés à la perte de l'empereur, sans parvenir pour autant à un faisceau de suspicions suffisantes pour appréhender qui que ce soit, et cela l'agaçait beaucoup.

Il se livrait à cette ennuyeuse lecture depuis au moins une heure quand il entendit le portail et le bruit de roues et de sabots sur le pavé de la cour. Il alla à la fenêtre arrière et, se penchant, reconnut, guidant le véhicule, les cheveux courts du Dr de Flandre. À bord de son tilbury se trouvait un coffret de bois noir, qu'il saisit avec délicatesse après avoir ouvert la porte de son laboratoire.

— Qu'est-ce là, Mouflart ?

— Ah, Goupil ! fit le praticien en levant les yeux. Navré de ne pas vous saluer comme je devrais le faire, mais je suis quelque peu chargé... Je pense d'ailleurs que vous devriez me rejoindre, ce cadeau est tout aussi fait pour vous que pour moi...

Abandonnant sans y réfléchir à deux fois le dossier sur lequel il s'escrimait, Léandre rallia le laboratoire tandis que de Flandre, équipé d'un tournevis, retirait le couvercle du coffret afin d'accéder plus facilement à son contenu.

Le Goupil, après y avoir jeté un coup d'œil, fit un bond en arrière.

— Auriez-vous perdu l'esprit ?

— Nenni, mon garçon. Je puis vous assurer que vous ne risquez rien. Et si quelque chose devait se produire, cela ne tuerait que vous et moi.

— Comme c'est rassurant !

À l'intérieur de la boîte se trouvait en effet un sinistre assemblage métallique composé d'une montre et de rouages. Du boîtier émanait un doux cliquetis, mais il était clair que cet appareil n'avait pas pour vocation d'être exposé sur le manteau d'une cheminée...

— Est-ce une machine infernale ?

— Oui, c'est exact.

— Et vous osez la transporter de la sorte ? Sans précautions, dans votre voiture ?

— Je vous ai déjà dit que c'était sans danger, répliqua le médecin avec humeur. Ayez un peu confiance.

— En vous, oui. En cette chose, certainement pas.

— Cette chose est un petit bijou de mécanique qui ne mérite pas qu'on en parle avec mépris, même si son usage semble hautement compromis.

— C'est-à-dire ? Comment êtes-vous rentré en sa possession, d'abord ?

— Voici deux heures environ, alors que j'étais à la morgue, un agent de police des Italiens est arrivé, la mine effrayée – autant que la vôtre d'ailleurs –, pour solliciter ma présence au *Café Frascati*.

— Tiens donc. Une galante souhaitait votre présence afin de dépecer quelque client pénible ?

— Toujours la moquerie aux lèvres ! Ne m'interrompez pas ! C'est un garçon qui a fait la découverte, sous une table un peu isolée, d'un sac contenant ce coffret. Le sac n'ayant aucun signe distinctif et le passage, sur le coup de midi, étant assez fréquent, il n'a pas eu moyen d'identifier la personne qui avait pu l'oublier. La curiosité – et peut-être un rien de malhonnêteté – l'a poussé à ouvrir la boîte... et à s'évanouir presque aussitôt. Quand il a repris conscience, il a raconté la chose au tenancier, lequel, ne désirant pas faire de scandale et faire fuir sa clientèle, a fait prévenir aussitôt le commissaire du quartier, lequel, averti de la démarche à suivre en cas de machine infernale...

— ... vous a fait quérir à votre tour.

— Je n'ai pas perdu de temps, et par prudence j'ai préféré employer ma voiture au cas où... Le commissaire m'attendait près du café et, sous couvert de consommer, nous avons pris place jusqu'à ce que le patron vienne à notre rencontre. J'ai pu alors ouvrir cette boîte – avec toutes les précautions du monde – à l'arrière-cuisine, et rassurer tout le monde quant à son contenu.

— Ce n'en est pas moins une bombe ?

— Oui, tout à fait authentique et réelle… si ce n'est qu'elle ne contient aucune matière détonante. Voyez cette bouteille : normalement, c'est là qu'on aurait dû trouver une poudre, ou quelque matière inflammable et explosive, mais elle est vide.

— Un leurre ?

— Peut-être… Je vais l'examiner plus en détail.

— Vous pensez être à même de disséquer ce genre d'engin ?

— Jeune homme, je passe mon temps à disséquer les défunts. Ce n'est pas un appareil de métal et de verre qui va me causer des difficultés !

D'une boîte qu'il conservait sous le plan de travail, Mouflart récupéra plusieurs outils fins, pinces, tournevis. Il était en effet sensible à l'horlogerie, qui s'accordait bien avec son tempérament scientifique et minutieux et trouvait du réconfort dans la réparation des montres et autres mécanismes anciens. Léandre resta une bonne partie de l'après-midi à observer en silence les gestes précis du docteur transformé en mécanicien. Même après avoir confirmé à nouveau l'innocuité de la bombe, il procédait avec minutie et délicatesse comme si un geste de trop avait pu subitement ramener le tout à des intentions homicides.

Finalement, la chose fut disséminée en pièces détachées, désormais sans le moindre danger, et de Flandre extirpa de sa poche un mouchoir pour s'éponger le front.

— Vous voyez que vous craigniez quelque chose, major, dit le Goupil face à ce geste manifeste de soulagement.

— Je ne suis tout de même pas maître en la matière. Je cherchais surtout à me rassurer car je songeais que l'artificier, si tant est qu'il fût d'un penchant sadique, aurait pu camoufler sous la fausse bombe une vraie, plus petite, mais pas moins dévastatrice. Dieu merci, il n'en fut pas ainsi. La seule chose qui me surprenne, c'est qu'outre la partie détonante il semble qu'il manque autre chose.

— Autre chose ?

— Oui. Il y avait là, de toute évidence, une pièce absente qui devait être reliée au reste. Il y a des pas de vis sur la partie latérale de notre engin qui n'ont pas lieu d'être autrement.

— Quelle en aurait été l'utilité ?

— Là, mon garçon, vous m'en demandez trop. C'est au concepteur de cette petite horreur qu'il conviendrait de s'adresser pour obtenir ce genre de réponse.

Le Goupil hocha la tête et saisit le coffre vide. C'était une boîte sans grande valeur, en bois peint, sans doute pour masquer la mauvaise qualité du bois, à l'intérieur tapissé d'un velours noir en triste état. Passant la main sur le tissu, Léandre fronça les sourcils, puis prit un tournevis sur le plan de travail afin de s'en servir de levier.

— Faites attention de ne pas l'abîmer, protesta le docteur.

Le velours ne fut obstacle que l'espace de deux secondes et se déchira avec aisance sous la pression de l'outil.

— Je pense qu'il est inutile de chercher un coffre identique dans le commerce. C'est sans doute l'auteur de la bombe qui l'a « habillé » ainsi de tissu... pour nous laisser ce message.

Et il brandit une enveloppe de papier gris, jusqu'alors cachée sous le velours, et qui portait, à l'encre marron, la mention de son illustre destinataire :

À l'usurpateur Bonaparte.

— Mouflart, passez-moi l'un de vos scalpels.

— Ne pourriez-vous pas employer les outils suivant l'usage auquel ils sont voués ? ronchonna le médecin.

— Je n'ai pas de coupe-papier sous la main, et faute de grives, on mange des merles. Donnez !

De deux coups de bistouri, l'enveloppe livra son message.

Prince,

En trahissant vos convictions, vous avez également trahi celles d'un peuple qui avait confiance en vous. En reprenant le titre immérité de votre oncle l'usurpateur, vous n'avez fait qu'aggraver la situation.

Le premier coup de semonce qui a retenti pour vos noces n'a pas eu l'effet recherché, bien qu'il ait fait couler le sang, chose qui n'a sûrement pas été le cas dans le lit de votre gourgandine ce soir-là.

Celui-ci est destiné à vous prouver que nous ne cherchons pas la violence à tout prix.

Les prochaines fois ne seront pas aussi clémentes.

Renoncez au pouvoir avant qu'il ne soit trop tard.

God save the Queen.

Et en bas du document, un petit dessin servait de signature.

Il s'agissait d'un angelot rebondi armé d'un arc qu'il tenait en joue.

— L'Amour ?

Le comte de Morny, à l'humour d'ordinaire si prompt, ne se sentait pas d'humeur à plaisanter.

— C'est donc à lui qu'on doit l'attentat des Tuileries ? demanda Victor de Persigny.

— Il le laisse entendre ainsi, en tout cas. Je ne vois pas qui aurait profit à se vanter d'un tel acte, à part le vrai responsable.

— Qu'en dites-vous, Mouflart ?

— Goupil est probablement mieux placé que moi pour ce genre de renseignement. Je certifie en tout cas que celui qui a préparé cet engin est un homme de l'art, et pas un novice. Il a délibérément choisi de ne faire aucune victime, et de nous terroriser.

— Il y parviendra, à coup sûr, si nous ne l'arrêtons pas.

— Et comment ? demanda Léandre. Nous pouvons faire de notre mieux, nul ne sait qui il est ! Il est toujours bon de partir d'éléments concrets pour se livrer à ce genre d'investigation, et nous n'en disposons d'aucun !

— Je sais, dit Morny, fataliste.

En règle générale, Léandre se serait volontiers passé d'aller quai de Conti pour y trouver le ministre de l'Intérieur et le comte de Morny, auxquels, de par ses fonctions auprès de l'empereur en personne, il n'avait aucunement de comptes à rendre. Mais l'acte était trop grave et la menace trop sérieuse pour se passer de faire un rapport aux gouvernants… *a fortiori* quand l'intéressé principal n'avait pas été mis au courant.

— Doit-on en parler à l'empereur ? s'interrogea d'ailleurs Persigny.

— Non, dit Morny. Il en est absolument hors de question, tant que nous pouvons l'éviter. Il se doute bien des choses qui se trament contre lui, n'allons pas le faire inutilement sombrer dans l'angoisse.

— Et pourtant…

— Mon cher Persigny, nous comptons agir dans l'intérêt de notre souverain. Lui cacher certaines choses, c'est aussi le préserver. Sinon il eût été préférable de lui dire que l'incendie du 31 janvier le visait lui. Nous en avons décidé autrement. Poursuivons de même.

— Certes. Mais doit-on prendre ces menaces au sérieux ? Risque-t-on de voir se multiplier les explosions ?

— Assurément, dit Mouflart.

— Et ce « *God save the Queen* » ? Comment l'interpréter ?

— Allez savoir ! Ce peut être une vile provocation, histoire de nous aiguiller sur une fausse piste… Il est vrai que Napoléon le premier n'a pas été l'artisan principal de la paix entre nous et l'Angleterre… Alors, est-ce que l'Amour aurait décidé de vendre ses services à un Britannique craignant que Son Altesse impériale ne décide de raviver la haine entre nos nations ?

— C'est parfaitement inepte ! dit Morny. Mon frère adore ce pays.

— Avez-vous pensé à Harriet Howard ?

— Vous plaisantez, Persigny ?

— L'idée ne manque pas de pertinence, intervint Léandre, mais c'est peu probable. Une maîtresse répudiée insulte, distille des rumeurs quant à la virilité de son ancien amant, au pire elle se charge de l'empoisonner avec une tasse de tisane à l'arsenic… de là à engager un mercenaire fanatique pour le faire exploser, il y a un monde !

— Ne cherchons pas trop loin : c'est un acte politique, conclut Morny. Criminel, bien entendu, mais politique.

— Merveilleux ! grogna Persigny. Alors que nous sommes en pleine tractation avec les Anglais pour mener à bien des alliances durables, il fallait que ce genre d'énergumène fasse des siennes. Rien de tel pour mettre à mal une union !

— Pour l'heure, nous ne sommes qu'un nombre restreint à avoir connaissance de ce message et des risques potentiels qui pèsent sur notre ville… je doute que l'information remontera jusqu'à eux.

— J'espère bien, et cela n'en tient qu'à nous. Rappelez-vous que vous et moi devons dîner aux Affaires étrangères avec leurs plénipotentiaires ce soir même.

On frappa alors à la porte, et Charles Leterrier entra, la démarche pressée, affichant une mine consternée que Léandre ne lui connaissait pas.

— Roënel, que vous arrive-t-il ?

— J'ai été averti de votre entrevue sur le tard, je vous prie de m'en excuser. Une grave affaire vient de se produire, et je me dois d'y retourner sans attendre.

— Ce doit être d'une importance majeure, en effet, dit Léandre. Voulez-vous que je vous accompagne ?

— Si ces messieurs peuvent se passer de notre compagnie, avec plaisir.

— Nous n'avons hélas plus grand-chose à dire, répondit Morny. Espérons que ces paroles ne sont que bravades, et tenez-nous informés de tout nouveau rebondissement, Goupil.

— Sans faute, monsieur le duc. Allons-y, Charles. Mais cette enquête qu'on vient de vous confier, de quoi s'agit-il, au fait ? Un crime de sang ?

— Crime, je l'ignore, mais sang, certainement. De plusieurs, hélas. Un incendie brusque, peut-être causé par une bombe, vient de ravager voici une bonne heure les travées de Notre-Dame de Paris.

Chapitre troisième

D'une journée où investigations et projets se mettent en place

À MESURE QUE LES DEUX AGENTS se rapprochaient de la cathédrale, la foule des curieux devenait plus dense, et plus agitée. Leterrier, par son habitude d'homme de terrain et d'authentique homme de loi, parvenait malgré tout à leur frayer un chemin au milieu de la populace amassée. Léandre le talonnait, l'esprit aux abois, les yeux rivés sur la façade monumentale du lieu de culte. Ayant toujours eu le goût des belles bâtisses, Notre-Dame était pour lui un passage fréquent de ses pérégrinations dans la capitale, même s'il se dispensait d'y pénétrer. Il se reprochait parfois – mais c'était toujours temporaire – son manque d'affinités avec la géométrie, matière sans laquelle l'architecte ne parviendrait pas à dessiner ces clés de voûte, ces arcs-boutants… Il avait de plus en sympathie l'édifice qui lui rappelait la cathédrale de sa ville natale. Bien entendu, les dimensions de Sainte-Marie d'Auch étaient réduites par rapport à sa sœur parisienne : c'était comme, au fond, si l'on s'était amusé à réduire Notre-Dame d'un tiers avant de la rebâtir au sommet d'une colline gasconne.

Cette amusante pensée ne suffit pas à le distraire de la pénible situation vers laquelle ils se rendaient. Un attentat ? Dans le principal lieu de prière de la capitale ? C'était un geste abominable, même pour le mécréant qu'il était. Au fil des années, son manque d'affection pour la religion, avec ses dogmes, ses règles et sa morale volontiers sentencieuse, n'avait fait que s'accroître. Pourtant, il n'aurait jamais songé un instant à bouter le feu à une église ni même à manquer ouvertement de respect à un prêtre simplement au nom de ses convictions. Fallait-il avoir un esprit malsain et même malin pour oser agir de la sorte ! S'en voulant de se laisser aller à des superstitions qu'il méprisait, il pria pour que les dégâts ne soient pas trop importants, et que jamais plus l'endroit ne connaisse de sinistre.

Le brouhaha s'intensifiait, les protestations devenaient plus intenses. Des gens pleuraient, d'autres priaient à voix haute, les yeux rivés sur l'édifice grandiose, incapables de comprendre l'atrocité de l'acte qui venait de s'y dérouler.

— Pardonnez-nous… Écartez-vous, répétait Leterrier à chaque nouvelle barrière de spectateurs effarés qui les empêchait de progresser.

Enfin, non sans grande difficulté, ils parvinrent au niveau du parvis proprement dit, délimité sur tout son pourtour par des policiers et des gardes.

— On ne passe pas ! dit un soldat au visage renfrogné en voyant les deux agents se rapprocher peu à peu du barrage.

— Si, si, lui rétorqua un policier en le heurtant doucement du coude. C'est un commissaire de police, crois-moi ! Allez-y, monsieur.

Le militaire, sans changer d'expression, pivota légèrement sur sa droite afin de libérer la voie pour Roënel, qui lui fit comprendre alors, d'un regard autoritaire, que Léandre était avec lui. Bientôt, le tumulte de la foule fut derrière eux, et ils purent en quelques pas pénétrer dans le lieu de prière.

Léandre fut soudain pris d'un violent frisson. Sa mécréance l'avait préservé de trop fréquentes visites dans les églises, bien qu'il sache qu'elles ne sont pas, par essence, des endroits où la chaleur est omniprésente, mais là, vide de fidèles, à moitié éclairée, Notre-Dame n'était qu'obscurité, désolation et froideur.

Et ce n'était rien par rapport à l'épicentre de l'explosion.

Chacun de leurs pas produisait un clapotis gênant, le sol étant devenu une immense flaque, dont la surface noirâtre luisait à peine sous la lueur des bougies et des cierges, preuve de la tentative désespérée mais finalement réussie pour éteindre l'incendie. Trois bancs avaient pris feu. Ils n'étaient plus qu'assemblages de bois noirci, bons à mettre à la décharge, et sur plusieurs mètres aux alentours, les autres meubles étaient couverts d'une suie grasse et répugnante. Les odeurs mêlées du feu éteint et des cendres humides avaient un je-ne-sais-quoi de tout aussi dérangeant que le spectacle.

Sans doute parce qu'il fallait y ajouter le parfum ignoble de la chair brûlée.

Faisant face à l'autel, deux hommes s'entretenaient, s'interrompant en percevant le son des agents qui pataugeaient. L'obscurité générale les empêchant de les identifier depuis la place qu'ils occupaient, ils s'approchèrent alors avec une certaine lenteur, comme s'ils craignaient de se retrouver face aux incendiaires.

— Ah ! Messieurs les enquêteurs ! fit le plus jeune d'entre eux, un homme maigre vêtu de sombre, sur un ton qui se voulait apaisant. Nous voici en heureuse compagnie, monseigneur : l'élite de la police parisienne !

— C'est bien le moins dont nous aurons besoin en cette heure tragique, répliqua son aîné, dont l'habit noir et pourpre trahissait les fonctions épiscopales.

Léandre alla aussitôt serrer la main du premier :

— Juge Janson, je vous dirais bien que c'est un plaisir de vous revoir, si ce n'était en de telles circonstances.

— Baste, je comprends ce que vous me dites, et le sentiment est partagé. J'ignore si vous connaissez Mgr Sibour, sénateur et archevêque de Paris.

— Est-il bien utile de rappeler l'intégralité de mes fonctions ? protesta Sibour.

— Je vous ai vu célébrer les noces de mon maître, le prince Bonaparte, voici peu, mais je n'ai pas eu l'occasion de venir vous saluer, sénateur.

— Passons sur les révérences, messieurs, nous… ou plutôt vous avez plus important à faire que des ronds de jambe à un vieux prêtre tel que moi.

Le ton sévère de Sibour ne déplut pas à Léandre. Il y retrouvait les accents de René Lafforgue quand l'heure n'était pas à la plaisanterie.

— Bien, alors venons-en aux faits, monseigneur. Avez-vous été témoin de ce malheur ?

— Hélas !

— Racontez-nous.

— Cela s'est produit peu avant 6 heures. J'étais alors en train de célébrer les vêpres. Cela ne m'arrive pas tout le temps, mais de fait, je puis agir à ma guise pour les messes…

— Nous comprenons bien.

— Je récitais le psaume quarante-cinq quand cela a eu lieu. J'ai ressenti un souffle terrible dans mon dos, une chaleur intense, mais rapide, et un bruit… Ah, ce bruit ! Je suis certain que le son de l'Apocalypse, au jour du Jugement dernier, sera le même… Le souffle m'a précipité au sol, et je crains d'avoir blasphémé sous le coup de la surprise et de la terreur…

Il regarda le grand crucifix dominant l'autel et, les larmes aux yeux, se signa à deux reprises.

— Dieu vous pardonnera cette erreur au vu des circonstances, dit Leterrier, rassurant.

— J'ai la faiblesse de le croire.

— Pourquoi avez-vous ressenti ce souffle dans votre dos ? Ne faisiez-vous pas face à la nef ?

— Pas à cet instant précis. Je m'étais retourné pour saluer Notre-Seigneur, et ce faisant, je me dis que j'ai sans doute été préservé du pire. Que grâces lui en soient mille fois rendues.

— Certes, certes, poursuivit Léandre, impatienté.

— En me relevant, j'ai vu... quelle horreur... ces gens effondrés au sol, ces corps en lambeaux, le feu qui dévorait avec une intensité diabolique bois et chairs, sans faire de distinction... Les échos de notre belle cathédrale ne répercutaient plus que des larmes, des cris d'épouvante et des supplications... Les enfants de chœur sont allés quérir de l'aide à l'extérieur, et moi, comme un perdu, j'ai tenté d'aller puiser au bénitier de quoi éteindre une pauvre femme qui hurlait comme une damnée dans les escarboucles infernales... Son corps n'était que flammes, et dans ses yeux, messieurs... j'ai lu une douleur... une si grande douleur...

L'archevêque ne put contenir un sanglot.

— N'auriez-vous point remarqué parmi les fidèles quelqu'un dont la présence, en elle-même, était suspecte ? Une attitude peu conforme avec le sacré de ce lieu ?

— Non, hélas. J'étais tout entier voué à ma célébration, et d'ailleurs, cette cathédrale est immense et sombre... Quelqu'un aurait pu se glisser par les travées latérales et repartir comme il était venu... Je crains que pour ce genre de précisions, il ne vous faille demander aux victimes. Seigneur, soyez miséricordieux, et accordez-leur la faveur de la vie.

Il n'y avait rien de plus à apprendre dans l'enceinte consacrée ; les deux agents, accompagnés par le juge, saluèrent Mgr Sibour puis quittèrent sans déplaisir la cathédrale meurtrie pour rejoindre l'Hôtel-Dieu voisin où on avait transporté les victimes de l'explosion.

À la différence du lieu au calme sépulcral qu'ils venaient de laisser, l'hôpital offrait une débauche presque insupportable d'agitation. Dans un grand dortoir, infirmières et docteurs se pressaient, allant de lit en lit pour offrir aux patients gazes, soins et apaisement. Sur les couches de drap blanc, on ne voyait que corps et visages enveloppés de bandelettes qui rappelèrent à Léandre les momies de l'Égypte antique, le son ambiant était fait de gémissements de souffrance. C'était abominable, même pour ces hommes aguerris.

Une des soignantes remarqua soudain leur présence et s'approcha d'eux, la démarche décidée, visiblement mécontente.

— Messieurs, vous n'avez rien à faire là ! Veuillez sortir !

— Je suis le juge Janson, madame... oh, pardon, ma sœur ! Et j'enquête, de même que ces policiers, sur les circonstances qui ont conduit ces infortunés dans votre établissement.

— Je n'en doute pas, dit la religieuse d'une voix un peu adoucie, mais ceci est un lieu de soins, et votre présence pourrait avoir des répercussions fâcheuses sur la santé de nos patients. Je vais aller chercher quelqu'un : attendez dans l'entrée.

Le ton ne souffrait nulle réplique, et il n'y avait pas lieu de contester. Les trois hommes retournèrent dans l'entrée principale sans rien dire et patientèrent une vingtaine de minutes avant qu'un médecin ne vienne à leur rencontre.

— Je suis le docteur Bouchardat, pharmacien en chef de l'Hôtel-Dieu. Une des sœurs m'a averti de votre présence. Navré de vous avoir fait attendre.

— Nous comprenons fort bien que vous ayez à faire avec cette tragédie.

— Quelle horreur ! Je n'aurais jamais pensé assister à de telles scènes ici, en plein Paris !

— Sauriez-vous nous dire combien de victimes ont été conduites chez vous ?

— De mémoire ? Nous avons eu quatre corps sans vie, deux blessés qui ne valaient guère mieux – dont l'un a expiré voici un quart d'heure à peine –, six blessés de moyenne gravité et trois qui ont échappé au pire.

— Ce qui fait un total de quinze… Mon Dieu, dit le juge.

— Nous n'avons eu que peu de détails sur les circonstances de l'accident, poursuivit le médecin. On nous a parlé d'un incendie à Notre-Dame, mais cela n'explique pas tout.

— Que voulez-vous dire ? répliqua le Goupil.

— Eh bien, si de fait les blessés souffrent de brûlures de plus ou moins grande importance, certains portent nettement des traumatismes ou des fractures, proches de ceux que l'on constate chez les gens qui ont fait une chute violente. Quel genre d'incendie pourrait causer cela ?

— Nous sommes au regret de ne pouvoir vous éclairer, c'est là le principe de discrétion de l'enquête que nous menons.

— J'entends bien.

— Ceci étant, votre collaboration nous étant précieuse, je vais vous fournir le minimum d'informations, pour ne pas vous laisser dans l'obscurité quant aux réalités de cette histoire…

Le docteur et le juge s'éloignant de quelques mètres, Leterrier se pencha à l'oreille de son ami.

— Léandre, pensez-vous que nous devrions faire revenir les corps au laboratoire de Mouflart ?

Le Goupil secoua la tête, l'air dubitatif.

— Je me demande si c'est nécessaire. Les causes de la mort sont connues... qu'est-ce qu'une ouverture de ces malheureux peut bien nous apprendre de neuf ?

— Je l'ignore, mais de Flandre est adroit. Peut-être serait-il à même de trouver un élément précieux que nous serions incapables de voir.

— Vous n'avez décidément jamais tort.

— Je sais, dit Roënel, plaisantant sans pour autant sourire.

— Inutile par contre de faire déplacer cinq dépouilles jusqu'à l'immeuble, ce serait par trop remarquable, et la salle ne saurait en garder autant à la fois.

— Combien, alors ? Deux ?

— Deux, oui. C'est assez raisonnable.

Quand ils firent part de leur résolution au médecin, celui-ci ne sembla pas approuver outre mesure.

— C'est plutôt contraire à nos habitudes.

— Nous n'en doutons pas, mais à circonstances extraordinaires, enquêtes de même.

— Et quelles victimes ?

— Eh bien, je dirais de procéder en s'intéressant aux extrêmes : le corps qui fut le plus proche de l'explosion, et celui du défunt le plus éloigné.

— Soit. Et quand cela ?

— Cette nuit, trancha Leterrier. Que nous puissions en disposer à l'aube prochaine. Nous ne souhaitons pas perdre le moindre élément de piste pour une question de délai.

— Fort bien. Où cela ?

— À la morgue, cela va de soi, mais en précisant bien que ces infortunés doivent être confiés aux soins du Dr Mouflart.

— Ce nom ne me dit rien. Soit. Autre chose pour votre service, messieurs ?

— Oui. Auriez-vous parmi les blessés des gens dont l'état n'inspire aucune inquiétude sur les séquelles encourues ? demanda Léandre.

— Par chance, c'est le cas.

— Serait-il possible de nous entretenir avec eux ?

— Maintenant ? En aucun cas, protesta sèchement le médecin avant de s'expliquer. Il est déjà tard et ces gens ont besoin avant toute chose de repos. Je ne suis pas leur médecin personnel, mais vous ne trouverez aucun de mes confrères disposé à vous obéir si cela conduit à atteindre à la santé et à la convalescence d'un malade. Revenez demain, toutefois : je pense que vous pourrez en entendre un, voire plusieurs. Ce soir, ayez la charité de les laisser dormir. S'ils ont des choses à dire, je passerai le mot aux infirmières afin qu'elles prennent bonne note de tout ce qu'ils pourraient leur confier. Sur ce, je vous prie derechef de m'excuser, mais je n'ai que trop tardé, et on a besoin de mes services. La bonne soirée à vous.

— Bon courage, docteur.

Le plus discrètement possible, Morny lança un coup d'œil consterné à Persigny. Ce repas était, à son grand regret, trop ennuyeux pour son goût. Que n'était-il pas en train de jouer aux cartes dans son club favori plutôt qu'avec ces aristocrates trop guindés ? Et dire que l'empereur affirmait goûter leur humour ! Morny, avec philosophie, songea que tous les goûts se trouvent dans la nature et que, pour sa part, il n'était féru ni de la cuisine, ni des femmes, ni de l'attitude des habitants de la Grande-Bretagne. Mais les tractations qu'ils entreprenaient ensemble valaient bien de gâcher une seule soirée…

Ils étaient sept hommes autour d'une table à consommer un repas aux origines mixtes. Histoire de rassembler leurs cultures si dissemblables, le souper proposait aux convives plats français et britanniques à l'envi : cela partait d'une fort bonne intention, mais le résultat n'était pas une franche réussite.

— Vous transmettrez nos compliments à votre cuisinier ! dit Édouard Drouyn de Lhuys, le ministre des Affaires étrangères, à son homologue George Villiers, earl de Clarendon.

Clarendon le jaugea quelques secondes en silence : pour sa part, il trouvait le repas fort médiocre. Quand il comprit que Drouyn était sincère, il dut faire un effort pour ne pas sourire méchamment.

— Ce sera fait, mon cher.

Ayant avalé une gorgée de vin de Bordeaux – une des rares choses qu'il estimait comme vraiment digne d'intérêt chez les Français –, lord Henry Wellesley, ambassadeur du Royaume-Uni, jugea bon de ne pas laisser les choses s'éterniser.

— Messieurs, voici déjà quelques mois, votre maître, l'empereur des Français, a déclaré que « L'Empire, c'est la paix », et qu'en ce sens il a lancé auprès de Sa Majesté la reine une offre de rapprochement entre nos pays. En tant que représentant délégué par la Couronne, j'ai l'honneur de vous faire savoir que notre souveraine ne s'oppose nullement à l'idée d'une alliance, mais point dans les conditions actuelles.

— Il faut dire que l'initiative de recourir à la politique d'attaque envers l'Empire russe n'est pas, reconnaissez-le, une décision des plus inspirées, dit lord Andrew Coleman, l'attaché plénipotentiaire.

À ces mots, les trois Français échangèrent des regards ennuyés. Il leur était impossible de nier et, en même temps, ils n'avaient aucune envie de désavouer les intentions de leur belliqueuse politique extérieure. Le congrès de Vienne qui, à la chute du premier Empire, avait redessiné de façon durable la carte de l'Ancien Monde, était aux yeux de Napoléon III une hérésie du temps passé dont il convenait de se débarrasser. La France devait retrouver sa grandeur d'antan – ou tout du moins la récupérer en partie – et ne plus être un sous-fifre aux opinions presque sans conséquences dans le jeu des tractations politiques entre cours européennes. Cette revanche sur le passé ne pouvait pas se concrétiser sans rival à offenser : ce serait donc la vaste Russie qui occuperait le rôle d'ennemi.

— Peut-être mais, même après quarante ans, il suffit de parler de la retraite de Russie aux vétérans de la Grande Armée pour leur faire montrer les dents... s'avança Drouyn.

— Des vétérans ? Tiens ? Je pensais qu'ils avaient tous gelé sur pied dans les steppes enneigées de l'Oural, ironisa l'élégant Coleman.

— Messieurs, pour le bien de cette conversation, je pense qu'il serait prudent de ne pas se laisser aller à de trop acerbes remarques. Insulter la mémoire des soldats ayant péri pour leur patrie, par exemple… trancha Morny.

— C'est plus prudent, en effet. Coleman, reprenez-vous, je vous prie.

Le diplomate pris en faute baissa les yeux à la manière d'un enfant, comme pour concéder qu'il avait exagéré, mais le demi-sourire faux qu'il arborait montrait qu'il avait agi tout à fait délibérément et qu'il était fier d'avoir offensé les Français. Lord Clarendon fronça les sourcils. Il avait entendu parler de la francophobie de son subalterne sans pour autant en avoir eu une preuve aussi flagrante avant ce soir. À plusieurs reprises, lord Andrew Coleman avait fait de perfides allusions qui avaient manqué mettre à mal l'ambiance somme toute cordiale de ce souper. N'était-il pas allé jusqu'à évoquer en des termes fort peu flatteurs le comte Walewski, ambassadeur de France, fils naturel de Napoléon Ier et ami de leurs hôtes ? Clarendon n'aimait pas se retrouver dans une situation en porte à faux à cause d'un simple subordonné, si compétent fût-il dans sa partie, et qu'il soit en d'excellents termes avec lord Palmerston, secrétaire à l'Intérieur, ou pas ! Il se jura de lui en parler rapidement, certes à l'abri des regards étrangers, mais sans la moindre douceur.

— Nul ne saurait s'y laisser prendre, poursuivit le ministre anglais. Nous savons très bien que votre adversité avec l'Empire russe a de profondes racines et que la religion est l'une d'elles, peut-être même la principale, désormais.

Cela n'était pas totalement exact, mais pas dénué de sens non plus. Une partie de l'opinion publique commentait de façon régulière la manière dont était administrée la Terre sainte. L'Empire ottoman musulman, qui possédait la Palestine de façon quasi continue depuis le XIIIe siècle, avait fait preuve d'une assez grande largeur d'esprit : ayant d'abord permis aux Juifs persécutés par les mouvements inquisitoires d'Europe de trouver un havre de paix, il avait étendu sa tolérance en autorisant les autres religions monothéistes à accéder aux lieux saints de Jérusalem. Les catholiques avaient donc entrepris des pèlerinages réguliers et sans heurts majeurs depuis l'Ancien Régime. Les évolutions techniques du nouveau siècle ayant eu des applications notables sur le plan des transports, les orthodoxes s'étaient à leur tour laissé gagner par l'appel facilité de la foi, et depuis une dizaine d'années, on estimait qu'à chaque semaine sainte, plus de quinze mille Russes se trouvaient réunis à Jérusalem. Cet accroissement de visiteurs avait donc donné lieu à des confrontations répétées entre les fidèles catholiques et les croyants orthodoxes, chacun de ses membres pensant que son Église détenait la foi la plus rigoureuse, les principes les plus conformes à la parole divine... Depuis, la région se retrouvait régulièrement le théâtre d'affrontements irraisonnés, qui avaient conduit les Ottomans à placer des troupes jusque dans les allées de la basilique de la Nativité pour prévenir tout combat, ou du moins empêcher que ceux-ci ne dégénèrent. Hélas, ces précautions n'étaient pas toujours couronnées de succès : sept ans plus tôt, au jour de Pâques 1846, la querelle s'était envenimée jusqu'à atteindre des proportions inédites. La raison ? Qui des catholiques ou des orthodoxes aurait le privilège de célébrer au Saint-Sépulcre la messe pascale ? Le jour – supposé – de la résurrection christique s'était achevé sur un triste bilan d'au moins quarante morts !

Cette tragédie était, à compter de cette date, évoquée sur un ton de plus en plus scandalisé par les prosélytes les moins patients : après tout, d'où était partie la première croisade, sinon de France ? N'était-ce pas le symbole de l'importance du pays dans sa mission divine ? N'était-ce pas à la France de protéger les trésors de la foi catholique à Jérusalem ? Qu'est-ce que c'était que ces « *moujiks* », ces quasi-païens qui pensaient venir prêcher morale et affirmer la domination de leur foi corrompue sur la leur ? Cela n'était supportable bien longtemps !

— La religion, pesta Persigny. Dieu m'en soit témoin, je ne connais nulle chose qui, mise entre de mauvaises mains, ne soit aussi dévastatrice.

— Seriez-vous l'un de ces mécréants prompts au blasphème ? reprit Coleman, malgré les coups d'œil sévères que lui lançaient ses chefs.

— Absolument pas. Mais un soldat maniant la poudre noire doit savoir la dangerosité de ce qu'il emploie. C'est également mon cas ici.

— Bah ! De toute façon, les dérives de la religion ne finissent par tuer que des vilains, n'est-ce pas ?

— Certes, mais nos vilains infidèles apprécieraient eux aussi de voir la Russie malmenée : même les plus réfractaires à l'idée de passer d'une république à un empire ont du mal à cautionner le statut de « gendarme de l'Europe » dont s'est paré le tsar Nicolas depuis trop longtemps.

— Allons, allons, ne laissons pas cet entretien s'envenimer. Si nous sommes là, entre personnes soucieuses de l'avenir commun de leurs patries, c'est bien pour apaiser des tensions et non en provoquer. À ce propos, Coleman, qu'en est-il de la future « table ronde » ?

— Le rendez-vous se prépare, *my lord*, et même se prépare bien.

— Point trop de difficultés avec les occupants des lieux ?

— Fate ?

Coleman venait de se retourner vers le convive assis à sa dextre, un homme à l'air souffreteux, d'âge indécis, terne et discret, qui remplissait – de façon compétente – ses fonctions de secrétaire particulier. D'une voix chevrotante et l'attitude embarrassée, Fate, tout en réajustant la haute cravate à la Brummell qu'il portait à l'instar de son patron, prit la parole :

— Je me suis arrangé auprès des autorités locales – sous un prétexte, il va de soi – pour obtenir des autorisations de circulation qui seront fournies aux participants de manière confidentielle très prochainement. Tous les éléments à savoir y seront mentionnés.

— Ne peut-on en apprendre davantage ?

— Pas pour l'instant, je le crains.

— Je pense, dit Morny, deviner par exemple que, n'étant pas un des participants à cette entrevue, il serait de mauvais ton que j'en apprenne trop.

— Je le confesse, *sir*, répondit Fate. N'y voyez surtout aucune offense.

— Pas la moindre ! le rassura-t-il avec un geste badin.

Morny savait pertinemment que, de toute manière, il connaîtrait l'essentiel de la rencontre à venir dans les jours prochains, son propre réseau de mouches et d'indicateurs fonctionnant à merveille.

— Et maintenant, messieurs, si nous parlions de choses plus légères ? proposa Drouyn. Lord Clarendon, c'est bien à vous que nous devons la présence de ce flacon ?

Il désigna, sur un meuble un peu à l'écart, une bouteille isolée, encore cachetée et quelque peu poussiéreuse.

— Je ne finis jamais de banquet sans un verre de brandy. Je me suis permis, dans un souci d'amitié, de vous proposer de partager celui-ci. Je pense, sans trop m'avancer, que vous m'en direz des nouvelles.

Drouyn s'empara d'une clochette posée à côté de ses couverts et la secoua. Un instant plus tard, un homme en livrée pénétra dans la salle à manger par une porte dérobée.

— Sagnier.

— Excellence ?

— Allez quérir un valet pour ouvrir cette fiasque.

L'homme s'inclina légèrement et repartit par l'issue d'où il était arrivé.

— Mon maître d'hôtel : un homme précieux, dit le ministre avec un sourire.

Dans les secondes qui suivirent, un laquais entra à son tour.

— Débouchez ceci, et servez-nous sept bons verres, dit Drouyn au valet qui s'exécuta.

— Six. Inutile d'en gâcher pour mon secrétaire, il n'est pas amateur de ce genre de nectar, répliqua Coleman avec un sourire.

— Je vous cède bien volontiers ma part, *my lord*, répondit Fate.

Il y eut alors un bruit de verre brisé qui les fit tous se retourner. Le domestique les regardait fixement. Il était devenu pâle et, à ses pieds, des éclats de cristal et une petite flaque souillaient le parquet.

— Maladroit ! grogna Drouyn en agitant de nouveau la clochette.

Le maître d'hôtel, qui se trouvait sans doute derrière la porte tant son irruption fut soudaine, se précipita vers le fautif et le réprimanda à voix basse :

— Par chance, vous n'avez pas laissé échapper la bouteille. Reposez-la tout de suite, voulez-vous, et retournez aux cuisines ! Et envoyez-nous Guillemin, lui n'a pas des doigts de beurre... ainsi qu'une commère pour nettoyer vos saletés !

Le valet, toujours livide, balbutia quelques excuses à son supérieur puis s'en fut rapidement, non sans regarder les convives, l'air complètement effrayé.

— En voilà, un impressionnable ! Vous suscitez une terreur véritable chez vos serviteurs, mon cher Drouyn, constata Clarendon, amusé.

— Bah… il n'y a pas de quoi fouetter un chat, remarqua Persigny, l'essentiel a été préservé !

— Mais cela ne donne pas une assez bonne image de nos gens pour que je puisse laisser passer ce genre de bévue sans réagir. Sagnier ?

— Oui, Excellence ? répondit le maître d'hôtel en faisant un pas dans sa direction.

— Je compte sur vous pour que ce genre d'incident ne se reproduise pas.

— Assurément, Excellence. Ce malitorne ne reparaîtra plus ici, je veillerai personnellement à lui confier d'autres tâches. Et permettez-moi de vous présenter encore toutes mes excuses.

— Ce n'est rien, et de fait, vous n'êtes pas responsable de la gaucherie de la valetaille, dit Drouyn sur un ton rassurant.

Bientôt, une soubrette vint balayer avec prestesse éclats de cristal et eau-de-vie gâchée, tandis que le domestique Guillemin venait achever le service. Enfin, les invités purent en toute quiétude profiter du subtil arôme de l'alcool.

— Une merveille, dit Persigny après avoir comme il se doit fait tourner la fine plusieurs fois en bouche.

— Je vous l'avais dit. Un sherry, mis en bouteille en 1783… fit Clarendon.

— Vous devriez vraiment en goûter ne serait-ce qu'une larme, Fate, dit Coleman. Vous ne savez pas ce que vous perdez. Et vous qui êtes sujet aux coups de froid, cela ne peut que vous faire du bien.

— Je préfère m'abstenir, *my lord*. Il m'est arrivé dans ma prime jeunesse d'être trop facilement pris de boisson et de ne plus savoir ce que je faisais…

— Ah, donc, vous fûtes ivre par le passé ? Mon auxiliaire me cache bien des choses, ricana l'ambassadeur.

— Chacun se doit d'avoir ses petits secrets… Tenez, pour ma part, dit Morny, il m'est arrivé une histoire au jeu voici quelques années…

Un bon maître d'hôtel devant savoir quand rester à disposition et quand s'effacer, la délicatesse des confessions de Morny incita Sagnier à se retirer en silence.

Il s'arrêta net en constatant la présence d'une silhouette dans le couloir, penchée juste derrière la porte de la salle à manger, comme si elle observait par le trou de la serrure.

— Jobert ! Encore vous ? s'indigna-t-il en reconnaissant le domestique maladroit. Vous n'avez rien à faire là ! Filez ! Et que je ne vous reprenne pas à espionner de la sorte, sans cela vous ne vous en tirerez pas avec un simple avertissement !

L'homme s'enfuit alors à toutes jambes, laissant Sagnier surpris et encore un peu plus mécontent : était-ce là une façon convenable de se déplacer en service ? Et puis cet air épouvanté, cette pâleur qui n'avait aucun sens ! On aurait cru qu'il avait vu un fantôme.

Il serait toujours temps d'en référer demain. Ou pas. C'était le premier faux pas de ce laquais en trois ans de service, et ses références étaient excellentes. Sagnier n'était pas mauvais bougre. Il aviserait à la prochaine erreur trop lourde. D'ici là, inutile de presser le pauvre garçon.

Et il reprit la direction des cuisines, tandis qu'à travers la cloison on entendait quelques éclats de rire provoqués par la chute du récit de M. de Morny.

Ce fut un plateau entre les mains, supportant quatre tasses fumantes, que Léandre entra dans la bibliothèque. Il fut immédiatement reçu par un froncement de sourcils : ceux de Camille Garnier.

Frémont, assise au bout de la grande table de travail et une loupe rivée sous l'œil droit, était en train de parcourir à la vitesse grand V un épais dossier.

— Je sais que vous ne cautionnez pas, ma chère…

— C'est le moins que l'on puisse dire, répondit la jeune femme. Les livres et la nourriture ne font pas bon ménage.

— Ne me connaissez-vous pas assez pour savoir que je n'ai pas l'intention de tacher nos précieux documents ?

— Si, mais deux précautions valent mieux qu'une.

— Pitié, ne devenez pas comme vos collègues…

— J'ai quelques années à rattraper pour cela, dit-elle avec malice cette fois.

— Me voilà rassuré. Voici votre café.

Bien que responsable de la Noble Cour, Léandre s'était montré clair sur le caractère de confiance et d'égalité entre les membres. Pas question d'abuser de son pouvoir pour être servi par des agents qui étaient, par essence, autant ses amis que d'efficaces collaborateurs. Aussi, s'il advenait qu'une affaire soit d'ordre à provoquer une veille ou plusieurs, chacun était tenu de mettre la main à la pâte, en ce qui concernait notamment les repas. La cuisine était aménagée en ce sens, accessible à tous, même si le Goupil en était l'utilisateur privilégié. Son goût de la bonne chère n'avait fait que croître tout au long de son existence à proximité des fourneaux de l'*Auberge du Vieil Armagnac*, et il avait également acquis une habileté assez remarquable pour préparer des mets savoureux. Il n'entendait pas rivaliser avec l'excellent Arnaud Davezac, mais pour l'heure aucun de ses plats n'avait connu de retours négatifs, ce qui lui semblait assez encourageant.

Au vu de l'heure tardive – il était minuit passé de vingt-cinq minutes –, une collation était plus que nécessaire pour apaiser l'appétit des veilleurs, mais aucun ne souhaitait d'agapes trop lourdes qui auraient suscité un sommeil propice à une intense digestion. Charles et Camille reçurent donc une dose d'un café fort, adjoint de deux cuillerées de sucre de betterave pour Camille et d'une lichette de lait pour Roënel.

— Et Mouflart ? demanda Camille.

— Je suis déjà allé lui apporter son breuvage. Il était plus que concentré sur sa bombe… ou plutôt sur ses bombes ; je gage qu'il ne va pas dormir de la nuit.

— Nous non plus, du reste, dit Roënel.

— Avez-vous trouvé quoi que ce soit qui en vaille la peine ?

— Toujours rien.

— Et Thibert ?

— Il est toujours dans le salon, en train de procéder aux traductions, répondit Frémont en se levant et en allant taper à l'une des portes.

— Qu'est-ce ? répondit une voix de la pièce voisine.

— Posez vos papiers, et venez nous rejoindre et prendre votre café.

— Un instant !

— Non, maintenant, insista la jeune femme. Vous aurez suffisamment à faire après, profitez d'un moment de répit avec nous, sauvage que vous êtes !

On entendit un commentaire étouffé – mais de toute évidence fort peu gracieux –, un bruit de chaise qu'on repousse, et Thibert entra dans la bibliothèque. Son visage aux allures habituellement romantiques affichait à cette heure la mine mécontente d'un artiste dérangé en pleine inspiration ; et c'est sans dire mot qu'il s'assit face à Leterrier.

— Souriez ! On croirait qu'on vous a empêché d'honorer votre femme ! dit le commissaire.

Léandre pouffa, comme souvent face aux plaisanteries gauloises, Camille leva les yeux au ciel, feignant l'effarouchement, mais Thibert, lui, se renfrogna encore un peu.

Léandre se demandait parfois comment était son humeur avant l'expérience qui avait entraîné leur rencontre. En rassemblant les témoignages de ses proches quand il avait entrepris de l'embaucher, le Goupil n'avait entendu que du bien de lui : parmi ses qualités, on avait souligné la patience, la douceur, la tempérance, la conscience professionnelle. La mauvaise humeur ne semblait pas une de ses caractéristiques principales, autrefois. Allez savoir, cependant, les séquelles d'une aventure où il avait bien failli périr !

Avec sa silhouette robuste, ses lorgnons, ses cheveux longs – qu'il nouait en catogan quand il était en public – et sa barbiche auburn, Antonin Danty, alias Thibert, avait un air d'intellectuel et de poète épicurien. Cette image était cependant quelque peu atténuée par l'impressionnante balafre qui lui fendait la tête sur près de dix centimètres au niveau de la tempe droite. D'aucuns, ne le connaissant pas, auraient songé que c'était là une blessure récoltée au front par un héros de guerre se lançant avec témérité à l'assaut d'une citadelle ennemie, ou bien le résultat d'une rixe au soir d'une débauche trop alcoolisée. Thibert ne détrompait jamais ceux qui s'y laissaient prendre – seuls ses proches n'ignoraient pas les origines de cette plaie, ultime trace d'une péripétie dont il n'était en rien responsable.

D'une nature très douce, Antonin Danty haïssait la violence et il ressentait même comme une agression quand on s'adressait à lui avec colère. Cet Auvergnat avait grandi dans la peur d'un père brutal, stupide et malhonnête qui terrorisait les membres de sa famille. Par « chance », alors qu'il n'avait que huit ans, le bourreau familial avait fait une mauvaise chute en cherchant à cueillir des fruits dans un verger qui n'était pas le sien. Dès lors, élevé par sa mère et sa grand-mère, Danty n'avait qu'une image négative de la virilité, qu'il percevait comme trop souvent néfaste et violente. Son statut d'orphelin lui avait également évité la conscription et la vie en communauté avec des hommes bien moins délicats qu'il ne l'était – et qu'il n'aurait pu tolérer bien longtemps. Initié aux métiers du livre, il avait fondé avec un ami et mentor une librairie doublée d'une maison d'édition qui connaissait un succès certain.

Et puis, à la fin de l'an 1851, il avait connu l'impensable. Il avait été attaqué et laissé pour mort au-delà des fortifications ; force de la nature, il avait été rescapé de justesse et les circonstances l'avaient conduit à être pris en charge par la famille Lafforgue, ce qui l'avait probablement sauvé. Au cours de sa convalescence, il avait reçu plusieurs visites de Léandre, et la reconnaissance s'était transformée en réelle sympathie entre les deux littéraires.

Ayant eu connaissance de son peu de goût pour la violence, le Goupil n'avait pas songé, de prime abord, proposer à ce nouvel ami d'intégrer la Noble Cour, mais un élément précis l'avait conduit à solliciter ses services : Danty était un polyglotte impressionnant. Si Léandre n'avait aucune difficulté en anglais et en italien, son allemand et son espagnol étaient quelque peu médiocres. Antonin, lui, ne parlait, écrivait et lisait pas moins de douze langues. Ce don lui avait permis, durant l'été 1852, d'assister de façon officieuse la Noble Cour en traduisant des documents venus du royaume des Pays-Bas qui avaient permis l'arrestation d'un dangereux escroc et assassin néerlandais venu pratiquer ses « talents » dans plusieurs villes de France.

L'opportunité de disposer de façon régulière d'un homme maîtrisant autant de dialectes sembla une bonne idée au prince Bonaparte, même s'il émit quelques réserves quant au précédent rencontré avec les renégats Espineux et Cado[1]... Une enquête personnelle poussée comme jamais devait rassurer le chef de l'État, et le 1er septembre, il signait le document faisant d'Antonin Danty un des membres de son unité de protection et d'enquête, portant désormais le nom de Thibert, le chat.

— Je n'ai pas le temps de me disperser, Camille, protesta Thibert quand elle posa d'autorité la dernière tasse devant lui. Je dois terminer cette traduction au plus vite.

— Nous le savons bien, et nous apprécions votre implication ; ceci dit, ce n'est pas de boire une tisane qui va vous retarder outre mesure, dit Léandre.

Le Goupil le savait : ce n'était pas la seule raison à l'impatience de son agent. Celui-ci, marié avec la charmante Iris, venait de découvrir trois mois plus tôt les joies de la paternité. Cette nouvelle situation ne faisait qu'exacerber son naturel anxieux, et il nourrissait une terreur à l'idée de voir sa fille victime d'une maladie qui lui serait fatale... Léandre ne l'en blâmait pas, même s'il n'était pas concerné par la vie de famille et les responsabilités parentales. Leterrier le comprenait mieux encore. Au mois de décembre précédent, lui et Catherine avaient accueilli en leur foyer un second enfant – un nouveau garçon – qui, par malheur, n'avait pas vécu plus de quinze jours, emporté par un mauvais coup de froid. Le chagrin du commissaire avait fait peine à voir ; ceci dit, son expérience professionnelle de la mort, sans le rendre pour

1. *Voir* Le Crime de l'Odéon.

autant cynique, lui donnait un peu de recul envers les deuils, y compris les siens. Mettre un bébé au monde, c'était un pari sur l'avenir, il y avait tant de choses qui pouvaient causer la mort des nourrissons… Mais les deux hommes n'avaient pas saisi l'occasion d'en parler ; sans aller jusqu'à l'antipathie manifeste que ressentait le Goupil envers Cado, Roënel et Thibert limitaient leurs échanges à une relation polie et dépourvue de toute chaleur. Cela n'avait au fond rien de surprenant, les agents ayant choisi comme pseudonyme deux bêtes connues pour leur animosité mutuelle.

— Que pouvez-vous nous dire pour l'instant ?

— J'ai retrouvé des mentions supplémentaires de l'Amour dans trois nouveaux dossiers pour l'heure.

— Où cela ?

— Un rapport venant de Londres, les deux autres de l'empire d'Autriche, dont l'un concerne une affaire relevée à Istanbul ; j'étais en train de traduire l'un des documents en allemand à ce sujet.

— Pour résumer ?

— Je préfère ne pas me fier à ma mémoire.

— Mais non, ne vous levez pas… dit Frémont en le voyant se diriger vers la pièce qu'il venait tout juste de quitter. Léandre, vous exagérez !

— Moi ? Mais je n'y suis pour rien ! Sermonnez plutôt Thibert et sa maudite conscience professionnelle !

Déjà celui-ci revenait, une feuille à la main, et commençait à lire :

— « Rapport en date du 6 août 1851… voici trois jours, une machine infernale a fait explosion sur le port d'Istanbul, causant la mort d'un nommé Saveli

Gvosdev, attaché au consulat de Russie, de son épouse Lyuba, et du Turc Ali, conducteur de voiture. Le couple revenait tout juste d'un voyage dans son pays d'origine. Descendant du navire *Pamukkale*, M. Gvosdev venait d'aider son épouse à grimper dans la voiture qui devait les conduire à leur résidence quand une détonation terrible, semblable à un coup de canon, a réduit en pièces le véhicule et ses trois occupants. On a retrouvé le tronc mutilé de Gvosdev flottant dans l'un des bassins de radoub, à quinze mètres au moins de l'explosion. Les restes des deux autres personnes n'étaient plus dans un état qu'on puisse qualifier d'humain. Au lendemain, on recevait au consulat une lettre contenant un message à caractère plus que suspect. Il s'agissait d'un dessin représentant un angelot, armé d'un arc et de flèches, et en dessous, écrit en russe, la phrase : "D'autres suivront. Réfléchissez-y." »

— N'importe qui aurait pu envoyer ce document, souligna Leterrier.

— C'est possible, mais on se demanderait bien pourquoi.

— À Londres ?

— Un cas bien moindre, somme toute. Quartier de Wapping, le 14 avril 1852 : un immeuble détruit par une explosion en pleine journée. Le lieu, aux dires du rapport, était un infâme entrepôt appartenant à une entreprise, Froggit & Froggit, mais par chance vide de tout occupant. Pas de victimes, mais la police a reçu, là encore, le lendemain, une lettre marquée d'un croquis de séraphin revendiquant l'acte, même sans l'expliquer.

— Et le dernier, que vous traduisiez ?

— C'est un document fort récent, puisque nous l'avons reçu voici à peine deux jours. Il s'agit d'un compte rendu portant sur l'attentat perpétré à Vienne contre l'empereur François-Joseph d'Autriche, le 18 février dernier. « Alors que Sa Majesté assistait aux exercices militaires depuis les remparts, un homme s'est approché de lui, un couteau en main. Dépourvu de garde rapprochée, l'empereur n'avait pas prêté attention à sa présence, et c'est le hurlement de peur d'une femme qui l'a alerté. Faisant volte-face, il est bel et bien touché, mais à la nuque, et son épais manteau d'hiver au col solide le préserve d'une plaie qui aurait pu être mortelle. L'aide de camp de Sa Majesté, le comte O'Donell, se précipite alors sur le meurtrier qu'il parvient à mettre à terre jusqu'à ce que des gardes viennent l'appréhender. L'empereur, le cuir chevelu lacéré, saignait de manière inquiétante, mais les docteurs ont pu très vite rassurer le blessé et son entourage quant à la gravité sommaire de la plaie. Ceci étant, ils lui ont conseillé une convalescence sérieuse avant de songer à reprendre une activité quotidienne assidue. »

— Certes, mais quel rapport avec l'Amour ?

— C'est dans la partie que je n'ai pas encore retranscrite… Je vais vous la traduire oralement… « L'assassin, un nommé Janos Libenyi, tailleur, a revendiqué son geste en disant qu'il avait l'intention de débarrasser le monde d'un tyran et que, s'il pouvait agir de même envers les autres despotes, il en serait heureux. » Ah, voilà ce qui m'avait paru intéressant. : « On retrouva dans la poche de Libenyi un dessin représentant un Cupidon qui a fait penser que l'homme n'était autre que le criminel expert des bombes qui depuis quelques années auraient fait un grand nombre de victimes en Europe. »

— Ah tiens ?

— « Pourtant, ce soupçon a fait long feu. Deux jours après la pendaison de Libenyi, qui a eu lieu le 26 février, un courrier est parvenu à l'empereur. Il s'agissait d'un dessin d'ange, tout à fait similaire à celui que portait le criminel lors de son arrestation. Le texte qui l'accompagnait était cependant catégorique : “Libenyi n'était qu'un amateur stupide. En agissant ainsi, il avait perdu d'avance. S'il me venait l'envie de m'en prendre à votre personne, vous n'auriez pas loisir de vous en rendre compte. Vive la liberté.” »

Les agents échangèrent un regard, et Camille demanda, songeuse :

— Libenyi n'a rien dit à ce propos ? Sur la présence de ce dessin dans sa poche ?

— Cela n'est pas mentionné, en tout cas.

— Qu'en déduire ?

— Que Libenyi connaissait l'Amour ? C'est probable, trancha Leterrier. Peut-être ont-ils fomenté l'attentat ensemble. De toute manière, on peut être certain que ce tailleur n'était pas notre homme.

— Comment cela ?

— Rares sont les meurtriers qui récidivent encore et encore, dit Léandre. Souvent, ils finissent capturés avant d'avoir eu le temps de recommencer leurs actes. Mais dans le cas contraire, il est plus que probable que s'ils trouvent une manière efficace de tuer tout en échappant à la police, ils ne l'abandonnent pas pour une méthode bien moins fiable. Imagine-t-on un homme adepte des bombes et conservant un anonymat parfait se précipiter couteau en main sur un monarque ?

— Une crise de rage, peut-être ?

— Non, croyez-moi, Thibert, Libenyi n'est pas l'Amour. Nous cherchons un criminel autrement plus dangereux et discret et qui n'a pas fini ses jours voici trois semaines accroché à une potence autrichienne.

— Vous me semblez bien convaincu que tous ces méfaits soient l'œuvre d'un seul et même homme.

— Pas vous, Charles ?

— Je n'en sais rien. Nous poursuivons un spectre, ce qui est plus dur à arrêter qu'un meurtrier classique… Attendons de voir ce que nous pourrons apprendre des analyses de Mouflart avant d'en tirer de trop hâtives conclusions.

— C'est une sage idée. Antonin, vous avez encore des textes à traduire ?

— Oui.

— Cela attendra demain. Camille, Charles, partez vous coucher, je pense que nous avons suffisamment veillé pour ce soir, nous n'apprendrons rien de neuf ou de bien concret en nous usant la santé. Bonne nuit à tous.

À tour de rôle, les agents prirent congé, et Léandre se retrouva seul, plongé dans ses pensées. Il était bien tard, et il ne souhaitait pas susciter un branle-bas de combat en retournant à une heure aussi avancée à l'hostellerie du *Vieil Armagnac*. Il n'avait pas encore tellement l'habitude de dormir à même l'appartement destiné aux agents, mais les quelques fois où cela lui était arrivé, il s'en était très bien trouvé. Avant d'aller ronfler, il éteignit une à une les lumières de la bibliothèque, puis prit la peine de descendre au laboratoire. Il toqua gentiment à la porte, soucieux de ne pas déranger de Flandre dans ses expériences. Faute de réponse, après une quinzaine de secondes de patience, il entra sur la pointe des pieds dans la salle froide. Un seul bec de gaz restait allumé, offrant juste assez de lumière pour se repérer dans la pièce tout en laissant une pénombre convenable pour s'adonner au sommeil. L'endroit sentait le cadavre, la fumée et les produits médicaux, et le mélange eût empêché quiconque d'y trouver le repos.

Pourtant, dans un angle de la salle, allongé sur un vieux lit de camp qu'il avait conservé après son départ de l'armée, Mouflart dormait à poings fermés.

Léandre sourit devant le paisible tableau de l'excentrique médecin en plein rêve. Le connaissant, il était impensable que le docteur se soit laissé surprendre par la fatigue en plein milieu de ses analyses. Il n'y avait probablement rien de plus à apprendre cette nuit-là pour lui. Pas besoin de s'éterniser davantage.

Il ne lui fallut pas dix minutes pour rejoindre l'un des lits d'appoint au deuxième étage et gagner à son tour les bras de Morphée.

— *Amore ? Amore ?* Quelqu'un frappe.

Vesely secoua la tête, les yeux bouffis de sommeil. Lui qui rêvait alors d'une forêt magique, aux arbres bleus et peuplée d'animaux fantastiques... Être ramené à la réalité aussi brusquement le mit de méchante humeur. Quelle heure pouvait-il être ? Le ciel, à travers les volets disjoints, était encore bien noir. Il quitta la couche en grommelant quelques jurons dans sa langue, pendant que Patrizia allumait une bougie posée sur la table de chevet, tout en prenant soin de tenir le drap aussi haut que possible pour masquer sa nudité.

Milos, furieux d'être ainsi dérangé, n'avait pas l'intention de faire preuve de pudibonderie. C'est donc dans le plus simple appareil qu'il ouvrit la porte et resta figé sur le seuil.

— *Signore* Delfine ?

L'envoyé pénétra en coup de vent dans la chambre et claqua le battant derrière lui, restant à l'entrée de la pièce, dans une semi-pénombre qui masquait les traits de son visage.

— Je croyais que nous ne nous reverrions pas de sitôt. Et sûrement pas ici.

— Un imprévu de dernière minute, dit l'homme en italien. Bon, tout d'abord, je tiens à vous transmettre les félicitations de mon maître. Les premiers actes ont été d'une grande efficacité.

— Vraiment ? J'ai eu plutôt l'impression qu'on cherchait à cacher la vérité aux gens.

— Cela sera difficile désormais. L'explosion à Notre-Dame ne peut que faire jaser. Bientôt, la presse diffusera largement nos actions. Il sera alors temps de passer à l'étape supérieure.

— Si vous le dites.

— L'auberge vous convient-elle ?

— Il n'y a pas de quoi se plaindre quand on a connu le pavé et la faim, dit Patrizia, railleuse.

Delfine sembla la remarquer pour la première fois.

— Vous m'en voyez ravi, madame. Vesely, avez-vous apporté votre matériel ?

— Une partie, du moins.

— Assez pour réaliser encore quelques machines ?

— C'est-à-dire ?

— Disons quatre.

— Peut-être… Sans doute moins. Trois, plutôt, et de puissance moindre.

— Cela suffira quand même. L'or ?

— Nous n'avons guère dépensé depuis notre arrivée.

— Évidemment, nous avons tout pris en charge. Mais qu'importe, prenez ceci, dit Delfine en sortant une bourse de cuir gonflée de pièces et en la claquant d'autorité dans la main du fabricant de bombes qui protesta.

— Assez, monsieur ! J'apprécierais d'avoir une vue plus complète du travail que vous me demandez d'accomplir.

— Ce n'est pas le moment.

— Alors quand ?

— Quand mon maître me l'autorisera. D'ici là, silence. Contentez-vous de profiter des lieux et de savourer votre séjour comme si vous étiez des amoureux en villégiature. N'attirez pas l'attention sur vous, et construisez-moi au plus vite les nouvelles mécaniques. Suis-je bien clair ?

— Oui, très clair, mais je préférerais, à défaut de cet or, que vous éclairiez quelque peu ma lanterne. Je n'aime pas disposer de parcelles de vérité.

— Allons ! Vous vous doutez bien que je ne suis qu'un émissaire : moi-même, j'ignore l'intégralité des intentions de mon maître. Mais je lui fais pleinement confiance.

— Pas moi. Et je ne vous crois pas un instant.

— Vous devenez bien hardi dans vos propos. Peut-être un peu trop… dit Delfine avec agacement. Mais vous êtes trop efficace pour qu'on se passe de vos services, surtout maintenant. Ceci étant, mon maître a songé qu'une assistance active ne vous serait pas nuisible, et il a requis une tierce personne pour ce faire.

— Tiens ? De qui s'agit-il ?

— Il ne m'a pas communiqué son nom. Il doit arriver, à ce que je sais, dans le courant de la journée ici même.

— Vous préférez parquer vos serviteurs au même endroit, à ce qu'il paraît.

— Et après ? Vous auriez préféré un taudis en plein Paris ? Les odeurs d'excrément, l'indiscrétion des voisins ? Ici, nous sommes assurés de la pleine coopération et d'une discrétion absolue. Rien de tel qu'un aubergiste pour remplir des fonctions de mercenaire !

— Comment reconnaîtrai-je notre associé ?

— Voici un mot de mon maître. Je pense que tout ce que vous avez besoin de savoir s'y trouve.

— Vous ne l'avez pas lu ?

— Pour qui me prenez-vous donc ? Votre commanditaire a toute confiance en moi justement parce que je sais faire preuve de réserve !

La lettre portait encore un cachet de cire intact, qui démontrait que Delfine n'avait pas joué les indiscrets.

— Bien. Suivez les instructions que nous vous avons confiées auparavant, et puis continuez avec les nouvelles. Est-ce bien clair ?

— Très clair, en effet. Mais je ne comprends pas : n'auriez-vous pu venir plus tard dans la journée pour me dire ceci ?

— Pour plusieurs raisons, rétorqua l'envoyé sur un ton nettement contrarié. Quand mon maître ordonne, c'est immédiat. Pas le soir venu, pas à l'heure du dîner. J'obéis. C'est ainsi. Ensuite, la journée est moins propice à la furtivité. Et le jour, j'ai des obligations qui m'empêchent de me déplacer jusqu'ici. Cela suffit-il à monseigneur Vesely ?

— Bon, bon, pas besoin de devenir cinglant… dit l'Amour, vexé.

— Parfait donc. Je puis retourner à mon poste… et vous à votre lit. Mais ne prenez pas l'habitude des grasses matinées : vous n'êtes tout de même pas payé pour dormir, ici.

Et sur ces paroles, Delfine tourna les talons et quitta la pièce.

Vesely frissonna. Cet homme le mettait vraiment mal à l'aise, ce qui n'était pourtant pas une mince affaire. Il ne pouvait s'empêcher de se poser des questions sur l'identité du commanditaire, sur la personnalité de ce dernier qui avait pour homme de confiance un sbire aussi dérangeant que le pseudo-Angelo Delfine.

Après avoir posé la bourse à côté de la bougie et embrassé avec tendresse Patrizia, qui vint se lover contre lui, il s'intéressa de plus près au message qu'il avait encore en main. Du pouce, il brisa le sceau et lut le texte assez succinct. À mesure qu'il le déchiffrait, il se sentait de plus en plus réveillé.

Et de moins en moins ravi.

Il laissa tomber le papier sans un mot. Patrizia l'attrapa d'une main habile avant qu'il ne touche le sol et, intriguée, le parcourut à son tour.

— Oh non ! Pas lui ! gémit-elle.

Chapitre quatrième

Des techniques de l'Amour pour faire vraiment parler de lui

— Et naturellement, je suppose que vous comptiez me laisser dans l'obscurité encore longtemps ?

Napoléon III faisait les cent pas dans son cabinet. Sur son visage se lisait un mélange de mécontentement et de déception que Léandre ne lui connaissait guère. C'était l'expression d'un homme qui se sent trahi par ses proches. Il eut l'envie de lui expliquer à nouveau la situation, de lui faire comprendre que l'initiative, si malheureuse avait-elle été, n'avait d'autre but que de le préserver et de lui permettre de passer une période nuptiale digne de ce nom. Cependant, le Goupil perçut que toute justification serait repoussée, et il prit le parti de se taire, du moins pour l'instant.

Morny, lui, n'avait pas à cœur d'employer cette même tactique.

— Mon frère, qu'auriez-vous fait, en l'occurrence, si nous vous avions tenu informé des progrès inexistants de cette enquête ? Oh, je le sais bien, moi : vous auriez passé des jours à vous tourmenter l'esprit, à voir des conspirateurs partout, à craindre pour votre existence…

— Des conspirateurs, j'en vois dans ce bureau, face à moi ! s'exclama l'empereur.

— N'exagérez pas ! Nous n'avons nullement cherché à vous nuire, que je sache !

— Me cacher une telle vérité !

— Encore une fois, pour renchérir sur les propos de M. de Morny, ces silences vous ont permis de goûter pleinement, la tête et le corps au repos, les vertus salutaires de la nuit de noces. D'autres que vous seraient moins ingrats, monsieur !

Léandre était rouge écarlate, tant par l'irritation que par la honte d'en avoir trop dit. D'un coup d'œil oblique, il distingua Morny qui, se cachant le visage dans la main droite, lui adressait malgré tout un regard de soutien. Persigny, pour se donner une contenance, vidait un verre de vin en feignant de ne pas prendre part à la conversation.

Et l'empereur des Français regardait son impertinent agent fixement.

— Vous me trouvez ingrat ? répéta le chef d'État, d'une voix dangereusement douce.

— Les paroles de Lafforgue ont dépassé sa pensée, murmura Morny.

— Bien au contraire, reprit Bonaparte. Je pense qu'il n'a fait qu'exprimer son véritable ressenti. Goupil, répondez, c'est un ordre. Me trouvez-vous ingrat ?

Le jeune Gascon prit une profonde inspiration. Il était désormais trop tard pour reculer. Dans sa tête et dans le fond de sa gorge, un barrage avait cédé, et tenter d'endiguer le flot de ses pensées était de l'ordre de l'impossible. Ravalant sa salive, il se leva avec lenteur jusqu'à faire face à son maître et, la peau des joues brûlante, laissa libre cours à son propre mécontentement :

— Je vous dois tant, monsieur, que l'emploi du mot ingrat vous concernant est, de fait, une réelle outrance. Ceci étant, vous pourriez convenir que cette décision n'a pas été prise à la légère et qu'elle est le fruit de la réflexion conjointe d'hommes qui ont tout le respect du monde envers vous, et qui ne cherchaient que votre bien en agissant ainsi. Vous avez attendu bien des années avant de prendre épouse : fallait-il que nous venions tout gâcher en vous faisant part de tels tourments ? Nous avons ravivé votre protection rapprochée sans que vous en ayez conscience, procédé à des contrôles accentués de tous les gens qui auraient à s'approcher du lieu de votre villégiature. C'est notre devoir. Vous protéger, vous défendre. Vous restez un homme comme les autres, si on exclut vos responsabilités : un homme qui a le droit à des moments de sérénité, des moments de tendresse, de passion, d'amour sans songer le moins du monde que, quelque part, un exalté cherche à vous faire exploser ! Comment vivrions-nous, comment vivriez-vous en n'ayant que cela en tête ? Pourriez-vous, le cœur léger, dire des mots tendres à votre épouse ? Auriez-vous l'âme assez guillerette pour recevoir des caresses et en prodiguer ? Vous mettre dans la confidence, c'était plus vous nuire que vous conserver dans l'ignorance. Nous avons fait un choix, peut-être malheureux, nous en convenons, mais c'était celui à prendre, et il n'est plus nécessaire d'y revenir.

Pour l'heure, la chose capitale est de capturer cet homme avant qu'une nouvelle bombe ne sème la terreur à Paris. En nous soumettant à cette entrevue, vous vous mettez en travers de la route et vous ne faites qu'aggraver le retard déjà pris pour appréhender cet individu. Aussi, si vous avez l'intention de nous sermonner plus longuement, je préfère que vous nous en fassiez part tout de suite, afin que je transmette mes ordres à la Noble Cour. À moins que vous ne préfériez que nous n'abandonnions nos investigations ?

Il se tut, et dans le bureau il n'y eut plus un bruit. Si prompt à la raillerie ou aux commentaires sarcastiques, Morny, cette fois, ne desserrait plus les lèvres et considérait le Goupil avec effarement ; Persigny avait détourné le visage et s'était plongé dans la contemplation du plafond, l'air plus que jamais consterné par la tournure subite de ce dialogue, et par ce débordement de reproches et de vérités partant vers tous les azimuts.

Ce fut alors que l'empereur rompit le détestable silence.

En riant.

Ce n'était pas un éclat tonitruant, tant s'en fallait. Toute franche hilarité était assez peu commune chez le prince. C'était malgré tout une réaction qui apaisa les trois « coupables », tout autant que les paroles qui suivirent.

— Goupil, vous êtes décidément un homme peu commun... Ne vous hasardez pas à avoir ce genre d'attitude face à d'autres, je ne suis pas certain qu'ils apprécieraient une telle honnêteté... Vous avez raison, messieurs, je vous dois des remerciements, et non des réprimandes. J'ai bien conscience que vous avez agi dans mon intérêt. Ceci dit, je pense qu'il est inutile que vous vous consacriez de façon permanente sur cet « Amour ». J'ai justement une mission délicate que vous remplirez à la perfection.

— Est-ce bien raisonnable, monsieur ? La Noble Cour n'a-t-elle pas pour objet, entre autres, d'enquêter sans relâche quand la vie de son maître est menacée ?

— Certes, mais les agents de la Noble Cour se doivent également d'obéir aux injonctions qui leur sont données sans les commenter à tout propos, répondit l'empereur d'une voix qui ne souffrait aucune réplique.

— Bon, dit Léandre. Je suis à vos ordres.

— C'est ce que je souhaitais entendre. Bien. Avez-vous entendu parler du prince Dakkar ?

— Je vous avoue que non.

— C'est un ambassadeur du Bundelkund, dans les Indes, un neveu ou petit-neveu de Tipû Sâhib, l'ancien sultan de Mysore. Il se trouve à Paris depuis quelques semaines.

— Dans quel but ?

— Apparemment, le prince souhaite me rencontrer, mais il ne peut tomber plus mal ni pour de plus mauvaises raisons. C'est un patriote, ce que nul ne peut lui reprocher, et il est particulièrement contrarié par l'occupation des forces britanniques sur son territoire.

— Songerait-il à vous demander un arbitrage ?

— Ce ne serait qu'un moindre mal, mais Drouyn, qui a eu l'occasion de le recevoir, pense qu'il voudrait tout simplement me rallier à sa cause et que je prête main-forte à son combat...

— Contre le Royaume-Uni ? Vous ? L'affaire est perdue d'avance. Ce prince ferait mieux de retourner en ses terres.

— On ne peut pas, là encore, le blâmer d'essayer. Cependant, je crains fort qu'une entrevue trop hâtive ne fasse qu'envenimer les choses, et je souhaiterais avoir un aperçu exact de l'homme avant de songer à le recevoir pour lui exprimer mon point de vue. Aussi vous rendrez-vous, dès votre départ du palais, auprès du prince Dakkar.

— Que dois-je faire exactement ?

— Soyez mes yeux et mes oreilles.

— Cela va de soi, monsieur. Mais en quoi ma présence pourra-t-elle être considérée comme utile au prince ?

— Improvisez, Goupil. Il est, à ce qu'on m'en a rapporté, un homme d'une grande intelligence, riche de connaissances. Devenez son cicérone dans Paris, un guide aux mille détails, un compagnon précieux.

— Dois-je l'accompagner partout ?

— Non. Je pense qu'une omniprésence serait néfaste et donnerait l'impression trop évidente qu'on le surveille.

— Le garder à l'œil, mais point trop ?

— Une simple question de dosage, rien de plus. Ne me dites pas que la chose vous paraît impossible !

— Impossible, non. Complexe, oui. Et j'ai beau réfléchir, je ne vois pas en quoi la présence de ce prince...

Léandre s'interrompit net.

— Mais bien entendu ! Les tractations supervisées par MM. Persigny et Morny ! Vous craignez qu'il ne soit un obstacle à leur application !

— Il n'est jamais mauvais de faire preuve d'un minimum de méfiance en de pareils moments.

— Très bien, monsieur, je suis votre serviteur. Mais ce prince, où puis-je le trouver ?

— Au ministère, rue des Capucines, comme tout ambassadeur en villégiature parisienne qui se respecte.

Ce disant, l'empereur avait sorti du sous-main une feuille de papier sur laquelle il écrivit rapidement un semblant d'ordre de mission – sans lequel on risquait fort de ne pas autoriser son agent à approcher du prince indien. Il le tendit à Léandre et, sans ajouter un mot, le congédia d'un simple geste de la main.

Comme un simple domestique.

— Monsieur Sergent ?

Eugène Sergent n'était qu'un peu assoupi, et il réagit immédiatement à la voix douce de l'infirmière, sœur Marie-des-Anges.

— Vous avez des messieurs qui désirent vous parler, dit la religieuse, mais je me refuse d'accepter sans votre consentement.

— Des messieurs ?

— Un juge et un policier, je crois.

Le jeune homme eut une quinte de toux déchirante qui fit froncer les sourcils de l'infirmière.

— Ce n'est peut-être pas une très bonne idée. Je vais leur demander de revenir plus tard.

— Non, ma sœur ! Non ! Je vous assure que je me sens bien. Faites-les venir.

Peu convaincue, sœur Marie-des-Anges lui posa la main sur le front, histoire de constater s'il n'était pas en proie à quelque fièvre. Elle ne prenait jamais les patients à la légère, et son expérience de soignante lui avait montré que le repos était de loin une médecine aussi efficace que les pharmacopées qu'on faisait ingurgiter aux malades. Ceci étant, Eugène Sergent avait la peau fraîche, et cela la rassura. Elle se contenterait d'autoriser un quart d'heure de présence aux visiteurs histoire de ne pas l'épuiser.

Quelques instants plus tard, elle revenait dans le dortoir, auprès du lit, accompagnée par deux hommes à l'air sérieux. Sergent se redressa du mieux qu'il put dans les draps pour leur faire face.

— Monsieur, je suis le juge Janson, et voici le commissaire Leterrier. Nous sommes chargés de l'enquête sur l'explosion survenue hier dans la cathédrale.

— Monsieur le juge… Monsieur le commissaire, répondit le garçon en leur serrant la main à tour de rôle.

— Bien… Que je récapitule. Vous êtes bien Eugène Sergent, l'organiste de Notre-Dame ?

— C'est bien moi.

— Depuis combien de temps occupez-vous cette fonction ?

— J'ai été nommé en 1847, en remplacement de mon maître, Félix Danjou.

— Vous aviez alors ?

— Dix-huit ans.

— C'est bien jeune pour occuper poste si prestigieux !

— J'ai eu de la chance, reconnut le patient.

— Bien, bien. Monsieur Sergent, je vous avoue que la situation est complexe. Pour ce que nous en savons, à la différence de tous les autres blessés, vous ne vous trouviez pas à proximité immédiate du lieu de déflagration, et pourtant vous voici dans cet hôpital.

— C'est juste... Je dois vous dire que je suis, depuis quelque temps, accablé par des problèmes respiratoires qui me compliquent la vie. Sans que je puisse l'expliquer, hier, quand cette horreur a eu lieu, j'ai eu l'impression de respirer de la fumée, comme si on plaçait ma tête au-dessus d'un brasier... Je me suis mis à tousser comme un perdu et j'ai sombré dans l'inconscience, d'où ma présence ici.

— Une toux violente, provoquant un évanouissement. Ne pourrait-ce être ?

— La phtisie ? Pas selon le docteur, dit l'organiste en touchant le bois de son lit. Juste une violente irritation sur des poumons fragiles, rien de plus.

— C'est déjà grave. Votre jeunesse vous a sans doute préservé de plus graves séquelles.

— Dieu merci.

— Vous comprendrez aisément que nous cherchons à obtenir tous les témoignages des gens présents dans la cathédrale à ce moment précis.

Or plusieurs fidèles, sans doute trop choqués, se sont enfuis sans qu'on n'ait pu les identifier, et par conséquent les retrouver, ce qui ne facilite pas notre besogne.

— Je suis tout disposé à vous aider, répondit Sergent, avant de tousser à nouveau avec une violence qui inquiéta les deux hommes de loi.

— Ne préjugez pas trop de vos forces, dit le juge avec douceur.

— N'ayez crainte. Si je suis épuisé, je saurai vous le faire savoir. Mais il est de mon devoir de vous fournir mon témoignage, et ce n'est pas une toux, si rude soit-elle, qui va m'en empêcher.

— Parfait. Que pouvez-vous nous apprendre ? Qu'avez-vous vu ?

— Vu, c'est bien là le problème : de là où je me trouvais, il est difficile, pour ne pas dire impossible, d'assister à quoi que ce soit.

— Vous n'êtes donc pas témoin de l'explosion ?

— Pas visuellement, non…

Roënel ne put s'empêcher de grogner.

— Quelle guigne ! Les blessés sont soit trop choqués, soit trop meurtris pour répondre à nos questions, et les seuls qui soient aptes à parler avaient le dos tourné !

— Je sais bien, concéda Janson. Monsieur Sergent, vous n'avez pas, j'imagine, eu loisir de remarquer une personne suspecte dans la cathédrale ? Un élément qui pourrait être révélateur ?

— Malheureusement, je suis un peu trop concentré sur mon clavier pour cela. Je me contente d'écouter la messe et de jouer durant les intervalles, rien de plus. Seule l'oreille compte, si je puis dire…

Il s'arrêta tout net, en proie à une intense réflexion. Policier et juge le regardaient avec attention.

— Monsieur Sergent ? Tout va bien ?

— Oui, bredouilla l'organiste. C'est juste que... j'ai eu l'impression... mais c'est singulier tout de même...

— De quoi s'agit-il ?

— Eh bien, c'est sans doute anodin, et si bizarre que je me demande si je ne l'ai pas imaginé... Mais il me semble pourtant que, juste avant l'explosion, j'ai entendu quelque chose.

— Quoi donc ?

— Une musique.

— N'étaient-ce pas les dernières notes venues des tuyaux de vos orgues ?

— Aucunement. Je sais faire la différence, c'est ma profession !

— Comment était-elle, cette musique ? D'où provenait-elle ?

— Je l'ignore ; elle ne venait pas de l'extérieur, je puis en jurer. L'épaisseur des murs m'aurait empêché de la percevoir.

— Donc, jouée en la cathédrale ?

— Cela m'en a tout l'air.

— Forte ?

— Non, point du tout, mais nos fidèles étaient silencieux, alors je puis vous garantir qu'elle était parfaitement perceptible.

— Aurait-elle pu être jouée par quelque instrument ?

— Cela rappelait le son aigrelet d'un flûtiau. Mais une personne présente dans la nef qui aurait joué du fifre se serait fait immédiatement remarquer et expulser…

— À quoi ressemblait-elle ?

Fermant les yeux quelques instants histoire de se concentrer, l'organiste se mit à fredonner trois mesures avec justesse, battant le tempo de son index droit.

— Voilà ce que j'ai entendu… je ne vous garantis pas que ce soit le morceau intégral, mais… n'ai-je pas rêvé ? J'espère ne pas vous entraîner sur une fausse piste.

— Apaisez-vous, nous le saurons suffisamment tôt, et personne ne songerait à vous en tenir grief si c'était là le simple fruit de votre imagination.

— Messieurs, dit sœur Marie-des-Anges qui venait de les rejoindre, je pense qu'il serait bon de laisser mon patient se reposer.

— Assurément, répondit Janson. Nous partons tout de suite.

À tour de rôle, juge et commissaire serrèrent la main du jeune homme alité.

— Prenez bien soin de vous, monsieur, et j'espère avoir rapidement le plaisir de venir vous écouter jouer.

— Ce sera un honneur pour moi, répondit Sergent.

— Au fait, avant que nous ne nous en allions, s'exclama Leterrier, seriez-vous parent d'un valet du palais des Tuileries ?

L'organiste eut une mine interloquée.

— Moi ? Pas à ma connaissance. Mais, vous savez, le nom de Sergent n'est pas non plus le moins fréquent ici-bas…

— C'est juste. Je tenais simplement à m'en assurer. Allons, reposez-vous bien et, au besoin, si un autre élément vous revenait…

— Je ferai savoir aux docteurs qui vous en préviendront.

Il toussa derechef quand il fut de nouveau seul, la tête préoccupée par la petite mélodie. Dieu qu'il était regrettable de ne pas avoir un orgue à portée de main pour pouvoir la jouer.

Car c'était, pour le musicien accompli qu'il était, un air fort bien écrit qu'il aurait eu sans doute, dans d'autres circonstances, plaisir à interpréter.

Si tant est qu'il ne l'avait pas imaginé.

Le Goupil avait quitté le palais fort mécontent.

Cette mission était autant une marque de confiance qu'un désaveu : surveiller un diplomate ! La belle aventure que voilà ! Il n'ignorait pas qu'outre la Noble Cour Napoléon disposait d'espions à même de scruter nuit et jour les faits et gestes de l'Indien. Si ce n'était pas le cas présent, c'est qu'on considérait l'homme comme inoffensif. Il n'y avait pas à chercher plus loin. C'était une punition, un pensum magnanime, un camouflet dissimulé. Mais si minime et peu contraignante que soit la corvée, Léandre la trouvait injuste, car il était convaincu, en conservant le silence envers son maître, d'avoir bien agi. De plus, les ministres, eux, seraient-ils chargés d'une besogne rébarbative en signe d'insatisfaction impériale ? Il en doutait fort. Pas question pour autant d'exacerber une situation tendue. Il prit d'un pas rapide le chemin, relativement court, qui devait le conduire à l'hôtel de la Colonnade.

Il s'agissait d'un bâtiment, ou plutôt de deux, reliés par des jardins, qui faisaient office depuis la Restauration de siège du ministère des Affaires étrangères, installé jadis rue de Grenelle, dans l'hôtel de Galliffet. Construit en 1726, l'hôtel de la Colonnade avait appartenu au gouverneur des Indes Dupleix, qui y était mort en 1763. En 1793, la République y avait logé son général le plus audacieux, Bonaparte, avant que celui-ci, devenu empereur, ne le cède au maréchal Berthier, prince de Wagram, quatorze ans plus tard. La plupart des Parisiens, d'ailleurs, évoquaient toujours le lieu sous le nom d'hôtel de Wagram. En 1842, c'était en sortant du ministère que le diplomate grenoblois Henri Beyle – dont la littérature se souviendrait longtemps sous le nom de plume de Stendhal – s'était effondré sur le trottoir de la rue des Capucines, victime d'une foudroyante attaque d'apoplexie. Enfin, quelques mois avant que Léandre n'entreprenne de monter sur Paris et d'ainsi vivre l'extraordinaire concours de circonstances qui le mettraient au service du pouvoir, c'était aux portes de l'hôtel de Wagram que, au soir du 23 février 1848, alors que Paris achevait une seconde journée de manifestations estudiantines et libérales, la troupe ouvrit le feu sur des contestataires souhaitant en découdre avec Guizot, le chef du gouvernement. Trente-cinq morts furent récupérés sur la chaussée, et l'appel à la vengeance par les armes lancé aussitôt ; en moins d'une journée, sans que personne n'y eût cru encore la veille, Louis-Philippe se voyait conduit à l'abdication, et son trône vacant allait permettre l'avènement de la IIe République, désormais déjà défunte. Cinq ans à peine. Si peu de temps, et tant de bouleversements...

L'esprit en ébullition le conduisant à presser le pas sans s'en rendre compte, Léandre parvint à destination plus rapidement qu'il ne l'aurait pensé. Il fronça les sourcils en longeant les murs gris et lépreux qui délimitaient le ministère. L'endroit, bien que puissamment chargé d'histoire, avait connu des jours meilleurs. Insalubre, humide, vétuste : les qualificatifs peu élogieux ne manquaient pas. Peu pratique, également, faute d'avoir été construit pour assurer une telle mission. Ces ruines n'étaient plus, par chance, destinées bien longuement à fournir le gîte des plénipotentiaires en visite. Depuis 1844, une armée d'ouvriers s'affairait de l'autre côté de la Seine, quai d'Orsay, à dresser un somptueux bâtiment donnant sur le fleuve et qui donnerait à coup sûr une image plus prestigieuse de la France aux éminents visiteurs internationaux. Il n'était que temps : l'initiative originelle venait de Napoléon Ier. Près de quarante ans de tergiversations et, après neuf ans de travaux, le chantier touchait à sa fin, et on évoquait dans les couloirs qu'avant la fin de l'été le déménagement aurait lieu, à la satisfaction générale, et certaines personnes plus au fait des décisions à venir que les autres laissaient entendre que l'existence même de l'hôtel prendrait fin peu après sa désaffection, sous les coups de pioche et de masse des démolisseurs.

Tout à sa contemplation, le Gascon eut une pensée nostalgique pour cette bâtisse délabrée certes, mais encore belle. Il détestait l'idée de voir détruits les vestiges architecturaux. S'il appréciait le progrès et la modernité, imaginer qu'on puisse réduire à néant des années de labeur pour reconstruire quelque chose à la place – parfois, et même souvent, de moins beau – lui causait un déchirement. Notre anticlérical, par exemple, aurait volontiers assommé les destructeurs d'églises de la Révolution ou, s'il avait vécu durant l'Antiquité, les vandales qui avaient, au fil des siècles, réduit à néant le mausolée d'Halicarnasse, les ruines du colosse de Rhodes ou les terrasses des jardins de Babylone.

Il pénétra dans le ministère par l'entrée principale, qui formait l'angle entre la rue des Capucines et le boulevard du même nom, et se présenta immédiatement au premier employé qu'il croisa.

— Le prince Dakkar ? Ah, mais il n'est pas là, à cette heure.

— Où pourrais-je le trouver ? demanda le Goupil, contrarié.

— Difficile de vous répondre : nous ne sommes pas en charge de son emploi du temps… rétorqua l'employé sur un ton sarcastique.

Cette facétie lui valut un regard si féroce de Léandre qu'il en perdit contenance et sortit avec des gestes maladroits une montre à gousset.

— Ah, parbleu ! Il est près de midi ! Si j'étais vous, je me rendrais sur le boulevard des Italiens, au *Café Leblond*, il y a ses habitudes pour prendre le dîner.

— Parfait. Je vais m'y rendre sans attendre. Prenez en attendant connaissance de ce document.

Léandre tendit au fonctionnaire le papier signé de la main de l'empereur et ne put s'empêcher de sourire en le voyant se raidir. Inutile de paniquer davantage ce brave gars pour une remarque un tantinet trop acerbe.

— Que je puisse trouver moi-même le prince ou pas, je vous incite à faire preuve d'une totale discrétion quant à ma venue. Ordre de qui vous savez… Vous m'avez compris ?

— Oui… bien sûr, excellence, répondit l'employé.

— Voilà qui me ravit : quel est votre nom ?

— Duchaussoy.

— J'en prends bonne note. Pas un mot : nous sommes bien d'accord ?

Sans attendre de réponse, le Goupil tourna les talons et rallia en moins de cinq minutes la devanture vitrée du *Café Leblond*, un établissement de fort bon aloi où il avait eu l'occasion de se rendre une fois ou deux par le passé. Ce fut alors qu'il s'apprêtait à y entrer qu'il songea brusquement à la manière d'aborder le prince. Il ignorait même à quoi il ressemblait ! Devait-il se renseigner auprès du limonadier, derrière son comptoir, ou bien d'un des garçons pour se le faire désigner ? Fallait-il qu'il joue cartes sur table, en se présentant sans ambages comme l'un des émissaires du chef d'État ? Il entendait encore les paroles de l'empereur, qui lui conseillait d'improviser… Eh bien, soit. Il allait improviser, et d'abord compter sur son sens de l'observation pour identifier et rencontrer l'ambassadeur. Par chance, le champ d'investigation était réduit. La terrasse était déserte, le temps bien que clément n'était pas encore de ceux qui incitaient les consommateurs à boire et à manger en plein air et, à l'intérieur, les clients commençaient tout juste à arriver pour prendre leur repas.

Il pénétra dans l'établissement, et aussitôt se concentra sur les personnes présentes, l'œil mi-clos, comme s'il était ébloui par un soleil rasant. Le lieu n'était pas de ceux qui reçoivent l'ouvrier à la pause : il discerna des gens de ces professions qui, touchant aux affaires et à l'argent, se qualifient volontiers de « supérieures ». Il n'y avait nulle part d'indigène en costume chamarré susceptible d'attirer tous les regards des curieux, pas de maharadjah avec ses suivants. Cependant, il eut en quelques secondes la certitude de reconnaître le prince au milieu de tous les convives.

Assis à une table proche des fenêtres, le dos tourné vers le mur, il y avait un homme seul. À première vue, rien ne le distinguait parmi les consommateurs occupés à se rassasier. Pas de vin à la table : uniquement de l'eau. Sa tenue était sobre, semblable à celle des autres clients, si ce n'était la couleur bleu très foncé de sa veste légère. Sa peau était légèrement mate, mais guère plus basanée que celle d'un homme ayant l'habitude de passer sa vie au grand air. Les cheveux noirs et épais et son collier de barbe sombre dégageaient une impression de sérénité et de sévérité à la fois, alors qu'il parcourait un exemplaire de *La Presse* du jour. Seule fantaisie – qui d'ailleurs passait inaperçue pour des yeux moins scrutateurs que ceux du Goupil : au majeur gauche, une épaisse bague d'argent surmontée d'une pierre rouge qui ne pouvait être qu'un rubis.

Sans attendre, il se dirigea vers la table la plus proche de celle qu'occupait l'inconnu et s'y installa. Le tout était une affaire de temps. Au garçon qui vint s'enquérir de ce qu'il souhaitait boire, il commanda une orangeade et s'entraîna pendant quelques minutes à afficher la mine d'un homme dont la patience est soumise à rude épreuve, mais qui tient à conserver un minimum de dignité sans l'exprimer trop ouvertement. Il ne procédait que par gestes, se grattant l'ongle, observant sa montre, sans faire un son, sans prononcer un mot qui aurait trop attiré l'attention sur lui. Il savait que quiconque finirait par le remarquer serait intrigué par son visage chagrin et ses mimiques irritées. Mais ce n'était pas tout à fait l'occasion qu'il souhaitait créer.

Celle-ci se présenta quand l'inconnu reposa son journal pour se consacrer pleinement à l'assiette qui venait de lui être servie.

— Veuillez me pardonner, monsieur… Pourrais-je vous emprunter votre journal ?

L'homme, qui s'apprêtait à engloutir une fourchetée de poisson, s'interrompit, le regarda et, avec un sourire poli, s'essuya les mains avant de lui tendre le quotidien.

— Je vous le rends aussitôt, n'ayez nulle crainte, répliqua le Goupil en faisant un petit signe rassurant.

— Ce ne serait pas un gros larcin si vous le conserviez.

— Peut-être, mais qui vole un œuf vole un bœuf, comme on me l'a souvent répété.

L'homme fixa Léandre, toujours souriant mais, comme put le constater l'agent, cette expression ne venait que de ses lèvres. L'homme avait des yeux très particuliers, non pas par leur couleur, d'un marron sombre tout ce qu'il y avait de banal, mais par leur éclat glacé. C'était, à n'en pas douter, un homme autoritaire, habitué à se faire respecter, et la lâcheté ne devait sans doute pas être au nombre de ses vices. D'autres en auraient été décontenancés, mais pas le Goupil.

— Qui vole un bœuf, par chez moi, n'a nulle chance de finir bien vieux.

— Ah tiens ? répondit le Gascon, sans avoir besoin de feindre l'intérêt. De quel coin venez-vous ? J'ignorais qu'il existait en ce pays une justice prompte à faire supplicier les voleurs de bétail.

— Je ne suis justement pas de votre pays, c'est sans doute pour cela.

L'éclat polaire des pupilles avait cédé la place à une lueur plus avenante, presque amusée, mais toujours aussi empreinte de sévérité.

— Je n'aurais pu le deviner, mentit à moitié Léandre. Je suis navré, je vous empêche de manger en paix.

— Ma foi, cela n'est point trop grave. J'ai l'habitude des plats servis sans grand confort, et froid ou chaud n'a pour moi nulle réelle importance. Pour ma part, j'ai la nette impression que vous êtes au bord de l'exaspération.

— Vous êtes fort observateur... je fais pourtant de mon mieux pour le masquer.

— Point assez, sans doute. Attendriez-vous quelque amie peu à cheval sur la ponctualité ?

Le Goupil feignit la surprise.

— Je vois que vous avez de l'expérience en la matière, monsieur.

— Oh non ! Chez moi, les femmes n'ont pas tendance à se risquer à ce jeu... Avant le mariage, s'entend. Après, c'est une autre histoire.

— Mais de quel pays venez-vous donc ? La Suisse ?

Cette fois, l'inconnu rit franchement.

— La Suisse ? Pourquoi diable viendrais-je de la Suisse ?

— Car c'est un pays réputé pour ses vaches, et connu aussi pour sa rigueur toute martiale, que bien des armées pourraient lui envier.

— L'argument se tient, mais je dois vous décevoir. Je n'ai même jamais eu l'occasion de m'y rendre, faute d'y trouver de l'intérêt : trop de montagnes pour mon goût. Je viens des Indes.

— Ah ça ? Je n'en aurais pas mis ma tête à couper ! Seriez-vous de Pondichéry, pour maîtriser notre langue ainsi ?

— Non, j'ai juste eu la chance de venir faire jadis mes études dans plusieurs universités d'Europe, en particulier ici même, à Paris. Quant à mes origines exactes... je gage que vous n'êtes pas familier de la géographie de ma patrie ?

— Hélas !

— Je suis natif de Bangalore, qui est une ville au milieu des terres. Le port de Pondichéry, ceci dit, n'est pas fort éloigné de chez les miens... Trois cents kilomètres environ.

— Pas si éloigné ? Trois cents kilomètres, ce n'est pas, si j'ose dire, la porte à côté !

— Monsieur, les terres des Indes font facilement sept à huit fois celles de la France... Ce qui vous paraît imposant peut n'être que vétille pour un homme de chez moi. Savez-vous par exemple qu'aux confins nord de l'Inde on trouve les montagnes les plus hautes au monde ? Quel est le pic le plus élevé, ici ?

— Je crois savoir que c'est le mont Blanc, dans les Alpes, qui frôle les cinq kilomètres... Ce qui est déjà respectable !

— Le Kangchenjunga approche des neuf kilomètres... Vous me comprenez ?

Le ton qu'employait le prince – car il était impossible désormais à Léandre de penser ne pas être tombé sur la bonne personne – était assez désagréable, fier et arrogant, mais tout ce qu'il énonçait était proféré d'une façon égale, comme s'il n'avait pas conscience d'user de paroles méprisantes envers son interlocuteur.

— Je dois reconnaître que votre pays envisage son importance ici-bas de façon plus vaste et plus évidente que le mien... Sur ce, je vous prie de m'excuser de vous avoir dérangé dans votre déjeuner.

— Nullement ! Je suis navré pour ma part que votre compagne ait décidé de vous faire faux bond. Voudriez-vous vous joindre à moi pour ce repas ? Ce serait mieux pour vous que de ruminer sur l'absence d'une inconstante.

— L'invitation est la bienvenue, monsieur. Monsieur ?

— Abdul Fateh Dakkar.
— Léandre Lafforgue.
— Enchanté.
— De même.

La journée était bien avancée et, dans la rédaction de *La Feuille de Chou*, au 1, rue du Pont-aux-Choux, la préparation de l'édition du lendemain proche d'être bouclée. Dans le bureau du rédacteur en chef, Thibault Landin, l'animation était intense. Ce n'était qu'un va-et-vient confus de journalistes venus soumettre dépêches et articles à l'avis sans pitié de leur chef, lequel leur aboyait dessus avec la férocité d'un dogue privé de son os :

— Et le feuilleton ?
— Toujours pas reçu !
— Encore ? Faites savoir à ce scribouillard que si nous n'avons pas la suite avant 5 heures…
— Il ne nous croira pas. Nous n'avons rien pour remplacer son texte… Rien de neuf, ou de suffisamment intéressant.
— On n'a qu'à piocher dans les rebuts.
— Vous êtes sûr ?
— Je ne suis sûr de rien ! Devoir utiliser de la merde parce que ce jean-foutre abuse de la situation !
— Il sait très bien tester les limites de notre patience.
— Je le sais aussi bien que lui, s'emporta Landin. Mais pas question que cette situation s'éternise.

Il grimaça en se tenant le ventre, plus par réflexe que par véritable douleur. Deux semaines plus tôt, l'auteur en question, Edmond Faber, avait en effet daigné remettre son manuscrit à dix minutes du bouclage, et Landin avait dû, le lendemain, se rendre auprès d'un médecin pour de violents maux d'estomac, qui furent mis sur le compte d'un ulcère provoqué par le damné écrivain.

— Le reportage sur le chemin de fer, chef !

Landin parcourut d'un œil expert les papiers qu'on venait de lui tendre.

— C'est bon pour moi, Galand. Mais ligne vingt, c'est Nouvelle-Zélande, pas Sélande.

— Oh, pardon.

— Corrigez ça vite. Le reste convient. Allez, et que ça saute ! Camoin ! Et l'affaire Roger, la tentative d'assassinat sur la crémière, où on en est ?

— Six ans de travaux forcés.

— C'est tout ? Il s'en tire à bon compte, le poète ! Bon, tant pis : passez en second plan, la condamnation n'est pas suffisante pour qu'on en fasse trop cas.

— Oh, quand même, s'offusqua Camoin, on ne peut pas envoyer des hommes à la guillotine tous les jours !

Landin le foudroya du regard.

— Et pourquoi pas ?

— Ben, je ne sais pas, c'est que…

— Quand on ne sait pas, on se tait. Un verdict de mort, le récit du montage des bois de justice, c'est ça qui plaît aux gens, ne l'oublions pas ! Sinon ils ne se déplaceraient pas en foule à l'aube pour voir une tête tomber.

— Alors, chef, dit un autre visiteur du nom de Francqui, j'aurai une information qui vous plaira. Elle vient de Turin. Bon, c'est une histoire de pendu, mais...

— Voyons cela... « Un malheureux condamné à la corde avait subi sa peine. Déjà le corps avait été détaché de la potence, déposé dans une bière et porté au cimetière selon l'usage. Tout à coup, un éclat de toux part du cercueil qu'on se hâte d'ouvrir, et l'on s'assure, par des signes évidents, que le condamné n'a pas entièrement perdu la vie. On s'empresse de le porter dans la demeure du chapelain, où tous les secours lui sont prodigués en vain. Il a succombé quelques heures après. Il paraît que la strangulation n'ayant point offensé le centre nerveux intravertébral, la suspension de la respiration qui, poussée à l'extrême, occasionne la mort des suppliciés, n'a pas produit d'effet immédiatement mortel. On s'attend à ce que les médecins appelés à donner leurs soins au patient publieront leurs remarques physiologiques et pathologiques. » Pas mal, je valide.

Une fois reparti le journaliste peu enthousiaste envers les condamnations capitales, Landin se promit de vérifier s'il ne serait pas davantage à son aise dans les procès de simple police plutôt qu'au cours des investigations judiciaires et des sessions d'assises. Il ne lui en voulait pas : il y avait des sensibilités qui s'accordaient mal avec l'ambiance particulière des histoires criminelles...

Un autre employé, Darbois, tendit alors un nouveau papier.

— Un escroc plutôt habile, chef.

— Ah, les escrocs, mon engeance favorite… Voilà qui peut être plaisant, quand l'affaire est bien ficelée… « Un Auvergnat fin matois, moitié brocanteur, moitié homme d'affaires, avait imaginé, pour tromper les regards d'ordinaire clairvoyants du mont-de-piété, un moyen qui peut-être mérite un brevet d'invention, mais toutefois sans garantie de la police correctionnelle. Voici comment procédait cet inventeur. Après avoir acheté pour quelques sous de vieux mouvements de montres hors de service, il les adaptait à des boîtiers d'anciens modèles en cuivre ou en maillechort, qu'il avait le secret d'enduire d'une préparation qui leur donnait momentanément l'apparence de boîtiers d'argent. Il se présentait ensuite dans les succursales du mont-de-piété, où, sans tenir compte de la mauvaise qualité du mouvement, on lui prêtait la valeur représentative du boîtier comme s'il était d'argent. Ce premier bénéfice réalisé, l'ingénieux Auvergnat en puisait un second dans la vente de la reconnaissance qui lui avait été délivrée, et c'était particulièrement à de pauvres ouvriers, à de jeunes soldats, séduits par le bon marché d'une montre d'argent, qui ne paraissait leur revenir qu'à douze ou quinze francs, qu'il commettait cette nature d'escroquerie. La police, ayant découvert ce nouveau genre d'industrie, a arrêté hier Zacharie D. au moment où il sortait de la succursale du mont-de-piété située rue Bonaparte. On a saisi en sa possession plusieurs de ces montres et de nombreuses reconnaissances du mont-de-piété constatant l'engagement de montres semblables. » Ah, quel fourbe ! Voilà qui est excellent, excellent, Darbois ! Mettez-le en premier dans la page des faits divers.

— Merci, chef !

C'est alors qu'arriva Benoît, le rédacteur qui s'occupait également de gérer le courrier. Il tenait en main une enveloppe ouverte et semblait en proie à une grande émotion, ce qui surprit Landin, qui le connaissait plutôt comme un homme chafouin.

— Eh ben, mon vieux ! Diable ! Vous voilà blanc comme un linge ! Que vous arrive-t-il donc ?

— Je préfère que vous lisiez ça d'abord, chef. Si je vous l'expliquais, j'en suis certain, vous ne me croiriez pas.

Interloqué, le rédacteur en chef récupéra le document, ou plutôt les deux que contenait l'enveloppe. La première feuille était un dessin, fait au fusain et représentant un angelot armé d'un arc et de flèches. L'artiste l'avait cependant affublé d'un visage réaliste et dérangeant : loin d'être l'incarnation de la douceur et de la tendresse, le séraphin avait les sourcils froncés et la mine d'un fauve au moment de planter ses crocs dans la gorge d'une proie.

Le texte, manuscrit sur la seconde page à l'encre brune, n'était guère plus rassurant.

Le soir des noces de l'usurpateur Bonaparte, nous avons frappé.

Hier, nous avons frappé à Notre-Dame.

Demain, nous frapperons encore.

Nous, Archanges charbonniers, déclarons que le temps du changement est venu.

Depuis trop longtemps, à la tête de toutes les nations, les despotes ont succédé aux tyrans. Les révoltes n'ont fait que mettre au pouvoir des gens avides et dangereux, égoïstes et cruels.

Au nom de l'Amour, nous avons décidé de combattre ces injustices depuis trop longtemps réitérées.

Le peuple a droit au pouvoir.

Le peuple a droit à la parole.

La morale d'antan n'a plus lieu d'être.

À bas les contraintes millénaires, les autocrates décadents, les lois déloyales !

Vive le combat, la vraie révolution, celle qui verra le triomphe de l'Amour !

Chaque pays se verra prochainement libéré du joug des empires et des monarchies qui bafouent leurs sujets.

Mort à l'autorité !

Vive l'Amour !

Qu'aux quatre coins de notre monde, les mécaniques accomplissent leur acte purificateur !

— C'est effarant... dit Landin en reposant doucement le message sur le bureau, comme il l'eut fait d'un objet dangereux. Peut-on en tenir compte ?

— Je vous dirais volontiers que ce n'est là qu'un ramassis d'élucubrations sordides, répondit Benoît. Mais la mention des dates et des faits me fait penser tout le contraire, hélas.

— Quand je pense qu'on a cherché à nous faire croire qu'il s'agissait d'un accident à la cathédrale ! Ah, les sales petits menteurs !

— Alors, que faisons-nous ?

— D'abord, corriger l'article sur l'explosion de Notre-Dame de toute urgence : pas question que l'on passe pour des imbéciles qui ne vérifient pas assez leurs sources ! Et hors de question que l'on taise l'existence de ce message. Au prochain crime, on finirait par nous accuser de complicité tacite.

— Ne risque-t-on pas d'offenser le gouvernement ?

— Tant pis : je préfère les réprimandes du pouvoir à l'opprobre public ! Mettez en toute priorité l'information en première page, ça en vaut la peine. Et n'oubliez pas, avec une manchette…

— Quoi donc ?

— Hum, réfléchit le rédacteur en chef. Pourquoi pas… « Les anges de la mort : guerre à l'Empire » ?

— N'est-ce pas un peu exagéré ?

— Vous avez lu ce texte comme moi ! Je ne trouve pas que c'est une conclusion prématurée, et les lecteurs ont besoin de savoir à quoi s'en tenir au plus vite.

— C'est vous le patron, dit Benoît en quittant le bureau.

Les articles et les journalistes continuaient leur circulation dans le bureau, mais Landin ne leur prêtait plus l'attention qu'ils méritaient. Plusieurs choses se bousculaient dans sa tête : la crainte de représailles venues de très haut, si d'aventure ce que *La Feuille de Chou* publierait le lendemain relevait du secret d'État, la peur de se laisser convaincre par une lettre écrite par quelque dément s'attribuant à tort les « mérites » de simples incendies et autres accidents, et l'espoir secret d'être le premier à apprendre une histoire de pareille importance à son lectorat…

Il ignorait quel sentiment prédominait sur les autres et ressentit, comme une punition divine, une nouvelle douleur lancinante naître dans le creux de son estomac.

— Ze le dirai à maman !

En entendant ces mots, Joseph s'arrêta dans sa course et se retourna pour fusiller du regard celui qui les avait prononcés. Sans lâcher le moins du monde son larcin, les phalanges crispées à en blanchir, il fit deux pas dans la direction du sale petit cafard qui poussa un cri et fit aussitôt mine de se cacher le visage derrière ses mains.

— T'es vraiment qu'un bébé ! cracha Joseph. Tiens, le voilà, ton jouet !

Il jeta sur le parquet un petit soldat de bois peint en rouge, objet de ses convoitises. Puis, se redressant, les poings sur les hanches comme le faisait leur mère quand elle les tançait, il attendit que Barnabé se rapproche pour le récupérer. Dans sa tête dansaient deux idées. L'une c'était d'attendre que le cafteur soit assez près pour lui attraper le nez entre les doigts et tirer violemment dessus, histoire de lui apprendre à proférer ce genre de menaces ! L'autre consistait quant à elle, à la dernière seconde, à récupérer le jouet avant que les petits doigts de son jeune frère ne le saisissent, et à le précipiter dans la cage d'escalier. Le soldat, bien sûr, pas Barnabé : ce n'est pas parce qu'il ne l'aimait pas beaucoup qu'il avait envie de lui faire très mal.

Quand il lui mettait des gifles, ça ne lui faisait pas vraiment mal, il avait juste les joues plus rouges que d'habitude ; mais ça le faisait pleurer et, quand il sanglotait, Barnabé ameutait presque tout l'immeuble. Le vrai souci dans l'histoire, c'est que Barnabé pleurait aussi souvent qu'une fille, et comme elles, souvent pour rien. Et comme Joseph était l'aîné, on l'attrapait à chaque fois, même quand il n'était pas coupable des larmes du moutard ! C'était injuste !

Joseph avait six ans, et il savait très bien les pénalités qu'il encourait : s'il maltraitait Barnabé, il aurait chaud aux fesses. S'il cassait son soldat favori, le jouet de son dernier anniversaire, dont il était férocement jaloux, il aurait chaud aux fesses. Il n'aimait pas subir l'humiliante raclée – même s'il savait qu'il s'en tirait à bon compte par rapport à d'autres. Le papa de Clément, au premier étage de l'immeuble, n'hésitait pas, lui, à utiliser un fouet pour punir ses enfants désobéissants ! Joseph en tremblait pour eux : il avait déjà vu les traces que ça laissait, et même si Clément, qui était grand – il avait presque neuf ans –, jouait les blasés et portait les reliefs de ses corrections tel un vétéran de l'armée son moignon, il l'avait déjà entendu hurler de douleur et de peur à l'heure du châtiment.

Il renonça donc à ses idées de représailles et laissa Barnabé récupérer en toute quiétude son soldat. Il se dit toutefois qu'il lui faudrait insister auprès de maman. Son anniversaire à lui était le mois prochain : ne pourrait-il avoir le même soldat de bois ? Enfin, pas tout à fait le même ! Lui, il préférait un soldat habillé en jaune. On lui dirait sans doute que ce n'était pas là la couleur des gens qui se battaient, mais il s'en moquait. Il aimait le jaune. C'était une jolie couleur. Et le marchand de joujoux, il le savait, avait plein de peinture dans son magasin. S'il le lui demandait gentiment, il le savait, il lui peindrait le soldat comme il le souhaitait.

Comme ça, les soldats de bois feraient la guerre, tantôt ensemble, tantôt l'un contre l'autre, mais sans pouvoir être confondus l'un avec l'autre. Ce serait vraiment bien !

Oui, il se promit d'en parler à maman. Il le ferait ce soir. Il ne ferait pas une bêtise en attendant, il n'embêterait pas Barnabé, il serait sage, et elle l'écouterait. Il rit en imaginant d'avance le jour où il recevrait son cadeau.

Barnabé lui dit quelque chose qu'il ne comprit pas. Il perçut seulement un ton interrogatif, mais c'était insuffisant pour y répondre. Joseph se retourna vers lui et poussa un soupir excédé avant d'imiter la phrase récurrente de leur mère.

— Je t'ai déjà dit cent fois que je ne te comprends pas quand tu suces ton pouce, idiot !

Le garçonnet hocha la tête, comme saisi par l'évidence, et avec un son mouillé retira son doigt de sa bouche pour répéter sa question.

— Pourquoi tu ris tout seul ?

— Oh, pour rien. Bon, à quoi on joue ?

— Z'ai faim.

— Ah non, ça suffit, tu as toujours faim. On a bien mangé au goûter, tu as encore de la confiture plein la joue ! Maintenant on joue, et on mangera avec maman et papa ce soir.

— Oui ! Mais z'ai quand même faim.

— Eh bien, mange ta main, et garde l'autre pour…

Agacé, il s'interrompit en entendant des bruits de pas dans l'escalier, accompagnés d'un bruit de respiration haletante. Curieux de nature, il s'approcha et vit arriver un monsieur qu'il ne connaissait pas, et qui portait une grosse boîte. Il avait un papier à la main, un chapeau sur la tête, une barbe grise comme celle de son grand-père – il devait d'ailleurs avoir l'âge de grand-père, qui était très vieux, il devait avoir cinquante ans au moins !

Joseph était un petit garçon poli, à qui sa maman avait enseigné de dire toujours bonjour aux grandes personnes, mais aussi de se méfier des inconnus. Ce monsieur, avec sa boîte, il ne le connaissait pas. Il fit signe à Barnabé de ne pas dire un mot, en posant son index droit sur ses lèvres. Si petit qu'il fût, le garçonnet connaissait parfaitement ce geste et, avec un seul hochement de tête, il garda un silence absolu et vint se poster aux côtés de son frère pour observer l'homme.

Leur porte étant dans un rencoignement à l'extrémité du palier, ils se tenaient dans une semi-obscurité et ils purent observer l'homme sans être vus. Sur le palier, avec un souffle épuisé, il posa avec douceur la caissette au sol et retira son chapeau pour s'essuyer le front, qui était constellé de gouttes de sueur. Il sembla lire le papier et, après avoir soulevé son fardeau, se dirigea vers l'autre bout du palier, face à l'une des portes, devant laquelle il s'arrêta. Il tourna la tête à gauche puis à droite, comme pour voir s'il était seul, et à ce geste les deux frères se tapirent contre le mur pour être bien sûrs de ne pas se faire remarquer.

Avec un regard horrifié, Joseph se rendit compte que Barnabé avait changé de couleur. Les joues gonflées, écarlate, le petit se retenait de façon très nette de ne pas éclater de rire ! Ce qui était formidable pour gagner à cache-cache – Barnabé n'arrivait jamais à rester stoïque assez longtemps – devenait problématique ! Joseph n'avait pas peur du monsieur, il voulait juste ne pas être vu de lui. Mais si cet idiot de Barnabé s'esclaffait, c'en serait fini de leur discrétion ! Il se pencha donc et lui souffla à l'oreille :

— Pince-toi le nez et souffle, lentement ! Pas fort !

Sans réfléchir, le petit frère obéit et son visage reprit rapidement sa teinte habituelle. Joseph en fut rassuré, tout en se maudissant quelque peu : il venait de donner à « l'ennemi » la clé qui lui permettrait, désormais, d'être meilleur dans leurs parties de cligne-musette !

Mais déjà l'homme repartait, le bruit de ses souliers descendant l'escalier s'estompait, puis de tout en bas retentit la porte principale.

— Pourquoi on s'est cassés, dis ?

— Cachés ? Je sais pas… Moi, je le connais pas, ce monsieur !

— C'était un méssant ?

— Un méchant ! Avec un ch ! Comme chien ! Mais je sais pas, je crois pas !

— Alors, pourquoi on s'est cass… cachés ?

— Ah ! Tu m'embêtes avec tes questions !

Barnabé haussa les épaules et s'amusa quelques secondes avec son soldat, lui bougeant les bras et les jambes comme s'il marchait au pas dans les airs. Soudain, il se rendit compte que son grand frère n'était plus à ses côtés.

Il paniqua un bref instant en pivotant sur place et fut aussitôt rassuré en voyant que Joseph se dirigeait vers le bout du palier.

— Tu fais quoi ?

— Chut !

— Tu fais quoi ? répéta le petit en emboîtant le pas de son aîné.

— Rien ! Et c'est pas pour les bébés !

— Ze suis pas un bébé ! protesta Barnabé. T'es pas zentil ! Moi, ze veux voir Gustave !

— Eh ben, va le voir et cesse de me casser les oreilles !

Gustave avait le même âge que Barnabé, et c'était son meilleur ami : il vivait deux étages plus bas. Si Gustave était un peu gros, c'était parce que sa maman faisait des gâteaux tous les jours et qu'elle pouvait en rapporter chez elle… Ce n'était pas la seule raison pour laquelle Barnabé aimait Gustave, mais c'était une bonne raison en tout cas. Et Barnabé avait faim : il y aurait peut-être de la brioche ! Il s'en régala d'avance. Sans accorder plus d'attention à son grand frère, il commença à descendre les marches, précautionneusement, car celles-ci étaient irrégulières et donc traîtresses. S'appuyant de la main droite contre le mur, il allait à pas lents.

Il entendit Joseph qui donnait des petits coups sur du bois. Il l'avait déjà vu faire : Joseph aimait bien ouvrir les boîtes, surtout celles qui ne lui appartenaient pas, en faisant attention de ne pas laisser de traces. Il avait un petit canif qu'il savait très bien utiliser à cet effet. Barnabé ne lui avait jamais dit, mais il lui aurait volontiers donné son beau soldat rouge contre le canif… et la bonne façon de s'en servir.

Arrivé sur le palier inférieur, il entendit en même temps les accords d'une petite musique, ainsi qu'une exclamation, à la fois stupéfaite et ravie, de son grand frère.

— Oh, chouette, une boîte à… ?

Barnabé pensa, l'espace d'une seconde, aller voir ce qui avait réjoui son aîné de la sorte, mais en même temps son petit ventre glouton hésitait à l'idée de rater une occasion de se gaver de friandises chez Gustave. Il n'eut pas le temps de tergiverser bien longtemps. Il y eut soudain un grondement terrible, monstrueux, comme mille coups de tonnerre simultanés, et un souffle chaud et brutal qui fit tomber Barnabé sur le sol. Le bambin eut la présence d'esprit de lâcher son pantin et de se recevoir sur les paumes par terre, ce qui l'empêcha de se faire trop mal. Dans d'autres circonstances, il aurait fondu en larmes après une telle chute, mais là, tout était si bizarre qu'il en resta muet de stupeur, interloqué comme jamais. Il entendait, venant du bas, des cris de peur. Il sentait, au-dessus de lui, une odeur forte qui rappelait celle des cheminées, celle des poêles à charbon, mais en beaucoup, beaucoup plus fort.

La tête penchée sur le côté, son petit visage vers le plafond, il s'approcha, malgré sa crainte du vide, de la rampe qui le séparait du centre de la cage d'escalier et appela :

— Zoseph ?

Mais il n'eut droit à aucune réponse.

Chapitre cinquième

D'un tirage au sort entre la vie et la mort

17 mars 1853.

Il faisait encore nuit, mais la vie citadine était déjà bien éveillée. De part et d'autre des rues de Paris, les commerces entamaient une nouvelle journée de labeur ce jeudi-là : les bouchers taillaient, émincaient, escalopaient, les charcutiers hachaient et pâtissaient, les pains étaient bien cuits aux devantures des boulangers, les cafés accueillaient les premiers consommateurs autour d'une boisson chaude ou d'un godet de vin destiné à leur donner du cœur au ventre avant d'attaquer à leur tour leur besogne.

Dans les cuisines de l'hostellerie du *Vieil Armagnac*, les équipes de mitrons étaient elles aussi en pleine activité. L'air fleurait bon la brioche chaude, le café frais et le cacao, et les premiers serviteurs disparaissaient dans l'escalier conduisant à la salle à manger du rez-de-chaussée pour y nourrir les convives tôt levés.

— Martin ! Martin ! cria Arnaud Davezac. Si tu ne veux pas que je te surnomme La France, tu devrais surveiller ton café, qu'il ne foute pas le camp !

— Bien, chef ! répondit le cuisiner contrit en se précipitant vers le feu où son breuvage risquait à tout instant de se mettre à bouillir, gâchant irrémédiablement sa saveur.

Davezac aimait le matin, l'agitation qui succédait au calme du sommeil et de la nuit, cette saine activité diurne. Il avait pour sa part déjeuné sitôt arrivé dans la cuisine quand, après avoir ravivé le feu mourant entre les chenets de bronze de l'immense cheminée, il avait cassé dans une poêle trois beaux œufs frais de poule, qu'il avait présentés à la flamme et cuits d'une main experte « au miroir ». Quand le blanc frémissant s'était figé, il les avait saupoudrés d'un peu de sel, de poivre moulu et frais et d'une épice rouge venue de Hongrie : de la poudre de piment de Szeged. Avec un beau morceau de pain de froment frais et quelques tranches de jambon de Bayonne d'un rose profond, il n'aurait pas échangé ce repas contre tous les festins servis aux tables impériales et royales de l'Europe. Avant d'attaquer ces délices d'un féroce coup de fourchette, il avait pris la peine de procéder, comme tous les jours, à sa prière rituelle où l'armagnac remplaçait le vin de messe, et rendu grâces au Seigneur pour Sa générosité qui lui permettait, depuis tant d'années, de travailler auprès de gens qu'il aimait dans une profession qu'il adorait.

Il était en train d'observer la confection d'une tarte aux poires et à la frangipane quand Léandre fit son entrée, bâillant à s'en faire éclater les mandibules. Par un stimulus remarquable, Marquis, le basset qui l'accompagnait de sa démarche pataude, fit de même… puis ce fut au tour du chef d'être gagné par cette contagion.

— Holà, connétable de la table !

— Cela rime, mais je t'ai connu plus inspiré dans tes saluts ! plaisanta le cuisinier. La muse te ferait-elle défaut ?

— Peut-être… j'aimerais avoir davantage de temps à lui consacrer, mais ces derniers jours, il faut avouer que ce n'est pas elle qui me préoccupe le plus.

— Tu vas me raconter cela. Ton déjeuner ?

— Avec joie.

— Je t'écoute : que souhaites-tu ?

— Pain noir un peu grillé, confiture de fraise, chocolat…

— Quel bec sucré !

— On ne se refait pas.

— Je t'apporte ça très vite. Marquis, file de là ! Damné cabot ! La réserve de viandes n'est pas destinée à devenir ta niche !

Le basset le regarda, comme tous les jours ou presque, de ses deux grands yeux implorants.

— J'ai dit non, répéta Davezac.

— Sauf que tes non précèdent toujours la remise de quelque croûton, ou d'une barde de lard un peu trop rance. C'est pour ça qu'il agit ainsi quotidiennement.

— Que veux-tu, je suis un sentimental, et c'est un ami aussi fidèle que son maître !

Ce disant, il alla sélectionner, sur une planche à découper, un morceau de viande parmi les pièces destinées à la confection d'un bœuf bourguignon. Le commis qui tranchait avec minutie la chair rouge lui désigna sans dire un mot une bouchée de taille moyenne, trop nerveuse pour être servie aux convives.

— Attrape !

Le chien, malgré sa petite taille, fit un bond en l'air et la viande disparut entre ses babines affamées. La bouche pleine, mâchant avec un plaisir évident, la queue en fouet battant la mesure de sa satisfaction, Marquis se coucha aux pieds de Léandre pour savourer sa collation du matin.

— Ne t'es-tu jamais dit que la vie d'un chien, loin d'être horrible, est peut-être le secret du bonheur ? dit le garçon.

— Tu parles d'une vie ! Devoir vivre de rien, se contenter de menus morceaux, voir le monde à hauteur de cul, et même plus bas…

— Tu n'as pas tort, mais regarde-le. Est-il à plaindre ?

— C'est un privilégié. Comme nous ici. Un toit et de la nourriture suffisent à faire d'une vie médiocre une existence de prince. À propos, comment se porte l'empereur ?

Léandre grogna, et Marquis quitta quelques instants sa mastication pour le regarder avec surprise. Davezac sourit. Il insistait toujours sur la nouvelle appellation du chef de l'État pour contrarier son neveu d'adoption.

— Crois-tu qu'il a osé me donner un pensum ?

— Il t'a fait copier des lignes ? demanda Constant qui venait à son tour d'entrer dans la pièce. Réciter l'intégralité des *Fables* de Jean de La Fontaine sans respirer entre chaque strophe ?

— Je suis sérieux, mes oncles !

Rentré tard la veille de la rue du Petit-Lion-Saint-Sauveur, il n'avait pas eu la possibilité de les tenir informés des derniers événements. Il leur raconta donc son emportement, la décision de Bonaparte, et évoqua sa rencontre avec le prince indien.

— Cela ne me plaît guère, conclut Constant, la mine grave.

— Quoi donc ?

— Cette alternance entre éclats de vérité et faux-semblants… Je crains que tu ne finisses par te perdre dans le mensonge. Rien de plus dangereux que ce mélange de réalité et d'invention.

— Crois-moi, pour mentir, je ne suis pas le moins doué, dit le Goupil.

— J'ai du mal à voir en quoi la chose peut me rassurer.

— Bah, vieux fataliste ! Tu sais bien qu'il exagère. La preuve, ne nous as-tu pas dit avoir, au final, informé le prince… quel est son nom ?

— Dakkar.

— … informé le prince Dakkar de tes véritables attributions ?

— Si.

En effet, la veille, même si la rencontre s'était fort bien déroulée, Léandre s'était senti bien trop mal à l'aise face à cet homme instruit pour oser laisser croire trop longtemps que leur rencontre tenait au simple hasard, et il avoua qu'il avait été chargé, au nom de la couronne impériale, d'accompagner le diplomate dans la capitale. S'il n'avait d'abord pas souri en apprenant la supercherie, Dakkar s'était cependant vite adouci.

— Votre maître emploie des gens moins scrupuleux que vous, qui auraient sans doute accompli votre mission de façon plus subreptice. Mais j'apprécie votre franchise, jeune homme. C'est une qualité rare dans les milieux que nous fréquentons, vous en êtes sûrement conscient. Sachez toutefois que je n'ai nul besoin d'un protecteur, je sais me battre. Ceci dit, je ne refuserais pas de disposer d'un cicérone local pour me faire découvrir les curiosités de cette belle ville.

— Parfait, répondit Constant. Voilà comment faire d'une punition une partie de plaisir !

— J'avoue.

— Quand dois-tu le revoir ?

— Aujourd'hui, en début d'après-midi. Il m'a dit qu'il consacrait le matin à des écrits.

— Ah, en plus, il est auteur ? D'ici à ce que tu finisses par jouer les espions doubles entre la France et l'Inde…

— On m'a demandé de l'accompagner, pas de devenir son confident ! Quant à ses œuvres, je ne fais que répéter ce qu'il m'a dit. J'ignore ce qu'il rédige.

— Sauf que tu sais que c'est là un sujet de conversation rêvé, n'est-ce pas ?

— Bien sûr.

Un commis fit alors irruption à leurs côtés, portant un exemplaire de *La Feuille de Chou* et de *La Presse*.

— Vos journaux, maître Arnaud.

— Ah, merci, Germain, dit le cuisinier en prenant les feuilles sentant l'encre encore fraîche et en commençant à les lire.

— Bon... alors, que nous racontes-tu ? C'est incroyable : presque à chaque fois, nous nous retrouvons obligés de te supplier pour obtenir ta gazette.

— Ma gazette, jeune impertinent, se mérite. Et puis tu te rends absent trop souvent de cette auberge pour oser venir récriminer. Certains matins, j'attends comme un idiot au milieu de la cuisine en espérant te voir arriver pour te livrer les nouvelles fraîches, et non, monsieur a encore découché ! Alors je reste sur mes frustrations et je me dis que le Goupil n'a nul besoin de mes récits...

Léandre se leva et lui posa une main amicale sur l'épaule. Bien que le chef eût parlé sur le ton de la plaisanterie, le Goupil savait qu'il exprimait son vrai ressenti – à lui comme à Constant. Les deux hommes l'aimaient comme s'ils étaient ses pères, et les habitudes prises en quatre années de vie commune ne souhaitaient de toute évidence pas s'arrêter aussi vite. Mais qu'y pouvait-il, au fond ? Léandre songeait souvent qu'il avait suffisamment profité de la générosité de l'aubergiste et du cuisinier, aux petits soins pour lui et que, tôt ou tard, il devrait quitter le nid pour de bon. Non pas couper les ponts, c'était inimaginable, mais tout de même ne plus s'imposer pour les repas et le coucher ! N'était-ce pas le lot de tout enfant à plus ou moins court terme ?

— Je suis désolé, mon bon Arnaud. Je sais que tu exagères, mais... j'ai bien compris.

— Nous n'allons tout de même pas jouer les larmoyants ? Allons, vieux frère, ta gazette, vite ! Nous avons d'autres choses qui attendent !

— Comme il devient tyrannique en prenant de l'âge ! commenta le chef avec un clin d'œil à Léandre, qui ricana avec insolence.

— Mon âge et moi-même vous disons merde à tous les deux, répliqua l'hôtelier. Et tu n'es pas loin derrière moi sur le plan des anniversaires, alors silence, gâte-sauce des Pyrénées !

— Quelle humeur, en effet ! constata son neveu. Que je devine... Quelque reproche de cette chère Hermance, sitôt réveillée ?

— Non... enfin oui... vous ne la verrez pas de la journée, elle est malade.

Léandre fronça les sourcils. S'il n'appréciait toujours pas sa tante, laquelle le lui rendait bien, ces années passées sous le même toit avaient eu un effet apaisant sur les tensions qui régnaient entre eux. L'un comme l'autre avaient fini par faire contre mauvaise fortune bon cœur, et ils entretenaient dès lors une relation polie, si pas franchement cordiale. La savoir souffrante lui causa somme toute un peu d'inquiétude, ne serait-ce que pour son oncle. Malgré les différends récurrents au sein de son couple, Constant aimait vraiment sa femme. L'affection du Goupil pour son parent, sans compter la plus élémentaire décence, interdisait qu'il se réjouisse des problèmes de santé du dragon.

— As-tu prévenu un docteur ?

— Non. Tu la connais, têtue comme une mule. Elle a daigné garder le lit, c'est déjà bien.

Léandre hocha la tête. Hermance ne manquait pas de défauts à ses yeux, mais ce n'était pas une paresseuse. Qu'elle se sente obligée de rester alitée ne rendait pas la situation moins inquiétante.

— Veux-tu que je demande à de Flandre de venir l'ausculter ?

— Bah ! Elle va t'en vouloir, et répliquer qu'elle n'est pas encore bonne à finir sur une table d'autopsie ! Ne te méprends pas, nous savons tous que de Flandre est un excellent médecin, et elle aussi… Mais… uniquement si elle se sent trop mal, d'accord ?

— D'accord.

— Bon, sur ce, la gazette !

Arnaud Davezac, qui, lui, conservait une antipathie en toutes circonstances pour la femme de son meilleur ami, leva les yeux de son journal.

— Hmm ?

— Nous t'écoutons.

— Oh, pardon, j'étais distrait… Bon… Alors, tiens, une affaire qui va te faire grincer des dents, mon garçon… Une injustice… « Rosalie Métrat, originaire d'Ardèche, d'une famille d'une irréprochable moralité, est venue comme domestique à Lyon. Depuis trois ans, elle était au service des époux Schoeffer, pelletiers place Bellecour, lorsque au mois d'août dernier le mari partit pour un voyage en Allemagne. Il confia à sa femme, pour faire face aux nécessités du commerce, une somme de quatre mille francs renfermée dans un portefeuille. Le lendemain, l'on se présenta pour recevoir une traite. Pour la payer, la dame Schoeffer eut recours au portefeuille, mais elle ne trouva plus ses quatre mille francs. Elle se livra à des recherches inutiles et, ne sachant à qui attribuer cette disparition, elle en accusa la domestique. Sur sa plainte, Rosalie Métrat est traînée devant le commissaire de police, et là dans les caves de l'hôtel de ville. Une information eut lieu sans amener de résultat. Mais la disparition des quatre mille francs était tellement inexpliquée par la dame Schoeffer que l'arrestation fut maintenue et fut même annoncée dans un journal de la ville. Cependant, le sieur Schoeffer est prévenu et invité à rentrer chez lui. À son arrivée, il recherche son portefeuille, l'ouvre et retrouve ses quatre billets de banque ! La dame Schoeffer ne s'était plus souvenue que les quatre mille francs étaient renfermés dans un portefeuille rouge ; elle les croyait dans un autre de couleur verte, que seul elle avait ouvert, qui seul avait été visité par l'officier de police. Aujourd'hui, Rosalie Métrat demandait justice à la première chambre du tribunal civil de Lyon de cette erreur de sa maîtresse, qui lui avait fait subir douze jours de prison préventive avec des filles publiques, avait entraîné une instruction et rendu publique son arrestation. Le tribunal, faisant droit à la réclamation de Rosalie Métrat, que ses maîtres avaient d'ailleurs offert de reprendre à leur service, en lui offrant un an de gages à titre d'indemnité, a condamné par corps la dame Schoeffer à cinq cents francs de dommages-intérêts envers sa domestique. »

— Ah, la foutue imbécile ! Cinq cents francs ? Symboliquement, je l'aurais condamnée à en verser quatre mille ! J'espère juste que la pauvre femme de chambre n'a pas accepté de retravailler pour cette idiote sans lorgnon ni cervelle !

— J'étais sûr que cette histoire te plairait, railla Arnaud. C'est égal, la sottise de certaines personnes est vraiment chose dangereuse.

— Passons, dit Constant. Entendre un récit aussi empreint de bêtise me donne la chair de poule. Je préfère encore une affaire d'assassinat.

— Voyons voir… Tiens, justement, à Auxerre, un fermier des Millinés, Napoléon Gautherin, a été condamné à mort pour avoir étranglé sa domestique, dont il était l'amant, et avoir enterré son corps dans la grange. L'homme avait aussi la réputation de battre régulièrement sa mère, pourtant âgée de quatre-vingts ans…

— Oui… en voilà un que le prince n'épargnera pas, dit Léandre, pensif.

— Et nous voici au titre principal… Tu me permettras de ne pas te le lire… je pense que c'est mieux que tu le découvres par toi-même. Première page, dans les deux cas.

Il tendit les journaux à un Léandre surpris. Le Goupil lisant par nature très vite, il ne lui fallut que peu de temps pour prendre connaissance du message lourd de sens des Archanges charbonniers.

— Cela ne va rien arranger à notre enquête…

Mais ce qui retint particulièrement son attention, c'était l'article qui poursuivait la lettre, et qui faisait mention des victimes de Notre-Dame.

Parmi les défunts se trouvait un nommé Jacques Margotteau, ébéniste.

Son fils Paul, élève au lycée Chaptal, était également cité parmi les blessés soignés à l'Hôtel-Dieu.

Charles Leterrier n'était pas de bonne humeur, mais il se devait de faire bonne figure. Même face à un saligaud.

— J'espère que cela ne sera pas trop long ?

L'homme assis de l'autre côté de son bureau ne payait pas de mine. Il était assez petit, vêtu d'un costume gris tirant sur le sable, la barbe soigneusement taillée, le visage neutre.

— Nous le saurons bien assez tôt.

— C'est que… je dois aller au travail.

— Ils se passeront de votre présence quelque temps. Savez-vous les faits qui vous sont reprochés ?

— On ne m'a rien dit de précis. Mais je n'ai rien fait, alors je ne vois pas trop les raisons de ma présence ici…

— Bon, reprenons depuis le début.

Le petit homme au visage neutre leva les yeux au ciel en signe d'horripilation, mais ne dit rien, tandis que Leterrier trempait une plume dans l'encrier, s'apprêtant à consigner l'intégralité des choses qui allaient être mentionnées au cours de leur entretien.

— Vous vous appelez ?

— André Raymond Montfront.

— Vous êtes né ?

— Oui, je suis né.

— Trêve de plaisanteries, monsieur Montfront. La date et le lieu, je vous prie.

— Soit, soit. Je cherchais juste à détendre l'atmosphère, dit-il sur un ton faussement plaisant. Le 12 juin 1818, à Pontoise.

— Dans la Seine-et-Oise ?

— C'est cela.

— Vous exercez la profession de comptable pour une entreprise de vins sise à Bercy.

— Exact.

— Et vous demeurez au 20 de la rue de Charenton, vous êtes marié, et père de trois enfants.

— Là encore, c'est juste.

Le ton qu'employait Montfront pour répondre au commissaire n'avait rien de scandaleux, cependant Roënel, riche de longues années d'interrogatoires, y percevait une note légère mais omniprésente d'impudence. Ce visage inexpressif aurait trompé d'autres policiers, mais pas lui : c'était celui d'un homme très sûr de lui, maître de ses émotions et bien décidé à ne pas offrir à quiconque la moindre occasion de le prendre au dépourvu. En résumé, un visage d'homme dangereux.

— Bien. J'ai ici une plainte reçue voici quelques heures par le poste de police de Picpus, qui nous l'a transmis aussitôt. Elle émane d'une demoiselle qui vous accuse de l'avoir, hier au soir, agressée et violentée à son domicile.

Montfront haussa les épaules mais, une fois encore, son visage ne refléta ni colère ni stupéfaction. Leterrier connaissait les réactions des gens quand ils sont accusés d'un crime, de sang ou pas. L'échantillon, pour tout dire, n'était pas tellement varié. Certains jouaient les incrédules, certains riaient avec dédain, beaucoup se fâchaient, usaient de menaces, de représailles, parlaient d'en référer à des gens importants avec lesquels ils affirmaient toujours être intimes, certains hurlaient leur innocence.

Presque aucun ne restait stoïque.

Encore moins de façon aussi nette qu'André Montfront.

— Vous ne m'avez pas dit son nom, commissaire.

— En effet.

— Vous souhaitez me faire jouer aux devinettes ? Comme mes enfants ?

— Pourquoi pas ? Je serais curieux de vous voir sous les atours d'un père aimant.

— Je suis un père aimant et je n'apprécie pas vos allusions.

— Moi, je n'apprécie pas les hommes qui abusent des femmes. Il est donc clair que nous ne nous entendrons pas. Mais qu'importent nos sympathies mutuelles.

— Oui... Je suppose que la plainte émane de Dorothée Delcenserie ? Ne dites pas le contraire, je ne vois pas qui aurait pu fomenter une idée pareille.

— Pourquoi ? Quelles en seraient les raisons ?

— Pour quelle raison ? Mais toujours la même, parbleu ! Cette vieille jalousie, propre au sexe faible !

— Jalousie, motivée par ?

Le comptable poussa un soupir.

— Commissaire, puisque nous sommes entre nous, je sens que j'ai affaire à un homme apte à me comprendre, si pas à me cautionner. Je vais donc me montrer aussi honnête que possible.

— Je vous écoute.

— Je suis sans doute à blâmer dans cette histoire. Mais que voulez-vous ? La chair est faible. Je suis marié depuis douze ans, je mène une vie paisible, rien d'excentrique, je n'aime rien de plus que la tranquillité de mon foyer.

— Je n'y vois rien de répréhensible.

— N'est-ce pas ? Voici quinze mois, j'ai fait la connaissance de ma voisine, Mlle Delcenserie.

— Comment ?

— Comme se passent les rencontres : une porte qu'on tient par galanterie, un regard qu'on échange, une main qu'on frôle. La demoiselle est charmante, on se laisse prendre par un sourire, une petite moue pleine de promesses.

— Je l'entends très bien.

— Il ne m'a fallu que quelques jours pour venir la retrouver dans sa chambre, sous les combles. Nul amour de ma part, juste un peu de tendresse et de bons moments... mais elle, sans que je puisse l'expliquer, s'est entichée de ma personne.

Leterrier se garda de confirmer que la chose lui semblait également incompréhensible, et lui fit signe de poursuivre son récit.

— Notre liaison s'est poursuivie comme cela pendant six mois, en toute quiétude. Ma femme ayant par chance le sommeil lourd, je pouvais aisément quitter notre logis en pleine nuit histoire de retrouver ma maîtresse quelques heures avant qu'elle ne s'éveille. Et comme je n'avais pas à sortir ni à déranger la concierge, tout allait pour le mieux.

— N'avez-vous jamais été pris sur le vif ?

— Non. Il serait présomptueux de ma part de dire que personne ne s'est aperçu de notre aventure, mais tout du moins nul n'est venu m'en faire reproche. C'est alors que les choses ont mal tourné. Je ne m'en doutais pas, mais Dorothée était une hystérique, jalouse, maladive. Petit à petit, elle a commencé à me faire des scènes de plus en plus violentes, où elle me suppliait, puis m'ordonnait de quitter mon épouse et mes enfants pour me mettre en ménage avec elle. Elle pleurait, hurlait même, m'insultait, jurait qu'elle irait jusqu'à se pendre si je ne lui répondais pas. C'était si gênant… si inconvenant. Elle est venue frapper à ma porte le jour de la Noël, me mettant dans une situation absolument scandaleuse vis-à-vis de ma famille… J'en ai encore le rouge aux joues rien que de l'évoquer.

Leterrier, là encore, préféra ne rien dire, tant l'expression lui paraissait exagérée. Montfront conservait en effet, à l'évocation de ce souvenir qui, de fait, aurait causé un fâcheux embarras pour n'importe qui d'autre, un visage d'une déconcertante neutralité, vide de tout sentiment, impassible. Inhumain.

— J'en ai eu finalement assez, et j'ai préféré couper les ponts.

— C'était il y a longtemps ?

— À la Chandeleur.

— Et comment l'a-t-elle pris ?

— Elle a changé radicalement. Pas de cris, pas de larmes. Juste une volonté inaliénable que j'ai ressentie quand elle m'a promis que je lui paierais cela. Et me voilà devant vous… Fatalité !

Montfront joignit les mains et leva les yeux au ciel comme pour prendre le Seigneur à témoin du chemin de croix que son infidélité conjugale l'avait contraint à emprunter. Cette attitude des plus hypocrites répugna Leterrier, tout autant que les paroles qu'il allait prononcer.

— Monsieur Montfront, je vous sais gré de votre coopération. Nul doute pour moi que la chose doit être éclaircie avant d'aller trop loin. Je ne voudrais pas nuire à la famille et la carrière d'un honnête homme sous couvert de fausses accusations proférées par une femme délaissée.

— J'étais sûr que nous nous comprendrions. Puis-je me retirer ?

— Je ne vous retiens pas davantage. J'espère que vous n'aurez pas d'ennuis à votre travail.

— Oh, ma foi, je ne suis jamais en retard : on me pardonnera bien un manquement exceptionnel à ma routine quotidienne.

Cependant, en signe net d'hostilité, Montfront ne fit aucunement mine de vouloir serrer la main de Roënel avant de quitter son office, et d'ailleurs ce dernier n'aurait pas souhaité cela le moins du monde. Dès que le comptable fut parti, il se rendit dans le bureau voisin, celui de son collègue et chef de la Sûreté, le commissaire Collet. Ce dernier était en train d'inciter une jeune femme, assez jolie, mais au visage las, à consommer un bol de tisane.

— Alors ?

— J'ai rarement eu autant envie de tordre le cou à quelqu'un sur la base de mes propres émotions.

— À ce point ?

— Oh oui… On doit lui reconnaître une qualité, c'est un formidable comédien… J'imagine, mademoiselle Delcenserie, qu'il n'a eu aucune peine à vous faire croire à l'amour qu'il vous portait.

La jeune femme le regarda, les yeux mouillés, et acquiesça en silence. Leterrier fit alors un résumé de son entrevue avec Montfront et, à mesure qu'il poursuivait son récit, la jeune fille pleurait de plus en plus, sans un mot, les épaules agitées de petits sanglots pathétiques. Là encore, Leterrier savait qu'on ne pouvait pas toujours se fier à des larmes, mais celles-ci étaient empreintes de sincérité, il en aurait mis sa main à couper. C'étaient les larmes d'une femme bafouée, trahie, mais incapable de se défendre, et surtout de faire du scandale comme le laissait entendre son ancien amant.

Car Dorothée Delcenserie n'avait souhaité rien cacher aux policiers, ni lors du dépôt de sa plainte, la veille en toute fin de soirée, ni une fois convoquée dans les locaux de la Sûreté. Tant pis pour l'honneur, tant pis pour les regards en biais des bien-pensants qui commettaient l'adultère sans vergogne mais jugeaient tous ceux qui osaient agir de même…

Oui, elle avait bien été l'amante du comptable, mais c'est lui qui avait cherché à la séduire et, sous ses airs insignifiants, il savait se montrer très convaincant. Il avait su dire les bons mots, de la bonne manière, les promesses qu'elle pouvait espérer, elle, la simple petite employée impressionnable, et elle lui avait tout donné, y compris sa chasteté. Elle qui ne connaissait rien à l'amour physique s'était faite aux coïts de soudard, motivés uniquement par le plaisir de l'homme, rapides et brutaux… Il compensait sa rudesse par des cadeaux et de nouvelles promesses, lui disant qu'il était délicat de répudier son épouse légitime, surtout à cause des enfants, la noyant sous un flot de paroles…

Puis, en décembre, elle l'avait vu dans la rue. Il parlait à une femme qui n'était pas elle. Une femme qui n'était pas son épouse. Et son attitude n'avait rien d'inconnu. C'était la même façon, les mêmes gestes qu'il avait eus à son égard, ceux qui avaient fait qu'elle avait cessé de le voir comme le petit monsieur terne du troisième étage, et plutôt comme un homme beau et bon à aimer.

André Montfront séduisait une autre femme sous ses yeux.

Le caractère de Dorothée ne se prêtait pas à se précipiter sur lui pour le traiter de triste sire ou lui coller une paire de gifles.

Quand il se présenta à sa chambre ce soir-là, elle se contenta de lui dire que tout était fini. Elle le fit d'une façon qui la surprit elle-même, avec douceur et chagrin. C'était une page qui se tournait, inutile de tout gâcher par des lamentations.

Elle le voyait ainsi.

Pas lui.

Le scandale de la Noël, par contre, était vrai.

Mais voilà près de deux semaines qu'il venait la harceler toutes les nuits, grattant à sa porte tel un chat, l'empêchant de dormir correctement, agissant en tapinois.

Ce jour de la Nativité, elle avait trouvé un cadeau devant sa porte. Sotte qu'elle était ! Elle l'avait ouvert et hurlé d'horreur. C'était un bouquet de fleurs fanées, aux tiges trempées dans une boue infecte et nauséabonde, dont elle comprenait trop bien – mais trop tard – l'origine, attachées autour de la dépouille d'un gros rat noir éventré.

Pas besoin de chercher d'expéditeur : le geste était signé.

Alors oui, victime d'une incontrôlable pulsion de rage, elle était venue tambouriner lui ordonner de cesser de jouer ainsi avec ses nerfs. Elle se rendait compte de l'image désastreuse qu'elle avait dû renvoyer à Mme Montfront, qui jusqu'alors ne l'avait jamais remarquée, ni auprès de la famille réunie pour célébrer, autour d'une table bien garnie, le jour de la naissance du Sauveur, mais qu'importait. S'il y avait bien une occasion de mettre un terme à toute cette affaire, c'était bien celle-là…

— Vous a-t-il laissée en paix ?

— Oui… mais pas pour cela… ou du moins, pas uniquement. Je pense que son épouse a dû l'avoir un peu plus à l'œil dès lors, mais surtout je crois qu'il a obtenu auprès d'une autre ce que je lui refusais désormais…

— La jeune femme que vous l'aviez vu séduire dans la rue ?

— Que sais-je ? Je ne les ai pas suivis. Je voulais tirer un trait sur cette histoire.

— Mais pourquoi alors revenir vous agresser de la sorte ?

— Je l'ignore.

Leterrier signa le document et fit apposer un petit paraphe à la jeune femme, avant de récupérer une autre feuille vierge, d'y gribouiller quelques mots et de tendre le tout à Dorothée.

— Bon. Voilà ce que vous allez faire : vous vous rendez aussitôt à la morgue, tout près d'ici.

La jeune femme ouvrit des yeux ronds.

— Pardon ?

— Non, n'ayez crainte. Là-bas travaille un médecin du nom de De Flandre. Dites-lui que c'est le commissaire Leterrier qui vous envoie. Il saura vous aiguiller sur le confrère de confiance à consulter pour relever toute trace d'agression sur votre personne.

— Y compris… là ? balbutia-t-elle, mal à l'aise.

— Je le crains. Des analyses complètes ne feront que rendre l'accusation plus certaine, et la possibilité d'un châtiment également.

— Et mon travail ?

— Je m'en chargerai. N'oubliez pas que vous êtes une victime. Ni moi ni le commissaire Collet ne comptons prendre vos dires à la légère, et nous ferons notre possible pour que votre employeur fasse preuve de compréhension à votre égard.

Ce fut non sans une certaine effusion qu'à tour de rôle elle prit les mains des policiers dans les siennes et quitta le bâtiment.

— Leterrier ? Ne pensez-vous pas vous investir un peu trop pour cette affaire ?

— Pas plus pour celle-ci que pour les autres. J'exècre le viol. Je trouve la chose trop belle pour que des ordures la dénaturent dès qu'ils ressentent le besoin de jouir.

— Si nous devions prendre en charge tous les attentats à la pudeur…

— C'est sans doute ce que nous devrions faire, et sévir avec la plus grande rigueur. Un assassin et un violeur bafouent la loi à mon sens au même degré de cruauté.

— Cette jeune femme a de la chance d'être tombée sur vous.

— Nous le verrons quand son agresseur sera en cellule à Mazas.

On frappa alors à la porte.

— Entrez !

Le visage d'un planton apparut, et il fit un petit salut réglementaire à ses supérieurs.

— Pardon, commissaires, mais j'ai là un collègue qui vient du poste des Invalides, avec un quidam. Il dit qu'ils doivent montrer quelque chose au commissaire Leterrier.

— À moi ?

— Oui, monsieur.

— Bon, je retourne dans mon bureau, faites-les entrer d'ici deux minutes.

Roënel échangea une mimique d'incompréhension avec son chef, puis revint à sa place, attendant l'arrivée de ces visiteurs impromptus. Le policier en uniforme était aussi petit que l'homme en civil qui l'accompagnait était grand. L'effet avait quelque chose de comique, mais l'expression de leurs visages aurait dissuadé quiconque de rire.

— Monsieur le commissaire, je suis l'agent Vergne, et voici M. Jeanty.

— Oui ? Prenez place, et expliquez-moi…

— C'est-à-dire que… dit le gardien de la paix en s'asseyant. M. Jeanty s'est présenté à notre poste, aux Italiens, il y a une heure, une heure et demie, et quand on a vu, on s'est dit que c'était en rapport avec l'ordre qu'on nous avait donné… comme quoi il fallait vous prévenir aussitôt…

— Je ne comprends pas un mot de ce que vous me racontez…

— Faites-lui voir, dit l'agent à l'autre homme qui était resté debout, l'air hébété.

Leterrier remarqua alors l'enveloppe ouverte que ledit Jeanty tenait dans sa main gauche, toute tremblante. Il la récupéra et en sortit une feuille simple pliée en deux.

Elle était dépourvue de tout message.

Mais le dessin de l'ange à l'arc et au carquois valait toutes les signatures du monde.

Dans sa chambre, après avoir pris place à la table qui lui servait pour l'heure de plan de travail, Milos Vesely ferma les yeux et joignit les mains d'une façon particulière. Les extrémités des pouces sous le menton, les index posés sur le bout de son nez, silencieux, il réfléchissait.

Être un spécialiste des explosifs, c'était à peu de chose près être l'égal de Dieu.

Et il était convaincu que, même dans la grande course de l'univers, la fortune, bonne ou mauvaise, avait une importance très nette.

Qu'il soit de méchante ou d'excellente humeur, il ne manifestait aucune hésitation : ses mécaniques étaient toujours conçues selon le même plan, puissantes, terrifiantes, destinées à tuer, mutiler, incendier aveuglément, sans la moindre once de pitié envers le malheureux qui se trouverait à proximité immédiate à l'instant de leur détonation.

Mais avant de les activer de façon définitive, au moment final de l'assemblage qui faisait de ces diverses et anodines pièces de métal, de verre et de bois des automates de mort, il s'en référait toujours au hasard.

Il sortit de sa poche une pièce de monnaie. C'était un *carlino* d'argent, frappé à Naples en 1688 et qu'il avait empoché un jour de chance lors d'une partie de dés, près de Turin. Il aurait pu largement dépenser ce sou, mais il s'en était toujours préservé, car la pièce représentait, au fond, l'essentiel des forces contre lesquelles il se battait.

Le côté pile portait les armes de la famille des Habsbourg, ces épouvantables autocrates qui, depuis quatre siècles, gouvernaient la majeure partie des États européens et qui souhaitaient tant conserver leurs possessions territoriales qu'ils ne s'unissaient qu'entre cousins…

Le côté face représentait le paroxysme de cette politique de consanguinité répétée.

Sans grande pitié, Vesely voyait le sort atroce de Charles II d'Espagne comme un juste retour des choses, la conséquence ultime des erreurs passées, l'incarnation absolue d'une punition céleste frappant sans se contenir.

Carlos d'Autriche aurait pu n'être qu'un simple prince de sang, jamais destiné à régner, si ses trois frères aînés, héritiers présomptifs de la couronne, n'avaient eu la triste idée de mourir encore enfants. Philippe IV avait fini par rejoindre ses fils dans la tombe à soixante ans tout juste, et c'est ainsi que, à l'instar de son demi-beau-frère Louis XIV de France, l'infant Charles avait hérité du trône à peine sevré : il n'avait pas encore fêté son quatrième anniversaire.

Mais si le Roi-Soleil était, selon les témoignages de ses contemporains, une force de la nature, qui avait survécu à de graves mais épisodiques troubles de santé qui auraient tué n'importe quel homme plus faible que lui, le roi Charles était tout son contraire. Valétudinaire en permanence, serait-il né dans une famille de paysans que ses parents l'eussent abandonné dans une forêt infestée de loups plutôt que de le voir devenir le plus parfait représentant de l'idiot du village, incapable du moindre travail physique ou intellectuel trop harassant…

À son couronnement, il ne savait pas encore parler et, quand il y parvint enfin, ses proches eurent toujours un mal fou à le comprendre : son visage prognathe et la taille exagérée de sa langue l'empêchaient de prononcer correctement les mots, et chaque phrase le faisait baver tel un chien affamé. Il fallut attendre son huitième anniversaire pour qu'il parvienne à marcher, deux années encore au moins pour qu'on puisse tenter de lui inculquer les rudiments de la lecture, et jamais il ne parvint à écrire… À tout cela, il fallait ajouter des crises fréquentes de grand mal, le tout encore aggravé par les ravages causés par une syphilis congénitale. Rien d'étonnant que ses sujets l'aient surnommé *el Hechizado*, l'Ensorcelé !

Cette existence épouvantable avait pris fin assez vite. Accablé d'hallucinations et de syncopes, de migraines et d'épistaxis de manière quasi quotidienne, devenu presque incapable de quitter son lit, le souverain cacochyme avait rendu l'âme à la veille de son trente-neuvième anniversaire, marié mais inapte à fonder la moindre descendance.

La malchance devait hélas se poursuivre après son décès, le royaume péninsulaire se retrouvant pour treize longues années déchiré dans une guerre de succession entre le duc d'Anjou, petit-neveu français du roi défunt et désigné de son vivant comme étant son héritier légitime, et son cousin Charles d'Autriche, futur empereur du Saint Empire romain germanique.

Comme l'Amour détestait ces oints du Seigneur, faussement investis d'un pouvoir qu'ils ne méritaient pas ! Il était grand temps que pareille mascarade prenne fin. La lutte serait longue, pas question de baisser les bras.

Mais là, il en référait au destin. La vraie justice du monde se trouvait dans ses doigts, dans cette minuscule rondelle d'argent gravé.

Pile, la bombe serait amorcée et accomplirait sa funeste besogne.

Face, elle servirait de simple rappel à l'ordre.

Il prit la pièce par la tranche, la fit tinter entre ses doigts puis, d'une pichenette, la lança en l'air.

Le sou s'envola à la verticale sur quarante centimètres, tournoyant sur son axe à la manière d'une planète dans l'espace avant de retomber dans la paume tendue du terroriste, qui referma ses doigts sur elle sans la regarder. Après quoi, Milos compta jusqu'à trois et baissa les yeux.

C'était face.

Sans qu'il puisse l'expliquer, l'Amour était plutôt satisfait.

C'était la seconde fois consécutive, en l'espace de trois jours, qu'il se contenterait d'un simulacre pour faire réfléchir la France.

Sans doute Angelo Delfine y trouverait-il quelque chose à redire, mais cela importait peu. Milos, quoi qu'on puisse en penser, avait une conscience. Il n'aimait pas faire couler le sang des innocents trop souvent.

N'était-il pas, au fond, un bienfaiteur cherchant à améliorer les conditions d'existence de ses prochains ?

Il rangea la pièce à sa place habituelle et, après une rapide inspection de ses outils, en sifflotant les notes qui préludaient habituellement aux explosions, il se mit à l'ouvrage pour assembler le nouveau leurre.

— Que faites-vous dans la vie, monsieur Jeanty ?

— Mais je vous l'ai déjà dit deux fois ! Je suis employé de commerce.

— Quel commerce ?

— Oh, mais vous le savez…

— Quel commerce ? répéta Roënel avec davantage de sévérité dans la voix.

— Les cartonnages Schleguel, rue Caumartin.

— Bien. Et vous résidez ?

— 35, rue Vivienne. Mais ça aussi, je vous l'ai déjà dit.

L'homme n'était pas de ceux dont les coups de colère les poussaient à se lever brusquement, à hausser le ton, à s'emporter à chaque nouvelle question. Leterrier ressentait un profond désarroi, pour ne pas dire du désespoir dans son attitude. Mais il souhaitait comprendre pourquoi un petit travailleur anonyme avait été la victime d'un attentat à la bombe.

Car ce qui était ressorti des dires du malheureux, c'est que, la veille au soir, alors qu'il était absent de chez lui, un incendie brutal avait éclaté au dernier étage de l'immeuble où il résidait, causant la mort de deux personnes. Son modeste logement avait été tout particulièrement atteint – pour ne pas dire complètement détruit – par le sinistre. Et quand, en tout début de matinée, il était revenu de chez sa maîtresse, un peu pris de boisson, il avait constaté le désastre comme dans un état second, sans pouvoir vraiment assimiler qu'il n'avait plus de toit pour passer la nuit… Ne sachant que faire, il était allé comme un somnambule voir la concierge pour s'enquérir de la situation. Elle lui avait dit le peu qu'elle savait. C'est alors qu'elle lui avait remis son courrier, lequel consistait en deux enveloppes : l'une, postée dans la Gironde, provenait de son frère. La seconde était anonyme.

— Curieux moment pour vous remettre des lettres…

— C'est une dame très à cheval sur les habitudes. Je crois que cela la rassure, dans une telle situation.

— Que vous a-t-elle dit ?

— Que la seconde enveloppe lui avait été remise par un monsieur, dans l'après-midi. Elle n'en était pas sûre.

— A-t-elle pu le décrire ?

— Je n'ai pas pensé à le lui demander.

Leterrier soupira. Mais au fond, qu'y pouvait-on ? Les gens normaux n'ont pas les réflexes des policiers.

— Agent Vergne ?

Le policier en uniforme était resté debout devant la porte, attentif aux questions posées par ce supérieur hiérarchique qu'on disait très haut placé dans le pouvoir. C'était au fond plus par curiosité personnelle que par devoir : son chef lui avait à la base donné l'ordre d'accompagner Jeanty, mais pas de revenir aussitôt fait. Ce manque de précision, Vergne l'avait perçu comme une chance d'assister à l'interrogatoire, et il n'avait pas hésité une seconde à la saisir. Le quotidien étant passablement ennuyeux pour cet homme au tempérament d'aventurier, il n'allait pas laisser passer pareille opportunité.

— Oui, commissaire ?

— Serait-il possible que vous alliez quérir la concierge de monsieur – à ce propos, quel est son nom ?

— Mme Gaillard, répondit Jeanty.

— ... et que vous la rameniez ici au plus vite ?

— À vos ordres, répondit l'agent en s'éclipsant aussitôt.

Une heure se passa, pendant laquelle Leterrier posa une série de questions au pauvre homme. Il apprit bientôt l'essentiel de son existence : employé célibataire, vieux garçon entretenant une histoire avec une veuve marchande de vins, ce qui impliquait une certaine discrétion, il avait de la famille au nord de Bordeaux, mais n'était pas retourné là-bas depuis des années. Sans fortune, sans implication politique… La présence de l'ange dans l'enveloppe qui lui était destinée n'avait *a priori* aucun sens.

Enfin, l'agent Vergne revint avec une dame assez âgée. C'était une petite femme grise, anodine, portant chignon et lunettes et, tout comme son locataire déjà présent, affichant un air peu rassuré d'être confrontée de la sorte aux forces de l'ordre. Charles fit donc de son mieux pour donner la meilleure impression, tant il savait que les témoins, intimidés par les circonstances exceptionnelles, pouvaient omettre une foule de détails s'ils n'étaient pas mis en confiance rapidement.

— Bonjour, madame Gaillard. Je suis le commissaire Leterrier, et je pense que vous pouvez nous être d'une grande aide pour comprendre ce qu'il s'est passé hier dans votre immeuble.

La concierge hocha la tête sans mot dire, mais Roënel remarqua aussitôt une note d'apaisement sur son visage ridé.

— Je me dois d'abord de vous demander des informations personnelles : votre identité, votre date de naissance – pardonnez ce manque de galanterie, dit-il par politesse.

— Quelle galanterie ? demanda alors la dame, ne pouvant réprimer un sourire. Il n'y a que les sottes coquettes qui ont honte de leurs rides.

— Je ne cherchais pas à vous froisser.

— Regardez ma figure : la vie s'en est déjà chargée ! J'ai soixante-huit ans, commissaire, et j'ai vu le jour à Garches le 11 août 1784 ! Je m'appelais alors Jeanne Marceau, et je le fus jusqu'à mes noces avec mon bon Alibert Gaillard, quand j'avais dix-neuf ans. Depuis, il est avec Dieu, et je reste madame Gaillard.

— Vous travaillez comme concierge depuis ?

— Quarante-six ans, et vingt-quatre à cette adresse.

Leterrier voyait peu à peu ce témoin à l'allure de prime abord si terne s'animer à chaque nouvelle question, et y répondre avec précision. C'était exactement ce dont il avait besoin.

— Voilà qui est impeccable, madame. J'imagine qu'à votre poste vous devez voir tout passer...

— Dame ! C'est mon travail ! Je ne mériterais pas la confiance qu'on m'accorde si je ne le faisais pas... bien que...

— Bien que quoi ?

— Oh, autant être franche, j'en connais dans le quartier qui sont aussi consciencieuses que moi... Peut-être plus, du reste... Mais en général, ce sont de vieilles carnes aigries, et laides à faire peur... Alors elles se vengent.

— Elles se vengent ? répéta Leterrier.

— Oui... elles se montrent intraitables envers les visites, surtout la nuit, si vous voyez ce que je veux dire.

— Détaillez, je vous prie.

— Allons ! Vous êtes jeune, monsieur le commissaire ! La vie, c'est aussi ça : il faut s'aimer ! Le bon Dieu nous a faits ainsi !

— Ah, vous parlez de liaisons, de ce genre de choses ?

— Ben tiens ! Moi qui vous parle, j'ai été une femme heureuse avec mon Alibert ! La vie n'a pas voulu que j'aie des enfants, mais c'est pas faute d'avoir fait ce qu'il fallait pour ! Jusqu'à cinq fois par jour, et même certains dimanches au retour de la messe !

À ses côtés, Jeanty devenait de plus en plus rouge. Vergne semblait, lui, trouver le discours de la vieille dame tout à fait hilarant et tentait de son mieux de ne pas rire. Leterrier, lui aussi, appréciait la situation pour sa cocasserie, mais il se devait de rester sérieux.

— Ce que je veux vous dire, c'est que quand, dans l'immeuble, je sais qu'il y a des couples qui s'aiment, ben, je tourne le regard.

— Mais là, il n'y a pas d'histoire de couple, à ce que je sache.

— Avec M. Jeanty ? Oh non ! Oh, je l'ai déjà vu revenir à pas d'heure avec des marques dans le cou, donc je gage qu'il se fait pas ça tout seul, mais jamais chez lui, pour sûr.

— Bref, revenons à l'essentiel : que pouvez-vous nous dire sur l'enveloppe ?

— Celle-là ? Elle m'a été remise par un monsieur inconnu… pas un employé des postes.

— L'avez-vous bien vu ?

— De près, oui, mais pas bien…

Elle désigna ses lorgnons.

— Je n'y vois plus aussi clair qu'avant, malgré ceci.

— Était-il vieux ? Jeune ?

— Entre deux âges… Plus vieux que vous, pour sûr. Encore que… je n'en suis pas sûre.

— Bien habillé ?

— Oh oui, c'était un monsieur. En noir, pas élégant comme pour aller en soirée, mais portant beau. Par contre, il n'était pas galant, il a conservé son chapeau sur la tête pour me parler.

— Que vous a-t-il dit ?

— Pas grand-chose, il m'a dit qu'il avait un message à remettre.

— À M. Jeanty ?

— Non.

— Comment ça ?

— Il n'était pas certain du nom. Il m'a dit que son maître l'avait envoyé à cette adresse, mais qu'il écrivait très mal et qu'il n'arrivait pas à relire… et qu'il n'osait pas lui reposer la question, sous peine de le fâcher. Alors je lui ai dit les noms de mes occupants, étage par étage, et quand il a entendu le nom de Jeanty, il m'a fait arrêter et m'a dit que c'était sans doute ce nom-là, que cela lui parlait, mais que son maître était un étranger parfois dur à comprendre.

— Et lui, était-il étranger ?

— Oh non, pas le moins du monde. Il parlait français comme vous et moi, sans le moindre accent. Mais ce n'était pas un domestique.

— Pourquoi dites-vous ça ?

— Parce qu'un larbin comme nous autres, ça a une allure, une façon d'être. Lui, c'était quelqu'un du monde. Ou alors, s'il est vraiment domestique, c'est qu'il travaille pour l'empereur !

Leterrier demanda alors à l'intéressé de lui remettre l'enveloppe, et il la contempla, les sourcils froncés. En effet, il put constater qu'en guise de nom et d'adresse du destinataire il y avait un infâme gribouillis qui aurait donné des sueurs froides à n'importe quel instituteur chargé d'enseigner l'écriture aux enfants. On ne pouvait au mieux qu'y lire l'adresse, et encore, avec grande difficulté, et le nom, lui, était purement illisible.

— Portait-il quelque paquet sous le bras ?

— Nullement.

— Hum... Vous souvenez-vous de la façon dont il s'est présenté à vous ?

— Oh oui, il a frappé au carreau, histoire de me rév...

Elle s'interrompit, embarrassée.

— Vous réveiller... Vous étiez donc endormie ?

— Hélas... je ne suis plus aussi jeune qu'avant, j'ai parfois des moments de fatigue et je m'assoupis quelque peu, souvent juste après le déjeuner, comme à ce moment-là... Cela me reprend aussi en toute fin d'après-midi.

— Et où cela ? Vous alitez-vous ?

— Tout de même pas ! Je me repose dans mon fauteuil.

— Le distingue-t-on de l'extérieur de la loge ?

— Mon fauteuil ? Il est un peu tourné, mais... oui.

— Un visiteur peut donc vous voir en pleine sieste... Vous êtes aisément réveillée si quelqu'un vient ?

— Heu... pas toujours... j'ai toujours eu un bon sommeil.

— C'est même connu dans le quartier, confirma Jeanty.

— Ce qui fait que, si ce messager ne vous avait pas tiré de l'assoupissement, vous auriez pu ne pas remarquer sa présence dans l'immeuble ?

— C'est ma foi vrai.

— Dites-moi encore, madame… le nom de vos locataires figure-t-il sur la porte de leur domicile ?

— Pas toujours. Certains affichent une carte de visite, d'autres notent leur nom à la craie. C'est au bon vouloir de chacun, à condition de ne pas abîmer la porte. Mais je ne l'aurais pas laissé monter de la sorte sans surveillance.

— Sauf si vous dormiez à ce moment-là.

Pensif, Leterrier remercia alors les deux témoins et pria l'agent Vergne de les ramener à bon port. Resté seul, il se mit à imaginer la scène et son probable déroulement.

L'homme se présente, bombe sous le bras, dans l'immeuble ; sait-il que la concierge est souvent somnolente ? Rien d'impossible à cela, si la chose est notoire. Il rentre dans l'immeuble à une heure où les occupants sont encore absents, arrive à se faufiler à l'étage pour y déposer son mortel colis devant une porte au hasard, puis redescend réveiller Mme Gaillard sous couvert de laisser une lettre au nommé Jeanty, devant la porte duquel il a laissé son « cadeau », histoire de signer son méfait… L'homme avait bénéficié d'une chance insolente. Un nouvel attentat aveugle qui, malheureusement, avait entraîné la mort de deux personnes, un homme et un enfant. Frappant au petit bonheur, allongeant la liste de ses victimes de façon presque quotidienne, l'Amour devenait de plus en plus dangereux.

Il était temps que la Noble Cour mette un terme à cette sanglante litanie.

Chapitre sixième

D'une baudroie et d'une visite aux Enfants malades

Le Goupil aurait préféré être ailleurs que sur les quais cet après-midi-là. Si possible dans un lieu fermé et chauffé. L'hiver, contrarié par un mois de janvier exceptionnellement doux, avait décidé à quelques jours de l'équinoxe de s'offrir un indésirable retour, et les Français, qui auraient souhaité bénéficier du réchauffement inhérent à la belle saison, avaient dû ressortir leurs tenues épaisses pour arpenter les rues.

Nous n'en étions pas à voir la Seine gelée, mais à regarder le flot paresseux du fleuve, en s'imaginant la température de l'eau, Léandre fut pris d'un frisson.

Tout en marchant à ses côtés, Dakkar s'exprimait avec vivacité. Curieusement, l'ambassadeur, pourtant originaire d'une contrée à la chaleur presque omniprésente, ne semblait guère touché par la froidure ambiante. Son manteau était de toute évidence plus léger que celui que portait le Goupil, et ce dernier ne manqua pas le lui faire remarquer.

— Prince, ne craignez-vous pas de vous figer de froid en vous baladant si peu chaudement vêtu ?

— Bah ! Ce manteau est bien plus chaud qu'il n'y paraît, dit-il avec un geste méprisant. Touchez donc, cela devrait vous convaincre de ne pas vous faire inutilement de tracas pour ma personne.

Léandre effleura la manche du manteau et constata que, malgré la finesse de la matière, la laine teinte en bleu sombre dégageait une impression de chaleur peu commune.

— Qu'est-ce donc ?

— De la laine de chèvre, élevée dans la région du Kashmir, aux confins de l'État princier du Jammu. Une des laines les plus fines au monde, les plus protectrices aussi… Ces braves bêtes en ont besoin : il fait parfois moins trente degrés centigrades en ces contrées… Alors on récupère au printemps ce duvet, qu'on blanchit à la farine de riz avant de le teindre et de le tisser, et sans doute d'autres étapes que je ne saurais vous dire avec exactitude.

— Ah, un manteau de cachemire ? J'avais déjà vu quelques châles sur les épaules de dames de la Cour, mais jamais un manteau… Ce doit être onéreux.

Dakkar eut un regard de mépris net envers le Gascon.

— Pas quand on est prince.

Oui, décidément, Léandre aurait vraiment préféré être ailleurs. S'il laissait libre cours au peu de sympathie qu'il éprouvait pour son compagnon, il l'aurait volontiers poussé dans la Seine, histoire de voir si la majesté et l'arrogance feraient bon ménage avec les eaux glaciales, mais l'incident diplomatique ne manquerait pas de provoquer un tollé et d'irriter encore plus son maître… Il devait se contenir.

Ce fut alors qu'une anicroche eut lieu.

Elle prit la forme d'un agent de police qui arriva à leur hauteur, la moustache hérissée et l'air particulièrement torve.

— Halte-là ! dit-il en se plantant sur le chemin des deux hommes, les mains sur les hanches.

Le Goupil et le prince indien se regardèrent, incertains que c'était bien à eux qu'on intimait l'ordre de s'arrêter, et non pas à d'autres personnes déambulant sur le quai.

— Pour qui vous prenez-vous donc ? insista le policier.

— Mais de quoi parlez-vous ? s'étonna Léandre.

— Ce n'est pas à vous que je m'adresse. C'est à cet olibrius !

Le mot n'eut pas l'heur de plaire à Dakkar qui fit un pas dans la direction du policier, tant par envie de le provoquer que dans un simple geste de colère.

— Plaît-il ?

— Qu'est-ce que c'est que ce couteau, là, qui vous bat les flancs ? On joue aux chevaliers du Moyen Âge ?

Léandre leva les yeux au ciel. Il avait pressenti, en allant chercher le prince quelque temps plus tôt, que cela pouvait causer problème. Dakkar avait insisté pour conserver à la ceinture une arme, et pas n'importe laquelle : il s'agissait d'une dague d'apparat de son pays. Avant de quitter le ministère, il l'avait extraite de sa ceinture pour la montrer, non sans fierté, à Léandre.

— C'est un *khattar*. Un peu désuet, je le confesse, mais c'est un héritage de famille dont je ne me défais guère.

Léandre avait soupesé et observé l'étrange poignard sous toutes ses coutures, en amateur d'armes blanches. La forme triangulaire de la lame, la façon originale de tenir l'objet en main – maintenu par le poing, le *khattar* était véritablement le prolongement du bras de celui qui s'en servait –, c'était à n'en pas douter une arme redoutable.

Il s'était abstenu de répliquer en dégainant son propre couteau, peu désireux de se livrer à un comparatif avec ce fat de prince. Il aurait simplement espéré qu'il évite de porter l'objet de façon trop ostentatoire. Peine perdue.

Se fiant à son rôle d'accompagnateur local, Léandre prit l'initiative de répliquer :

— Veuillez accepter nos excuses, monsieur l'agent ; ce gentilhomme est étranger et point complètement au fait des us et coutumes de notre pays…

Mais le sergent de ville avait l'œil avisé et, dans un mouvement du manteau violet de Léandre, il remarqua le fourreau de cuir et la poignée de bois poli.

— Tiens tiens, mais vous aussi, le beau parleur, vous êtes équipé ! M'est avis que j'ai affaire à deux contrevenants dangereux, qui croient qu'ils peuvent se promener comme ça, armés, et sans avoir de comptes à rendre ! Par ma foi, ce n'est pas de veine pour vous, vous venez de tomber sur moi ! Allez, ne faites pas d'histoires, et remettez-moi vos armes sur-le-champ.

— Et en quel honneur ? répondit le prince Dakkar, sur un ton qui montrait bien son agacement.

Le policier tira alors le sabre qu'il portait lui-même à la ceinture et se mit aussitôt en position de défense.

— Pas de ça avec moi ! Mes gaillards, vous allez vite obtempérer. Sinon je vous promets une nuit au poste et les amendes qui viendront avec...

— Je serais curieux de voir cela, grinça l'Indien qui sortit alors le *khattar* et prit à son tour une posture de combat.

Le Goupil n'en croyait pas ses yeux : cela tournait à la farce tragique ! D'autant que, il avait eu loisir de s'en rendre compte en observant leur adversaire, celui-ci était très nettement pris de boisson. L'hostellerie avait beau ne pas être un établissement trop prisé par les pochards, il y avait croisé suffisamment de clients qui s'adonnaient de façon trop excessive pour que lui échappent les détails physiques des intempérants : ses yeux étaient rouges, tout comme la peau de ses joues nettement couperosées. Si un combat avait lieu entre un ambassadeur trop susceptible et un policier zélé et ivre, surtout sous les yeux d'une foule qui, attirée par les éclats de voix, commençait à faire cercle autour d'eux, ce serait une catastrophe. Il s'approcha de Dakkar et posa une main ferme sur son avant-bras gauche.

— Allons, prince, pensez-vous qu'il soit nécessaire de châtier de la sorte un homme qui pense ne faire que son travail ?

— Il s'en tirerait à bon compte. Chez moi, cet insolent imbécile aurait reçu la bastonnade sur la plante des pieds jusqu'à ce que mort s'ensuive !

Par chance, deux autres sergents de ville arrivaient, obligeant les badauds à se disperser.

— Allons, allons, circulez, circulez !

Le plus âgé des deux parut familier à Léandre, et cette impression fut confirmée immédiatement par un salut respectueux qu'il lui fit.

— Eh là, Barbarin ! Range ton coupe-papier avant de blesser quelqu'un !

— Ils sont armés, Francisque ! Tous les deux !

— Je vois ça, oui. Mais – il baissa le ton pour poursuivre – l'homme en violet est un policier comme nous, et c'est même un supérieur… je crois bien qu'il en répond directement à l'empereur… alors rends les armes avant que ça ne te retombe sur le coin du nez, si tu vois ce que je veux dire.

— Et l'autre, là, le…

— Tais-toi, je sens que tu vas dire une ânerie !

— Cet homme est prince, en mission diplomatique : je suis chargé de sa protection durant son séjour à Paris.

Francisque secoua la tête, navré.

— Voilà à qui tu cherches noise ! Un collègue et un diplomate ! Girauld, s'il te plaît, occupe-toi de Barbarin, pendant que je parle à ces messieurs.

Le second agent, avec des gestes très doux, entraîna le policier en état d'ébriété à l'écart du groupe, et Francisque rejoignit Léandre et Dakkar.

— Je vous prie d'excuser mon collègue, Vos Excellences, il a bu…

— C'est bien ce que je pensais, oui.

— Il n'est pas tolérable qu'un ivrogne reste en service sous l'uniforme. Dans ma patrie, il serait châtié comme il le mérite.

— Sans doute, prince, le coupa Léandre, sans doute… Ici, nous sommes sans doute trop laxistes pour votre goût, mais, avant de juger, il est bon de savoir ce qui a conduit ce pauvre bougre à la boisson.

— Avant, c'était juste un âne, dit Francisque, mais voici deux mois, il a perdu sa femme, et ce n'est plus vraiment le même homme depuis…

Léandre remarqua alors une chose qui le surprit. Le visage du prince Dakkar se contracta de façon remarquable, l'espace d'une seconde.

— L'aimait-il ?

— Oh oui ! C'était un couple qui faisait chaud au cœur ! Mais que voulez-vous, c'est la vie, hélas… Nul n'est à l'abri.

— Faites-moi plaisir, prenez cela.

Le prince venait de tirer de sa poche dix pièces d'or.

— Une pour vous, une pour Girauld, c'est cela ? Et le reste pour Barbarin… en lui recommandant de se passer dorénavant de l'alcool.

Francisque restait hésitant. Le Goupil dut donc décider pour lui.

— Acceptez, mon vieux : ça restera entre nous, et si vous ne les prenez pas, vous risquez d'envenimer les relations entre la France et les Indes… Est-ce que refuser un cadeau vaut la peine de déclencher une guerre ?

L'agent pâlit quelque peu à cette idée et récupéra l'or dans le creux de sa main gantée avant de les saluer une dernière fois et de rejoindre ses collègues déjà loin.

Le prince, pour sa part, avait fait quelques pas en direction de la berge. Debout face au fleuve, il semblait plongé dans un puits de réflexion, le regard dans le vague.

— Prince ? Vous sentez-vous bien ?

L'Indien ne répondit pas tout de suite.

— Que ferais-je si j'étais dans la même situation ?

— Que voulez-vous dire ?

— Si j'avais perdu ma bien-aimée... C'est une question que j'évite de me poser. Bien trop douloureuse.

— Je vous comprends. Vous êtes donc marié, prince ?

Dakkar sourit avec tendresse, et son visage sévère s'en trouva métamorphosé.

— Depuis quatre ans... Savarna... Nulle en ce monde ne l'égale en beauté ni en grâce.

— Ce sont là les paroles d'un homme épris.

— Un homme qui imagine le chagrin d'un autre que l'on prive de son épouse chérie. Je la sais en sûreté, en vie, dans notre palais, là-bas, et elle me manque tant... Si elle n'était plus là...

Il crispa les poings à cette horrible perspective et fit de son mieux pour la chasser incontinent de son esprit.

— Et vous ? Vous n'avez pas encore pris femme, n'est-ce pas ?

— Finement observé, prince.

— Quel âge avez-vous donc ?

— Vingt-six ans.

— Il serait temps de vous décider... Quel hypocrite je fais ! Je dis cela alors que je n'ai pris femme qu'à trente ans... N'y a-t-il nulle dame de bien dans votre cœur ?

Ce fut au tour de Léandre de devenir silencieux et pensif. Plus d'un an s'était écoulé, mais le temps n'avait pas complètement atténué la douleur. Il pensait à Sacha tous les jours. Il l'imaginait au loin, entre Vivarais et Bavière. Sans doute son esprit l'idéalisait-il, mais le souvenir de sa chevelure, son sens de la repartie… Tout en elle lui manquait. Il recevait de façon régulière une double lettre de sa part. La première était signée Pantecroët, son pseudonyme depuis qu'elle avait intégré la Noble Cour, et faisait mention des éléments glanés à la cour de ce royaume d'outre-Rhin. La seconde était un court message dans lequel elle prenait de ses nouvelles et demandait des siennes, comme l'amie prévenante et chaleureuse qu'elle était.

Si elle n'avait pas été promise à un autre…

Il préféra éluder la question.

— Conjuguer l'amour et mon existence quelque peu… mouvementée… est difficile en l'état. Il m'arrive d'aimer de temps en temps, mais ce n'est jamais un sentiment bien définitif.

— Je vous souhaite de trouver celle qui vous fera changer d'avis.

Dès lors, la promenade prit une allure bien moins rébarbative. Le prince avait perdu de sa hauteur naturelle, et sa façon de parler était bien moins cassante. La discussion devint agréable, et même très agréable, à mesure que le Goupil en apprenait davantage sur l'homme qu'il accompagnait. Le prince était sans le moindre doute un homme lettré, intelligent et cultivé qui gagnait à être connu. Dommage qu'il présente un premier abord si prétentieux et mésavenant !

— Tiens ? Qu'est-ce que cela ?

« Cela » était suspendu à une grue de bois, au-dessus de la Seine. Au vu de la forme, ce ne pouvait être qu'un bateau. De fait, s'il avait les apparences, le tout était bien singulier. Long d'un mètre environ, peint en noir, le véhicule ne comportait aucun pont à proprement parler, ni de mât ni de voile, mais on distinguait une écoutille sur sa partie supérieure. Cela ressemblait à quelque invention blindée destinée à la guerre, même si Léandre ne voyait pas trop à quel usage on pouvait vraiment réserver un bâtiment si bizarre.

L'homme qui donnait des indications aux ouvriers n'était guère moins singulier. Il s'exprimait dans un mélange de français et d'allemand qui ne rendait pas ses ordres plus aisés à comprendre.

Si pas mal de personnes s'étaient rassemblées pour observer l'appareil et le remue-ménage qu'il occasionnait, l'ingénieur ne leur prêtait aucune attention. Mais en apercevant le Goupil et le prince, il se dirigea sans la moindre hésitation dans leur direction :

— *Guten Tag*, messieurs !

— Bonjour à vous ! Pardonnez notre curiosité, mais c'est sans doute l'une des choses les plus curieuses que j'aie jamais vues !

— *Ja*, je vous crois ! Vous n'en verrez pas souvent de pareilles ! Ceci, messieurs, est le *Brandtaucher* ! Le fruit des travaux de *Herr* Wilhelm Bauer, votre serviteur ! Ceci, messieurs, est l'avenir !

— L'avenir ? Mais de quoi donc ?

— De la mécanique… et de la guerre ! Les deux sont intimement liées ! L'homme a pour vocation de faire la guerre à son prochain, c'est hélas une réalité ! Et dans l'avenir, qui pourra gagner ? Non plus ceux qui dirigent la meilleure infanterie, ou les meilleurs cavaliers ! Ils disposeront d'un avantage certain, ja, mais ce ne sera plus suffisant !

L'homme semblait quelque peu excentrique, mais son discours n'était pas dépourvu de sens. Dakkar l'encouragea donc à poursuivre.

— Le *Brandtaucher*, messieurs, est le premier véhicule autonome de sa catégorie.

— Quelle catégorie ?

— Submersible.

— Un bateau submersible ? Vraiment ?

— *Ja*, destiné à atteindre des profondeurs qui lui permettront de franchir des barrages maritimes en toute discrétion, et d'autres choses également !

— De quelle profondeur est-il question ?

— Jusqu'à trente mètres environ.

— Trente mètres ? Voilà qui est remarquable ! L'avez-vous déjà atteinte ?

Bauer fit la grimace.

— *Nein*...

— C'est une probabilité donc. Mais comment en êtes-vous arrivé à cette idée ? demanda Dakkar.

— Oh, ce serait un peu long à vous raconter.

— J'insiste pour l'entendre, dit le prince avec obligeance.

— Bon... Il y a cinq ans, j'étais ingénieur en artillerie au sein de l'armée de Bavière, lors de la guerre contre le Danemark, dans le duché de Schleswig. J'ai eu tout le temps de constater que la côte pouvait facilement être bloquée par la marine ennemie, et j'ai eu l'idée d'un bateau submersible pour y remédier. Pour ce faire, j'ai étudié l'hydraulique, la construction navale… Ce fut difficile de faire entendre mon projet, je n'étais qu'un petit sous-officier sans fortune et, quand les troupes de la Confédération ont abandonné la partie, j'ai préféré intégrer les forces militaires de Schleswig-Holstein pour poursuivre mes travaux. Oh, je n'ai rien inventé, pour dire vrai, je me suis inspiré des précédents appareils sous-marins et également des vaisseaux incendiaires que nous utilisions déjà. Mais mon invention, au lieu de devoir se faufiler au milieu de la flotte ennemie pour exploser, allait passer en dessous, coller la mine à la quille, et s'enfuir assez loin avant de provoquer la détonation. J'ai d'abord pu réaliser une maquette – identique à celle-ci – pour prouver que la chose était faisable. Cela a convaincu mes supérieurs de me fournir les fonds pour construire un modèle de taille réelle… Au début, du moins. Je ne faisais pas l'unanimité, et certaines personnes n'ont eu de cesse de me faire retravailler mes plans pour réduire le budget qu'on devait m'allouer…

— Qu'avez-vous fait ?

— Ce que je pouvais. J'ai changé des parties de mon vaisseau, en particulier le fonctionnement pour parvenir à plonger : je voulais, pour permettre une parfaite immersion, intégrer des cuves qui se rempliraient complètement ; on m'a contraint à ne faire que des cuves qui seraient partiellement immergées… La stabilité générale s'en trouvait amoindrie… Sans compter l'épaisseur de la coque, qu'on m'a fait réduire… La taille des pompes… Tout était remis en question… Et j'ai cédé. À l'automne 1850, c'est le constructeur de bateaux Howaldt qui a fabriqué ma vision. J'étais fier, mais en même temps mécontent, car je savais que le résultat aurait été meilleur si je n'avais pas eu à réviser sans cesse mes premiers croquis… Et les essais m'ont malheureusement donné raison.

— Comment cela ?

— Ah, ce fut un jour tragique… Le 1er février 1851, je m'en souviendrai jusqu'à mon dernier souffle. L'état-major a décidé, après quelques tentatives correctes mais insuffisantes selon moi, de procéder à une démonstration en public dans le port de Kiel. Nous étions trois à bord, et quand le *Brandtaucher* a atteint moins dix mètres, il a commencé à pencher à la poupe. La coque n'était pas assez forte pour supporter la pression ; elle s'est déformée, puis a craqué. Les pompes non plus ne pouvaient soutenir la cadence requise ; enfin, quand le submersible a chaviré, l'hélice a cédé à son tour.

— Qu'avez-vous fait ?

— Rien. Nous avons coulé et touché le fond du port, à vingt mètres sous la surface. Je savais que rien ne pouvait être tenté en l'état : il fallait, pour une question de pression, que l'eau emplisse suffisamment mon bateau.

— Combien de temps cela a-t-il pris ?

— Six heures.

À ces mots, Léandre et le prince Dakkar eurent la même expression horrifiée. Six heures de patience, durant lesquelles, inexorablement, centimètre par centimètre, l'eau envahissait la cabine close. Six heures à voir arriver la mort…

— Quelle épouvantable expérience !

— *Ja*… mais je ne me suis pas laissé emporter par la panique. Et mes calculs étaient bons : quand nous avions de l'eau jusqu'au menton, la pression à l'intérieur du vaisseau était suffisante pour permettre l'ouverture sans risque de l'écoutille, et nous sommes parvenus sains et saufs à la surface.

— Et le *Brandtaucher* ?

— Toujours dans la vase du port. J'ignore si on le renflouera un jour. Je ne sais pas si je le souhaite, du moins. Cette version m'a trop coûté.

— Pourtant, à vous voir auprès de cette maquette, on aurait peine à penser que vous ayez abandonné !

— *Nein !* Abandonné ? Jamais ! Au contraire, cet échec m'a stimulé. Sauf que mes précédents employeurs, eux, ne me l'ont pas pardonné : il leur fallait un responsable, et ils n'allaient pas admettre que c'était leur avarice qui était cause de tout. Ils m'ont donc refusé tout financement de mes travaux à venir.

— Ah, les braves gens, ironisa Léandre.

— J'ai pu récupérer la maquette, histoire de montrer au monde ce que vaut mon projet, mais je suis actuellement en train de planifier une mouture améliorée : *Der Seeteufel*.

— Le diable des mers… Un nom inquiétant, non ?

— Pas forcément, dit Bauer. Chez nous, c'est le nom d'un excellent poisson, aussi laid que savoureux… Le *potroy* ?

— La baudroie ?

— *Ja*, c'est bien cela ! J'ai pour l'heure sollicité l'aide de l'Empire austro-hongrois, de l'Empire britannique…

— Et de la France, je présume…

— Je suis étonné que votre « Diable » n'ait pas suscité l'enthousiasme des Anglais, dit Dakkar. Ces démons auraient dû être séduits par votre invention.

Léandre ne dit rien, mais cette manifestation évidente de l'anglophobie du prince le mit mal à l'aise. Par chance, Bauer ne releva pas et commença à expliquer, de façon détaillée, le système de fonctionnement de son vaisseau, ainsi que toutes les améliorations qu'il comptait y apporter : le *Seeteufel* serait deux fois plus grand que le *Brandtaucher*, doté d'un équipage quatre fois supérieur au moins, et d'un équipement destiné à la survie et au secours des occupants en cas de naufrage. De plus en plus charmé par l'intérêt manifeste du prince envers son œuvre, le Bavarois donna des ordres pour qu'il soit procédé séance tenante à une démonstration de l'engin, et ce ne fut qu'au bout de deux heures que les promeneurs prirent congé de l'inventeur, avec force poignées de main et compliments, pour continuer leur déambulation le long du fleuve.

Visiblement admiratif, Dakkar ne cessait de jeter des coups d'œil par-dessus son épaule pour contempler l'appareil remis en suspension, tel un enfant fasciné par un jouet, et Léandre ne put s'empêcher d'être amusé par cette nouvelle facette imprévue de son compagnon, commençant très sérieusement à se dire que la punition qu'il pensait discerner dans la mission que lui avait confiée l'empereur était bien loin d'être aussi pénible qu'il l'aurait craint.

— Je n'ignorais pas l'existence d'un tel appareil. Il y a peu, au fil d'une conversation captivante, un Italien m'en avait parlé, mais je n'aurais pas pensé... ah, quelle chose incroyable ! Imaginez donc, Léandre : accéder aux profondeurs maritimes les plus lointaines, s'approcher des épaves perdues au cours des siècles... Connaissez-vous la baie de Vigo ?

— N'est-ce pas au large de l'Espagne ? Le lieu d'une bataille navale terrible ?

— C'est bien cela, à l'automne 1702 : les Anglais – il cracha à terre – s'étaient alliés aux Hollandais pour jouer les pirates contre des navires français et espagnols. Plus de vingt bâtiments finirent par le fond, chargés de trésors que personne ne reverra jamais...

— Lafforgue !

L'interpellation fit faire aux deux hommes un tour sur eux-mêmes : Leterrier arrivait dans leur direction en courant.

— Un problème ? s'enquit le prince indien.

— Nullement... du moins, je l'espère... il s'agit de mon collègue, le commissaire Charles Leterrier.

— Encore un policier ? J'espère qu'il n'a pas l'intention de m'arrêter ! plaisanta Dakkar.

Roënel était arrivé à leur hauteur, le souffle un peu rauque à cause des effets mitigés de son accélération et de l'air glacé et sec.

— Je ne vous attendais pas, Charles ! Que se passe-t-il ?

— J'aurais besoin de vous... concernant les colis... Un témoignage à recueillir, au plus vite...

Léandre en resta surpris. Leterrier, homme de loi depuis plusieurs années, savait fort bien se passer du Goupil pour entendre un témoin. Et quitter le prince de la sorte, n'était-ce pas aller à l'encontre des ordres de l'empereur ?

— Prince Dakkar, voyez-vous une objection à ce que je vous laisse ?

— Mais non, voyons ! La ville de Paris ne m'est pas étrangère, je suis assez vieux pour m'y retrouver.

— Promettez-moi toutefois de ne faire usage de votre *khattar* sur personne !

— Bien évidemment. Si toutefois c'était le cas, je vous mentionnerais comme témoin de moralité pour que vous veniez me faire remettre en liberté…

Léandre rit, avec un soupçon d'inquiétude toutefois, puis les deux agents saluèrent l'ambassadeur.

— Un homme intéressant, dit Leterrier.

— Oui… Particulier dans sa façon d'être. Je ne suis pas encore arrivé à bien le cerner.

— Il est des gens qui aiment travestir leur vraie personnalité. Peut-être est-il de ceux-là ?

— C'est à voir. Dites-m'en plus.

— Voilà : hier, une nouvelle bombe a explosé dans un immeuble près de la Bourse.

— Encore ? Ce n'est pas vrai ! Le crime est-il signé ?

— Eh oui… L'Amour, à nouveau.

— Des victimes ?

— Malheureusement. Deux, dont un enfant de six ans.

Le Goupil ferma les yeux. La mort d'un enfant le touchait toujours au plus profond de son être.

— Vous parliez de témoin…

— Oui, il s'agit du frère de la petite victime. C'est un garçonnet de quatre ans.

— Ben, qui est plus à même de recueillir le témoignage d'un mioche que vous, Charles ? Il a sensiblement l'âge de Fortuné, et je suis toujours épaté par la manière que vous avez de comprendre votre fils, même alors qu'il était en très bas âge !

— Oui, mais dans ce cas précis, cela m'est impossible.

— Pourquoi diable ?

— Car l'enfant est à l'hôpital, terrorisé, et que dès qu'un adulte l'approche il se met à hurler. En présence de ses parents, il ne parle pas davantage : il se contente de pleurer, ou de jouer en silence.

— Il a assisté à l'explosion ?

— Oui… et je crains qu'il n'ait vu le corps de son grand frère…

— En quoi mon intervention va-t-elle changer quelque chose à son traumatisme ? Je suis un adulte également, au cas où cela vous aurait échappé.

— Certes… mais vos « frères », non.

Dans la quiétude de son cabinet, en ce milieu d'après-midi, Angelo Delfine écrivait. L'endroit était petit, les murs surchargés de placards croulant sous les dossiers et les livres, les volets toujours à moitié clos.

C'était un moment qu'il appréciait.

Il aimait cette ambiance studieuse, la tranquillité du lieu, la pénombre qu'il y conservait, le silence qui y régnait, puisqu'il était seul à y travailler.

Pour l'heure, il s'occupait de recopier plusieurs lettres, une besogne peu fastidieuse s'il en était. Il s'appliquait toujours, sans aller jusqu'à faire de la véritable calligraphie, à conserver une écriture belle et lisible. Cela n'allait pas toujours de pair quand il devait rédiger des documents plus secrets. C'était là davantage une méthode de dissimulation qu'autre chose : même s'il aurait fallu pour y parvenir toute une série d'exceptionnelles circonstances, il ne tenait pas à ce que l'on finisse par identifier sa patte dans les messages qu'il écrivait.

Il avait faim et soif, ce qui le surprit passablement. Il ne pouvait pas être bien tard, pourtant. Il tira de sa poche une montre à gousset, qui lui indiqua qu'il était 4 heures passées de deux minutes. Voilà qui était parfait.

Avant toute chose, il alla fermer l'unique porte de son bureau à clé, puis se dirigea vers un guéridon situé près de la fenêtre et recouvert d'un plateau doré. Dessus se trouvait une carafe d'eau, une assiette contenant une part épaisse de pain d'épice, brun et fleurant bon le miel, ainsi qu'une théière de porcelaine verte, une minuscule passoire, une tasse assortie à la théière et une petite coupelle de cristal ouvragé remplie d'un mélange de fleurs et de feuilles séchées.

Ne pouvant résister, il croqua à belles dents une première bouchée du pain d'épice, qu'il laissa fondre contre son palais à la manière d'un gourmet, pour en distinguer toutes les notes de sucre et d'aromates.

Sur le poêle bien chaud qui donnait à la pièce sa chaleureuse atmosphère, il y avait une vieille bouilloire de cuivre. À l'aide d'un torchon, il retira le couvercle et versa le contenu de la carafe dans le récipient de métal lustré. Les premières gouttes d'eau s'évaporèrent presque aussitôt au contact du cuivre brûlant, avec un son qui réjouit Delfine.

Il reposa la bouilloire à demi pleine sur le sommet du poêle et prépara la suite de sa collation : à l'aide d'une cuiller, il transvasa le mélange végétal dans une théière, sans gestes brusques, mesurant avec précision la quantité idéale de feuilles à ébouillanter.

Quand un panache de vapeur s'échappa de la bouilloire, indiquant que l'eau était à la bonne température, l'homme ne perdit pas un instant. Là encore, avec des gestes mesurés, il transvasa en un léger filet le liquide fumant dans la théière et laissa infuser pendant trois minutes, l'œil rivé sur le cadran de sa montre à gousset, afin d'en extraire la parfaite quintessence au moment de remplir la tasse.

Soucieux de ne pas altérer l'équilibre fragile qui marquait la différence entre un thé savoureux et une infusion de basse qualité, il se dispensait de tout ajout inutile. Ni sucre ni lait ne venaient jamais troubler l'ensemble.

Portant le plateau, il revint s'installer à son bureau et s'adossa de tout son poids dans le creux du fauteuil avant de poursuivre sa consommation.

Lentement, il alterna entre dégustation de son breuvage et becquées de pain d'épice, sans dire un mot, acquis tout entier à la dégustation de cette courte pause, imperméable à tout ce qu'il pouvait se passer à l'extérieur de son local. Pendant un quart d'heure, il se sentit en paix, profitant de ce repas avec la même ferveur qu'un catholique recevant la sainte eucharistie.

La dernière portion avalée, avec un léger soupir, il se releva pour remettre les objets à leur place, ne laissant nulle miette ni trace d'eau derrière lui. Il avait gagné une réputation d'ordre et de bienséance et les domestiques qui avaient pour charge de nettoyer son bureau n'hésitaient pas, par souci de reconnaissance, à faire preuve de zèle.

Bien entendu, le nettoyage n'allait pas jusqu'à s'occuper de l'intérieur des tiroirs du bureau. C'était une chance.

Il hésita brièvement avant de renoncer à redonner un coup de clé dans la serrure. Il se sentait ragaillardi par son petit repas, et inspiré. C'était le moment idéal pour rédiger la prochaine lettre des Archanges charbonniers.

Il piocha dans un tas de restes de papier. Nul besoin d'employer des feuilles de trop bonne qualité pour cela. L'encre ? Il opta cette fois-là pour du rouge. La couleur se devait d'être marquante pour ce qu'il raconterait. Oui, c'était un bon choix. Il aurait préféré un rouge plus mat, plus proche de la couleur du sang frais, mais c'était ainsi, en séchant, l'encre prenait toujours une teinte plus proche du jus de framboises que de l'hémoglobine.

C'était toujours ça, et cela suffirait à marquer les esprits les plus impressionnables.

La plume à la main, l'air pensif, tel un poète cherchant à attirer la muse Polymnie dans son sillage, Angelo Delfine composa en quelques instants le brouillon d'un nouveau message de mort.

Sœur Paul-Marie était de ces personnes que le Créateur aurait dû concevoir en plus grand nombre, mais dont il avait – hélas pour l'humanité – cassé le moule sitôt le prototype achevé. Depuis son enfance, Marie Cottin, fille d'un notaire de la Loire, avait été une personne de cœur, dévouée, sincère, pieuse. Elle avait, à l'âge de jeune femme, éveillé les sentiments d'un clerc de son père, Paul Morand, un jeune homme guère moins charitable qu'elle, et tous deux s'étaient mariés six mois après leur rencontre. Après une vingtaine d'années de vie commune, et à la tête d'une famille de cinq enfants qu'ils avaient élevés de leur mieux, Paul avait connu la triste fortune de se promener dans un bois proche de leur maison pour aller glaner des champignons, quelques jours après une tempête d'automne. Il était mort sans s'en rendre vraiment compte, quand une branche s'était abattue du sommet d'un hêtre plusieurs fois centenaire, au pied duquel il récoltait de succulents palomets.

Veuve inconsolable, elle avait mené l'éducation de ses enfants à bien, intransigeante et douce à la fois, bien décidée à en faire des gens de valeur, travailleurs et honnêtes. Au lendemain du jour où sa benjamine avait quitté le nid, elle s'était rendue chez son frère, qui avait hérité de la charge paternelle, et lui avait confié la gestion de son patrimoine, à répartir à son propre trépas entre ses enfants. Une fois rassurée sur ce point, elle était allée rejoindre un couvent de visitandines, où elle fut accueillie et appréciée de toutes les sœurs. L'ordre, tel que souhaité par le fondateur saint François de Sales, ne faisait aucune discrimination d'âge, de parcours ou de santé. Après avoir pris le voile, elle avait choisi ce prénom double, qui regroupait à la fois son véritable nom de baptême ainsi que celui de l'homme qu'elle avait chéri. C'était pour elle une manière de ne jamais oublier qui elle était.

Sensible à la pauvreté et au manque d'hygiène, elle avait toujours eu à cœur d'aider et de soigner les gens. Ses connaissances en médecine, enrichies par des années de pratique, furent vite remarquées et on la pria bientôt d'aller exercer dans les hôpitaux comme infirmière. Ce fut ainsi qu'en 1846 elle avait intégré les rangs de l'hôpital parisien des Enfants malades, rue de Sèvres. Maternelle avec les bambins comme avec les siens jadis, elle était l'une des personnes les plus adorées de l'établissement. Elle ne parviendrait jamais à faire d'un hôpital, lieu de tristesse et de souffrance, un paradis : toutefois, son implication et sa bonté atténuaient grandement la douleur de devoir séjourner sur place, et quand il arrivait, bien trop souvent, qu'un des petits convalescents rende son âme à Dieu, c'était vers elle que se retournaient les parents. Quelques heures de discussion et de prières avec elle faisaient souvent miracle.

Cependant, dans le cas du petit Barnabé, elle restait désarmée.

Et l'arrivée de l'étrange quatuor la laissa quelque peu stupéfaite. Elle reconnut l'homme qui menait le groupe : c'était le policier qui, plusieurs heures auparavant, avait tenté de parler à l'enfançon sans parvenir à en tirer autre chose que des cris.

— Commissaire Leterrier ? Les visites sont presque terminées, dit-elle en désignant l'horloge, laquelle indiquait 4 h 40.

— Re-bonjour, ma sœur, dit le policier. Je sais bien que le temps presse, mais pour le bien de l'enquête, je ne puis attendre dimanche pour revenir voir l'enfant.

Sœur Paul-Marie regarda la troupe avec un étonnement croissant : outre le policier, il y avait un homme portant la pourpre cardinalice – mais si lui était prélat, elle était péripatéticienne –, un garçon encore fort jeune, mais à la lisière de l'âge d'homme, et une fille guère plus âgée que lui, mais déjà femme, de toute évidence.

— Sont-ce aussi des policiers ?

— Ce monsieur est mon supérieur hiérarchique, monsieur Lafforgue. Les deux jeunes gens occupent des fonctions d'auxiliaires…

— Auxiliaires, vraiment ? répondit la religieuse, peu convaincue. Si jeunes ?

— Il n'est pas d'âge pour prêter main-forte à la justice, répondit l'adolescente.

La sœur la contempla quelques instants. La demoiselle employait un ton qui frôlait l'impertinence, mais elle lui rappelait celui de sa propre fille, Anne, seconde de ses rejetons. La langue vive, mais le cœur sur la main… Elle remarqua également les regards du jeunet sur sa compagne et devina aussitôt les sentiments qu'il éprouvait pour elle. Rien de diabolique…

L'homme en violet, ledit Lafforgue, la perturbait davantage, malgré son allure aimable et en rien irrespectueuse. Il avait quelque chose de dérangeant qu'elle ne parvenait pas à cerner... mais il lui était déjà arrivé, comme à tout le monde, de ressentir de mauvaises impressions sans raison véritable.

— Bien. Je vous y conduis. Mais faites vite. Je ne puis vous accorder un délai supplémentaire : les parents eux-mêmes n'en bénéficient pas, et ils ne comprendraient pas que j'autorise des étrangers à rester auprès des petits plus longtemps qu'eux-mêmes.

— Mais bien entendu, répondit Leterrier.

Le lit du petit Barnabé avait été installé face à une fenêtre donnant sur l'ouest. Le soleil déclinait quelque peu, mais la lumière était toujours vive. Sans prêter attention à quiconque, l'enfant jouait avec son soldat, mimant une parade militaire, le bruit des tambours, le hennissement des chevaux des officiers passant en revue les troupes. Sur une chaise de bois, une femme au visage fatigué et marqué de récentes larmes l'observait en silence. En voyant approcher la religieuse et les quatre personnes, elle se leva et alla dans leur direction, l'air interrogateur.

— Ah, madame Pirot, on dirait que votre fils s'est apaisé.

— C'est temporaire... Il m'a encore demandé, voici une demi-heure, quand est-ce qu'il pourrait rentrer à la maison et rejouer avec Joseph... Je n'ai pu m'empêcher de pleurer et, encore une fois, il a fait comme moi... Oh, mon Dieu, comment lui expliquer ? Quel malheur ! Mais pourquoi nous ? Pourquoi nous ?

Elle prit une grande inspiration pour ne pas éclater en sanglots derechef.

— Nous aimerions lui parler.

— Il ne vous répondra pas, vous le savez... Vous avez déjà essayé tout à l'heure... Les grandes personnes lui font peur.

— D'où l'intervention de cette jeunesse, dit Leterrier en désignant ses plus jeunes accompagnateurs.

Mme Pirot regarda avec surprise les deux adolescents, l'esprit en proie à des sentiments contradictoires, et fit signe de se rapprocher.

— Barnabé, mon petit chéri... il y a des amis qui viennent te voir.

Barnabé releva la tête et fronça le nez en voyant les silhouettes inconnues s'avancer vers son lit, rendues indistinctes dans la lueur rougeâtre du soleil couchant qui l'aveuglait quelque peu. Sa gorge se nouait, il ressentait l'envie de crier à nouveau, mais il se calma aussitôt en voyant que les visiteurs qui venaient à sa rencontre étaient des enfants.

Des enfants, plus vieux que lui, mais des enfants. Il en était sûr.

— Bonzour, dit-il poliment.

— Bonjour, dit le garçon. Tu t'appelles comment ?

— Barnabé. Tu n'as pas écouté maman ? Elle vient de m'appeler comme ça !

Il regarda sa mère avec un signe de tête, comme scandalisé qu'on n'ait pas prêté plus d'attention à ce qu'elle venait de dire. Sa grimace était si drôle qu'elle détendit l'ambiance et fit rire la pauvre femme pour la première fois depuis la veille, ainsi que les autres personnes présentes à proximité de ce lit.

— Barnabé... moi, je m'appelle Furet.

— Furet ? Z'est un drôle de nom.

— Oui, je sais bien. C'est parce que je l'ai choisi.

— Et toi, tu t'appelles comment ? dit-il à la jeune fille.

— Moi, je suis Citronnelle.

Le nom de ses visiteurs acheva de dérider le petit patient, qui rit aux éclats.

— Tu t'appelles Citron ?

— Oui, presque comme le fruit. Mon nom ne te plaît pas ? Tu n'aimes pas les citrons ? demanda-t-elle en faisant mine d'être très attristée par son hilarité.

Barnabé s'arrêta net de rire : il connaissait cet air, c'était celui qu'avait sa maman quand il disait quelque chose de méchant. Quand elle l'avait, il se sentait tout désolé, et il avait toujours la même réaction : celle de la prendre dans ses bras et de lui demander pardon.

C'est ce qu'il fit avec Citronnelle, en se jetant hors des draps pour la serrer contre son cœur. Elle lui rendit son embrassade telle une grande sœur, et sourit de toutes ses dents quand il conclut :

— Tu sens bon ! Comme les citrons !

— Comment s'appelle ton soldat, Barnabé ?

La question de Furet le prit au dépourvu. Il n'avait jamais réfléchi à ce détail.

— Ze sais pas.

— Il faudrait lui trouver un nom, pourtant ! C'est triste de ne pas avoir de nom !

Le petit garçon se tut, l'air étonnamment pensif pour son âge. C'était vrai, quand même : comment ferait-il sans son nom, lui ? Sa maman l'appelait « chéri », « mon ange », mais il sentait bien que ce n'étaient pas des vrais noms. Lui, il s'appelait

Barnabé. Ses amis l'appelaient comme ça. Son frère l'appelait comme ça. C'était ça, son nom. Il en était certain. Il regarda le pantin de bois et se demanda si les jouets pouvaient parler. Peut-être qu'avec un nom, il le pourrait ? Ça valait le coup d'essayer.

— Z'est le capitaine, hasarda-t-il.

— Capitaine, c'est ça son nom ? répéta le jeune garçon doucement.

— Non, dit Barnabé en secouant la tête.

Il se rappelait avoir entendu ce mot, mais ce n'était pas un nom… c'était un métier… un chef des soldats… oui, c'était bien cela. Un nom, c'était pas un métier ! Il lui fallait un nom, et vite. L'idée que son joujou reste dépourvu d'identité lui paraissait désormais une chose impossible.

Le nom idéal lui vint à la bouche en une fraction de seconde.

— C'est le capitaine Zoseph.

Comme son attention était rivée sur ses nouveaux visiteurs, il eut la chance de ne pas voir ni entendre sa mère s'effondrer de chagrin à ces mots. Oui, ça lui allait bien : le capitaine Joseph. Un héros, un soldat courageux.

— C'est un bien joli nom, dit la fille Citron. C'est le nom de ton frère, c'est ça ?

— Oui.

— Tu te souviens quand tu l'as vu pour la dernière fois ?

— Oui.

— Tu me racontes ?

Ce n'était pas un agréable souvenir. Du tout. Mais la voix de la jeune fille et le léger sourire du garçon le mettaient à l'aise. Alors Barnabé parla.

— On zouait devant la porte, et on se disputait. Zoseph, il est pas toujours zentil avec moi. Mais ze l'aime, moi.

— À quoi vous jouiez ?

— D'abord aux dés, mais z'en ai eu assez.

— Pourquoi ?

— Parce que z'avais faim.

— Ah ! C'était l'heure de goûter ?

— Non.

— C'était avant ?

— Non, non. Z'avais dézà goûté ! Du pain, avec de la confiture de prunes.

— Tu aimes le pain et la confiture, Barnabé ?

— Oh oui !

— Tu voudras que je t'en ramène ? demanda Citronnelle.

La jeune fille regarda la religieuse qui lui fit un sourire de connivence. Oui, si elle revenait dimanche avec un pot de confiture, personne ne le lui confisquerait. Sœur Paul-Marie y veillerait.

— Ze veux bien.

— Bon, alors, dis-moi… Tu avais déjà goûté ?

— Oui.

— Ça faisait longtemps ?

Le concept d'heure et de temps était encore un peu flou pour l'enfant, mais il se rappelait avoir joué plusieurs parties de dés avec son frère aîné ce soir-là après l'heure de la tartine. Alors il répondit par l'affirmative.

— Et toi, tu as vu la boîte devant chez monsieur…

— Jeanty, souffla Leterrier.

— Monsieur Jeanty ?

— Oui, ze l'ai vue.

— Elle était là, toute seule ?

— Non. Moi, z'ai vu le monsieur qui l'a posée.

— Tu l'as vu ?

— Oui.

— Comment ça s'est passé ?

— On zouait avec Zoseph. Puis on a entendu du bruit dans l'escalier. Il m'a dit de me casser contre le mur. Mais z'ai regardé sous son bras.

— C'était un monsieur, mais un monsieur comment ?

— Un monsieur vieux.

— Très vieux ?

— Oh oui !

— Vieux comme ton papa ?

— Plus vieux... comme grand-père ! Il avait les seveux gris, et la barbe grise, et il était fatigué. Il respirait fort en montant.

— Très bien. Qu'est-ce qu'il a fait après ?

— Il a posé la boîte, puis il est parti.

— Et toi et Joseph ?

— On se cassait contre le mur, puis Zoseph a dit que za allait. Moi, z'avais faim, ze voulais aller cez mon ami Gustave. Alors il m'a grondé, il m'a dit d'y aller, et ze suis parti.

— Tu n'as rien vu ? Rien entendu ?

— Si. Z'ai entendu de la musique.

— De la musique ? répéta Léandre en faisant un pas vers le lit.

L'irruption du Goupil dans la conversation eut l'effet d'un pavé d'une tonne chauffé à blanc précipité dans une mare. Barnabé tourna d'abord la tête dans sa direction. La lumière étant à cet instant atténuée par le passage d'un épais nuage, l'enfant eut tout loisir de regarder quelques instants, muet de peur, clignant des yeux à de multiples reprises, avant de se mettre à hurler comme un damné, les veines du cou saillantes, la bouche grande ouverte, des larmes jaillissant sans retenue de ses paupières closes. Son épouvante fut contagieuse : dans les lits voisins, plusieurs petits patients, réveillés en sursaut ou bien juste surpris par la virulence de ses cris, se mirent à pleurer également, gémissant, appelant leur mère, obligeant les infirmières à se précipiter vers eux pour les apaiser.

Avec l'air aimable d'une louve après un mois de jeûne, sœur Paul-Marie saisit Léandre à l'épaule et le fit pivoter en direction de la sortie.

— Dehors ! Vous m'entendez ? Sortez immédiatement ! Dehors !

Effaré, le Goupil ne songea même pas à protester et à grands pas, sans se retourner, il rejoignit la sortie, poursuivi tout le long par l'écho des lamentations des jeunes malades. Imbécile qu'il était ! Il avait pourtant été prévenu de l'effet désastreux qu'avaient les adultes sur le garçonnet, mais la mention de cette musique avait eu raison de sa prudence.

L'heure étant donc assez avancée, il ne patienta guère plus de dix minutes avant d'être rejoint par les autres visiteurs. La dernière à sortir du bâtiment fut la mère du petit Barnabé, et quand elle le dépassa sans prendre le temps de s'arrêter, tout au mieux de ralentir son pas, elle lui décocha un regard si noir, si venimeux qu'il en sursauta…

— Voilà une famille auprès de qui je fais l'unanimité, dit-il à Leterrier.

— Ce n'est qu'une mère éplorée et protectrice, voilà tout.

— Comme je doute qu'elles auront envie de me revoir, Charles, pourrez-vous lui présenter mes excuses, ainsi qu'à la sœur ?

— Paul-Marie, dit celle-ci en les rejoignant. C'est à moi de vous en présenter pour ma façon trop brusque de vous avoir chassé, monsieur Lafforgue.

— Oh que non, ma sœur. J'ai bien compris vos raisons, n'importe qui aurait agi de même ! Je ne pensais pourtant pas que l'effroi de ce petit face à un adulte était si vif.

— J'ai moi-même été prise de court, confirma l'infirmière. Je ne l'avais pas entendu pleurer aussi fort face aux autres personnes, y compris vous, commissaire… Sans doute est-ce un effet de la fatigue, il est déjà tard pour ce petit ange.

— Ne vous dérangez pas plus longtemps pour nous, ma sœur, dit gentiment Roënel. Merci pour votre assistance.

— Que la paix du Christ soit sur vous, mes enfants.

Et après les avoir bénis, la bonne religieuse s'en fut rejoindre ses jeunes patients, tandis que le quatuor s'engageait dans la rue.

— Que s'est-il passé après mon départ ?

— Eh bien, dit Charles, il a fallu quelques minutes pour que le gamin cesse de pleurer, mais il a continué à parler à nos compères, même si sa mère insistait pour que nous le laissions en paix.

— Qu'a-t-il dit ?

— Il parlait à voix si basse que seuls nos jeunes amis ont pu l'entendre.

— Oh, pour être franc, poursuivit Furet, il avait raconté l'essentiel. Il a reparlé de la musique, puis d'un grand « boum », de l'odeur de fumée, du plafond tout noir, de rouge sur le sol… Des choses qui l'ont beaucoup marqué.

— Pas de détail supplémentaire ?

— Non, répondirent de concert les deux adolescents.

Et curieusement, le Goupil eut le sentiment très net qu'ils lui cachaient la vérité.

— Ceci dit, je reste assez méfiant de l'exactitude de son témoignage, regretta Leterrier.

— À quel propos ?

— Sur la question de l'heure. La bignole est formelle : l'homme est venu déposer la lettre vers 2 heures de relevée. Contredisant cette affirmation, le petit Barnabé dit qu'il a vu un homme déposer le colis presque quatre heures plus tard.

— Aurait-il confondu ?

— Je me fie plus volontiers aux déclarations d'une bignole âgée et prompte à s'endormir l'après-midi qu'au récit – difficilement recueilli – d'un enfant de quatre ans qui vient de perdre son frère. Cela mérite éclaircissement…

— Sans le moindre doute.

Ils marchèrent ensemble, silencieux et réfléchissant, jusqu'aux quais de l'île de la Cité, où Charles Leterrier les quitta pour rejoindre son bureau de la Sûreté. Il posa une main paternelle sur les épaules des jeunes gens, en les remerciant de leur intervention si rapide, puis serra la main de Léandre qu'il convia à souper le lendemain soir chez lui.

Ce ne fut qu'une fois à bonne distance du commissaire que le Goupil posa la question, d'une voix douce, mais sans prendre de gants.

— Pourquoi me mentez-vous ?

Les malappris se regardèrent, gênés, puis Citronnelle haussa les épaules.

— Dis-lui, toi.

— Grmbl…

— Allez, c'est mieux qu'il le sache.

— Que je sache quoi, au juste ?

— On ne t'a pas menti… on s'est juste tus… parce que Charles était là… et ça aurait fait des histoires.

— Des histoires ? À quel propos ?

— Ben, du fait que c'est toi que Barnabé a vu poser la bombe.

Le Gascon manqua trébucher en entendant cela.

— Pardon ? Tu peux répéter ?

— C'est ce qu'il a dit, confirma la jeune fille. Enfin, presque… S'il a pleuré si fort, c'est qu'il a eu très peur de toi, il a cru que tu revenais pour faire « boum », comme avec Joseph.

— Mais enfin, c'est absurde ! s'emporta Léandre. Je n'ai jamais vu cet enfant de ma vie !

— Lui dit t'avoir reconnu ! insista Furet.

— Petit frère, allons : tu crois que je serais mêlé à une affaire pareille ?

— Non… pas vraiment.

— Ce n'est pas une réponse bien franche, là encore !

— Oh ! Est-ce que je sais tout de ta vie ? s'énerva Furet à son tour. Tu travailles pour un empire ! Au nom de la politique, les empires mènent des guerres dont on ne connaît pas tout ! Alors peut-être que tu sèmes des bombes à tes moments perdus !

Il regretta aussitôt d'avoir proféré ces paroles, car il lut dans les yeux de son ami une profonde tristesse face à une pareille accusation.

— Ce n'est pas ce que je voulais dire... Mais le petit garçon était sûr de son fait.

— C'est incroyable ! s'exclama Léandre. Qu'est-ce qui a bien pu lui passer par la tête ? Serait-ce un effet de la bombe ? Ce petit serait-il devenu fou ?

— Non, trancha Citronnelle. Il n'est pas fou, il a raconté ce qu'il a vu, c'est tout.

— Ouiche... il dit qu'il m'a vu poser un colis piégé devant la porte d'un de ses voisins... Soit il est encore sous le coup de l'émotion, soit il a de l'imagination.

— Peut-être... ou peut-être autre chose encore, répliqua la petite Gitane.

— Quoi donc ? Allons, Citronnelle, ne te fais pas prier. Qu'as-tu entendu de plus ?

— Avant qu'on ne le quitte, il m'a pris la main, et il m'a demandé si le méchant monsieur viendrait le revoir pour lui faire du mal. Il serrait de toutes ses forces, j'ai essayé de le rassurer, en disant que tu étais un ami, que tu ne faisais pas mal aux enfants. Il a répété t'avoir reconnu... à une ou deux choses près.

— Quoi donc ?

— Tu étais plus vieux. Et tu avais les cheveux gris. Il a bien insisté sur ce point.

— Je me serais déguisé ? Si je devais perpétrer un tel acte, je m'arrangerais pour être vraiment méconnaissable, dit Léandre. Je ne me contenterais pas de porter perruque ou de me blanchir la tête ! Ce serait si stupide ! Avec les cheveux gris pour seul maquillage, on irait penser que je serais...

L'hypothèse jaillit alors dans son esprit, le frappant de plein fouet, glaçante, épouvantable, inimaginable et pourtant si horriblement plausible.

— On irait penser que je serais mon père.

Chapitre septième

De vives colères qui mènent à manquer de loyauté

— NON, IL N'EN EST PAS QUESTION.

Hermance Lafforgue se tenait, les bras croisés, dans l'entrée de l'hostellerie du *Vieil Armagnac*, face à son neveu. Tous deux étaient aussi mécontents l'un que l'autre.

— Déjà, que ces jeunes déguenillés viennent quémander de la nourriture dans les cuisines me répugne au plus haut point… Mais les accepter dans ma salle à manger, c'est une limite que je refuse de voir franchie !

— Vous parlez d'eux comme s'ils étaient des chiens galeux !

— Mon auberge n'est pas un rendez-vous de traîne-savates, et vous plus que n'importe qui devriez apprendre à changer vos fréquentations ! Quand on est convié à la table de l'empereur, on ne s'embarrasse pas de jeunes gredins et de futures marie-couche-toi-là !

— Quoi ?

Léandre n'eut que le temps de saisir Furet aux épaules pour l'empêcher de se ruer sur Hermance. Il ne l'avait jamais vu si furieux, si scandalisé.

— Citronnelle n'est pas une putain !

— Et c'est qu'il s'y connaît, celui-ci, ricana l'odieuse femme. Après tout, il est bien né de l'une d'elles…

Le Goupil n'en croyait pas ses oreilles. Il se sentait épuisé, au physique comme au moral, et ne savait pas trop quoi faire. Il aurait pu ramener les adolescents chez Chevrette, pourtant, le fait que l'endroit soit une propriété impériale, un signe de la confiance que le prince Bonaparte avait pour lui et qu'il s'apprêtait à trahir, l'empêchait de choisir le siège de la Noble Cour comme lieu de chute. Se rendre au quartier général des malappris ? C'était un peu loin pour eux. L'idée de venir se restaurer dans l'ambiance agréable de l'hostellerie semblait la meilleure. Et sans qu'il comprenne pourquoi, voilà que sa tante, après des mois d'accalmie, se livrait sans la moindre vergogne à ses anciens traits de caractère les moins appréciables ! Dès qu'elle les avait vus, elle avait quitté son poste, derrière le comptoir sis à l'entrée de l'établissement, pour leur interdire de s'avancer davantage.

Maîtrisant à grand-peine le jeune garçon hors de lui, Léandre jugea bon de ne plus dire un mot, et il fit signe à Citronnelle de prendre le relais. La jeune fille prit alors la main de Furet, et celui-ci se décontracta aussitôt, même si ses yeux continuaient à lancer des éclairs dans la direction de l'infecte maîtresse des lieux. Ils descendirent tous les trois aux cuisines de l'hostellerie.

— Comment ça, il n'y a plus de pain ? tonna la voix d'Arnaud Davezac.

— Hélas, chef ! répondit l'un des cuisiniers, un certain Gressot, en charge de l'intendance.

— Mais c'est inconcevable ! Un établissement comme le nôtre sans pain à l'heure du souper !!!

— C'est la faute au nouveau commis boulanger, il a livré moitié moins tout à l'heure…

— Il a livré moitié moins ? En quel honneur ?

— Je sais pas, chef.

— Et à quelle heure nous a-t-on livré le pain ?

— Vers 8 heures.

— 8 heures du matin ?

— Ben… oui…

— Et donc, depuis 8 heures ce matin, nous savons que nous n'avons pas assez de pain frais pour subvenir une journée entière aux volontés de nos clients, mais on n'est pas allé s'adresser à une autre boulangerie ?

— Ben… non, mais… c'est que… on veut pas fâcher M. Mitaine… S'il apprenait qu'on va à la concurrence…

— Oh là là ! Il aurait compris, va ! C'est Mitaine son nom, pas Croque-mitaine ! Il ne t'aurait pas mangé tout cru !

Gressot haussa les épaules, l'air de peser le pour et le contre.

— Quand on voit comment il gueule sur ses mitrons, on peut se poser la question.

— Oui, ben, résultat des courses, avec vos âneries, on n'a plus assez de briffe pour ce soir, et évidemment pas le temps d'en préparer pour compenser… C'est magnifique !

Avec un geste dépité, Arnaud mit fin à la discussion et vit alors le trio en haut de l'escalier.

— Et vous ? Ne restez pas là-haut, plantés comme des cèpes !

— Oh là, tout le monde est d'humeur ce soir, décidément !

— Bonsoir, oncle Arnaud ! dit Citronnelle.

Le chef cuisinier changea radicalement d'expression à ces mots.

— Bonsoir, ma nièce !

L'adolescente descendit les marches, dépassant ses deux compagnons, et vint se lover dans les bras de Davezac. En intégrant la bande des malappris, et tout particulièrement en devenant proche de Furet et de Léandre, elle avait eu tout loisir de découvrir l'envers du décor de l'hostellerie du *Vieil Armagnac*. Arnaud, qui appréciait le petit Furet depuis des années, s'était laissé charmer par la petite Gitane, laquelle était non seulement une convive qui appréciait les mets servis dans l'auberge, mais en plus avait elle-même le sens de la gastronomie et les astuces propres aux grands cuisiniers. Un jour, un des marmitons avait eu la main lourde sur le sel dans un ragoût d'agneau : une pleine poignée de gros sel lâchée dans la cocotte ! Intervenant plus rapidement que lui, Citronnelle avait saisi un couteau et une pomme de terre entière. L'épluchant en quelques gestes adroits, elle avait plongé le tubercule dans la sauteuse. Au bout d'un quart d'heure, l'excès de sel n'était plus qu'un mauvais souvenir.

Depuis, toujours à la dérobade, les deux adolescents venaient de temps en temps aux cuisines, tant pour saluer leur grand ami que pour profiter des délices qu'on y concoctait. Leur manège n'était bien sûr pas passé inaperçu d'Hermance, mais celle-ci savait très bien qu'elle n'était ni la patronne ni la bienvenue aux fourneaux de l'établissement, surtout quand elle venait y faire du grabuge. Elle s'abstenait donc, depuis tout ce temps, de se confronter au cuisinier, sur lequel elle ne pouvait exercer aucun contrôle. Mais pas ce soir-là, et Citronnelle en fit aussitôt mention.

— Cette harpie vous a chassés de l'auberge ? Tiens, cela ne m'étonne guère.

— Comment cela ?

— Oh, je crois savoir que plusieurs de ses amies… enfin, les revêches grenouilles de bénitier qu'elle fréquente sur les bancs de l'église… sont venues dîner ce soir.

— Ah, ça explique bien des choses… Madame tient à donner l'image la plus honorable de son « bien », n'est-ce pas ? Et deux petits « guenilleux » sont incompatibles avec son idée de respectabilité ?

— Voilà.

Léandre eut une pensée fort peu charitable envers les compagnes de sa tante. Il avait déjà eu loisir de les croiser à quelques reprises, et au vu des regards sans aménité qu'elles lui avaient lancés à chaque fois, il était plus que probable qu'Hermance en avait fait un portrait peu flatteur. Il devait, sans trop de doute, avoir été dépeint comme un mécréant pique-assiette, un profiteur oisif et un arriviste outrancier.

Pour sa part, il n'éprouvait nulle sympathie pour ces cagotes collet monté. S'il les comparait à l'infirmière croisée quelques heures plus tôt… le Goupil n'avait jamais été du genre à se gausser des membres du clergé, et ces dernières années, au fil de courtes rencontres, il s'était souvent rendu compte que ceux qui vouaient leur existence tout entière à adorer le Seigneur étaient des gens de bien, parfois trop dogmatiques pour son goût, mais en tout cas infiniment plus ouverts d'esprit que les plus dévots de leurs ouailles.

Il s'était souvent posé la question : Hermance avait-elle fait mention auprès de ses camarades de prie-Dieu de ses conditions de vie passée ? Il en doutait fort. Retraitées ou non, les filles soumises n'étaient guère prisées par les bienséants... « Que celui qui n'a jamais péché lui jette la première pierre ! » Où était-il, le bon sens de la parole du Christ, ce sage qui avait mis les hypocrites face à leurs propres contradictions lors de la lapidation d'une adultère ? Pour autant, si elle avait gardé ce secret par-devers elle, il ne serait pas celui qui le trahirait. Bien qu'il eût nombre de défauts, jamais il ne serait assez cruel pour embarrasser sa tante de la sorte.

Même si elle se montrait détestable.

— Voulez-vous qu'on vous installe au coin ?

— Non, tu es gentil, mon oncle, dit Citronnelle. Il nous aurait fallu un peu plus de calme et moins d'oreilles aux alentours...

Arnaud Davezac fronça les sourcils, mais ne répondit pas.

— Par contre, te serait-il possible de nous fournir de quoi souper à l'extérieur ? poursuivit la jeune fille.

— De quoi cuisiner ?

— Non, quelques restes déjà préparés, de quoi manger sur le pouce.

— Ah, que vous tombez mal ! Je puis vous fournir viande froide, pâté, mais comme vous m'avez entendu à votre arrivée, je n'ai plus le moindre quignon de pain à vous mettre sous la dent !

— Ne disposerais-tu pas de pain un peu rassis ?

— Oui, mais il a trois jours au moins, il est sec comme un coup de trique.

— Que comptes-tu en faire ?

— J'en aurais utilisé pour la soupe de Marquis, et éventuellement pour nourrir les chevaux.

— Donne toujours ! On arrivera bien à s'en satisfaire !

— On voit bien que vous n'êtes pas des clients. Si j'avais le cran de leur proposer du pain aussi dur, je pense qu'ils me frapperaient avec.

— J'imagine bien la scène... même si je sais que tu ne succomberais pas sans te battre.

Le chef les fit s'asseoir à la table habituelle, située à l'angle le plus reculé de la pièce, pendant qu'il préparait de quoi les restaurer.

— Attendez là, j'ai à voir Constant, dit Léandre. Ce ne sera pas long.

— Tu es sûr ? demanda Citronnelle.

— Ben... je...

— Tu comptes le lui dire ?

— J'aimerais bien pouvoir en parler à un de mes proches.

— Bon. Voilà ce que nous allons faire : nous allons souper ici, puisque oncle Arnaud nous l'a proposé, et parler de tout, sauf de cela. Ensuite, nous irons tous trois voir Constant. Il est encore assez tôt ? Ne sera-t-il pas couché ?

— Il est âgé, mais pas au point de dormir avec les poules.

— Alors, voilà qui est parfait.

La jeune fille se faufila entre les marmitons et rejoignit le chef, à qui elle expliqua le changement de programme.

— Je n'y vois rien à redire. Par contre, dressez la table vous-mêmes, je ne puis me charger d'assurer le service complet.

— Nous le ferons !

En quelques instants, assiettes, gobelets et couverts furent placés, et en guise du repas froid qu'ils s'étaient résignés à prendre, les trois convives eurent droit à un salmis de canard sauvage, des filets de brochet au beurre blanc accompagné d'une purée de navets, et pour le dessert, une délicate crème Combier aux saveurs délicates de liqueur d'orange amère. Même Léandre, peu adepte on le sait de l'alcool, adorait cette friandise. Il sollicita – et obtint sans avoir besoin d'insister – une seconde portion de cet entremets.

— Goinfre, lui dit Furet.

— Il faut bien des vices quand on est parfait en tout point !

— Oh, regardez-moi l'homme parfait ! Il n'y a que lui qui puisse y croire ! rit Davezac en les rejoignant. Alors, mes petits ? Repus ?

— Comme toujours… C'est si bon, ici.

— Ah, c'est le meilleur compliment qu'on puisse recevoir quand on exerce mon métier. Mais… je croyais que vous cherchiez de la paix pour vous entretenir en privé ?

Le ton n'était que légèrement soupçonneux, pourtant Léandre préféra atténuer toute crainte chez cet homme qu'il adorait.

— Ne t'en fais pas, Arnaud, rien de grave... ou du moins, rien qui ne vaille la peine de s'inquiéter. Pour l'heure, nous préférons rester discrets à ce propos. Je pense qu'on pourra rapidement t'en parler. Qu'en pensez-vous ?

— Je suis d'accord, confirma Furet.

— De toute évidence, renchérit Citronnelle.

Le chef sourit, puis retourna surveiller de près une longue broche de volailles en train de rôtir au-dessus des braises de la cheminée. Docilement, le trio repu rassembla les ustensiles de leur souper qu'ils déposèrent dans l'évier de pierre en compagnie des assiettes des convives payants, puis quittèrent les lieux à pas lents en direction de l'étage.

Arrivé devant la porte close de la bibliothèque, le Goupil donna trois coups légers. Quelques grognements étouffés retentirent, puis la voix de Constant :

— Paix ! Entrez.

Sitôt la porte ouverte, les visiteurs furent reçus par de joyeux jappements. Les deux adolescents s'accroupirent presque simultanément pour flatter le basset, qui roula sur le dos, la babine retroussée, pour profiter plus largement des chatouilles qu'ils lui prodiguaient en riant. Léandre alla directement vers son oncle. Ce dernier était assis à sa place favorite, tournant le dos à la fenêtre, aux côtés d'une pile d'une dizaine d'ouvrages remplis de marque-pages et de pense-bêtes, plume et encrier à portée de main.

— Cela avance ?

— Jamais aussi vite qu'on le souhaiterait. J'imagine que tu comprends de quoi je parle…

— Oh oui, répondit le Goupil en levant les yeux au ciel.

Le Matin des corbeaux, la première pièce de théâtre de Léandre, avait eu l'infortune de naître sous une bien mauvaise étoile. Si les représentations suivantes avaient eu l'heur de plaire à la majorité des spectateurs, la rumeur d'une pièce quelque peu maudite l'avait poursuivie et empêché de rester à l'affiche autant de temps qu'il eût été souhaitable de l'y voir. Au bout de quarante-cinq jours, le rideau s'était abaissé définitivement, au grand dam du jeune auteur. Malgré le soutien de plusieurs chanteurs, dont les excellents Jean Lajoie et Viviane Dutilleul, et surtout de son collègue Théo Daquin, Léandre avait connu un vif découragement pendant plusieurs mois, qui l'avait éloigné de sa table de travail tout en mettant en sourdine les voix des muses. Il ne s'était remis à la besogne qu'au mois d'octobre précédent, peu après son vingt-sixième anniversaire. Il détestait tellement ces étapes qui lui rappelaient, à date fixe, que la vie s'écoulait sans qu'on ne puisse y faire barrage, qu'il cherchait à tout prix des moyens de la rendre plus intéressante, plus intense. Pour l'heure, il ne s'agissait que de simples esquisses, de projets variés pour lesquels il se livrait à de studieuses séances de recherches quand il avait du temps libre.

Ces derniers mois, l'avènement de l'Empire et le mariage du prince Bonaparte ne lui en avaient guère laissé.

Constant Lafforgue, lui, ne se perdait pas dans de tels raisonnements. Arrivé à cet âge avancé, il ne souhaitait pas laisser une trace pérenne dans la culture ou la littérature. Depuis de longues années, il s'adonnait à des recherches historiques sur un sujet hautement scabreux : la prostitution à travers les âges. Il ne mentionnait jamais la nature de ses travaux à Hermance qui par chance n'en avait cure, et se laissait gentiment taquiner par son neveu et son meilleur ami sur la nature délicate de ses recherches.

— Je suis sûr que lors de ses déplacements monsieur va mener des interrogatoires secrets auprès de ces dames, disait Arnaud.

— Je le vois bien ainsi… Et sinon, la position du duc d'Aumale ? Précisez-moi tous les détails ? Ah, c'est comme cela ? Ah, oui, c'est fort agréable… très agréable… mais il faudrait que je songe à prendre des notes… aaaah…

Pour l'heure, Constant consacrait un chapitre entier sur le métier du temps de l'Empire romain, en y incluant une partie non négligeable sur l'existence, vraie ou fausse, de Marie de Magdala, qui était de loin, s'il fallait en croire les Écritures, la plus célèbre des dames de petite vertu.

— J'imagine que ce n'est pas pour me parler de mon traité que vous venez me déranger.

— Nous te gênons ? Nous pouvons repasser, si tu préfères.

— Mais non, mais non, je me suis mal exprimé. Votre présence n'est en rien un fardeau, bien au contraire.

Il ferma un à un tous les livres qui reposaient sur la table, soucieux de préserver les plus jeunes yeux d'images trop licencieuses... Il reçut un baiser de Citronnelle, une poignée de main de Furet – se disant en aparté que le garçon grandissait bien vite – et, après les avoir priés de s'asseoir à ses côtés, s'enquit des raisons réelles de leur venue.

— J'ai du mal à y croire, répondit-il.

— Et pourtant, l'idée me semble tellement envisageable...

— Léandre, nous ne parlons pas d'un monstre, nous parlons de ton père !

— J'en suis conscient, mais ce père est un homme avant tout, avec ses convictions, ses idées... Je ne puis pas dire que je le connaisse, et en tout cas pas assez pour affirmer haut et fort qu'il n'y est pour rien.

— Cela reste, je te le rappelle, une possibilité, et nullement une certitude.

— L'enfant était vraiment formel.

— Formel ? À quatre ans ?

— Il est des situations qui s'impriment dans l'œil et l'esprit *ad vitam aeternam*, et ce quel que soit l'âge.

Léandre aurait souhaité ne jamais avoir à réfléchir sur pareille situation, mais en l'occurrence les faits ne jouaient pas en faveur d'Alessandro Prazzoli. *Carbonaro* de longue date, âme damnée de toutes les révoltes européennes des vingt-cinq années passées... Son amitié ancienne avec Bonaparte s'était rafraîchie quand ce dernier avait commencé à se voir en empereur et non plus en simple chef d'État. De là à le soupçonner d'avoir radicalisé de façon extrême sa manière de combattre...

— De quand date la dernière lettre que tu aies reçue de lui ?

— De la mi-février. Enfin, on me l'a livrée en toute fin de mois...

Il partit la chercher dans sa chambre : depuis leurs retrouvailles, père et fils entretenaient une relation épistolaire, plus ou moins régulière, même si cela ne dépendait pas d'eux. Une fois par mois, Alessandro expédiait à son garçon un message, ce de quelque endroit où il se trouvât, dans lequel il donnait de menues nouvelles. Il ne mentionnait jamais la réalité des combats qu'il menait, mais l'en-tête comportait toujours le nom de la ville dans laquelle il résidait alors. L'éternel vagabond faisait également figurer, après sa signature, une adresse où lui écrire en retour. Rarement dans le même bourg, plus souvent dans une région différente, et encore plus fréquemment dans un autre pays...

De son côté, Léandre était sûr que cette méthode était inefficace pour s'assurer que son père reçoive l'intégralité des messages qu'il lui envoyait, alors, en début de courrier, il adjoignait toujours un résumé de ce qu'il avait raconté dans son précédent envoi.

Malgré son désordre chronique, le Goupil n'eut aucun mal à récupérer la lettre en question, qu'il consignait dans un coffret de maroquin brun dans un tiroir de son bureau. Deux minutes à peine après être sorti de la bibliothèque, il faisait lecture du document à voix haute :

— « Nizza, le 15 février 1853. *Caro figlio*, Sans doute as-tu déjà eu vent de l'insurrection du 6. Je tiens à te rassurer sur ce point : je suis en parfaite santé, pas comme hélas certains de mes camarades. J'espère que tu te portes au mieux. Salue ton empereur et souhaite-lui une excellente nuit de noces de ma part. Qu'il en profite bien. *Ti amo, figlio mio.* A. P. Réponse : Chez Felice Orsini, quartier Cimella, Nizza, Regno di Sardegna. »

— Hum, dit Constant, perplexe. Il n'y est nullement fait mention d'une intention de venir sur Paris de sitôt.

— D'un autre côté, souligna Léandre, s'il nourrissait l'intention de venir mettre des bombes ici, je ne pense pas qu'il aurait forcément précisé ce détail à quiconque.

Constant secoua la tête.

— Je pense qu'il est l'heure que j'aille me coucher. Quand on sort des âneries pareilles, c'est qu'on est fatigué.

— *Ego te absolvo*, répondit son neveu en le bénissant de façon moqueuse. Ça peut arriver !

— Toujours au front, à ce que je vois… fit le vieil homme en tapant du doigt la lettre au niveau du mot « insurrection ».

La presse avait évidemment évoqué ce qu'il s'était passé le 6 février précédent. C'était un dimanche, en fin d'après-midi, Milan était devenue le théâtre d'une révolte populaire contre l'empire d'Autriche. Mille hommes, pour la plupart des socialistes, armés de couteaux, s'étaient lancés à l'assaut des casernes. Cela s'était soldé par une débâcle lamentable, les insurgés ne bénéficiant d'aucun soutien, pas même de leurs concitoyens. Ils voulaient rallier à leur cause les soldats hongrois, espérant jouer sur la corde sensible et stimuler leur désir d'indépendance : échec. Quelques employés communaux, sollicités pour l'édification de barricades et la fermeture des conduites de gaz, s'étaient esbignés sans avoir fait ce qu'on pouvait attendre d'eux. Les combats s'étaient poursuivis une grande partie de la nuit, jusqu'à l'arrivée d'une troupe supplémentaire de l'armée autrichienne qui avait mis un terme à cette parodie de sédition. Cependant, le sang réclamait le sang : dix soldats ayant péri dans les combats, on exécuta seize insurgés.

— Je ne suis pas surpris qu'il s'y soit trouvé, mais…

— Tu te demandes s'il était parmi les révoltés ou non ?

— C'est cela.

Alessandro avait beau être un perpétuel révolutionnaire, c'était également un homme aimant un certain ordre, surtout dans les choses qu'il entreprenait. Ce genre de dangereuse improvisation ne pouvait pas pleinement le satisfaire. De plus, les Lafforgue se souvenaient l'avoir entendu parler de son camarade Giuseppe Mazzini, qui était, si c'était possible, encore plus conspirateur que lui ; or, au fil de l'enquête, il était apparu clairement que les partisans de Mazzini s'étaient défiés de ce manque cruel d'organisation populaire.

— Je l'imagine bien supervisant la chose, tentant de donner des conseils, essayant de convaincre les autorités de fournir leur soutien.

— Probable, ce serait plus dans sa nature que d'aller au corps à corps… même si je sais qu'il n'est pas du genre à s'effaroucher quand il s'agit de se battre.

— Oui, tout cela pour conclure que poser des bombes n'est pas dans sa nature propre.

Léandre ferma les yeux et s'accouda à la table, plongé dans un abîme de réflexion.

— Que fais-je ?

— Tu veux mon opinion, ou bien s'agit-il d'une question purement rhétorique à laquelle tu as déjà une réponse ?

— Un peu des deux, concéda le Goupil.

— Bon. Cette histoire me déplaît au plus haut point, et la possibilité que ton père y soit mêlé m'enchante aussi peu que toi. Mais ne va pas trop vite en besogne quand même. Renseigne-toi avant d'en parler ouvertement.

— En somme, tu me conseilles d'agir dans l'ombre.

— Qui songerait à t'en faire reproche ? Une enquête est par nature une chose qui doit s'effectuer de façon discrète.

— Même de ses collègues, quand même…

— Souviens-toi de l'affaire de l'Odéon : c'est en agissant de la sorte que tu es parvenu à démasquer les traîtres.

— C'est juste… Mais là, on parle de mentir à Charles… et à l'empereur !

— Ce qui est stupéfiant, c'est qu'on a l'impression très nette que, pour toi, Alessandro est déjà coupable ! s'exclama Constant, choqué.

— J'ai beau chercher, je me dis que la possibilité existe, et qu'elle est même grande.

— Nous parlons d'un poseur de bombes, Léandre ! Un monstre frappant au hasard, tuant des gens sans se soucier de leur âge, de leur sexe, de leur classe. Ceux qui agissent ainsi sont des fous ! Entends bien ce que je te dis ! Ton père est un révolutionnaire, oui, mais ce n'est pas un dément. A-t-il déjà laissé entendre qu'il puisse renier ses convictions de la sorte ? Il nous a fait récit de ses pérégrinations à travers l'Europe : c'est un homme qui use de son éloquence pour parvenir à ses fins. Quand il s'est battu, cela a toujours été contre son gré.

— C'est ce qu'il dit, oui.

— Tu penses qu'il nous aurait trompés ?

— Mon oncle, tu as vraiment besoin de sommeil, constata le Goupil avec humeur. L'imagines-tu, autour d'un festin, en train de raconter : « Un jour, alors que j'étais à Amsterdam, j'ai tiré sur un petit groupe de soldats, et j'ai tué au passage une mère et ses deux enfants qui se promenaient là, car ce sont les risques du métier… Je reprendrais volontiers du gâteau aux amandes, s'il vous plaît… » ? Allons bon ! Jamais un criminel ne confierait ce genre d'acte à la cantonade, même à ses proches !

— Dit comme cela… N'as-tu donc aucun doute quant au fait que ton père soit innocent dans cette affaire ?

— Je me contente d'espérer que le témoignage du petit Barnabé ne soit que le fruit de son imagination… Mais s'il le répète à quelqu'un ?

— S'il est si traumatisé, je doute qu'il se confie à un autre adulte de sitôt. De plus, si tu parviens à résoudre cette histoire et à remonter jusqu'à cet Amour mystérieux pour le mettre hors d'état de nuire...

— On n'aura plus de raison véritable d'entendre le témoignage de l'enfant.

— Voilà. Toi qui n'aimes rien plus que travailler dans l'urgence...

— Il ne faut rien exagérer, grogna le Goupil.

— Dors-tu ?

Citronnelle ouvrit les yeux dans l'obscurité, puis se retourna sur le flanc gauche avec un gémissement.

— Je t'ai réveillée, dit la voix de Furet.

Ce n'était pas une question, mais une affirmation, proférée sur un ton nettement embarrassé. Il ne put donc la voir sourire avec mansuétude de sa gêne.

— Non, mentit-elle à moitié. Je somnolais.

L'atmosphère était agréable dans la petite pièce. Citronnelle avait pourtant toujours du mal à y trouver le sommeil. Plusieurs fois chaque nuit, elle s'éveillait d'elle-même et se relevait sur sa couche, comme si elle ignorait où elle se trouvait. À chaque fois, pendant quelques minutes, ses yeux scrutaient la pénombre, s'habituant à elle, avant d'identifier les éléments familiers du décor. Alors apaisée et ravie, elle reposait la tête sur le vieux sommier et replongeait dans ses songes, l'esprit au calme et le cœur heureux.

Depuis qu'elle avait rejoint les malappris, la vie était devenue plus belle pour la petite Gitane. Jamais elle n'avait eu à revoir sa famille, en particulier sa mère, qui voulait faire d'elle une marchandise destinée à de vieux messieurs immondes… Elle en frissonnait d'horreur en y repensant… et c'était quatre ans auparavant !

Par chance, rien de tout cela ne s'était produit. En s'enfuyant sans se retourner, en sauvant un mioche qu'elle ne connaissait pas, elle avait trouvé une famille – bien particulière – dans les sous-sols de la ville. La vie étant ce qu'elle est, avec ses hauts et ses bas, elle y avait connu des moments de joie, des chagrins quand certains étaient partis, emportés par les aléas de l'existence ou par la mort elle-même, elle s'était aussi fâchée contre certains ; une famille ne comporte pas toujours des gens appréciables.

Et surtout elle avait trouvé Eustache, son cher Furet.

Eustache qui l'avait défendue, même si elle avait prouvé à plusieurs reprises qu'elle était tout à fait apte à se défendre, par la parole comme par les poings.

Eustache qui l'avait accueillie, lui préparant une couchette, intégrée dans la petite troupe avec une telle aisance qu'elle avait eu l'impression, moins de deux jours après les avoir rencontrés, qu'elle connaissait les malappris depuis le berceau.

Eustache qui l'avait ramenée chez ses parents – du moins ceux qu'il baptisait ainsi – pour la leur présenter.

Citronnelle n'aimait pas les adultes : sa vie durant, ils n'avaient été que source de peur, de violence et de cruauté. Maintenant qu'elle était jeune fille, elle devait faire face à d'autres problèmes. Les hommes la regardaient parfois avec une attention qui la mettait profondément mal à l'aise. Elle se sentait telle une souris face à une armée de chats... Et les femmes la voyaient désormais comme une rivale. Elle avait déjà eu tout loisir d'entendre sur son compte d'aigres propos l'accusant d'être une coureuse, une vile séductrice... Chaste, pure et décidée à le rester, elle se sentait salie par ces commentaires venant de femmes qui – s'il fallait en croire ceux à qui elle avait osé en parler, quand elle se sentait trop peinée par ces reproches immérités – étaient jalouses de sa jeunesse et de sa joliesse.

Citronnelle n'aimait pas les adultes, sauf quelques-uns.

C'étaient presque les mêmes, au fond, que ceux à qui Furet accordait sa confiance.

Ils n'étaient au fond que cinq ou six à mériter cela.

Il y avait tout d'abord sa maman, Céleste.

Céleste connaissait tous les malappris. Mais Citronnelle en était sûre, jamais elle n'avait eu l'occasion de rencontrer l'un d'eux d'une façon aussi formelle.

La fillette se souvenait d'avoir été très intimidée par la beauté de cette jeune femme blonde.

Puis Céleste l'avait embrassée, gentiment, comme jamais sa propre mère ne l'avait fait.

Elle lui avait dit qu'elle avait beaucoup entendu parler d'elle et, à côté, Furet prenait petit à petit la teinte d'une cerise.

Puis Céleste, se tournant vers son fils et en lui passant la main dans la tignasse, avait dit :

— Mon chéri, je ne pensais pas qu'elle puisse être encore plus jolie que tu ne me l'avais décrite.

Et Furet était devenu vraiment écarlate, ce qui avait fait rire gentiment Céleste.

Pas Citronnelle.

Elle s'était contentée de sourire.

Plus ravie qu'elle n'aurait su l'expliquer.

Il y avait les maîtres de l'hostellerie du *Vieil Armagnac*, Constant et Arnaud. À chacune de leurs visites, ils en repartaient guillerets, l'estomac repu de denrées toutes plus délicieuses les unes que les autres, et l'esprit riche d'histoires.

Il y avait son oncle Jérômin, le marchand de primeurs. Citronnelle avait vite vu qu'il était fait du même bois que sa jeune sœur Céleste. Aucun regard dédaigneux, aucune allusion méprisante sur ses origines. Elle regrettait juste qu'il ne soit pas plus énergique face à son épouse, une femme que Furet ne portait, bien au contraire, pas le moins du monde dans son cœur.

C'était cet oncle qui lui avait proposé, voici un an, de travailler pour lui dans le magasin.

Et Citronnelle avait accepté.

Cela avait duré sept mois.

Il avait fallu se lever tôt, apprendre les diverses sortes de légumes, les ranger de la façon la plus harmonieuse possible sur les étals, surveiller ceux qui se gâtaient de manière à les mettre de côté pour qu'ils ne corrompent pas les autres trop rapidement, débarrasser les tubercules et autres radicelles de la terre qui les recouvrait avant de les présenter aux clients, etc.

Il y avait bien pire comme profession.

Elle avait eu même droit à sa chambre de bonne.

Puis il y avait eu un écueil.

La tante Marie-Josèphe s'était emportée un soir, comme une folle.

Glapissante, elle avait reproché à son pauvre mari d'avoir eu des gestes affreux envers Citronnelle.

Elle avait aussi accusé la fillette d'avoir suscité le désir chez son époux, et ce en des termes d'une telle violence que Citronnelle, pourtant blasée par le langage ordurier depuis son plus jeune âge, en avait eu les larmes aux yeux.

Jérômin Vincent n'avait pu ramener la harpie à la raison qu'en priant l'adolescente de partir.

Pour l'occasion, il l'avait prise dans ses bras pour lui demander pardon.

Cela avait été la seule et unique fois où il l'avait touchée.

Et ce n'était là qu'une étreinte affectueuse, paternelle.

Rien de comparable avec les gestes équivoques dont il venait d'être blâmé, et dont il ne s'était jamais rendu coupable.

Il y avait Charles Leterrier.

Furet, qui avait passé des heures et même des jours à échapper à la police et qui donc n'appréciait guère tout ce qui ressemblait à un sergent de ville, parlait toujours de Leterrier avec respect. C'était sans doute parce qu'il avait eu l'occasion de partager les investigations du commissaire et que celui-ci lui en avait été reconnaissant. Il ne l'aurait certainement pas convié au quartier général des malappris, au risque de voir s'enfuir tous les autres membres, eux bien moins à l'aise avec tout représentant des forces de l'ordre. Mais ils se portaient une véritable estime.

Enfin, il y avait Léandre.

Son cas était très différent de tous les autres.

Doyen des malappris, policier sans l'être, artiste de talent : quand la conversation portait sur le Goupil, Furet s'animait, ne faisait que des éloges, montrait à quel point il aimait ce jeune homme, ce grand frère.

Pourtant, Citronnelle savait que derrière cela se dissimulait toujours une ombre.

Elle prenait, physiquement, la forme indélébile d'une cicatrice ronde.

Ce stigmate circulaire semblable à ceux des paumes du Christ crucifié, c'était la seule chose dont Furet refusait de lui parler, ou du moins de se lancer dans de trop importantes précisions.

Quand elle effleurait la peau abîmée, il retirait toujours sa main et détournait le regard.

Et à cet instant, elle sentait la peur en lui.

La fillette savait un autre grief. Plus léger, mais bien présent.

Eustache lui avait avoué que, pendant quelque temps, Léandre et Céleste s'étaient aimés.

Et alors, dans les rues de Paris, un Furet avait rêvé, un temps, d'appeler un Goupil son père.

La chose ne serait jamais arrivée dans la nature, sauf peut-être dans les *Fables* de La Fontaine.

Mais cet espoir avait disparu quand les chemins des deux amants s'étaient séparés.

Et désormais, Céleste était mariée à un autre.

Si Furet ne nourrissait aucune mauvaise pensée envers son parâtre, il ne le chérissait pas pour autant.

À la différence de Citronnelle.

Pierre Anger avait été envers elle aussi aimable que Céleste. À l'instar des autres hommes en qui Furet avait confiance, elle n'avait pas perçu chez lui la moindre once de désir malsain envers elle.

Un jour, « le prévôt des marchands » l'avait priée de venir dans son bureau.

Elle avait obéi, en frémissant quelque peu, car cela l'obligeait à passer auprès de Pascalin, qui montait la garde en permanence à proximité de son maître.

L'homme de main aveugle était probablement l'un des hommes qu'elle détestait le plus.

Il ne s'était jamais montré indélicat non plus à son endroit, ni dans ses gestes ni dans ses paroles, mais son invalidité et sa beauté d'ange, Citronnelle en avait déjà entendu parler dans la rue.

Et pas en bien.

Vraiment pas.

Néanmoins, elle n'eut pas lieu de regretter son entretien.

Car après cette simple discussion, elle y gagna un toit de façon définitive. Certes, ce n'était qu'une chambre de bonne dans l'immeuble des Anger, mais elle était seule à disposer d'une clé pour y accéder, ce qui la rassura au plus haut point, et en outre le propriétaire lui laissa le droit de meubler la chambre à sa convenance… et à ses frais !

Humble par habitude, elle s'abstint d'abuser de la générosité de son nouveau bienfaiteur. Elle demanda et obtint des meubles déjà vieux mais en bon état, qu'elle cira avec soin jusqu'à ce qu'ils luisent telles des châtaignes à peine sorties de leur bogue en octobre. Pièces de tissu, tapis, miroir :

petit à petit, elle fit de sa chambre un cocon de tranquillité, son lieu favori dans ce monde.

Le seul à y être invité était Furet.

Et quand elle l'avait reçu là pour la première fois, elle en avait éprouvé de la joie et de la fierté.

Elle n'aurait su l'expliquer.

À leur rencontre, quelque chose d'inédit s'était créé. Une amitié, une tendresse, une confiance totale l'un envers l'autre. Furet avait beau être le meneur de cette troupe d'enfants, le garant d'une belle fraternité entre eux tous, lui non plus n'avait jamais vécu ce genre de lien avec quiconque.

Auprès d'elle, il se sentait mieux.

Il ne lui avait évidemment jamais dit. Il aurait été gêné à l'idée de prononcer une chose si curieuse.

Elle gardait elle aussi le silence.

Car la chose était parfaitement réciproque.

Les élans de leurs jeunes cœurs, sans qu'ils fassent quoi que ce soit pour cela, n'avaient cessé d'évoluer au fil du temps.

Alors, quand l'habile jeune filou venait nuitamment crocheter la serrure de sa chambre et qu'il venait dans le noir se coucher au pied de son lit, sans se soucier de son propre confort, sans autre matelas que le chaud tapis de laine pour le préserver de la dureté du sol de bois, elle se sentait délicieusement troublée.

— Tu crois que Léandre a raison ?

Elle ressentit de la peur dans sa voix.

— Je ne sais pas.

— Je n'aimerais pas me retrouver à sa place.

— Moi non plus.

Après leur entretien avec Constant, le Goupil avait insisté pour les raccompagner tous deux rue de l'Estrapade. Il s'était même montré inflexible, bien qu'il sût très bien qu'ils étaient à même d'échapper à tout ennemi, et prétexta que cela lui tiendrait lieu de promenade digestive. Avant de se séparer, il leur avait demandé de l'aide et de la discrétion.

— Demain, j'irai trouver les autres malappris, dit Furet, et je passerai le message.

— Tu espères qu'ils vont, en se promenant dans Paris, retrouver les traces d'un homme qu'ils ne connaissent pas… et au nom d'une simple ressemblance ?

— Pourquoi pas ?

Il se tut quelques instants.

— Non… je crains que ce ne soit peine perdue… Mais je ne tiens pas à abandonner. C'est pour Léandre, quand même !

— Ne crie pas, dit-elle.

— Pardon.

Le sommeil gagnait de nouveau Citronnelle. Doucement, elle laissa tomber sa main le long du matelas et ne s'arrêta que quand ses doigts touchèrent son visage. Elle sentit sa respiration changer, et il prit avec une infinie délicatesse sa main dans la sienne avant de la serrer, sans lui faire mal, mais comme s'il avait l'intention de ne plus jamais la lâcher de sa vie.

Elle s'endormit pendant cette caresse, songeant que dès le lendemain, pour aider ses frères, elle irait informer Pierre Anger de l'évolution de cette enquête.

Elle se disait parfois qu'agir ainsi relevait un peu de la trahison.

Mais jusqu'alors, rien de ce qu'elle avait appris dans la rue et qu'elle avait rapporté à son bienfaiteur n'avait été utilisé à de mauvaises fins. Pourquoi cela changerait-il ? Elle se contentait de mériter sa chambre et l'argent que régulièrement Anger lui versait.

C'était bien tout ce que le prévôt des marchands pouvait attendre de la plus jeune de ses mouches.

— Il est en retard.

— Allons… Dix minutes à peine.

— Oui, mais c'est quand même du retard… et il est plutôt intransigeant sur la chose, avec lui comme avec les autres.

Goupil, Roënel, Mouflart, Thibert et Frémont étaient assis de part et d'autre de la table ovale qui occupait le centre de la salle principale du quartier général de la rue du Petit-Lion-Saint-Sauveur.

Léandre regarda à nouveau le cadran de la grosse horloge qui trônait dans l'angle. C'était un beau meuble, une Saint-Nicolas normande, au coffre haut et mince d'orme patiné par les années, dominé par un aigle qui indiquait qu'il avait été construit sous le règne de Napoléon Ier. Dans dix-neuf minutes, il serait 2 heures de l'après-midi.

C'était Camille Garnier qui se chargeait quotidiennement d'inspecter le fonctionnement de l'appareil ; non pas qu'elle fût spécialement une mécanicienne née, mais elle était de toute la Noble Cour le membre le plus à cheval sur les horaires. Le Goupil, qui, lui, avait fait du retard une seconde nature, n'était donc pas inquiet le moins du monde.

— Que souhaite-t-il nous dire ?

— Aucune idée, dit Thibert en ressortant le message de sa poche. Il ne précise rien. Une simple convocation.

Vers 11 heures, ce matin-là, chacun d'eux avait eu loisir de recevoir une dépêche venant des Tuileries. Le texte était en effet d'une grande concision.

Rendez-vous chez Chevrette à 1 heure et demie de l'après-midi. Noble.

— Une simple convocation ? Sur un ton pareil ? Ça me donne l'impression que nous allons avoir droit à une série de remontrances bien senties, murmura Frémont.

— Pourquoi nous ferions-nous semoncer ? Nous n'avons rien fait, s'étonna Mouflart.

— C'est bien là le hic. Mes traductions ne nous ont rien appris, vos autopsies pas davantage. Pas de progression, pas l'ombre d'une piste, poursuivit Thibert.

— Comment le pourrions-nous ? Nous cherchons un adversaire dont nous ignorons absolument tout, traqué en vain par la plupart des polices d'Europe, qui ne sont quand même pas toutes composées d'incapables. Je ne pense pas dans l'absolu qu'on puisse considérer que nous abusons de la patience de notre maître, s'étonna Roënel.

— Si on prend en compte la première explosion, cela fait un mois et demi que l'affaire a commencé.

Et lors de ma dernière entrevue, il n'était pas aux anges… enfin, si j'ose dire, conclut Léandre.

Ce qui était surprenant, c'est que l'empereur n'avait pour l'heure jamais fixé le moindre entretien sur place à ses agents. Il se tenait informé des évolutions de leurs enquêtes et missions une fois par semaine, c'était presque toujours le lundi en fin de matinée, et le compte rendu avait lieu dans le cabinet impérial, autrefois à l'Élysée national, et désormais au palais des Tuileries, sauf en cas d'absence du chef de l'État, évidemment. La chose dont on souhaitait les informer devait être assez grave pour provoquer ce genre d'exception.

Des bruits de pas provenant de l'escalier les mirent tous sur le qui-vive, et la porte s'ouvrit, laissant le passage à Napoléon III, vêtu en simple bourgeois, enveloppé d'un nuage de fumée de cigarette.

Tous se levèrent d'un bond comme il convenait de le faire en présence de l'empereur.

— Restez assis, restez assis ! Nous allons faire vite de toute manière, dit Noble en prenant place au milieu d'eux.

Ce fut Roënel qui, fumeur lui aussi, tendit à leur maître un cendrier que Bonaparte regarda avec curiosité.

— Quel objet singulier… Léger et original. Serait-ce de la pierre ponce ?

— Un genre, dit Leterrier… De la pierre de Volvic, à ce qu'on m'a dit : une roche volcanique recueillie en Auvergne. Un cadeau de mon épouse lors de notre installation en ces lieux.

— Un geste aimable s'il en est.

Du bout du doigt, l'empereur fit tomber la cendre de son mégot, puis regarda tour à tour chacun des assistants, sans le moindre sourire. L'expression froide de son visage glaça les agents. C'était celle d'un homme mécontent. Aucun d'eux ne l'aurait spécialement appréciée venant de leur supérieur hiérarchique direct dans leurs fonctions quotidiennes.

Sur l'empereur des Français, c'était plus déplaisant encore.

— Mademoiselle, messieurs, la situation est simple. Ce matin, peu après mon réveil, on est venu me porter mon courrier. Cela n'a rien de spécial, je vous le concède, mais parmi les messages que j'ai reçus, il y en a un qui m'a fait particulièrement sourciller. Voici ce qu'il dit, continua Bonaparte en dépliant une feuille de papier : « À l'usurpateur, traître à ses convictions, nous, Archanges charbonniers, déclarons que la période de trêve nuptiale a assez duré. Il n'est pas question qu'une seconde noce ait lieu, et ce à Paris ou en Italie : toute union ultérieure avec une telle catin sera vue comme une faiblesse et un affront. Si jamais il vous arrive encore de jeter le trouble dans nos rues, vous payerez de votre vie les atteintes portées à la paix publique. C'est une clémence meurtrière que celle qui pardonne le meurtre. Dieu sauve la Reine. »

Tous se passèrent le message à tour de rôle.

— Est-on certain qu'il s'agit bien du même expéditeur ?

— Des mêmes, plutôt, maintenant qu'ils se sont baptisés les Archanges charbonniers, souligna Thibert.

— Le dessin, au revers du message, me paraît suffisamment éloquent.

Léandre, à qui on venait de tendre le papier, le contempla avec attention.

— Hum… Je ne saurais le certifier, même s'il y a de bonnes chances que ce soit le cas.

— Que voulez-vous dire, Goupil ?

— Frémont, où se trouve le dossier de l'Amour ?

— Derrière vous, dit la jeune femme. Je l'avais préparé au cas où…

— Sagace, remarqua Noble, ce qui fit rosir la bibliothécaire.

Léandre récupéra le dossier contenant les documents originaux glanés auprès des polices étrangères, leurs traductions rédigées par Thibert, et les rapports des derniers jours. Parmi les documents, il ressortit le message qu'il avait trouvé voilà peu de temps sous la doublure de tissu du coffret n'ayant pas explosé. Il posa la lettre du matin à côté d'elle et observa en silence pendant quelques instants, les manipulant, les retournant, s'absentant un moment pour aller chercher une loupe dans son bureau afin de scruter le tout plus en détail.

— Des dissemblances, oui… Le papier n'est pas le même, la couleur de l'encre non plus, l'écriture diffère beaucoup… Par contre, en ce qui concerne le dessin, je ne peux pas penser qu'il s'agisse de deux artistes distincts.

— Cela n'a rien d'étonnant, quand on y songe, puisque les actions sont revendiquées au nom d'un groupe désormais. On peut se les imaginer partageant ce genre de tâche.

— C'est juste. Mais quelque chose me chagrine quand même.

— N'a-t-on pas affaire au même dangereux agitateur ? demanda Bonaparte.

— Certes, mais...

— En ce cas, que cherchez-vous donc ?

— Un élément révélateur. Et ce qui me consterne, c'est que je n'y vois rien.

— Ce qui me consterne, pour ma part, c'est qu'on fait clairement mention d'une menace envers ma personne, dit Noble. Votre vie payera le dommage fait à la paix... Dois-je souligner que je n'apprécie guère de me sentir visé de la sorte ?

— Assurément pas, Votre Majesté.

— Alors ? Où en êtes-vous ?

— Nous piétinons. Pas de témoignage d'une rigueur absolue...

— En même temps, dit Roënel, les témoins sont rarement catégoriques. Dans le cas d'un enlèvement d'enfant, j'avais entendu une voisine qui m'avait assuré que le scélérat auteur de ce rapt portait un manteau blanc. Elle avait même précisé : « comme de la neige fraîche ». Eh bien, j'ai attrapé le satyre, ce dernier a avoué mais, ce jour-là, il portait un manteau bleu.

— Bleu clair ?

— Même pas. Bleu sombre !

— La dame en question avait-elle des problèmes de vue ?

— Même les gens qui voient aussi mal que les taupes font la distinction entre des teintes aussi marquées !

— Pas tous, intervint Mouflart, mais entre blanc et bleu foncé, ce serait bien la première fois que j'entendrais parler de ça.

— En ce qui concerne le contenu du message ?

— Il ressemble beaucoup à celui que la presse a diffusé hier, ça, c'est une certitude.

— Ne pourrait-on pas imaginer quelque dément, qui aurait copié le style du vrai message ?

— Non, non. Les dessins sont trop similaires au niveau du trait.

— Par contre, je ne comprends pas le sens du message, dit Bonaparte. Ces canailles menaceraient-elles également mon épouse ?

— On pourrait le croire.

— Et union ultérieure ? Cette histoire de secondes noces ?

— Je crains de dire une bêtise, remarqua Thibert, mais puisqu'il semble acquis que l'Amour vient d'un pays étranger, peut-être n'est-il pas complètement familier avec notre langue…

— Oui, et en plus, s'il est fou, comme il est à craindre, ça donne des messages de revendication remplis de charabia… Nous voilà bien.

— Et ce Dieu sauve la Reine en guise de signature ?

— Provocation, affirma Roënel.

— L'idée qu'il puisse être au service de la couronne britannique est donc inenvisageable ?

— Nous ne pouvons pas la repousser pour autant.

— Est-ce la seule reine ici-bas ? Ne peut-il s'agir d'une autre ? demanda Camille.

— Euh… cela se pourrait, dit l'empereur, mais toutes les autres nations n'ont que des reines consorts… et quand on mentionne cette phrase, c'est en général en rapport avec les souverains de Grande-Bretagne...

D'une blague, il sortit deux cigarettes déjà prêtes et en proposa une à Leterrier, qui l'accepta.

— Bon, voilà qui est dit. Je ne saurais trop vous conseiller de mettre toute votre énergie dans cette affaire avant que le sang ne soit à nouveau répandu... et au risque de passer pour un égoïste, le mien ou celui de l'impératrice en particulier.

— Nous allons faire de notre mieux, Votre Majesté.

— C'est bien ce que je voulais entendre, Roënel. Vous qui êtes le policier expérimenté, je vous laisse gérer la partie investigation.

Léandre ne put masquer un moment de gêne à ces mots, mais déjà Noble saluait ses agents et s'adressait directement à lui.

— Goupil, accompagnez-moi jusque dans la rue, voulez-vous ?

Par souci de convention, Léandre précéda son maître dans l'escalier. Passant devant la loge, l'empereur salua Rousseau, qui se mit aussitôt au garde-à-vous.

— Les habitudes ont la vie dure. Voyez l'ancien soldat, la rapidité de ces réflexes... Qu'en est-il du prince Dakkar ?

— Heu... rien... répondit Léandre.

— Comment cela, rien ?

— Je veux dire, monsieur, rien de particulier. C'est un personnage haut en couleur, intéressant à côtoyer malgré tout, un lettré et un savant...

— Est-il dangereux ?

— Au combat ? Je le pense.

— Fin stratège ?

— C'est possible. Mais pour l'heure, il ne manifeste aucun sentiment belliqueux à notre encontre… Il souhaite uniquement un entretien avec vous.

— Qu'il patiente. J'aviserai après Pâques, et pas avant. D'ici là, restez à sa disposition, allez le trouver dès mon départ, distrayez-le, gardez-le à l'œil.

— Et pour l'enquête ?

— Ah, Goupil, comme vous êtes prévisible ! Je connais votre dévouement et votre efficacité, c'est pour cela que je ne vous ai pas oublié dans mes convocations de ce matin… Mais je sais aussi qu'une telle mission de surveillance vous déplaît, et il me faut marquer le coup, n'est-ce pas ? J'ai beau apprécier la franchise, il vous manque à apprendre certaines limites. J'espère qu'après cet épisode vous comprendrez qu'il est des vérités qu'il convient de taire. Surtout quand elles concernent un empereur.

— Ce que je ne comprends pas, c'est votre sévérité à mon égard.

— Vos services, si excellents soient-ils, ne vous dispensent pas de tout. Sans me manquer de respect, vous faites fi de tout protocole. Pas une seule fois vous ne m'avez salué comme votre empereur : Sire, Votre Majesté… ces mots semblent se trouver complètement en dehors de votre vocabulaire.

— Je pensais qu'il suffisait de montrer ma déférence envers vous ; que vous assurer de ma totale loyauté suffisait.

— Vous n'aviez pas tout à fait raison, Goupil. C'est appréciable, et pas davantage. Mais il ne tient qu'à vous que je me montre à nouveau clément.

— Je ferai mon possible pour cela... monsieur, répondit Léandre en insistant sur le mot.

Napoléon III le toisa quelques instants avant de tourner les talons. Et se retrouvant seul, le Goupil était plongé dans un maelström de réflexions, pour la plupart négatives et irritantes.

Il était convaincu qu'on avait incité son maître à cet acte d'autorité, mais il se demandait bien qui s'était chargé de cette perfide besogne ; en sus, il ne comprenait toujours pas à quoi bon surveiller le prince Dakkar.

Tout cela acheva de le mettre en colère. S'il hésitait encore quelques minutes plus tôt, sa décision était prise : l'ambassadeur des Indes, cet après-midi-là – et les suivants également –, trouverait un autre cicérone. Et lui, Léandre, s'affairerait à rassembler des éléments pour essayer non seulement de parvenir à une piste fiable concernant l'Amour, mais aussi se rassurer quant à l'improbable implication de son père dans cette histoire.

Si l'empereur souhaitait se confronter à un Goupil furieux et déloyal, il en aurait bientôt tout loisir, et plus vite qu'il ne l'aurait jamais souhaité.

Chapitre huitième

De grandes surprises ayant des auberges pour cadres

Thibault Landin était en train de parcourir les dépêches et autres informations destinées à fournir l'essentiel de l'édition du lendemain, et il n'était pas content. Pas du tout. *La Feuille de Chou* de ce dernier samedi d'hiver ne serait guère intéressante pour les lecteurs friands d'anecdotes croustillantes ou autres informations sanglantes.

Landin avait débuté dans la profession au plus bas de l'échelle. Il se revoyait parfois, presque loqueteux, en train de vendre ses journaux à l'angle d'une rue, trois décennies plus tôt. Il n'était pas un misérable, un enfant perdu pour autant : il avait toujours la chance d'avoir, à quarante ans passés, ses deux parents en vie qui s'occupaient d'une blanchisserie prospère à deux pas des entrepôts de vins de Bercy avec son frère aîné. Il aurait pu, de toute évidence, suivre la voie de ses parents, mais l'intervention d'un cousin éloigné, travaillant comme imprimeur pour *Le Constitutionnel*, lui avait permis de décrocher ce premier emploi de crieur. Père et mère s'étaient rapidement concertés, pour parvenir à la conclusion simple qu'il n'y avait pas de sot métier et que toute expérience professionnelle, même éloignée de leur propre quotidien, ne pouvait qu'être bénéfique à leur fils. Après quoi, Mme Landin, une femme qu'on pouvait qualifier de rusée, lui avait fait don de ces guenilles, récupérées dans un tas de linge abandonné et abîmé, avec lesquelles il était parti travailler pour la première fois. Selon elle, un petit mendiant avait davantage de chances d'apitoyer le passant en lui proposant la presse qu'en tendant la main.

— Mais je ne demande pas l'aumône ! avait protesté le garçon.

— Je le sais, tu le sais, mais pas eux. En plus, il est bon d'apprendre à feindre des choses à ton âge. La réussite passe souvent par la comédie.

— Comme les acteurs que l'on va voir au théâtre ?

— Oui et non. Eux ont décidé de jouer ouvertement des rôles. C'est difficile de subsister ainsi. Regarde plutôt comment nous agissons, ton père et moi. Avec les clients aimables, nous sommes courtois. Avec les clients agressifs, nous le sommes plus encore. Cela signifie-t-il que nous les apprécions ? Bien au contraire. Nous n'en pensons pas moins à leur sujet, mais ils l'ignoreront jusqu'au bout. De la comédie, te dis-je. Et là, pour vendre tes journaux, les passants les plus charitables se diront qu'ils font une bonne action...

L'idée maternelle avait porté ses fruits et, rapidement, le jeune Thibault s'était découvert un vrai talent d'acteur qui lui valait de vendre plus rapidement que n'importe qui son stock de quotidiens. À cela, il fallait ajouter un sens inné pour choisir le lieu le plus passant et vendeur possible, et également le fait que, dans la famille, la lecture et l'écriture étaient presque une seconde nature. Ce n'était pas l'activité favorite des Landin, mais le patriarche considérait que savoir lire n'avait que des avantages dans la vie, entre autres pouvoir rédiger soi-même des papiers pour faire commerce évitait de requérir un écrivain public, et les escrocs réfléchissaient toujours à deux fois avant de tenter une arnaque envers quelqu'un sachant déchiffrer des papiers suspects.

Thibault Landin savait donc lire, et il en usa d'une façon tout à fait habile. Chaque jour, en recevant les journaux qu'il avait à vendre, il prenait cinq minutes pour en lire le premier exemplaire, et ainsi se tenir informé… mais aussi trouver l'information qui serait le plus à même d'intéresser le passant. Arrestation sensationnelle, première acclamée d'une nouvelle pièce, décret royal aux conséquences importantes… Il parvenait toujours à repérer le thème le plus accrocheur et, à pleine gorge, scandait la nouvelle jusqu'à ce qu'il n'ait plus un seul journal à vendre.

Cette recette avait fini par attirer l'attention d'un des responsables du *Constitutionnel*. Après plusieurs rencontres au cours desquelles on l'avait interrogé sans relâche, il avait obtenu un second poste, cette fois situé dans la rédaction : il aurait désormais la charge de recevoir les informations et de les classer en fonction de leur importance éditoriale. Comme pour la vente, il s'en acquitta fort bien, et même mieux encore, ce qui lui permit de devenir journaliste… Le cadet des Landin ne devait jamais revenir dans l'entreprise familiale.

De fil en aiguille, il fit toutes ses armes au sein de ce journal avant d'intégrer *La Feuille de Chou* quelques semaines après sa création, profitant là encore des nombreux contacts approchés durant ses années pour s'engouffrer dans la brèche et y devenir, en quelques mois à peine, un des fers de lance du quotidien. En décembre 1851, après la mort du rédacteur en chef Louis-David Niel – ce dernier ayant péri dans des circonstances demeurées quelque peu mystérieuses –, les talents de Landin lui avaient permis d'obtenir le poste du défunt. À lui la responsabilité de superviser l'intégralité des informations que le journal diffusait. Ce n'était pas une tâche reposante, mais il ne l'aurait pas échangée pour tout l'or du monde.

Sauf, peut-être, les jours comme celui-ci, où la malchance faisait que rien de très intéressant ne parvenait sur son bureau.

Il passa en revue à nouveau ce qu'il avait à se mettre sous la dent : un discours du président des États-Unis d'Amérique, c'était passable, mais il savait que *La Presse* comptait le mettre en première page pour l'édition du lendemain aussi… Travaux dans la ville, nominations politiques variées, tractations financières, représentation de la pièce *Masséna* au Cirque en présence de l'empereur et de l'impératrice, dîner important chez le ministre des Affaires étrangères… Non, décidément, c'était une journée sans. Il ressentit l'envie de récupérer tous ces documents et d'aller les balancer dans son poêle histoire de profiter au moins de la courte flamme qu'ils provoqueraient. C'était une mauvaise idée…

Mieux valait tenter de développer au mieux le peu de choses qu'ils avaient à raconter.

Ce fut alors qu'il travaillait sur un papier sur la famine qui sévissait en Galice que Darbois fit irruption dans son bureau.

— Chef…

— Oui ? grogna Landin sans lever la tête de son papier.

— Il y a quelqu'un qui souhaite vous parler.

— J'ai à faire.

— Je sais bien…

— Alors ? Occupez-vous-en.

— Je le lui ai déjà proposé, mais il ne tient à s'adresser qu'à vous et il dit qu'il est de la police.

Ce mot fit aussitôt réagir le journaliste.

— La police ? Faites-le entrer.

Même s'il ignorait les motifs de la visite, il n'était pas question le moins du monde de la refuser. D'abord, Darbois était un collaborateur compétent, qui savait se montrer convaincant face à d'éventuels gêneurs et user des mots justes pour les faire partir sans avoir trop besoin d'insister. Il ne serait pas venu le déranger sans véritable motif ! D'ailleurs, toute irruption était la bienvenue… si elle pouvait apporter quelque début d'histoire à raconter dans les pages du journal. Et une intervention policière entrait dans ces critères précis…

Landin se dit qu'il avait bien fait en voyant arriver l'homme en question. Il savait déjà qu'il ne se trouvait pas en face d'un policier ordinaire ; ce manteau de couleur violette lui rappelait des souvenirs, sans pour autant parvenir à mettre le doigt dessus.

— Bonjour. Je suis l'inspecteur Renard.

— Bonjour à vous. Prenez place, je vous prie, et dites-moi en quoi je puis vous être utile.

— C'est bien simple. Vous avez reçu, voici deux jours, une lettre assez particulière, signée d'un angelot...

Le sourire poli du rédacteur s'effaça net. C'était donc cela...

— Oui ?

— Je suis, monsieur, en charge de l'enquête concernant ces explosions et je dois vous demander de me remettre l'original de ce document afin qu'il soit procédé à certaines analyses.

— C'est-à-dire ?

— Oh, quelques investigations usant d'une science qu'il serait sans doute trop long de vous expliquer...

— J'adore les longues histoires...

Léandre fronça les sourcils. Il n'était pas question, pas une seconde, de s'adonner à ce genre de jeu. Il durcit aussitôt le ton.

— La lettre, je vous prie.

— Excusez-moi, mais je souhaiterais savoir tout de même à qui j'ai affaire.

— Ne me suis-je pas présenté ?

— Si, mais disposez-vous d'une preuve de ce que vous avancez ? Je ne voudrais pas confier des documents à n'importe qui...

Avec humeur, le Goupil sortit de son manteau une plaque ovoïde de bronze. L'objet était ouvragé, gravé d'une couronne de laurier qui formait cercle autour des mots *NC - POLICE*, le tout surplombant l'aigle impérial.

Landin n'avait jamais vu de tel insigne, mais sa qualité lui fit tout de suite comprendre qu'il était parfaitement légitime, et il s'empressa de s'excuser de son excès de zèle auprès de son visiteur.

— Passons, ce n'est rien, répondit « Renard » d'une voix qui laissait entendre tout le contraire... Alors, cette lettre ?

Par chance, Landin n'eut guère besoin de chercher. Le dossier était au sommet d'une pile, dans le second tiroir de son bureau. Le message était fort récent et trop lourd de sens pour que l'on risque d'aller le perdre dans quelque placard poussiéreux. Du moins, cela n'adviendrait pas de sitôt.

Pas question non plus de le remettre à quiconque sans tenter d'obtenir la moindre contrepartie.

— Dites-moi, inspecteur... Renard... c'est bien cela ? Où en est votre enquête ?

— Elle n'avance pas au rythme que nous souhaiterions, monsieur Landin.

— Des suspects ?

— Comme je vous le dis, monsieur Landin, faute d'avancée, je serais bien en peine de vous répondre... et l'examen de ces lettres pourra peut-être nous fournir un début de preuve.

— Ces Archanges charbonniers, est-ce l'œuvre d'un cerveau malade ou une véritable société secrète ?

— J'ignore si vous ne comprenez pas ce que je vous dis, monsieur Landin, ou si vous souhaitez simplement m'agacer, mais je vais me répéter : nous n'en savons pour l'heure pas assez pour nous permettre d'en faire écho dans la presse.

Le ton subitement assassin et sifflant du policier prit le journaliste au dépourvu, et il ressentit comme un courant d'air glacé tout au long de son dos. Il avait l'habitude d'être rabroué quand il faisait preuve de trop d'insistance, mais là… La façon de répéter son nom sonnait comme une incantation maléfique… En sus, il lui sembla déceler une étincelle dans les yeux de l'inspecteur, comme une flamme jaune au milieu de ce regard vert, qui le mit extrêmement mal à l'aise.

Cette impression s'atténua à peine quand le Goupil ajouta :

— Naturellement, l'assistance que vous nous avez fournie sera mise à votre crédit. Si nous parvenons à des résultats grâce à vos renseignements, il va de soi que vous aurez la primeur de nos révélations.

Néanmoins, Landin restait incommodé par l'attitude du policier et, contrairement à ses habitudes en de telles circonstances, où il aurait tout tenté pour inciter son visiteur à bavarder, dans sa tête, il pria pour que l'entretien s'éternise le moins possible.

Au bout d'une minute qui lui parut un siècle, il obtint satisfaction. Après avoir lu la lettre et l'avoir rangée dans la besace de cuir qu'il avait gardée à l'épaule, l'inspecteur Renard le salua et quitta la rédaction avec une démarche raide et décidée qui ne le rendait pas moins inquiétant.

Darbois, en le voyant partir aussi vite, s'empressa d'aller frapper à nouveau à la porte de son patron.

— Chef ?

Il le trouva assis et silencieux. Ayant sorti son portefeuille, il était en train de compter les pièces de monnaie qu'il contenait, à gestes lents et mesurés.

— Chef ? Est-ce que tout va bien ?

— Ça ira mieux après.

— Après ? Mais après quoi donc ?

— Venez... allons boire un verre...

— Un verre ? Mais enfin, il n'est que 4 heures, et nous avons l'édition de demain à boucler !

— Nous ne nous éterniserons pas. J'ai besoin d'un petit remontant... Venez, je déteste boire seul.

— Mais... c'est ce policier qui vous a mis dans cet état ? Eh ben, mes aïeux...

— N'en parlons pas.

— Ça ne me plaît pas de vous voir ainsi, chef ! On croirait qu'on vous a menacé... Ce n'était pas une manœuvre pour vous intimider et empêcher de publier quelque article ?

— Je... non... je crois que non...

— Vous voulez qu'on en sache davantage sur lui ? J'envoie quelqu'un le suivre ? Il ne doit pas être allé bien loin... et avec ce manteau violet...

— Non, non, hors de question !

Il se leva, attrapa son collègue par le bras et dit :

— Il existe des personnes qu'il est bon de ne jamais trop approcher... Croyez-moi... Les Archanges charbonniers font sans doute partie de ceux-là... mais si on lance à leurs trousses un homme tel que ce Renard... je préfère me trouver loin quand la confrontation aura lieu.

Dans la rue, pressant le pas, Léandre était songeur et un peu fatigué, même si le chemin n'avait pas été bien long. Cherchant tant bien que mal à suivre le circuit le plus court, il venait de se rendre successivement rue Montmartre, au siège de *La Presse*, puis au Palais-Royal où se trouvaient les bureaux du *Constitutionnel*, avant de filer à l'entrée du Louvre, rue des Prêtres-Saint-Germain-l'Auxerrois, pour y trouver les locaux du *Journal des débats politiques et littéraires*. *La Feuille de Chou*, ayant la rédaction la plus excentrée par rapport aux trois autres, était donc la dernière sur sa liste. L'idée de départ, qui consistait à récupérer les lettres signées par les Archanges charbonniers, était un succès ; les plus rétifs de ses interlocuteurs n'avaient plus pipé mot une fois qu'il avait sorti son insigne. Il se félicita d'avoir réclamé pour lui et les autres agents ce médaillon, même s'il s'était promis, afin de ne pas entraver le cours normal des enquêtes policières et également de conserver un minimum de discrétion, de ne pas en faire usage de façon inconsidérée pour de dérisoires motifs.

Ce qui n'était présentement pas le cas.

Il n'avait pas eu le temps d'observer de façon bien rigoureuse les feuillets qu'on lui avait remis ; au mieux, il s'était accordé une petite minute pour relire le texte, pas plus. Il s'en était voulu à plusieurs reprises de ne pas s'être équipé d'une loupe pour l'occasion, mais, sitôt l'empereur parti, il avait pris sa décision dans la hâte et filé à son tour de chez Chevrette en prenant à peine le temps de saluer les autres agents. Il s'était contenté de récupérer la lettre retrouvée sous la bombe inactive du *Café Frascati*, histoire de procéder à un premier élément de comparaison, et c'était tout.

Si brèves fussent-elles, ses constatations étaient déjà formelles : toutes les lettres avaient été rédigées par la même main. Nul effort de maquillage de la part de l'auteur, aucune n'était vraiment similaire, bien entendu, cependant les points communs sautaient aux yeux, la teinte de l'encre, la forme de certaines lettres.

Cela restait insuffisant pour progresser nettement dans l'enquête. Et au vu des démarches qu'il entreprenait, le Goupil devait hélas se passer de toute aide extérieure, en particulier des autres membres de la Noble Cour.

C'était pour cela qu'il était en train de prendre la direction de l'hostellerie du *Vieil Armagnac*, et non de revenir au quartier général.

Là, dans sa famille, il aurait une certaine tranquillité d'esprit et pourrait au besoin tenir conseil avec Constant, même s'il lui déplaisait de l'impliquer davantage dans cette enquête qui prenait une mauvaise tournure.

Le premier résident de l'hostellerie qu'il croisa fut Marquis. Le basset était en effet en train de marquer son territoire en quelques gouttes aux quatre coins de la cour, quand bien même il était le seul chien à y avoir accès. Parfois, profitant que le portail principal demeure ouvert, quelque corniaud errant venait y vadrouiller à son tour, mais il n'était généralement pas bien reçu et décampait sans demander son reste.

En voyant le jeune homme, Marquis lâcha un grave aboiement ravi et fonça à sa rencontre. Pendant les quelques instants où Léandre caressait le bon limier, il oublia toutes ses inquiétudes et se dit qu'il n'y avait rien de plus simple ni de plus absolu que l'amour d'un chien pour ses maîtres.

— Par contre, mon gros, je ne puis rien te donner à manger. Ce n'est pas l'heure, et nous nous ferions tirer les oreilles si nous agissions ainsi. Surtout moi, parce que tu n'as pas tellement besoin qu'on t'agrandisse les lobes…

Marquis, loin de s'offenser de la plaisanterie, aboya à nouveau comme pour approuver ce qu'on venait de lui dire et, après un dernier coup de langue sur la main du Goupil, repartit en exploration, le nez rivé sur le sol pavé et la queue en fouet battant la mesure.

Cet accueil aimable fut cependant de courte durée, car en pénétrant dans le bâtiment, le jeune homme s'entendit interpeller sur un ton à la douceur toute relative.

— Léandre !

— Oui, ma tante ? répondit-il en levant les yeux au ciel.

— Ce n'est pas possible ! Il faut que cela cesse !

— Quoi donc ?

— N'entendez-vous pas ?

Face à sa mimique d'incompréhension, Hermance se tut quelques secondes, suffisamment pour que l'agent discerne quelque chose.

C'était une ritournelle aigrelette, métallique, qui ressemblait à celles jouées par les orgues de Barbarie chers aux saltimbanques. La mélodie durait une vingtaine de secondes, s'arrêtait, puis reprenait…

— Voilà près d'une heure que cette musique retentit ! C'est insupportable !

— Une heure ? Je peux comprendre que cela vous porte sur les nerfs !

— Merci bien !

— Mais d'où vient-elle ?

— Du cadeau qu'on vous a livré !

— Un cadeau ?

Hermance désignant le meuble qui servait à l'accueil des clients, Léandre s'avança lentement vers la musique, l'estomac noué, craignant d'avance ce qu'il allait voir. Il contourna le comptoir.

Face au coffret de bois sombre, il eut confirmation de ses inquiétudes.

— Vous ne l'avez pas ouvert ? demanda-t-il d'une voix blanche.

— Sûrement pas ! Imaginez que ce soit un présent de l'empereur, ou je ne sais… Vous auriez tôt fait de m'en faire reproche ! Ouvrir un colis qui n'est pas destiné à soi ! Vous me croyez vraiment née dans une porcherie ! Mais allez-y, vous, ouvrez-la, et faites cesser ce bruit ! Une chance que les clients ne s'en soient pas plaints !

Léandre ne répondit pas. La boîte se trouvait au sol, et la rengaine s'en échappait, insolente, de plus en plus stridente, même si ce n'était sans doute qu'un effet de son imagination stimulée par la peur.

Dans la tête du Goupil, les idées s'entrechoquaient, les possibilités jaillissaient : la boîte ferait-elle explosion au moindre choc ? La soulever de terre suffirait-il à l'activer ? Parviendrait-il à rejoindre la cour si… ?

— Hermance, éloignez-vous…

— Comment ?

— Éloignez-vous ! hurla-t-il, ce qui la fit sursauter. Dans l'escalier vers les cuisines ! Et ne remontez pas avant que je ne vous le dise !

Avec un grognement excédé, la tante prit le chemin qui conduisait au sous-sol, tandis que Léandre s'accroupissait, osant à peine respirer, et regardait le coffret. Il n'y avait pas à se poser trop de questions. L'allure de ce colis était par trop similaire à celle de la boîte récupérée par de Flandre au *Café Frascati*. Et cette musique, évoquée par le petit Barnabé mais aussi par l'organiste de Notre-Dame… Il en avait la chair de poule.

— Ben alors ?

Il se retourna à la vitesse d'une vipère en pleine attaque.

Arnaud Davezac le regardait, la tête penchée, l'air interrogateur.

— Arnaud ! siffla le Goupil. Va-t'en toi aussi ! Vite !

— Qu'est-ce qui te prend ? répondit le cuisinier, interloqué. Je t'ai entendu gueuler comme un putois depuis en bas, alors… Et la mère Michel qui s'est réfugiée à l'entresol…

Léandre aurait voulu pousser un nouveau cri de colère libératrice. Il se contenta de serrer les dents, cherchant un bref instant comment faire comprendre à son oncle de cœur de ne pas rester là.

— Arnaud… dit-il sur un ton glacial. C'est un cadeau des Archanges charbonniers.

Il n'eut pas besoin d'en ajouter davantage. Le cuisinier, subitement pâle, fit quelques pas en arrière, puis accéléra dans l'escalier – au risque, songea

Léandre, de trébucher et de se rompre les membres ou le cou en tombant.

Il n'y avait plus une seconde à perdre.

La tête pleine de l'infernale petite antienne sans cesse recommencée, il saisit la boîte entre les mains et la souleva du sol.

Après quoi, à grands pas lents, il se dirigea vers l'accès menant à la cour. Il se souvenait bien de l'avoir refermé sitôt à l'intérieur, tout en écoutant d'une oreille distraite les vitupérations d'Hermance. Tout ça pour éviter de faire entrer trop d'air glacé dans l'auberge !

Maintenant le coffre contre son torse de la main et de l'avant-bras gauche, s'imaginant déjà avec un cratère sanglant en guise d'abdomen suite à l'explosion imminente, il saisit la poignée et la pressa vers le bas.

De l'épaule, il fit pivoter la porte entrouverte et parvint sur le seuil.

Là, bandant tous ses muscles à l'instar des discoboles de l'Antiquité, il gira le tronc et propulsa le coffret chantant de toutes ses forces en direction de l'angle opposé de la cour, se jetant au sol sitôt le colis lancé.

Yeux clos, le visage rivé sur le carreau froid, il resta quelques instants immobile avant de lever la tête.

Il n'y avait eu nulle déflagration.

Seule l'infernale petite musique se poursuivit, très atténuée et désormais hoquetante, avant de cesser pour de bon.

Le Goupil se remit debout, en proie à une vive curiosité.

Marquis était déjà sur place, reniflant avec intérêt les restes épars de la boîte de bois, et les débris métalliques qui jonchaient le pavé. Projeté de la sorte, le colis avait heurté le mur opposé à pleine vitesse, brisant le contenant de bois en morceaux inégaux et détraquant le contenu. Rien de plus.

— Marquis, fiche-moi le camp !

Avec un claquement de doigts, Léandre fit décamper le basset. S'il était convaincu que l'appareil n'était plus destiné à répandre le feu et la désolation, il ne souhaitait pas que ce goinfre de chien aille avaler, d'un simple et malencontreux coup de langue, quelque pièce qui risquerait de lui blesser les entrailles.

Dans une autre partie de la cour se trouvait un amoncellement de caisses de petite taille, ayant servi au transport de bouteilles de vin. Cela conviendrait bien pour ce qu'il comptait en faire. Patiemment, il récupéra les fragments, puis sortit le corps de la machine du coffre en ruine. Il ressemblait nettement à celui « autopsié » quelques jours plus tôt par Mouflart, mais s'y trouvait ajouté un élément manquant sur la bombe Frascati.

Il s'agissait d'un système composé d'un cylindre gravé et de rubans métalliques, le tout actionné grâce à l'énergie produite par ce qui lui semblait être une pile électrique, du style de celle créée par Volta, et relié à un système d'horlogerie. Le tube de verre qui contenait l'assemblage de rondelles de zinc et de cuivre s'était brisé dans le choc, mettant un terme au fonctionnement de l'ensemble.

Il n'y avait, à première vue, aucune substance dangereuse ou inflammable reliée à tout le reste. Tel quel, il s'agissait d'une pendule doublée d'une boîte à musique, rien de plus. Un joli engin, dépourvu de tout danger.

Il vit alors l'enveloppe. À la différence de la fois précédente, on n'avait même pas pris la peine de la dissimuler sous le tissu de la boîte : l'expéditeur s'était contenté de la glisser contre la bombe. Le Goupil la récupéra, la fendit de l'ongle du pouce et en sortit trois feuilles qu'il commença à lire jusqu'à ce que la voix de son oncle l'interrompe.

— Léandre ? Tout va bien ?

Sur le pas de la porte, Constant, Arnaud et Hermance le regardaient tous trois avec une angoisse nette sur le visage.

Encore sous le coup de ce qu'il était en train de déchiffrer, Léandre se contenta de répondre un évasif :

— Oui, oui, ne vous en faites pas…

— Ne pas s'en faire ! Mais pourquoi ne pas y avoir pensé plus tôt ? s'exclama sa tante. Il n'y a bien sûr aucune raison de s'en faire, alors qu'on vient de manquer mourir !

— Au pire, vous seriez morte de peur, rien de plus, dit le Goupil en soulevant la caisse où il venait de remiser les reliefs de la machine infernale.

— Il n'est pas question que cette horreur revienne chez moi !

— Tante Hermance, cet appareil est aussi inoffensif qu'une horloge de cheminée.

Ces paroles ne suffirent pas à rassurer la femme, qui s'écarta de façon dramatique quand le Goupil rentra dans l'hostellerie avec sa caisse et son inquiétant chargement, et monta à l'étage en faisant nettement étalage de son mécontentement d'avoir pour neveu un garçon mal embouché à qui on offrait des colis piégés...

— Mon oncle, as-tu un lieu où entreposer cette saloperie ?

— S'il te faut un lieu où peu de gens passent, l'idéal, c'est le cellier à vins... mais je ne voudrais pas détruire mes bouteilles.

— Je te le répète, elles ne risquent rien du tout. Il manque l'élément principal pour en faire une bombe : l'élément explosif. Ce n'est qu'un leurre, destiné à semer la panique.

— Pour ma part, c'est réussi, dit Arnaud, en épongeant à l'aide d'un grand mouchoir son front luisant de sueur. Je vais me verser une goutte, histoire de... Constant, qu'en dis-tu ?

— Oui, oui, bien volontiers.

— Je ne te propose pas de remontant, j'imagine ?

— Comme d'habitude.

— Même dans ce genre de situation, il n'est pas tenté par un verre d'armagnac ! Tu es vraiment un Gascon peu ordinaire ! dit le cuisinier en prenant la direction des cuisines.

— Bon, je vais aviser, reprit le Goupil. J'ai une chose à examiner, puis je m'en vais.

— Ne retournes-tu pas à ton bureau ?

— Pas pour le moment, non.

— Ne serait-ce quand même pas indiqué, pour y porter et garder cette chose ?

— Tu crains vraiment une explosion après ce qu'il vient de se produire ? Crois-moi ! Il n'y a plus aucun danger !

— Sauf que la bombe n'a pas fonctionné... et que si tu étais visé... on aura peut-être à cœur de recommencer.

— J'en doute.

— Qu'est-ce qui te fait croire cela ?

— L'instinct.

— Bon, admettons que ton instinct soit juste... mais je me sentirais plus en sûreté si cela ne restait pas dans ma cave !

— Écoute-moi : pour l'heure, le temps presse. Je m'en chargerai demain ou après-demain. Au pire, entre-temps, quelqu'un de la Noble Cour viendra et en disposera. Donne le mot à Arnaud, au cas où cela se passe en mon absence.

— Ne comptes-tu pas revenir ce soir ?

— Je n'en sais rien. Je vais faire de mon mieux, mais j'ai un peu de route à parcourir.

— Où vas-tu donc ?

— Je préfère ne pas en parler.

— Léandre, tu as ta mine soucieuse... est-ce en rapport avec ton père ?

— Je l'ignore aussi, et je préfère ne pas en parler... répéta le Goupil, et j'aimerais que tu me promettes de ne pas en parler non plus.

— À personne ?

— À personne. Ni Hermance ni même à Arnaud.

— J'espère que tu sais ce que tu fais, au moins.

— Même pas.

Et Léandre fonça quatre à quatre dans l'escalier conduisant à sa chambre, plantant là son oncle anxieux qui, après un haussement d'épaules, souleva la caisse pour se rendre aux caves. Après y avoir entreposé la bombe défectueuse – en prenant malgré tout la peine de la cacher sous un tas de sacs de jute –, le maître des lieux rejoignit son meilleur ami à l'entresol et la bouteille d'armagnac hors d'âge, dûment sélectionnée par le cuisinier pour ses qualités gastronomiques et rassérénantes.

Moins de dix minutes plus tard, alors qu'ils remplissaient leur troisième verre, Léandre dévalait les marches dans le sens inverse, une lourde sacoche pleine en bandoulière, quittant l'hostellerie sans prévenir quiconque, sans un au revoir, le visage dur et décidé d'un homme qui sait qu'il se rend au champ de bataille.

— Ah, de Flandre, vous voilà !

Mouflart soupira. Si Fourtet était présent dès l'entrée du 21, quai du Marché-Neuf pour l'accueillir, c'était que la chose était assez grave. Le directeur de la morgue se dispensait, en général, d'aller à la rencontre des praticiens, sauf dans le cas de mauvaises nouvelles.

— Bonjour, monsieur.

Ils se serrèrent la main, Fourtet en profitant, comme à son habitude, pour broyer les métacarpes de ceux qu'il saluait. Marque de pouvoir ou bien méconnaissance de sa propre force physique ? De Flandre l'ignorait, et cela lui était au fond bien égal.

— De Flandre, nous avons un problème.

— Je m'en serais douté, monsieur.

— Ce matin, votre collègue, Clerc, nous a fait faux bond. Son petit dernier lui a communiqué quelque maladie qui l'oblige à rester au lit.

— Et nous sommes donc, je suppose, en surcharge de travail.

— Pas tout à fait, mais il s'en faut de peu. J'espère que vous avez pris quelque sommeil.

— Sans doute pas assez.

— Souhaitez-vous que je sollicite l'aide du Dr Magon ?

— Sans façons, vous savez que je le tiens pour un excellent praticien, mais je préfère qu'il exerce ses talents ailleurs. La médecine judiciaire est une science à part entière, et pas un passe-temps pour aliéniste en mal de sensations. Todt !

Le concierge passa la tête par la porte vitrée de sa loge.

— Oui, docteur ?

— Pourriez-vous me préparer du café, s'il vous plaît ? Je crois que je vais en avoir besoin.

— Mais bien entendu, docteur.

— Parfait. Monsieur, savez-vous si Clerc a laissé du travail en cours ?

— Non. Je pense juste qu'il vous faudra contresigner ses derniers examens, mais normalement…

— Bon, je vais aller voir cela.

Il rejoignit la salle carrelée aux odeurs de chlore et de pourriture mélangées, alla directement se laver les mains et passa l'une des blouses blanches accrochées dans un petit placard à l'entrée de la pièce. Trois corps patientaient là, immobiles, glacés, recouverts chacun d'un drap pour masquer à d'éventuels visiteurs trop sensibles les réalités qui se cachent derrière les trépas. Même les policiers les plus aguerris avaient parfois du mal à supporter la vision de quelques cadavres par trop abîmés… et cela encore n'était rien par rapport aux remugles que les détergents et autres parfums forts ne parvenaient jamais à masquer totalement.

Parmi les défunts présents, il y avait le cas d'un pauvre hère, retrouvé dans un état épouvantable, dans l'angle le plus reculé et obscur de la cour de son immeuble. Les mutilations qu'il portait étaient atroces : l'homme avait été retrouvé éventré avec un couteau de charcutier, les parties intimes sectionnées et les deux yeux arrachés ! Génitoires et globes oculaires se trouvaient à quelques mètres de lui, au pied du mur, reposant en bas de sanglantes traînées que ces affreux abats avaient laissées sur la paroi contre laquelle on les avait lancés !

L'affaire avait bien sûr paru suspecte aux policiers, mais à terme l'enquête et l'autopsie démontraient que la victime était un monomane, et que les terribles blessures étaient de son propre fait ! Bien qu'il trouvât la chose incroyable, de Flandre savait d'expérience qu'énucléation et émasculation, si violentes soient-elles, ne sont pas mortelles et que la douleur n'est pas ressentie de la même façon par tous… Mais fallait-il que l'homme soit en proie à de terribles démons intérieurs pour souhaiter en finir d'une façon si horrible !

Ne trouvant rien à redire, il parapha le rapport validant les conclusions de son confrère.

Le second dossier, lui, concernait l'autre victime de l'explosion du 35, rue Vivienne.

— Quarante-six ans, domestique. Pauvre gars, là aussi, tiens… périr de la sorte…

Le corps était dans un triste état. La déflagration avait en effet entraîné un incendie violent, et le minuscule logement du laquais était mitoyen de celui devant lequel la bombe avait été placée. Selon une copie du rapport de police, jointe au petit dossier de nécropsie, expédié en une demi-page, l'homme avait été retrouvé en position fœtale, avachi contre le pied de lit de métal, contre lequel il avait sans doute été projeté lors de la détonation. Il devait donc, de toute évidence, se trouver entre sa couchette et la porte à l'instant fatidique. Les flammes l'avaient consumé en partie au niveau des avant-bras, des jambes, de la tête et du cou, le rendant presque méconnaissable. Cela avait été en étudiant les noms des résidents qu'on avait pu apprendre son identité, et personne ne s'était présenté pour le récupérer au nom d'une famille. L'homme avait connu une fin tragique et personne n'en avait cure. Il finirait anonyme dans une fosse commune parisienne. C'était dans la nature des choses que tout homme finisse par redevenir poussière, mais périr dans une telle solitude était bien triste.

En tant que membre de la Noble Cour, Mouflart ne pouvait pas ne pas montrer d'intérêt envers ce corps, mais il savait que la victime presque anonyme d'un attentat aveugle n'allait pas lui apprendre grand-chose. Il survola donc les constatations de son confrère absent tout en regardant le cadavre à demi carbonisé, palpant les parties lésées. Ce serait l'affaire de quelques minutes.

Le premier écueil lui apparut quand sa main toucha le rachis.

Quelques secondes plus tard, il nota un autre élément inexplicable au niveau du cou.

Rien de tel ne figurait sur le rapport trop bref de son confrère malade.

— Votre café, docteur.

Un plateau en main, Todt venait de faire son entrée dans la salle d'autopsie et posa le récipient fumant et l'une de ses tasses ébréchées sur un petit bureau.

— Todt, mon ami, pouvez-vous vous assurer de deux choses ?

— Mais bien sûr, docteur.

— *Primo*, je souhaite n'être dérangé par personne pendant cette opération. *Secundo*, pourrez-vous demander à M. Fourtet que je désire m'entretenir avec lui sans doute dans la soirée ?

— Mais si on nous transporte d'autres patients ?

— Vous les rangerez dans une autre salle en attendant. Je tiens à être parfaitement concentré pour ce cas-ci.

Minutieusement, le Dr de Flandre s'occupa du corps. Sur la feuille déjà remplie par son collègue, il ajouta des notes brouillonnes. Il serait temps après coup de mettre tout cela au propre. Et plus les minutes passaient, plus il se sentait piqué par la curiosité et énervé tout à la fois.

Le bruit de la porte dans son dos l'agaça un peu plus encore.

— J'avais pourtant dit que je ne voulais pas qu'on me… oh, pardon, monsieur le directeur.

— Eh bien, de Flandre, vous êtes à cran ? Le père Todt m'a dit que vous désiriez m'entretenir de quelque chose ?

— Oui, mais plus tard, dans la soirée.

— Il est presque 8 heures, mon cher.

De Flandre se tourna vers les fenêtres, interloqué. C'était pourtant vrai : la nuit était déjà tombée, mais le praticien était si concentré sur ses travaux et analyses qu'il ne s'en était pas rendu compte le moins du monde.

— Vous sentez-vous bien ?

— En forme, oui, n'ayez crainte... mais... est-ce que Clerc vous a déjà donné l'occasion de vous plaindre de sa conscience professionnelle ?

— Clerc ? Allons bon. Jamais !

— Je présume donc qu'il faut mettre son manque de rigueur de ce jour sur le compte du mal dont il est victime.

— Que voulez-vous dire ?

— Tout simplement que c'est du travail bâclé et que j'ai dû procéder non pas à une simple vérification, mais à une autopsie complète pour y remédier. Comment peut-on agir avec autant de désinvolture ? Serait-il mourant ?

— De Flandre... sa fille est atteinte de la scarlatine.

L'irritation de Mouflart s'apaisa net. Même sans être forcément fatale, la scarlatine était une maladie que tout médecin se devait de prendre au sérieux, et il était évident qu'un père conscient des risques de cette pathologie risquait de voir sa concentration largement troublée en pareille situation.

— Je ne m'en étais pas rendu compte... Cela explique bien des choses.

— Qu'avez-vous donc constaté ?

— Tout d'abord que l'hypothèse d'un décès causé par un choc traumatique au dos, bien que la plus plausible, ne tient pas.

— Qu'est-ce à dire ?

— Venez, et palpez ici.

Il fit pivoter le cadavre sur le flanc gauche et désigna la colonne vertébrale. Avec répulsion, en pressant un mouchoir parfumé sur son visage pour se préserver des émanations répugnantes s'exhalant du défunt, le directeur daigna toutefois passer la paume sur la peau froide tout au long de l'épine dorsale.

— Que constatez-vous ?

— Rien, répondit Fourtet avec une mine contrite. Je dois vous avouer que… rien du tout.

— C'est bien là le souci. Il n'y a rien, en effet. Le rachis est intact. Si la violence de la bombe était confirmée, cet homme, catapulté en arrière à la vitesse d'une pierre sortant d'une fronde, aurait dû avoir le dos en bouillie, des fractures terribles, et ce en de multiples endroits. Et là, rien du tout.

— Cela pourrait malgré tout s'expliquer d'une autre manière : il a dû être surpris à l'autre bout de la chambre et, tentant de gagner la sortie, asphyxié par la fumée, il s'est effondré à cet endroit-là…

— Vu l'état du palier, selon le rapport des policiers, le choc aurait été fatal qu'il soit au niveau de la porte ou près de la fenêtre. De plus, j'ai procédé à l'examen des poumons. Ceux-ci sont intacts également, donc il n'a pas respiré de fumée. Conclusion : il était déjà mort, et bien mort quand l'incendie a pris. Enfin, il y a ceci.

Il remit le corps sur le dos et montra la gorge du bout de l'index.

— Quoi donc ?

— Regardez bien, au milieu des tissus brûlés…

À peine discernable sur la peau brunie et mutilée, Fourtet distingua finalement une plaie, longue de deux centimètres environ, large comme une rognure d'ongle, en bas à gauche de la pomme d'Adam.

— Une coupure ? Quelque reste d'un rasage maladroit ?

— Maladroit ? C'est peu dire. S'il en était ainsi de son vivant, le pauvre homme aurait des balafres hideuses sur tout le visage. Non, on lui a bel et bien tranché la carotide. Un seul coup, très net, porté de la droite vers la gauche, une entaille minuscule mais très profonde. Impossible à contenir sans un soin médical immédiat.

— Ce n'est pas le fait d'un morceau de métal projeté lors de l'explosion ?

— J'en doute vraiment. La plaie est trop nette. On s'est servi d'une lame affûtée comme un rasoir, ou un scalpel.

— On a donc assassiné ce malheureux…

— Oui, c'est bien ce que je crois.

— Et la bombe, l'attentat ?

— Je ne sais que penser : simple coïncidence ? Un rapport ? Je ne comprends pas en quoi un simple laquais mériterait d'être à la fois égorgé et brûlé de la sorte.

— Cela dépasse nos compétences, mon cher. C'est du beau travail !

— Remerciez la scarlatine ! Sans cela, le cas serait passé entre les mailles du filet.

— Bon, je ferai part à qui de droit de vos découvertes dès demain.

— Demain ? s'étonna le docteur. Est-ce bien raisonnable ? La procédure...

— Soyons réalistes ! Là, il est trop tard pour tomber sur un interlocuteur disponible et disposé à nous écouter... Et quand bien même, une enquête dans le cadre d'un crime de sang implique des investigations sur place... dans un immeuble ravagé par un incendie, en pleine nuit. Dès la première heure, demain, je vous en fais la promesse. Bonne soirée, mon ami.

— Vous de même.

Le directeur s'en fut, le mouchoir toujours à portée de nez, laissant de Flandre réfléchir. Il y avait du bon sens dans la manière d'agir de Fourtet, mais Mouflart trouvait que suffisamment de temps s'était écoulé entre l'explosion de la rue Vivienne et ses propres constatations.

Tant pis pour la voie classique : il acheva de vérifier le troisième dossier laissé en suspens par son confrère malade, se dit qu'il enverrait un bouquet de fleurs et une carte de vœux de rétablissement pour l'enfant, puis, une fois sa besogne accomplie, informa Todt qu'il reviendrait tôt le lendemain matin pour poursuivre les affaires en cours.

Après quoi, il prit la direction de l'hostellerie du *Vieil Armagnac* où, reçu par Constant Lafforgue, il apprit que Léandre était passé en coup de vent en fin d'après-midi et reparti sans informer quiconque de l'endroit où il comptait se rendre.

Et qu'il lui laissait, soigneusement rangé à la cave, un petit cadeau intéressant à démonter.

Jean Sedaine leva les yeux vers l'étage, mécontent, tout en essuyant une chope de bois. Il commençait à en avoir assez de ces occupants étrangers. Surtout quand ils se fâchaient, comme ce soir-là. Si seulement on lui avait demandé son avis ! Mais il n'était, malgré son lien avec les propriétaires, qu'un cousin éloigné à qui on avait fait la charité de trouver un emploi et, malgré les responsabilités qui lui incombaient, on continuait à le considérer comme le parent pauvre dont on pouvait faire ce qu'on souhaitait.

Nouvelle série de jurons, dans une langue qu'il ne connaissait pas. Même sans avoir à hausser le ton, la bâtisse où ils se trouvaient disposait de parois peu épaisses, qui devenaient quasiment transparentes au moindre cri…

Il en aurait volontiers référé à Louis-Achille de Brisay, mais le comte était bien vieux, et loin de s'offusquer de quelques cris, il aurait sans doute rappelé que des clients qui payaient bien pour un service pouvaient s'autoriser quelques fantaisies.

D'ailleurs, souffrir les querelles des consommateurs au fond n'avait rien de bien terrible, et Jean se savait mieux loti que bien des gens à Hérouville. Vivre dans cette bourgade équivalait à être soit cultivateur, soit ouvrier dans la briqueterie locale. Travailler au relais de poste assurait une alternance entre routine et moments peu ordinaires, le tout dans un cadre ma foi enviable : un château encore assez récent, des écuries susceptibles d'accueillir cent chevaux, un parc immense et regorgeant de coins isolés où trousser les servantes...

La porte s'ouvrit et, dans un courant d'air, livra le passage à un inconnu. L'homme était jeune et portait un manteau de couleur violette. Sedaine ne fut qu'à moitié surpris : si la plupart des clients qu'il recevait dans l'auberge venaient de la malle-poste qui circulait entre Versailles et Beauvais, il était fréquent que des colporteurs et autres marchands s'arrêtent pour y passer la nuit. En général, cependant, ils arrivaient plus tôt, craignant de circuler après le coucher du soleil, ce qui pouvait souvent être synonyme de mauvaises rencontres. Or il était plus de 9 heures du soir, et la lune était obscurcie par les nuages. Le tenancier eut la sensation que cette visite tardive n'augurait rien de bon.

Cette impression s'envola quand l'homme en violet s'approcha du comptoir et lui sourit. Ce n'était au fond qu'un aimable quidam ne craignant pas la nuit, rien de plus. Sedaine lui rendit la pareille.

— Bonsoir à vous, monsieur.

— De même, jeune homme. Que peut-on faire pour vous ?

— Je souhaiterais le couvert et le gîte, si cela est possible.

— Mais comment donc ! Il y a encore bien de la place cette nuit, quant à la nourriture, cela va de soi ! Et qu'en est-il de votre cheval ?

— Mon cheval ?

— Oui, nous avons de superbes écuries qu'on nous envie à vingt lieues à la ronde ! Votre monture sera bien soignée, au chaud, nourrie aussi bien que vous-même !

— Je n'en doute pas un instant, mais je n'ai pas de cheval.

Le détail surprit Sedaine, qui observa plus attentivement le client. S'il avait de fait les bottes crottées – le contraire eût été impossible –, il ne paraissait pas bien las comme on aurait pu le penser d'un homme ayant passé la journée à marcher. Il n'avait d'ailleurs pas l'allure d'un camelot ambulant. Vêtements trop propres, de bonne coupe... Comptait-il venir s'encanailler ?

— Le repas se paye d'avance, tout comme la chambre... avec un supplément si vous attendez quelqu'un.

— Pour le règlement, c'est bien entendu... mais ne craignez rien, je compte dormir seul.

— Moi, ce que j'en dis... Ça fera trois francs pour le tout.

— Nuitée et souper ? Cela me va.

L'homme sortit dans l'instant trois pièces qu'il tendit à l'aubergiste, lequel fut de nouveau surpris : ce genre de client de passage essayait toujours d'obtenir une ristourne. Essayait, bien sûr, puisque Sedaine, formé à bonne école, ne transigeait jamais sur le tarif, mais c'était un jeu auquel il s'était habitué.

Là encore, l'homme en violet ne rentrait pas dans les normes de ceux qui s'arrêtaient au relais de poste.

— Alors, pour votre chambre... Il vous faut signer le registre.

En quelques traits de plume, l'homme obéit, paraphant quelque nom parfaitement illisible là où l'aubergiste le lui indiquait.

— Ce sera la 7 ; voici votre clé, et votre bougie. Peut-être faut-il vous réveiller demain ? Vous comptez partir par la malle de 6 heures ?

— Nullement, je vous en remercie. J'ai tout mon temps. La 7, c'est bien cela ? Ne vous dérangez pas, je la trouverai moi-même. Je reviens après pour le repas.

Et sur ces mots, bougeoir en main, Léandre Lafforgue prit la direction de l'escalier du château pour rallier la chambre qu'on lui avait attribuée. Il faisait très sombre à l'intérieur. La chandelle unique de son bougeoir était insuffisante pour éclairer convenablement la pièce mais, suspendu à un mur, un candélabre attendait qu'on veuille l'allumer.

De sa bougie, Goupil enflamma les mèches des trois cierges et, après quelques instants d'hésitation, la luminosité due aux flammèches s'accentua assez pour qu'il puisse observer l'endroit où il s'apprêtait à passer la nuit.

L'endroit, sans égaler le moins du monde l'hostellerie du *Vieil Armagnac*, était quand même convenable. Les fenêtres en étaient intactes, la poussière en majorité absente, mais quelques toiles d'araignées courant le long des solives prouvaient que le ménage n'y était fait que de manière passable.

Il alla s'asseoir sur la couche et fit la grimace. La literie laissait vraiment à désirer. Il se prépara mentalement à être mangé de punaises, cette sale engeance hantant tous les lieux de passage, sans qu'on parvienne à trouver une solution durable pour s'en débarrasser ; mais bon, si tel devait être le cas, à la guerre comme à la guerre. Il fallait qu'il prenne sur lui, et d'ailleurs il n'était pas venu pour ronfler.

Sous une commode, il remarqua la présence d'un vase de nuit et, tout à côté, d'un tabouret qu'il traîna jusqu'à la table. Ce ne fut qu'une fois assis qu'il ressortit la lettre qu'il avait récupérée tantôt au milieu des débris de la bombe, et la lut de nouveau.

Il espérait ne pas s'être laissé avoir par un faux message, mais cela semblait quand même assez improbable.

L'enveloppe retrouvée dans le leurre comptait cette fois non pas deux, mais trois feuillets. Un dessin sur l'un, un message identique en tout point à ceux reçus par la presse sur le second.

La page surnuméraire ne comprenait qu'une simple adresse.

Relais de poste du château d'Hérouville, Seine-et-Oise.

Au *Vieil Armagnac*, il avait rapidement cherché et trouvé un plan du département et constaté que si Hérouville n'avait aucune gare, celle de Pontoise n'était qu'à huit kilomètres du village en question. Il y avait une autre station plus proche, celle d'Auvers-sur-Oise, mais on ne pouvait y accéder que par l'omnibus, et il venait de rater le dernier, qui quittait Paris à 4 h 15.

Le Goupil s'était donc rendu à la gare du Nord pour prendre le train express numéro 15 à destination de Boulogne-sur-Mer. Après deux heures environ d'attente dans la salle des pas perdus, le convoi ne démarrant qu'à 7 heures du soir, il n'avait pas fallu trois quarts d'heure pour rallier la capitale du Vexin et, en pressant le pas, une heure vingt dans une semi-pénombre – la lune n'en étant qu'à son premier quartier – pour parcourir le chemin jusqu'à cet étrange relais de poste.

Tout ça au nom d'un message qui avait tout d'une mauvaise blague.

Cela n'avait rien de normal, rien de logique.

Pourquoi aurait-on souhaité le mettre sur la bonne voie ?

Pourquoi l'Amour agirait de la sorte ?

Cherchait-on à l'attirer dans un guet-apens ?

L'endroit, à première vue, ne s'y prêtait que peu.

C'est passablement perturbé qu'il redescendit au rez-de-chaussée afin d'y prendre son dîner. Jean Sedaine vint à sa rencontre sitôt il se fut installé, afin de passer sur la table de bois un coup de torchon pour en chasser les miettes laissées par les derniers convives.

— Alors, pour le repas, comme il est déjà tard, je ne puis vous proposer la lune… Ceci dit, je puis vous servir un brouet de légumes au gras encore bien tiède, quelques rillons sur du pain, du poulet froid, mais fraîchement rôti de l'après-midi, du fromage…

— Tout cela me convient parfaitement, le rassura Léandre. À part le fromage, que je ne prise guère. Quelques fruits, peut-être, pour terminer le souper ?

— On doit bien en avoir un peu, je vais aller m'en assurer.

Dix minutes plus tard, le Goupil était en train de se rassasier, avalant avec appétit de bonnes cuillerées de potage, suivi d'énormes bouchées de chair blanche de volaille et de mie de pain.

— Eh ben, dit Sedaine, la route vous a creusé l'estomac !

— Oh ça ? Ce n'est pas grand-chose ! Je tâche de ne pas me conduire en goinfre !

— C'est dire ! Mais c'est curieux, votre tête me dit quelque chose…

Léandre s'arrêta de manger, quignon entamé en main, et regarda le tenancier.

— Vraiment ?

— Oui… mais… je ne saurais dire… j'ai une très mauvaise mémoire des visages… Il y en a qui l'ont, et pas moi…

— Bah ! Il n'est pas nécessaire d'avoir ce talent pour mener la belle vie !

— Pour sûr. Je ne suis pas à plaindre ! Ici, je suis considéré comme un châtelain !

— Cette bâtisse est donc vôtre ?

— Pas exactement… C'est à ma famille, disons.

— Ah ? Dites-m'en plus ?

— Oh, ce serait un peu longuet…

— Si vous n'avez pas trop à faire, je ne demande pas mieux qu'à vous prêter l'oreille ! Rien de tel qu'une bonne discussion pour accompagner un bon repas.

Cela acheva d'apaiser et même de séduire Jean Sedaine, qui s'assit et commença à évoquer le passé des lieux. Il adorait raconter à qui voulait l'entendre la grande et la petite histoire du château. Il avait l'impression, en partageant ces anecdotes, de contribuer à quelque chose qui le dépassait un peu.

— Avant tout, il faut que vous sachiez que ce n'est pas un château bien vieux que celui-ci. Il n'a guère plus d'une centaine d'années. Autrefois, il y avait un autre manoir, qui appartenait au prince de Conti, mais il a été abandonné et il est tombé en pièces.

— C'est bien triste.

— Je trouve aussi, mais regardez-moi ce qui a été bâti à sa place ! C'est la famille de Brisay qui, sous Louis XV, a fait construire l'endroit tel qu'il existe aujourd'hui.

— Je suppose que vous êtes donc un Brisay ?

— Pas de sang, mais de cœur, ça oui ! Non, je leur suis lié, mais par le mariage… Il faut vous représenter, monsieur, que les Brisay étaient appréciés par ici, surtout la grand-mère de M. le comte Achille. Mme Françoise, ce n'était pas une de ces femmes de seigneurs, hautaine, non… Tout le monde l'estimait… et c'est ainsi que le château est resté en l'état à la Révolution…

Il cracha par terre en prononçant ce mot.

— Mme Françoise avait accepté – plus par sagesse que par conviction, si vous voulez mon avis – de soutenir les sans-culottes. Mais ses petits-enfants, eux, n'étaient pas de cet avis, et ils ont cherché à émigrer. M. Achille, notamment : il était poursuivi, et s'il se faisait prendre…

— C'était la cravate à Capet, à coup sûr.

— Je ne vous le fais pas dire… Alors, voilà qu'il arrive à Saint-Prix et qu'il échappe à une arrestation de justesse… Et il tombe sur sa bienfaitrice, Agathe Sedaine. Elle n'avait que quatorze ans à peine, peut-être même pas, mais du cran à revendre ! Elle risquait sa vie en le faisant, mais bon : elle lui ouvre sa porte, lui offre une cachette dans un placard, le nourrit, le temps de pouvoir organiser sa fuite.

— Une femme charitable !

— C'est ce que s'est dit M. Achille, et sûrement d'autres choses à son sujet d'ailleurs, car quand il est revenu, une fois les choses un peu calmées, ça a été pour la demander en mariage sans attendre. Enfin, c'est façon de dire : ça faisait presque douze ans qui s'étaient écoulés depuis qu'elle l'avait sauvé ! Ça n'a pas fait que des heureux non plus ! Un comte qui épousait une actrice, une fille de tragédien, ça a causé du scandale…

— Ah, cela me disait bien quelque chose ! Michel Sedaine !

— Vous connaissez son nom ?

— Quand on est auteur de théâtre soi-même, c'est une chose naturelle !

Ravi par la tournure de leur conversation, Jean alla se servir une chopine de vin rouge et proposa à cet hôte si charmant de partager le verre de l'amitié. Ce dernier refusa poliment l'alcool, mais accepta toutefois de trinquer avec de l'eau claire.

— Bref, les parents du comte lui en ont voulu, et il s'est retrouvé déshérité à gauche et à droite, mais sa grand-mère, Mme Françoise, n'a pas été de ceux-là et, quand elle est morte, elle lui a laissé le château… Un joli cadeau, en vérité, mais un peu coûteux à entretenir… Alors M. Achille a eu une idée : puisque la grand-route longeait l'entrée, il a proposé d'en faire un relais de poste et une auberge pour les voyageurs. Ça a été un succès et, comme il restait quand même un comte, ça a fait parler jusque très haut ! Les rois sont venus ici, monsieur, ne serait-ce que pour les écuries et les attelages !

— Ont-ils dormi dans vos chambres ?

— Ça, je ne saurais dire, mais ça se pourrait... Oh, et tiens, puisque vous êtes dans l'écriture, peut-être vous connaissez cette dame qui écrit...

— J'en connais plusieurs.

— Ah tiens ! Mais une fameuse, à ce qu'on m'a raconté. Avec un prénom d'homme...

— Ça réduit le cercle de mes recherches, sourit Léandre. Deux me viennent à l'esprit. Très jeune ou d'âge mûr ?

— Plutôt vieille.

— George Sand ?

— Oui, c'est ça ! Eh ben, George Sand, à ce que j'en sais – c'était avant que je ne vienne travailler ici –, profitait des chambres, si vous voyez ce que je veux dire, avec un musicien étranger...

— Ce ne serait pas un certain Chopin ? devina le Goupil, amusé.

— Exact !

Bien qu'ayant en tête bien des choses fort peu réjouissantes, Léandre ne pouvait s'empêcher de sourire en pensant à la baronne Dudevant et à ses galipettes avec le virtuose polonais... Il est vrai que l'endroit était plaisant, ni trop loin de Paris ni trop près, propice aux rencontres discrètes. Cela faisait quelque temps qu'il n'avait pas eu l'occasion de la revoir, mais George, malgré toute l'affection qu'elle portait au jeune Gascon, était devenue de plus en plus hostile envers son maître l'empereur, et Léandre détestait par-dessus tout se retrouver dans une discussion politique, qui plus est houleuse. Il n'avait pas envie d'admettre tout haut qu'il lui arrivait lui aussi d'être désabusé par le chemin du pouvoir sur lequel s'était désormais engagé le prince.

Il songea alors aux autres personnes déçues par Bonaparte, dont son père.

Il ne devait pas perdre de vue les raisons de sa venue sur place, si intéressantes étaient les anecdotes contées par l'aimable aubergiste. Par chance, l'homme était si prolixe que l'agent n'eut aucun mal à orienter leur dialogue dans la direction qui lui serait la plus utile.

— Mais alors, monsieur, il semble qu'on vienne se dévergonder dans votre château ?

— Oh, quand même, c'est un peu exagéré… mais on y est bien tranquille, croyez-moi !

— Vous parvenez même à attirer d'illustres personnes, même venues de l'étranger !

— C'est pas fréquent, mais ça arrive quand même ! Enfin, des étrangers, je veux dire, parce que les gens illustres, ça court pas les rues… C'est dit sans vouloir vous offenser, peut-être vous êtes connu et je ne le sais pas ?

— Vous avez des étrangers ce soir ? poursuivit Léandre en dédaignant de répondre à la dernière question.

— Ben oui… Un petit couple, et un homme plus âgé. Tenez, justement…

L'aubergiste se leva, l'air interrogateur, faisant face à quelqu'un qui arrivait dans le dos de Léandre.

— Monsieur ?

— Serait-il possible d'avoir un cruchon de vin chaud, *prego* ?

Le Goupil se retourna à la vitesse de l'éclair.

Le son de cette voix familière venait de confirmer tous ses soupçons.

Il faisait maintenant face à l'homme qu'il était venu débusquer dans cette auberge du Vexin.

À cet instant précis, il aurait pensé déceler une trace nette de peur dans son regard.

Mais en reconnaissant son fils, le visage d'Alessandro Prazzoli ne reflétait qu'une grande, une immense surprise.

Chapitre neuvième

D'un voyage à l'étranger des plus impromptus

SI STUPÉFAIT QU'IL FÛT, Alessandro ne perdit pas plus d'une seconde pour réagir. Tournant les talons aussi rapidement qu'un chat effrayé, il fonça vers l'escalier en hurlant.

— *Vattene ! Vattene ! La polizia è qua !*

Malgré son âge, Prazzoli avait encore la forme physique d'un homme en pleine force de l'âge et, en quelques bonds, il avait déjà gagné les étages supérieurs, atteint la chambre de ses complices et claqué la porte derrière lui.

Le Goupil était pris de court. Il ne savait au fond comment réagir face à cette situation. Sortir son couteau ? Il n'allait tout de même pas l'assassiner !

Il devait malgré tout l'attraper, ne serait-ce que pour éclaircir sa présence dans cette auberge…

— Mais que se passe-t-il donc ? demanda Jean Sedaine.

— Les questions, c'est moi qui les pose ! Où est-il allé ?

— Dans sa chambre, je crois… balbutia l'aubergiste.

— Laquelle est-ce ?

Léandre ne se sentait pas de cogner à chaque porte afin de débusquer le fuyard.

— La 10… euh, non, la 9.

L'agent planta là l'employé en vociférant :

— Surtout, n'appelez personne ! Vous m'entendez ? Personne ! C'est une affaire qui ne concerne que moi !

Jean Sedaine en resta comme deux ronds de flan, mais se reprit très vite. C'était à lui qu'on confiait la bonne marche de l'auberge et, par tous les saints, il n'était pas question d'y mener un tel tapage ! Il hésita : alerter les gendarmes ou bien aller réveiller le comte Achille pour prendre ses ordres ? Il se décida pour le second choix, car il était serviteur dans l'âme, et il craignait surtout de commettre un impair. L'intervention de la maréchaussée pour ce qui pouvait être une simple affaire de mœurs risquait de compromettre la bonne image du lieu ! Il n'y avait plus foule dans la salle, à part deux clients qui venaient souvent – pour ne pas dire tous les soirs – achever leur journée autour d'un verre, sachant que l'auberge ne fermait que très tard ses portes aux consommateurs assoiffés… L'un d'eux n'était autre que le garde des lieux, assermenté certes, mais à l'efficacité médiocre : un ancien militaire ayant davantage écumé les tavernes durant sa carrière que les champs de bataille…

— Père Monin ? Surveillez la salle ! Moi, je vais trouver le comte !

— Vas-y, gamin ! Avec moi… hic… tu peux avoir confiance !

La porte venait de se refermer sur Alessandro. Patrizia et l'Amour le regardaient avec stupeur. Il ne leur laissa pas le temps de l'interroger.

— Nous sommes faits ! La police est là ! Fuyez !

— Et vous ? demanda Vesely.

— Moi, je vais me débrouiller. Sortez par la fenêtre !

Les amants ne perdirent plus un moment pour se vêtir. Ce genre de fuite précipitée leur était, par chance, assez familier. Plusieurs fois, ils avaient manqué se faire attraper par la police lors de perquisitions dont ils n'étaient sans doute pas l'objet, mais qui leur auraient été fatales… Vesely se faisait donc un devoir, en cas de déplacement, d'observer l'extérieur des lieux dans lesquels il séjournait afin de repérer dès la première minute l'issue la plus facile d'accès.

La chambre qu'il occupait avec sa maîtresse comportait deux fenêtres donnant sur une partie peu éclairée de la cour, assez proche des écuries. L'escalade en était facilitée par un vénérable lierre qui recouvrait une bonne partie de la paroi.

Il n'était pas question de se soucier de leurs bagages : le peu de matériel qui restait pour faire les ultimes colis ne lui manquerait pas, et l'essentiel pour leur voyage tenait dans deux sacoches de toile de petite taille.

Patrizia fut prête avant son compagnon. Ce dernier enfilait ses bottes quand ils entendirent de violents coups de poing assenés contre la porte. Ou plutôt contre la porte donnant dans la chambre voisine de la leur.

— Alessandro ! Ouvre ! Ouvre tout de suite ! cria l'homme.

De l'index, Prazzoli fit signe au couple de ne pas dire un seul mot. Il regarda Patrizia enjamber le rebord de la fenêtre et disparaître dans l'obscurité.

Milos, lui, parut hésiter au moment de faire de même.

— Qu'attends-tu donc ? File ! s'énerva l'Italien.

— Non ! Pas sans vous donner rendez-vous !

— Peu importe ! Va rejoindre ta femme, je te dis !

— Si vous voulez qu'on se retrouve pour fêter Pâques, l'Amour guidera vos pas, puis vous aviserez sur place ! Et si nous nous manquons, le dimanche suivant à la maison !

Et ce disant, il lui remit un livre entre les mains, pour enfin partir par cette singulière issue à la suite de sa maîtresse.

Dans le couloir, le Goupil tapait de toutes ses forces contre la porte de la chambre 9, à tel point qu'une tête irritée jaillit de la chambre précédente.

C'était celle d'un homme entre deux âges, les cheveux ébouriffés et la mine grise qu'ont les gens éreintés.

— Oh là ! Ce n'est pas un peu fini, non ? A-t-on idée de déranger les gens dans leur sommeil comme cela !

— Retournez vous coucher ! grogna Léandre.

— Comment ? Il ferait beau voir qu'on me réveille puis qu'on me parle sur ce ton ! Vous savez qui je suis, jeune homme ?

— Un emmerdeur qui ferait mieux d'aller voir dans son lit si j'y suis !

L'affront était proféré avec une telle colère, et le visage du Goupil si menaçant que le dormeur opta pour la meilleure des solutions et regagna son lit sans demander son reste, en se promettant toutefois de se plaindre le lendemain matin à qui de droit.

— Alessandro ! Je sais que tu es là-dedans ! Ouvre !

En entendant le bruit d'une autre porte s'ouvrir à sa droite, le Goupil sentit la fureur le gagner à nouveau, et il se retourna, écarlate, prêt à agonir d'injures le nouvel importun.

Mais devant la chambre 10 se trouvait, droit comme un I, son père qui le regardait d'un air interrogateur.

Mâchoires serrées, l'œil terrible, sans prononcer un mot, Léandre fit quelques pas dans sa direction.

Puis saisit son père à la gorge et le força à rentrer dans la chambre.

Une fois à l'intérieur, il lui donna une violente bourrade qui le fit partir en arrière et tomber de tout son long sur le lit.

Pendant que l'Italien se remettait en position assise, Léandre le contemplait, sans tendresse, debout devant la porte qu'il venait de refermer.

— Je veux des explications.

— En voilà une façon de traiter son père ! toussa Alessandro, le cou endolori par la prise de fer de son rejeton.

— Tes récriminations, tu peux les ranger là où le soleil ne brille pas. Que fais-tu ici ?

— Je me repose, comme tu vois.

— Pa… Alessandro, je m'efforce de conserver mon calme, j'ignore si tu le comprends, mais là je suis à deux doigts de te réduire le visage en bouillie. Alors, pour ton bien comme pour le mien, je te prie de répondre à mes questions. Sans plaisanter. Que fais-tu ici ?

Prazzoli soupira.

— Quelle importance ? Si tu es là, c'est bien que tu sais quelque chose !

— Quelque chose ne veut pas dire tout. Je veux la vérité. Entière. Maintenant.

— Aide-moi d'abord à me relever.

Léandre s'avança et tendit la main droite.

Prazzoli la lui saisit.

Au niveau du poignet.

Et le tira en avant, tout en refermant son poing gauche qu'il percuta contre le nez de son fils.

Ce dernier détourna le visage et, à l'aveuglette, riposta des deux poings, parachevant le tout d'un savant coup de pied qui atteignit l'Italien en pleine poitrine en l'envoyant au sol, le souffle coupé.

Il n'aurait jamais pensé devoir mettre en pratique son apprentissage de la boxe sur son propre père.

— Cette fois, relève-toi tout seul... grinça-t-il.

C'est alors qu'il entendit des cris venant de l'extérieur : allant à la fenêtre restée ouverte, il vit tout d'abord, à peine éclairées par les lanternes de la cour, deux jambes d'un homme renversé par terre, et, passant en trombe à quelques pas de lui, deux cavaliers qui s'enfuyaient dans la nuit.

Voleurs de chevaux ou bien employés du relais de poste partant quérir de l'aide, il n'avait pas l'intention d'attendre pour être renseigné sur ce point.

— Merde ! Allez, il faut se presser maintenant !

Tant pis pour les risques que cela engendrerait, le Goupil releva sans douceur son père à qui, sans le savoir, il fit peu ou prou les mêmes recommandations que ce dernier avait données à l'Amour quelques instants auparavant.

— Prends l'essentiel de tes affaires, nous partons.

— Où cela ?

— Nous verrons en route ! Le principal, c'est de mettre de la distance entre cet endroit et nous... ou plutôt toi.

Prazzoli regarda son fils, cherchant à comprendre ce que cachait cette proposition, avant de se décider et de se diriger vers le couloir.

— Où vas-tu ? Je te dis de rassembler tes affaires !

— Les miennes ne se trouvent pas dans cette chambre. Je dors dans celle d'à côté.

— Mais que faisais-tu alors dans... oh, peu importe, l'important, c'est que tu te grouilles !

Pendant que le *carbonaro* rassemblait son viatique, Léandre, désœuvré, étudia les affaires laissées dans la chambre, songeur face à l'attirail d'horloger qui se trouvait sur la table. Il aurait vraiment souhaité que le message se contente de l'envoyer à une chasse au dahu plutôt que d'arriver dans l'antre de l'Amour et de voir ses soupçons entièrement fondés. Et à l'heure de faire un choix, quelle option suivait-il ? Celle de la duperie... Tout ça au nom des liens du sang.

S'éterniser dans cet établissement n'arrangerait rien. Il en était certain : malgré ses ordres, l'aubergiste n'allait sans doute pas garder le silence bien longtemps. Il n'était pas question d'attendre l'arrivée de la maréchaussée ou de quelque autre gêneur, pas question non plus de se faire encore remarquer en quittant le château *via* la salle du restaurant… Pouvaient-ils sortir par la fenêtre ? Le Goupil souffrait toujours du vertige et, en d'autres circonstances, il s'en serait certainement dispensé, mais c'était un cas de force majeure. D'ailleurs, il y avait du lierre solide auquel s'accrocher, l'obscurité ambiante atténuait quelque peu la distance et, comme ils n'étaient qu'au premier étage, la terre ferme n'était pas si loin. Il fut convaincu que le passage était le bon en remarquant une trace de semelle sur la saillie de bois. Quelqu'un était déjà passé par là récemment, très récemment… Il serait toujours temps de se poser des questions en chemin.

Si Alessandro ne profitait pas de la situation tumultueuse à souhait pour lui fausser compagnie.

Par chance, Prazzoli n'avait pas de telles intentions, et moins de deux minutes après s'être absenté, il était de retour dans la chambre 10.

Sans lui dire un mot, Léandre lui montra le chemin en s'engageant par la fenêtre ouverte et en s'agrippant, à la manière d'un singe, à la drienne grimpante.

La descente fut plus facile qu'il ne le craignait, mais il ne se sentit à l'aise qu'après avoir fait quelques pas dans la cour sombre.

— Bon, nous sommes sortis, dit Alessandro. Et maintenant ?

Avant de répondre, Léandre s'approcha du pauvre homme toujours couché au sol et reconnut l'aimable aubergiste Sedaine. Était-il ?… Un simple contact au niveau du poignet lui permit de constater que le pouls était bien présent, et il n'entendit pas de respiration saccadée prélude à un râle de moribond.

On viendrait assez tôt lui porter secours : pas besoin de faire preuve de trop d'altruisme dans ce cas. Le principal, c'était de déguerpir.

Il se mit à courir vers la porte grande ouverte des écuries, d'où provenaient les hennissements des chevaux dérangés eux aussi dans leur sommeil.

Ce ne serait au fond qu'un délit supplémentaire à ajouter à la liste de tous ceux qu'il avait commis en venant dans ce village.

— J'espère que tu ne crains pas de chevaucher la nuit.

— ... Alors voilà... quand on est arrivés dans cette chambre et qu'on a vu tout ça, on s'est dit qu'il fallait vous prévenir, rapport à la note qu'on avait reçue...

— Et vous avez fort bien agi, brigadier, répondit Leterrier. Nous n'en espérions pas moins de vous.

Lentement, Roënel parcourut la chambre 10 de long en large. Il se souciait peu des vêtements abandonnés : ce qui l'intéressait, c'était l'assortiment de pièces d'horlogerie et autres éléments métalliques, entassé dans une caisse de bois, ainsi que les flacons de verre contenant un produit blanc-gris dont on ne pouvait que deviner l'usage.

— Mouflart, vous avez idée de ce que cela peut être ?

— Un bon scientifique, mon ami, évite de trop souvent présumer des choses. Une analyse me permettra de dire exactement ce dont il s'agit.

Mais il regarda le policier par-dessus ses bésicles et ajouta :

— Si vous voulez m'entendre dire qu'il s'agit d'un produit explosif, soyez satisfait, je pense qu'il n'y a pas lieu de se poser bien longtemps la question.

— Bon... voilà l'Amour définitivement débusqué, et son matériel sous bonne garde. J'espère ne pas me tromper en affirmant qu'il est plus que probable qu'il n'y aura plus d'autre attentat signé d'un angelot à Paris.

— Le Ciel vous entende. Voulez-vous que je rapporte tout cela en nos locaux ?

— Si ce n'est pas trop vous demander... mais il n'est pas question que je vous laisse procéder seul.

Leterrier réquisitionna alors l'aide du brigadier et du gendarme de la brigade d'Auvers pour transbahuter l'intégralité des biens retrouvés dans la chambre jusqu'à la voiture de Mouflart.

— Êtes-vous sûr que cela ne risque rien ? dit Roënel après avoir vérifié la stabilité de la marchandise dans le véhicule.

— J'en mettrais ma main au feu... ou plutôt, je m'abstiendrais, car je gage que la moindre flamme ferait sauter tout cela, et votre serviteur avec.

— Évitez cela. Nous aurons encore besoin de vous !

— C'est bon de se sentir nécessaire.

— À ce propos, j'aimerais compter sur vous pour entendre les témoins.

— Êtes-vous sûr d'avoir besoin de l'avis d'un médecin légiste ? Je fais mieux parler les morts que les vivants, je ne vous le cache pas !

— Certes, mais nous ne serons pas trop de deux agents pour cela. Et vous pouvez être à même de relever un détail qui ne m'aura pas troublé. À moins que vous ne soyez pressé ?

— Ma foi, en aucun cas ! Allons, je vous suis.

Dans la salle principale de l'auberge, la tête bandée telle une momie de l'Égypte ancienne, Jean Sedaine était en train de briquer une table comme jamais auparavant. Il avait besoin de se défouler. Il avait eu beau s'expliquer, le comte Achille n'avait pas été très élogieux à son égard, ce qui était compréhensible, mais n'en demeurait pas moins injuste. Ce n'était pas lui qui s'était fait assommer !

En voyant approcher les deux policiers, il ferma les paupières avec lassitude. Il avait hâte que cette journée s'achève.

— Monsieur Sedaine ? Auriez-vous quelques minutes à nous consacrer afin de nous raconter ce qu'il vous est arrivé hier soir ?

— C'est que… j'ai déjà répondu aux questions des gendarmes…

— Oui, mais pas aux nôtres.

— Où est la différence ?

— Monsieur, je ne pense pas être dans l'obligation de devoir tout vous expliquer ; ceci dit, si vous préférez que nous fassions preuve de sévérité, nous allons vous contraindre à nous accompagner jusqu'à Auvers pour que vous soyez entendu dans les bureaux de la gendarmerie et, après votre audition, nous vous laisserons rentrer par vos propres moyens. Sinon, nous vous écoutons ici, cela ira vite et bien, et vous serez débarrassé de notre présence en moins de temps qu'il n'en faut pour l'écrire. C'est à vous de choisir.

— Le choix n'est pas difficile… Veuillez m'excuser, dit Sedaine. Avec tout ce pataquès, je n'ai quasiment pas dormi.

— Ne vous en faites pas, l'apaisa Leterrier.

— Voulez-vous boire quelque chose ?

— Pas durant le service, merci.

— Et vous, monsieur ?

— Docteur… mais non, je pense qu'il est plus raisonnable d'agir comme mon collègue.

Ils s'assirent tous trois autour d'une table, et Sedaine commença à raconter.

— J'avais senti qu'il y avait quelque chose de pas net chez ces gens-là…

— Vraiment ? En quoi ?

— Bah, c'est comme ça, j'aurais du mal à vous l'expliquer… Le flair, je dirais…

— Vous vous souvenez quand ils sont arrivés ?

— Heu… oui, plus ou moins… les deux premiers, ceux de la chambre 10, c'était fin janvier, vers le 26 ou le 27, il me semble… Quoique non, je suis bête… Une semaine plus tôt, il y a eu leur ami.

— Leur ami ?

— Oui… il est revenu leur rendre visite plusieurs fois, et c'est lui qui a payé leur chambre.

— Quelqu'un est venu payer une semaine avant qu'ils n'arrivent ? Et pour combien de temps ?

— Ben… de mémoire… pour quatre mois.

— Quatre mois d'avance ? Et ça ne vous a pas surpris ?

— Surpris, oui, mais ma foi, j'ai pas à juger de la façon dont les gens dépensent leur argent... J'ai accepté de leur garder deux chambres pour tout ce temps, et voilà.

— Deux chambres, dites-vous ?

— Oui. Ça aussi, ça m'a étonné.

— Pourquoi cela ?

— Parce que quand ils sont arrivés, c'était un jeune couple, alors dormir séparément, très peu pour eux. On a pensé à une relation pas légitime, mais là encore, ce n'étaient pas nos affaires. Et puis, comme ils ne prenaient même pas la peine de se cacher, on s'est vite dit qu'ils n'étaient pas en train de commettre un adultère.

— Que faisaient-ils de leurs journées ?

— Ils ne sortaient pas trop, la plupart du temps ils restaient dans la chambre. Bon, c'était de la jeunesse qui s'aimait, vous voyez ce que je veux dire ? Ils faisaient attention, mais on les a bien entendus, une fois ou deux...

— Oui, nous avons compris.

— Sinon ils se baladaient souvent dans le parc, faut dire qu'il y a de quoi faire. Et je pense qu'ils sont allés de temps en temps à Paris, parce qu'ils m'avaient demandé en arrivant la direction pour prendre le train pour Paris, et je leur ai expliqué comment aller à Pontoise depuis ici.

— C'est arrivé souvent ?

— Non, cinq, six fois peut-être...

— Que pouvez-vous dire sur ce couple ? À quoi ressemblaient-ils ?

— Oh, j'aurais du mal à être précis...

— Quoi ? Comment cela ? N'avez-vous pas passé plus d'un mois et demi à les voir quotidiennement ?

— Ben, c'est que, n'importe qui vous le dira, moi je suis pas trop du genre à me rappeler des visages… et puis à force de voir des gens…

— Procédons par ordre : à quoi ressemblait-il, lui ?

— Ben, pas très grand, ni trop petit.

— Taille moyenne ?

— Oui…

— Vous n'en êtes pas sûr ?

— Ben, comme ça… je vous avoue que…

— Brun, blond ?

— Brun.

— Barbu ?

— Non.

— Un détail physique qui vous aurait marqué ?

— Non.

— Et elle ?

— Plutôt petite. Les cheveux noirs. Très jolie.

— On dirait, souligna Mouflart, que son allure a davantage marqué votre mémoire que celle de son compagnon.

Sedaine se contenta de rougir.

— Rien d'autre à souligner… à part sa beauté ?

— Ben non.

— Et l'homme qui est venu louer leur chambre ?

— Pas davantage. Il était toujours bien habillé, chaudement, un chapeau sur la tête. Un monsieur, quoi.

— A-t-il donné un nom pour la réservation ?

— Oui, il a dit que ceux qui viendraient s'appelaient Delphine.

— Delphine ?

— Oui… mais il ne le prononçait pas ainsi. Il mettait un accent à la fin. Delphiné… c'est comme ça qu'il le disait.

— N'était-il pas français ?

— Ah, si, il parlait français comme vous et moi.

— Non, je vous demande s'il était français ?

— J'en sais trop rien. Eux, par contre, c'est sûr qu'ils l'étaient pas. Ils étaient pas très bavards, mais les quelques fois où ils m'ont adressé la parole, ils avaient un accent net.

— Quel genre d'accent ?

— Je saurais pas dire. Étranger, quoi.

— Voilà qui va largement aider nos investigations, murmura Mouflart.

— Dites-moi, qu'est-il advenu de la chambre en trop ?

— Ben, elle était pas en trop, puisqu'elle a été occupée.

— Quand cela ?

— Plus tard.

— Plus tard quand ?

— Ben, à partir de ce mercredi soir.

— Il n'y a eu personne entre-temps dans cette chambre ?

— Non.

— Et en cas d'affluence ? De clients ayant vraiment besoin d'un toit pour la nuit ?

— Sûrement pas ! Elle est louée, elle est louée.

— Même pour l'empereur ?

— Ah ben non ! Que ce soit le pape ou Dieu le Père, ce serait pas honnête !

— Cette probité vous honore, railla Mouflart.

— Ce nouveau client est arrivé seul ? poursuivit Roënel.

— Non, il était accompagné par le même type, celui qui avait loué les chambres. Et tous, ils se connaissaient. Et même qu'ils semblaient pas très contents de se revoir. Les trois soirs qu'ils ont passés ensemble, on les a entendus se fâcher en un patois bizarre… en étranger, quoi.

— De l'allemand ? Du turc ? De l'espagnol ?

— Oh, je sais pas, ça, moi, je connais que ma langue, et ça me suffit pour être compris…

— Ils se disputaient, mais vous ne savez pas à quel propos ?

— Non, mais le vendredi soir, ils faisaient vraiment du boucan, on aurait pu croire qu'ils allaient se frapper, tous les quatre, tellement le ton était haut. Et une heure après ça est arrivé un autre gars.

— Un cinquième ?

— Oui. Un blond, large d'épaules, qui est venu me louer une chambre.

— Il n'était donc pas en relation avec les autres ?

— Ben, j'en suis pas sûr. Il est arrivé tard, et il est venu souper de même, et il était aimable. Lui, c'était un Français, au passage, pas de doute, même s'il avait une pointe d'accent, pas comme par ici. On parlait ensemble, le plus vieux des trois est arrivé et, quand ils se sont vus, c'est là que tout s'est passé.

— C'est-à-dire ?

— Le vieux s'est mis à gueuler, et il est remonté aussitôt. Le costaud en violet…

— En violet ? souligna Leterrier, surpris.

— Oui, le client du soir. Il avait un manteau violet.

— D'accord... donc, cet homme-là, qu'a-t-il fait ?

— Ben, il m'a ordonné de ne pas prévenir les gendarmes, puis il s'est lancé aux trousses de l'autre. Il tapait à la porte comme s'il voulait la casser... il gueulait qu'il devait ouvrir la porte... Alexandre !

— Qui ça ?

— Ben, c'est ce qu'il gueulait. Il appelait le vieux gars Alexandre.

— Vous êtes sûr ?

— Oui, tout à fait sûr.

— Et qu'est-ce que vous avez fait ?

— J'ai préféré agir, et pas l'écouter. J'ai couru chercher un garçon d'écurie pour qu'il aille jusqu'à Auvers chercher les gendarmes... et c'est là que je me suis pris un coup sur la tête ! Résultat : quand je suis revenu à moi, il manquait quatre chevaux dans l'écurie, et tout ce petit monde s'était enfui.

— Bon... ça me semble être assez pour l'instant. Si quelque chose vous revenait en mémoire...

— Ça risque pas, reconnut Sedaine non sans sagesse, avec le choc que j'ai pris sur la calebasse...

— Au cas où, n'hésitez pas à aller trouver les gendarmes à nouveau, ils nous transmettront le message.

Sedaine hocha la tête en faisant la grimace, sans doute à cause de la douleur du choc reçu la veille, salua les agents et retourna à ses activités.

— Alors ? demanda de Flandre.

— Notre Goupil a flairé la piste plus rapidement que nous, ça, c'est une certitude.

— Bien... que faisons-nous ?

— Je pense qu'il ne nous reste plus qu'à retourner à Paris, à creuser encore un peu ce dont nous disposons…

— C'est-à-dire presque rien…

— Et à attendre. Vous avez raison, on ne dispose pas de grand-chose pour faire avancer l'enquête… et là, mis à part le fait qu'un des suspects s'appelle Alexandre, nous n'avons pas appris suffisamment de choses pour progresser de façon importante.

— Vous ne pensez pas que notre ami fonce tout droit vers le danger ?

— S'il en est arrivé, comme je le suppose, à voler un cheval pour quitter les lieux et qu'il a ordonné en plus qu'on ne prévienne personne, j'aurais tendance à vous dire qu'il est en plein dedans… sauf que, faute d'informations, nous serons incapables de le tirer d'un mauvais pas où il se serait mis de son plein gré.

Et plaisantant à moitié, tout en touchant le bois de la table pour conjurer le sort, Charles dit :

— Espérons qu'on ne le retrouve pas flottant dans la Seine au cours des jours qui viennent…

De l'eau bleue, à perte de vue, presque de la même teinte que le ciel sans nuages, à tel point qu'on aurait pu confondre les deux s'il n'y avait eu la démarcation formée par l'horizon.

Léandre n'était pas familier avec la mer, mais il devait reconnaître que ce spectacle nouveau avait quelque chose de tranquille et d'apaisant. Quelques barques, de-ci de-là, des pêcheurs et leurs prises du jour.

La route avait été assez pénible pour arriver là, somme toute.

D'abord, les deux hommes avaient rallié Paris sur le dos de chevaux dérobés dans les écuries d'Hérouville, lesquelles ne méritaient sans doute pas ce genre de publicité… Faute de pouvoir ramener Alessandro à l'hostellerie du *Vieil Armagnac*, encore moins chez Chevrette, ils avaient abandonné leurs montures sitôt passées les portes de la capitale et poursuivi la route à pied pour se dissimuler dans les cavernes qui servaient toujours de cachette aux malappris. Par chance, ce soir-là, ils y étaient seuls et Léandre n'eut pas à expliquer à ses « petits frères » la raison de la présence d'un autre adulte que lui dans ce lieu normalement réservé aux enfants. Avant de dormir, ils discutèrent afin de savoir quelle conduite suivre, et Prazzoli parvint, non sans mal, à persuader son fils de l'aider à fuir le pays pour échapper aux recherches qui étaient désormais inévitables.

Après une nuit très courte qui les reposa à peine, ils partirent tous les deux à l'aube en direction du centre, afin d'y trouver une diligence libre de passagers qui pouvait les conduire dans le Sud. Le trajet, parsemé de haltes, fut laborieux : après une étape à Lyon, ils avaient gagné le Sud en longeant la vallée du Rhône, puis traversé la Provence sur toute sa longueur, *via* Avignon, Aix-en-Provence, Fréjus et Antibes.

En d'autres circonstances, Léandre aurait adoré ce voyage, car le spectacle de la Provence en ce début de printemps était tout bonnement saisissant ; mais la colère qui l'habitait était plus forte que tout et, plusieurs fois, il dut résister à l'envie de précipiter son propre père hors de l'attelage tellement il lui en voulait.

Dans sa hâte de s'éloigner de Paris, durant les vingt-quatre premières heures, il s'était uniquement concentré sur leur fuite, mais à mesure que les kilomètres défilaient, son esprit raisonnait sans répit. Dans sa tête, ce n'était qu'un tourbillon de pensées enflammées, de rage impuissante, de dilemmes insolubles.

« Comment a-t-il pu me trahir de la sorte ? Et moi, en parfait imbécile, qui décide de l'aider à s'enfuir… Tiens, je devrais attendre qu'il s'endorme, lui saisir la nuque et la briser entre mes mains avant de le jeter dehors… On pourrait croire à un triste accident… Mais je ne peux pas agir ainsi. Il reste mon père. Enfin, mon père, c'est vite dit… Et au fond, est-ce que je veux vraiment d'un père aussi ignoble, capable de s'en prendre de la sorte à des innocents ? Oui, si je le tuais, tout deviendrait plus facile… Mais les autres passagers ? Ils nous regardent, je le sais. Même en agissant vite, je n'arriverais pas à échapper à leur vigilance… Et je ne peux pas tous les obliger à se taire… Ou alors, le dénoncer ? Ce serait si simple. Et pourtant… Le livrer, c'est me compromettre. En partant avec lui, je suis devenu son complice. Et si on nous sait parents, on se doutera que je l'ai laissé fuir délibérément… »

Voilà comment il avait effectué tout le trajet, le cerveau en ébullition, mais dans le silence le plus complet, tant il craignait de ne pouvoir se contenir, d'en dire trop et trop fort, de se trahir devant témoins en parlant de bombes ou de crime de sang, ce genre de chose ayant la fâcheuse tendance de susciter l'attention indésirable de tierces personnes. Pas un seul instant pendant qu'ils faisaient route père et fils ne s'étaient retrouvés vraiment seuls, ou du moins à l'abri d'oreilles ou d'yeux indiscrets. Alors, faute de pouvoir crever l'abcès, Léandre était à bout de nerfs, mais il s'était curieusement résigné à ne plus décrocher la mâchoire avant de juger le moment opportun. Les rares fois où Alessandro avait tenté de prendre les devants en lui adressant la parole, il l'avait donc empêché de continuer d'une simple œillade, avec ce regard aux reflets jaunes comme le feu qu'il réservait d'habitude à ses pires ennemis.

Le lundi en début d'après-midi, en passant sur un pont qui enjambait le Var, ils subirent un contrôle douanier qui leur apprit qu'ils avaient quitté la France et gagné le royaume de Sardaigne. Le badge de police, agrémenté d'une histoire d'enquête et d'extradition d'un criminel, suffit pour que les gabelous sardes laissent passer le Goupil. Prazzoli, lui, fournit pour l'occasion des documents falsifiés qui firent tout aussi illusion… Enfin, dans la journée du lundi, ils parvinrent à destination : Nice. C'était dans cette grande et belle ville baignée par la *Mare Nostrum* que vivait Orsini, l'un des amis d'Alessandro, un homme qui, s'il fallait le croire, serait tout disposé à leur fournir gîte et assistance.

— *Figlio…*

Il se raidit, fermant les yeux et crispant les poings, surtout quand il sentit la main de son père se poser sur son épaule, doucement, amicalement.

— Léandre… tu ne peux pas continuer ainsi… Tu ne m'as pas dit un mot depuis le voyage. Ça fait deux jours que nous sommes arrivés.

— J'en aurais plusieurs à te dire… mais je vais m'abstenir… au nom du respect que je devrais avoir envers toi. Ne devrais-tu pas rester à l'abri chez tes amis ?

— Je ne risque pas grand-chose ici.

— Ben voyons. Tu te crois à l'abri de toute responsabilité parce que nous avons franchi une frontière ?

— Non.

Alessandro Prazzoli s'assit sur la grève. Le sable mêlé de galets était encore assez froid, malgré le soleil radieux de la côte.

— Comment m'as-tu trouvé ? demanda le Goupil sèchement.

— Hier, tu es déjà venu au même endroit et tu y es resté une bonne heure. Je t'avais suivi pour te parler, mais je n'ai pas trouvé le courage.

— Le courage ? Ah ! Parlons-en, du courage… Un homme courageux aurait accepté de faire face à ses responsabilités, il n'aurait pas accepté de fuir comme tu l'as fait… Comme je t'ai laissé faire. Il faut être dément pour croire qu'on échappe aux conséquences de ses actes simplement en prenant de la distance.

— Tu penses que j'en suis un ?

— Un dément ? Non, d'autres termes me viennent à l'esprit te concernant… Tu tiens vraiment à savoir ce que je pense ?

— Oui.

— Bien.

Léandre, resté debout, les bras croisés sur la poitrine, le regard de glace, fit face à Alessandro, le plongeant dans son ombre portée.

— Je pense que je me suis fourvoyé sur toute la longueur te concernant. J'ai passé toute mon enfance à te croire mort, et le fait de te savoir vivant a tout changé pour moi. Tout. Si j'étais resté dans cette ignorance, je n'aurais peut-être jamais quitté le Gers, je mènerais sans doute une vie différente… Je ne sais pas ce que je ferais… Mais cela n'a pas été le cas. J'ai tenu à te retrouver, j'ai voulu connaître mes racines en abandonnant ma terre natale. Te rencontrer a été un des moments les plus marquants de ma vie. J'ai été séduit par ta personnalité d'aventurier, à tel point que ça m'a fait oublier bien des choses que j'aurais voulu te reprocher. Je me suis inquiété pour toi quand tu étais loin, dans des lieux de conflit et de révolte. Et pourquoi ? Pour apprendre que l'auteur de mes jours n'est qu'une mascarade ! Un hypocrite ! Un menteur qui ose prétendre se battre pour la liberté et qui massacre aveuglément des innocents en abandonnant des bombes au coin des rues, aussi facilement qu'un chien pose sa merde !

— Tu ne sais pas ce que tu dis.

— Oh, je le sais… et trop bien. Je comprends maintenant que cela explique bien des choses sur les silences qui règnent dans ma famille… Pas tous, évidemment… Mais ces années où l'on m'a caché que tu étais encore de ce monde… La volonté de ma mère, à ce qu'il paraît. Ça n'a rien de très étonnant, si elle a réussi à te percer à jour ! Toute folle qu'elle soit, je suis sûr qu'elle s'en voulait de devoir porter l'enfant d'un monstre !

La gifle éclata sur la joue de Léandre comme un pétard.

Alessandro, d'un bond, s'était mis debout, et il fixait son grand fils avec des yeux mouillés de larmes.

— Je t'interdis de m'insulter ainsi ! Et plus que tout, je t'interdis de salir la mémoire de ta mère ! Elle ne mérite pas ça !

— Oh, n'essaie pas de me faire croire que tu la vois comme une sainte, toi qui l'as vraiment connue ! Après la mort de grand-père, j'ai tout appris ou presque des Lafforgue ! Des révélations dont je me serais volontiers passé ! Mais toutes les erreurs qu'ils ont commises n'égalent pas la moindre des tiennes… L'Amour ! En voilà un surnom bien trouvé ! Le pire des sentiments ici-bas, qui rend aveugle et sourd à toute raison ! La drogue absolue, l'alcool hébétant par excellence ! Une sensation qui se croit au-dessus de toute chose et de tout le monde !

— Tu te trompes.

— Sur quoi ?

— Sur absolument tout ce que tu viens de dire. Tu en veux tellement à l'amour ? Au sentiment, s'entend ?

— Comment je ne pourrais pas être réfractaire à cette stupidité ? Cela n'a été qu'une source de déception ! J'ai aimé l'homme qui m'a élevé : il a passé vingt ans à me faire vivre dans des mensonges. Je t'aime, toi, mon père et tu représentes tout ce contre quoi je lutte. J'ai aimé vraiment une seule femme : elle n'a pas été pour moi. Et je n'ai fait que faire souffrir celles qui ont eu la malchance de m'aimer.

— Tu es encore jeune. Les choses changent.

— Je ne suis plus si jeune que cela.

— Tu n'auras jamais l'âge d'un arbre, ou celui d'une cathédrale, pas plus qu'un papillon n'atteindra un jour le quart de siècle d'existence. Mais tu n'es pas encore au zénith de ta vie. Crois-moi, les choses changent. Jamais quand on le souhaiterait, pas souvent comme on le voudrait. C'est ainsi. Tu n'as aimé qu'une femme ? Si elle n'a pas voulu de toi, c'est qu'elle ne t'était pas destinée, c'est tout.

— Quelle consolation ! ricana le Goupil avec amertume.

— Je n'ai pas mieux à te proposer.

— Ça ne change rien au problème. Je suis un homme de loi, et je dois obéir à des règles : tu es un criminel.

— Oui, j'en suis un.

— Ah, au moins, nous progressons...

— Mais je ne suis pas l'Amour.

— Tu tiens vraiment à ce que je te croie ? Il m'en faudra un peu plus pour y parvenir. Des informations, des indices...

— Tu ne veux tout de même pas que je te donne son nom ?

— Ma foi, pourquoi pas ?

— Traite-moi de menteur si ça te chante. Mais surtout pas de traître.

Léandre se baissa alors pour ramasser un galet rond et poli, et le lança en direction de l'eau. Cependant, l'angle n'était pas bon et la force avec laquelle il projeta la pierre trop importante pour permettre le moindre rebond à la surface. Avec un « floc » minable, le galet disparut sous les flots.

— Personne ne t'a appris à faire des ricochets ?

— Si, René m'a montré. Mais je n'ai jamais réussi à en faire.

— Ne me le demande surtout pas. J'en suis tout aussi incapable.

Ils gardèrent le silence quelques instants avant que Léandre ne dise :

— Marchons.

Ils arpentèrent alors la plage d'un pas lent, les yeux perdus dans le vague, en direction de l'est.

— J'aurais pensé découvrir un jour la terre de tes ancêtres en d'autres circonstances, poursuivit le Goupil.

— Je comprends.

— Que dois-je donc faire ?

— C'est à moi que tu le demandes ? Je croyais que tu n'avais rien à faire de la parole d'un hypocrite… d'un monstre…

— Ne cherche pas à me culpabiliser. Je ne t'ai jamais obligé à aller jouer les artificiers de la mort !

Nouveau silence.

— Tu me jures que tu n'es pas l'Amour ?

— *Sulla testa* de ton oncle Constant ! répondit Alessandro en levant la main droite et en montrant bien qu'il ne croisait pas les doigts en faisant cette promesse.

— Grmbl… ne le mêle pas à cette discussion… mais admettons… tu le connais, nous sommes d'accord ?

— Oui.

— Il se trouvait avec toi à l'auberge d'Hérouville ?

— Oui.

— Comment se nomme-t-il ?

— Je ne te le dirai pas.

— Comment l'as-tu connu ?

— Est-ce que cela importe vraiment ? Sur une barricade, dans une ville en révolte…

— Tu as raison, on s'en moque… Bref, vous êtes complices.

— Oui.

— L'as-tu aidé à commettre des attentats à Paris au cours de ces jours derniers ?

— Pas vraiment…

— As-tu personnellement posé des bombes à Paris ?

Prazzoli, cette fois, ne répondit pas, et le Goupil répéta sa question sur un ton plus agressif :

— As-tu posé des bombes à Paris ?

— Oui.

— Et où cela ? À Notre-Dame ? Au *Café Frascati* ?

— Dans un immeuble… près de la Bourse.

C'était tout ce que Léandre n'aurait pas souhaité entendre. Il se mit à applaudir à tout rompre, les dents serrées, la bouche contractée en un affreux rictus.

— Bravo… un joli tableau de chasse ! Un enfant ! Merveilleux ! Magnifique !

— Ne retourne pas le couteau dans la plaie… J'y pense tout le temps. Ce n'est pas la première fois que j'ai du sang sur les mains… mais jamais par ma faute un *bambino* n'avait perdu la vie… Maudit soit Gluck !

— Le compositeur ? dit le Goupil avec étonnement.

— Non, bien sûr que non ! *Ma che compositore…* Ce foutu comte ! Tout cela est de sa faute !

— De quoi parles-tu ? Qui est ce comte ?

Alessandro soupira. Il en avait déjà trop dit.

— Bon… voilà deux mois, en janvier, j'étais à Rivergaro.

— Oui, je me souviens que tu le mentionnais dans ta lettre, ce mois-là. Qu'y faisais-tu ?

— Je me reposais. Cela m'arrive parfois. J'aime me retrouver chez moi, de temps en temps…

— Entre deux révolutions ?

— Même les hommes de guerre ont besoin d'un havre de paix.

— Bon. Et donc ?

— Un jour, un homme est venu me rendre visite.

— Une connaissance ?

— Pas du tout. Je ne l'avais jamais rencontré de ma vie. Il m'a dit s'appeler Kuba Gluck, et être un comte polonais.

— Tu l'as cru ?

— Va savoir ! Si je te disais toutes les personnes avec lesquelles il m'a été donné de discuter, tu serais surpris. Alors, un comte polonais, pourquoi pas, après tout ? Pour être tout à fait franc, j'ai voulu le mettre à l'épreuve, en utilisant des rudiments de sa langue au milieu de la conversation, mais il a su me répondre, alors je me suis contenté de l'écouter sans plus tenter quoi que ce soit pour le prendre en défaut…

— Que voulait-il ?

— M'offrir de l'or.

— De l'or ? Comme ça ?

— Non, bien sûr, dit Alessandro en levant les yeux au ciel, il y avait une contrepartie. Il m'a ordonné, si j'acceptais, de me trouver à Paris à la mi-mars. À une date et à une heure précise, en réalité.

— Pour quelle mission ?

— Il ne me l'a pas précisé. Il m'a juste dit qu'il était aux ordres d'un commanditaire qui craignait que l'avènement de l'Empire français ne provoque une catastrophe au niveau de l'Europe.

— Et tu t'es laissé convaincre par ce genre de racontar, et par de l'or ?

— Il a su trouver des arguments justes, répondit le père évasivement.

— En fait, tu es un naïf qui s'ignore…

— Écoute, avant de me juger ! s'énerva Prazzoli. Tu devrais te rappeler que l'appât du gain n'a jamais été ma motivation, mais il me faut quand même subsister un minimum.

— Bon, bon… ne t'emporte pas, je t'écoute.

— Au jour dit, je suis arrivé à Paris, et moins de cinq minutes après avoir pris pied, il est venu me chercher.

— Quand était-ce ?

— Mercredi dernier, vers 5 heures du soir.

— Qu'avez-vous fait ?

— Il avait sa propre voiture – sans cocher, toutefois – et il m'a conduit dans Paris. Nous nous sommes arrêtés rue Vivienne, et il est descendu de voiture en me disant de l'attendre. Il s'est approché d'un bâtiment, il a regardé à l'intérieur, puis est revenu presque aussitôt en me disant que la voie était libre. Puis il a sorti de sous le siège un coffret et m'a dit que mon premier travail serait d'aller remettre le paquet à l'entrée d'un appartement. J'ai plaisanté en disant qu'un facteur lui coûterait moins cher et viendrait de plus près. Mais j'ai obéi.

— Tu ne te doutais donc pas de ce que contenait le coffret ?

— Oh si… répondit Prazzoli avec honte.

— Tu savais déjà que l'Amour était impliqué dans cette affaire ?

— Oui.

— Mais tu y es allé sans hésiter ?

— Léandre, je connais bien l'Amour et ses méthodes… On se contente souvent de citer les explosions dont il est coupable ; elles sont nombreuses, et graves. Mais le nombre de fois où il dépose des leurres est à peu près équivalent… Il tire à pile ou face avec une pièce pour que la fortune prenne la décision !

— Sauf que les gens qui découvrent la bombe n'y voient qu'une horloge doublée d'une boîte à musique et ne songent pas forcément à une mécanique criminelle.

— Sans doute…

— Mais comment savais-tu qu'il s'agissait d'un leurre, cette fois-là ?

— Je n'en savais rien… j'étais vanné après le voyage, j'ai agi sans réfléchir, je suis allé sur le palier qu'il m'avait indiqué, et voilà. Après, je suis remonté en voiture… et nous n'avions pas parcouru cent pas que j'ai entendu l'explosion.

— Et après ?

— Il m'a conduit jusqu'au château d'Hérouville, en me disant qu'il me donnerait des ordres dans les jours à venir.

— Ce qu'il a fait ?

— Oui… une heure avant que tu n'arrives à ton tour, vendredi, il est revenu au relais de poste. Il n'était pas content du tout, et il s'est fâché avec l'Amour, en disant que son maître payait pour de vraies bombes, pas des machines de pacotille, et que celle qu'il avait utilisée cet après-midi-là n'avait rien donné ! Ce qui est curieux, c'est que l'Amour lui jurait que celle-ci était armée et qu'enclenchée comme elle l'était l'explosion aurait dû faire du dégât. Gluck, lui, certifiait qu'il était resté à proximité du lieu, et que rien ne s'était produit.

— Vendredi, dans l'après-midi ? C'était à l'hostellerie du *Vieil Armagnac* qu'elle aurait dû détoner.

Alessandro devint livide.

— Une bombe… contre toi ?

— Il faut croire. Je l'ai balancée dans la cour, mais elle était inoffensive. Il n'y avait pas trace de matière explosive dedans, du moins à ce que j'ai pu en voir. Peut-être était-elle vraiment défectueuse, car la boîte à musique ne cessait de jouer depuis une heure…

— C'est curieux… l'Amour n'est pourtant pas étourdi.

— Attends voir. Ce n'est donc pas toi qui es venu déposer cette bombe ?

— Ah non ! Pour qui me prends-tu donc ? Venir chez des gens que j'estime, qui me connaissent…

— Oui, c'est vrai, Hermance n'aurait pas manqué de me dire que tu étais le livreur dudit coffret… mais cela n'a aucun sens.

— Comment cela ?

— Eh bien, si je me suis retrouvé à Hérouville ce soir-là, c'est parce que sous la bombe j'ai retrouvé une lettre… ou plutôt juste un mot : l'adresse du relais de poste. Si l'appareil avait éclaté, que je sois présent ou pas, je n'aurais jamais eu connaissance de ce lieu.

— Tu as conservé la lettre ?

— Bien sûr : elle est avec les autres, dans mes papiers, rangée dans ma sacoche.

Ils remontèrent ensemble le long du port, puis vers la colline de Cimiez, jusqu'à la maison où ils séjournaient, accolée aux entrepôts d'une entreprise de négociants en chanvre, *Monti & Orsini*.

L'endroit était petit mais accueillant. Silencieuse dans le salon, Assunta donnait le sein à sa petite dernière, née un mois plus tôt, tout en observant sa fille aînée jouer à ses pieds.

— *Felice, sei tu ?* demanda-t-elle en entendant la porte s'ouvrir.

— *No, Assunta. Sono io, Alessandro, con il figlio.*

La jeune femme hocha la tête sans plus s'en soucier. D'autres auraient probablement protesté à l'idée d'héberger d'évidents fugitifs sous son toit, mais elle avait appris à se résigner à ce genre d'aventure : on ne restait pas la femme d'un révolutionnaire sans cela.

Après presque cinq ans de mariage, Assunta n'ignorait rien des anciennes relations peu recommandables ni des activités illicites de son époux ; elle avait toujours espéré, sans le lui dire, que la paternité le ramènerait à des sentiments moins dangereux, que mener l'existence d'un commerçant prospère lui apporterait un confort de vie auquel il s'habituerait trop pour souhaiter le perdre.

Mais Felice était un meneur. Digne fils d'un *carbonaro* de Romagne, Felice Orsini était un homme intelligent et très instruit, ce qui faisait de lui un séditieux plus habile et donc, aux yeux de ses adversaires, plus dangereux que les autres. Et toutes les commodités matérielles, tout l'amour qu'il portait à leurs filles ne suffisaient pas à contrebalancer son patriotisme exacerbé.

Quand Alessandro Prazzoli s'était présenté l'avant-veille, l'accueil n'avait pourtant pas été franchement cordial : c'était surtout la présence de son fils qui posait problème à Felice. Prazzoli avait déjà évoqué en sa présence les activités policières de son garçon.

Voilà qu'un des lieutenants principaux de Mazzini devait fournir un toit à un agent de l'Empire, un pion de Napoléon III, ennemi de sa cause depuis 1849 et l'intervention des troupes françaises à Rome pour protéger le Vatican et ce vieux *stronzo* de Pie IX… Grotesque situation.

Il avait pourtant accepté, au nom de sa vieille camaraderie avec Alessandro, à condition que cela ne soit que temporaire : père et fils l'avaient rassuré en ce sens. Ils ne seraient des gêneurs qu'une semaine au plus.

Dans la chambre qu'ils partageaient – ne comportant qu'un seul lit, Léandre avait demandé de la paille et une couverture afin de ne pas partager la couche avec son père –, le Goupil récupéra derrière la paillasse sa sacoche, d'où il extrait le dossier des lettres qu'il avait emportées le jour de son départ. Il tendit le tas de feuillets à son père, qui les parcourut une par une.

— Je n'ai pas l'impression qu'il s'agisse de la même écriture, moi non plus.

— Pourrait-on le croire ? L'Amour aurait-il une raison valable de se trahir de la sorte ?

— Non, bien entendu… Ou alors…

L'Italien fronça les sourcils.

— Ou alors ? répéta son fils.

— Ce pourrait être l'œuvre de Patrizia…

— Qui est-ce ?

— C'est… sembla hésiter Alessandro.

— C'est ?

— Heu… *scusi*, j'ai eu un moment de… de… Enfin, peu importe. C'est sa compagne. Et sa complice aussi. Mais c'est étonnant… Elle ne m'a jamais dit savoir écrire.

— Qu'y a-t-il de surprenant à cela ? Pourquoi t'aurait-elle confié une chose pareille ?

— Oh, pour rien, c'est vrai…

— Bon, suivons ce raisonnement. A-t-elle accès aux bombes de l'Amour ?

— Oui, sans le moindre doute. Et depuis qu'ils sont ensemble, je pense qu'elle est capable non pas de créer l'une d'elles, mais de procéder à l'assemblage…

— Elle aurait pu, par conséquent, rendre la bombe inutilisable... et y ajouter ce message. Mais pourquoi ?

— Peut-être en sachant qui était visé.

— Cela soulève encore de nouvelles questions. Sait-elle qui je suis ?

— *Penso che si.*

— Ça se tient quelque peu : commettre un attentat contre un représentant de la loi, qui pis est aux ordres directs de l'empereur, c'est risquer de précipiter une enquête sur leurs traces. Mais pourquoi ne pas se contenter de rendre l'appareil hors service ? Pourquoi l'adresse ?

— Tu m'en demandes trop. Il faudrait plutôt lui poser la question à elle.

— Ah, voilà qui est pratique. Elle se trouve peut-être en plein milieu de l'océan, alors que nous parlons, voguant à bord d'un paquebot vers l'Amérique !

— J'en doute.

— Qu'est-ce qui te fait dire ça ?

— Eh bien... je ne sais pas l'intégralité du plan, mais lors de la discussion qui a précédé ton arrivée, Gluck a fait plusieurs fois mention des suites de l'opération et je l'ai entendu dire qu'après ça l'Italie serait le centre de toutes les attentions du monde.

— Ce qui ne signifie pas pour autant que, si quelque chose doit se passer, cela se déroulera forcément en Italie.

— Je me fie à mon instinct...

— Ah, l'instinct ! C'est bien joli, mais en l'état nous ne sommes pas plus avancés. Parlait-il de toute la Péninsule, ou même de la Sardaigne et de la Sicile ? Si nous le savions, cela nous permettrait de réduire nos recherches… parce que cela fait quand même un beau terrain à parcourir !

— Inutile de railler de la sorte. *Dio mio !* Ah, ça, c'est vraiment un trait que tu as pris de ta mère… murmura Prazzoli.

— Il doit bien y avoir quelque chose qui puisse nous aider quand même.

Le Goupil remarqua alors l'attitude de son père, et reconnut sur son visage l'expression embarrassée de quelqu'un qui cherche à révéler une vérité sans trop en dire malgré tout.

— Alessandro… je jure sur ce que j'ai de plus cher… si tu continues à me dissimuler des informations, je t'étrangle de mes propres mains.

— *Basta !*

— Je ne sais pas si tu comprends bien… Visiblement, ton Polonais a des intentions plus que néfastes, et il a recruté un artificier de talent pour semer la terreur et la mort dans une ville… je doute que la partie suivante de son plan consiste à concocter des pâtisseries et à les offrir aux enfants. Alors, si tu sais quelque chose, même si ça te semble sans importance, c'est le moment de le dire !

— *Bene…* Tout d'abord, quand je les ai aidés à s'enfuir, l'Amour m'a dit qu'on se retrouverait pour souper à Pâques, et qu'il guiderait mes pas.

— Ce dimanche, donc ? Dans quatre jours ?

— Oui.

— Où cela ?

— Il ne l'a pas précisé… mais il m'a donné ceci en même temps, alors…

Léandre ouvrit le livre que son père venait de sortir de son bagage.

— *Œuvres théâtrales de William Shakespeare*, traduites par Benjamin Laroche… L'Amour est épris de théâtre ? Je pourrais finir par lui manifester de la sympathie…

— Je ne crois pas. Je n'en sais rien, en fait.

Bien qu'assez récent, le recueil était de basse qualité, la couverture de mauvais carton, imprimé sur du papier médiocre. L'encre faisait autour de chaque caractère de minuscules bavures. Cela n'avait rien d'un présent de choix, plutôt d'un livre qu'un acteur sans le sou se procurerait pour apprendre son texte et le garder toujours à portée de main sans trop craindre de l'abîmer.

— Alors… *Roméo et Juliette… Jules César… Othello…* Hum… ton instinct pourrait être le bon.

— À quel propos ?

— Eh bien, ces trois pièces se déroulent toutes en Italie : Vérone, Rome, Venise. De là à en conclure que tu es convié à un repas dans l'une de ces trois villes…

— Ne souhaitais-tu pas « réduire tes recherches » ?

— Il y a du mieux, mais c'est insuffisant. Si nous fonçons vers la basilique Saint-Pierre et que c'est le palais des Doges qui reçoit la visite de l'Amour… Il doit bien y avoir quelque chose dans ce livre. Il ne t'a vraiment rien dit d'autre ?

— Non, juste « L'Amour guidera vos pas ». Ça m'a paru curieux qu'il parle de lui de la sorte, mais nous étions en pleine panique, alors…

Le Goupil se dirigea vers la porte.

— Où vas-tu encore ?

— Dehors. Je vais me trouver un coin sous un arbre et étudier ce bouquin. Si ça se trouve, il y a quelque note manuscrite qui nous a échappé… Toi, en attendant, repose-toi… et réfléchis bien à tout ce que tu peux me dire pour m'aider. Et si tu me mens, je finirai par le savoir.

— La confiance règne !

— Je n'ai pour l'heure jamais tué d'enfant, même involontairement, ni assisté un criminel dangereux à fuir la justice… mis à part toi, désormais. Au cas où cela t'aurait échappé, je suis toujours en colère contre toi. Tâche de me mettre dans de meilleures dispositions, pour éviter que je ne décide de te dénoncer moi-même.

— Tu n'oserais pas.

— Veux-tu en faire le pari ?

Ils se toisèrent quelques instants, puis Léandre mit fin à la conversation en tournant le dos à son père.

Il ne fallut que quelques minutes au Gascon pour trouver, à flanc de colline, un terre-plein paisible et ensoleillé. Il fut tenté de s'adosser aux pins, mais se rappelant les remontrances de la brave Anna, l'ancienne domestique de son grand-père, qui s'était fâchée plus d'une fois quand il était revenu les vêtements souillés de résine, il préféra s'appuyer contre un gros roc blanc marbré de gris. Une fois installé, il commença à feuilleter le livre.

Relire les écrits du barde de Stratford-upon-Avon était un plaisir, et Léandre dut se rappeler à l'ordre plusieurs fois, au risque de se laisser emporter par sa lecture sans se soucier suffisamment de ce qu'il était supposé y chercher. Quatre fois consécutives, il tourna les pages une à une, effleurant du doigt la surface du papier afin d'y déceler quelque aspérité, quelque différence qui pouvait laisser penser à un message vite tracé et effacé… S'il s'y reprit à plusieurs fois, c'est qu'il savait qu'un esprit même très affûté n'échappe pas à des erreurs d'inattention, ne serait-ce qu'une seconde.

Cependant, il dut conclure que personne n'avait caché au sein dudit livre quelque message secret manuscrit.

Ou peut-être que si.

En guise d'ex-libris, il n'y avait sur la première page qu'un mot énigmatique : *LAC*, en majuscules.

L'Italie n'en manquait pas, mais aucune des villes ne se situait à proprement parler au bord d'un lac.

« Peut-être est-ce en rapport avec la lagune de Venise ? »

Il repoussa cette idée stupide aussi vite qu'elle avait germé dans sa tête.

Il en était certain : ce livre détenait une clé, et si l'Amour l'avait confié à Alessandro, c'est qu'il le savait apte à la trouver, et sans avoir besoin de trop se creuser l'esprit.

— L'Amour guidera vos pas… répéta-t-il.

La phrase, prononcée de manière à être marquante, intriguait le Goupil. Pour stimuler sa réflexion, il se permit de parler tout haut.

— C'est peut-être une citation d'une pièce ?

Léandre avait beau disposer d'une excellente mémoire, il n'avait jamais été comédien, et donc pas eu à apprendre mot pour mot l'intégralité des tirades de ces trois pièces. Par chance, comme il lisait avec une rapidité presque sans égale – seule, à sa connaissance, Phèdre Lebrun le battait à ce jeu –, il ne lui fallut que peu de temps pour déceler au milieu de ces tirades des éléments qui lui mirent la puce à l'oreille.

Quand il rentra chez les Orsini, ce fut pour dire à son père :

— « L'Amour guidera vos pas. » Il ne parlait pas de lui. Rien que cela aurait dû être assez pour qu'on comprenne. Si on devait trouver un élément principal dans les trois pièces, ce serait sans doute l'ambition pour *Jules César*, la jalousie pour *Othello*... et l'amour pour *Roméo et Juliette*.

— C'est très plausible, mais...

— Je sais, cela restait une supposition... jusqu'à ce que je lise ceci.

Il tourna quelques pages et montra la première intervention du prince Escalus face aux folies criminelles des Montaigu et des Capulet :

— Là, acte premier, scène première : « Si jamais il vous arrive encore de jeter le trouble dans nos rues, vous payerez de votre vie les atteintes portées à la paix publique. » Et là encore, acte trois, scène première : « C'est une clémence meurtrière que celle qui pardonne le meurtre. »

— Oui ?

— Regarde ce message. C'est celui que l'empereur a reçu. Les phrases en sont identiques.

Alessandro lut et ne put qu'admettre.

— C'est donc à Vérone que nous avons rendez-vous.

Chapitre dixième

Des qualités propres à Vérone dont Venise est privée

Samedi 26 mars 1853, soir.

— J'EN AI ASSEZ !

Cessant de faire mine de picorer alors qu'elle n'avait pas le moindre appétit, Patrizia balança d'un revers de la main droite l'assiette de légumes confits à l'huile à l'autre bout de la pièce.

Milos ne réagit pas. Il était habitué, à force, aux coups de colère de sa bien-aimée. Ils étaient comme des rafales de vent : brusques mais éphémères. Le seul ennui, c'est qu'elle s'en prenait souvent à la vaisselle. Par chance, des assiettes de terre cuite ne coûtaient pas une fortune, mais depuis qu'il la connaissait, il devait gérer un budget digne de celui d'une famille de dix enfants maladroits pour réparer les éclats de la jeune femme…

Enfin, c'est ce qu'il se disait, en plaisantant et sans jamais le lui dire, car il savait qu'elle ne goûterait pas tellement la farce et serait capable, un jour, de lui briser une soupière sur la tête s'il osait se gausser d'elle aussi ouvertement.

Pour l'heure, son agacement était des plus légitimes.

Il était le fruit longuement mûri d'une fuite précipitée, d'un très long voyage et d'un séjour dans une nouvelle auberge où, cette fois, il leur était complètement déconseillé de s'exposer au grand jour. Elle aurait presque dit, si elle n'avait déjà eu l'occasion de connaître la vie en cellule, qu'ils étaient prisonniers.

— Tu n'aurais pas dû accepter !

— Nous en avons déjà parlé, *drahy*.

— Tout du moins renoncer à continuer.

— On ne rompt pas un contrat au beau milieu du travail. Ce n'était pas si terrible jusqu'alors : pourquoi le serait-ce davantage ?

— Tu rêves, mon amour, tu rêves tout éveillé ! Je ne sais pas pourquoi tu t'obstines de la sorte à obéir à ce sinistre personnage !

— Tais-toi... quelqu'un vient...

Sans même prendre la peine de frapper, Angelo Delfine fit irruption dans la chambre.

— Je vois que je vous dérange en plein repas...

Mais cette constatation n'était en aucun cas prélude à un semblant d'excuses. L'homme portait à bras-le-corps, plaqués contre sa poitrine, deux des coffrets de bois qu'il vint poser sur la table sans se soucier le moins du monde des aliments qui s'y trouvaient déjà.

— Vous comptez nous faire rester ici jusqu'à quand ?

Delfine regarda la jeune femme furieuse et sourit méchamment.

— Vous n'êtes pas à votre aise, ici ?

— Je ne suis à mon aise que chez moi. Pas dans une prison.

— Une prison ! Voilà un bien grand mot ! Quand je pense que je vous ai trouvé l'auberge la plus confortable de Valpolicella ! Votre amie, mon cher Milos, est vraiment une ingrate. Nulle surprise : il lui aurait fallu un vrai père pour lui enseigner les bonnes manières.

— Je vous interdis !

— Taisez-vous maintenant, j'ai des affaires plus urgentes à régler que de vous prodiguer un cours de politesse. Vesely, je veux que vous armiez ces deux bombes.

— Mais...

— Pas de mais !

— Si, justement...

— Écoutez ! Je ne sais pas par quel biais vous avez été débusqués de la sorte par la police en France et, pour être tout à fait honnête, je m'en moque même totalement. Nous vous avons payé un total de neuf bombes, je n'en ai que sept, et à ce que j'ai pu comprendre en me rendant à Hérouville, vous êtes partis sans emporter votre matériel, donc je suppose que nous devrons nous passer des deux derniers engins. Ai-je vu juste ?

— C'est vrai.

— Vous comprenez bien que mon maître n'a pas l'intention d'être dupé dans l'affaire. Or l'une des bombes que vous m'avez remises est – je m'en suis personnellement assuré – sans le moindre danger, faute d'explosif... Ne jouez pas les étonnés, quiconque inspecte avec attention vos appareils est à même de le savoir. Mais c'est de deux machines opérationnelles dont nous avons besoin pour terminer cette mission. Alors au travail, et tout de suite.

— Ce n'est pas si simple ! Je ne dispose pas des ingrédients nécessaires pour fabriquer la matière incendiaire !

— Peut-être que non... mais vous n'avez qu'à récupérer la moitié de celle qui se trouve dans la bombe complète.

— Ça réduira grandement leur efficacité à toutes les deux.

— Mieux vaut cela que rien du tout. Je n'ai pas besoin d'une boîte à musique... et pas besoin d'écouter vos raisonnements non plus !

Maugréant, l'Amour alla récupérer ses outils et, avec des gestes patients, sous les yeux attentifs de son commanditaire, il opéra le transvasement entre les deux bombes.

— Dites à votre compagne de cesser de me fusiller du regard de la sorte. Cela est à la fois désagréable et très irrespectueux.

— Ce que je trouve désagréable et irrespectueux, moi, rétorqua Patrizia, c'est le mensonge dans lequel vous nous faites évoluer.

— Le mensonge ? Tiens ? Pourquoi dites-vous cela, ma chère ?

— Depuis la première fois que je vous ai rencontré, j'ai ressenti le mal en vous...

— Venant d'une criminelle, je ne pense pas que l'argument ait un poids quelconque.

— La criminelle vous emmerde !

— Vesely, si vous ne la faites pas rentrer dans le rang, je vais m'en charger...

— Osez me toucher, et je hurle !

— La ferme ! glapit alors l'Amour.

Tous deux le regardèrent avec surprise, tant les accès d'énervement de l'horloger étaient une chose peu commune.

— Je ne sais pas si vous comprenez que je suis en train de m'occuper d'un appareil qui est capable de nous tuer tous les trois, et que ce genre de mécanique réclame du silence !

— Il me semble que ce n'est qu'une fois actives que vos bécanes deviennent dangereuses.

— La part de risque existe, et je n'ai pas l'intention de défier le destin pour vos beaux yeux. Vous voulez du travail soigné, et vous l'aurez ! Mais en attendant, je veux que vous vous taisiez ! Ou tout du moins que vous cessiez de hurler dans mes oreilles !

Il reprit sa besogne, tandis que derrière lui, mais à voix bien plus basse, Patrizia reprenait le fil de leur querelle :

— Je suis sûre que vous ne nous racontez pas toute la vérité.

— Bien sûr que non !

— Vous l'avouez ?

— Oui… Mais pour qui vous prenez-vous donc ? En me rendant chez vous, c'est votre amant dont j'avais besoin. Vous, vous n'êtes qu'une pièce rapportée et facultative. Et si je n'ai pas l'intention de partager avec Vesely tous les tenants et aboutissants de nos projets, je ne vois pas pourquoi je le ferais avec vous !

— Je vais quand même vous poser des questions, je déteste ne pas comprendre.

— Allez-y. Je ne répondrai peut-être pas, mais si cela vous chante…

— Pourquoi cette histoire d'Archanges charbonniers ?

— Ah, ça, je peux vous le dire. Simple inspiration littéraire : laisser croire à un vrai complot ourdi par une société secrète riche de plusieurs membres cause davantage de peur que celle provoquée par un homme seul.

— Je n'en suis pas convaincue.

— Peu importe. J'ignore personnellement si cela aura une quelconque efficacité dans la bonne marche de notre plan. En tout cas, c'est l'opinion de mon maître, et je me dois de la respecter.

— Votre maître, parlons-en ! Nous n'avons jamais eu loisir de le croiser.

— C'est voulu. Le commanditaire ne souhaite pas que la piste remonte jusqu'à lui. Si vous êtes pris, c'est que vous aurez failli à vos tâches. Pas question qu'il soit victime de vos incompétences.

— Quelle loyauté !

— Je préfère mon dévouement à vos vies de mercenaires.

— Nous n'avons jamais été à la botte de quiconque !

— Faux : en acceptant ma mission, vous vous êtes vendus corps et âme. Vous voilà désormais des mercenaires. Faites-vous une raison.

— Et au fait, cette bombe, posée dans un immeuble ?

— Encore ? Quelle entêtée vous faites ! Vous m'avez déjà cassé les oreilles à Hérouville avec cette demande !

— Et vous n'avez pas répondu du tout ! Qu'essayiez-vous de faire passer comme message en vous attaquant à des chambres de bonne ?

— Ce n'est pas votre affaire. Mon maître a ordonné, je me suis contenté d'obéir sans rien dire... vous savez, cette manière d'agir qu'il serait bon que vous appliquiez par la suite... Vesely, cette conversation m'irrite : pourriez-vous vous hâter, que je puisse repartir ?

L'Amour se contenta de grogner avec lassitude. Lui aussi espérait en finir au plus vite afin que la discussion agressive de ses deux compagnons cesse. Il n'y avait rien de plus détestable que de devoir travailler dans de telles conditions.

Cherchant alors à se distraire, il commença à fredonner l'air que jouaient ses boîtes à musique, tout doucement. C'était suffisant pour atténuer le son de la dispute qui se poursuivait derrière lui.

Au bout de dix minutes supplémentaires, il enclencha les bombes et se retourna vers Delfine.

— Elles sont prêtes.

— Actives ?

— Oui et non. À vous de les mettre en marche. Vous vous rappelez comment les régler ?

— Bien sûr... cela ne s'oublie pas si facilement, et je ne suis pas un imbécile, au cas où cela vous aurait échappé.

Comme il s'apprêtait à récupérer les coffrets, Patrizia s'interposa.

— Pas si vite !

— Quoi, encore ?

— Et Alessandro ?

— Je ne comprends pas ce que vous voulez me dire.

— Si ça se trouve, il a été capturé et il moisit dans une geôle humide à Paris.

— Je n'en crois rien... et qu'est-ce que vous voulez que ça me fasse ? Je vous l'ai expliqué. Si nous sommes pris, vous ou moi, l'essentiel, c'est qu'on ne puisse pas remonter jusqu'au commanditaire. Je trouve que vous vous souciez bien de son sort, alors que l'autre soir, à Hérouville, vous ne cessiez de le houspiller... à moins que cela ne soit votre façon de montrer que vous appréciez les gens.

Il fit une mimique exagérée, comme si l'évidence l'aveuglait subitement.

— Vesely, prenez garde ! Votre amie semble me trouver à son goût !

Elle devint rouge de colère, prête à exploser à son tour.

— Vous êtes d'un prétentieux ! D'une arrogance ! *Amore*, ne prête pas attention à ce qu'il raconte !

Mais Vesely, bien au contraire, riait doucement.

— Tu es vraiment facile à contrarier, ma chérie ! Ne vois-tu pas qu'il se fait une joie de te provoquer de la sorte ? C'est surprenant, tu as pourtant de qui tenir en la matière !

Patrizia, face à ce manque de soutien, poussa un juron, s'assit sur le lit en leur tournant ostensiblement le dos pour bouder.

— C'est à mon tour de vous poser une question, dit alors Delfine, qui ne souriait plus. Je vais m'appliquer à savoir, au nom de mon maître, si la présence de la police à Hérouville est due à une trahison... Si tel est le cas... je vous laisse imaginer la pénalité.

— Je vous assure que nous n'y sommes pour rien !

— C'est ce que vous affirmez, en tout cas... Nous serons fixés bien assez tôt. Si vous dites la vérité et que, demain, l'opération est couronnée de succès, c'est une tout autre affaire. Je vous le confirme, mon maître est d'une générosité de prince avec ceux qui lui sont fidèles...

— Et Alessandro ? demanda alors Patrizia.

— Encore ?

— Il vous a prêté main-forte ! Qu'en est-il de sa récompense ?

— Pensez-vous qu'il soit libre, ou même vivant ? demanda Delfine sans avoir l'air de s'en inquiéter vraiment

— Calme-toi, *drahy* : c'est un homme habile à se tirer des mauvais pas, même des pires. Si d'aventure nous ne le retrouvons pas ici demain soir, nous nous sommes déjà fixé rendez-vous : il sera des nôtres à la maison, dans huit jours.

— Ah ! Voilà qui est parfait : une semaine ne sera pas de trop pour effacer les pistes derrière nous après la journée de demain. Je viendrai donc vous rejoindre là-bas afin de vous apporter votre rétribution à tous.

— Je ne vous crois pas ! dit Patrizia.

— Vous avez tort ! J'aime me voir comme un homme de parole ! À dans huit jours donc !

Ce ne fut qu'après avoir soigneusement rangé son matériel que l'Amour se rendit compte que sa bien-aimée pleurait.

En silence, à chaudes larmes, les épaules agitées de légers sanglots.

Il vint s'asseoir près d'elle et la prit doucement par le bras, jusqu'à ce qu'elle vienne se serrer contre lui.

— Patrizia, ma colombe… Que se passe-t-il ?

— Cet homme me fait peur. J'ai un terrible pressentiment.

— Allons… moi aussi, je le méprise, tu le sais.

— Ce n'est pas ça, Milos… J'ai vraiment peur de lui. Il joue avec nous. Comme un chat avec une souris.

— Il est dangereux, c'est certain… mais nous sommes ses alliés. Tu te fais des idées.

— C'est toi qui ne t'en fais pas assez ! Depuis quand es-tu devenu si confiant envers les gens ?

— Depuis que je te connais. Tu te méfies trop. Il faut bien faire l'équilibre.

— Oh, *amore*… fit-elle en l'embrassant, toujours pleurant. Promets-moi que quand il sera venu nous payer, tu abandonneras ! Tu en as assez fait ! D'autres que toi peuvent assurer le combat ! Nous aurons assez d'or…

— Tu me préfères en cultivateur ? Loin des luttes et des barricades ?

— Je te vois en horloger, estimé pour son travail. Je te vois en père de famille, présent pour veiller sur ses enfants. Je te rêve loin des bombes, du sang et des larmes.

Il la serra plus fort encore contre lui, lui embrassa la nuque, juste derrière l'oreille, et murmura :

— Je te promets que je ne serai pas comme ton père. Je ne t'abandonnerai jamais au nom de mes idées.

Et il la sentit pleurer de plus belle.

Mais c'étaient des larmes de joie, cette fois.

Alternant entre course et marche, prenant garde de ne pas glisser dans la terre meuble et humide qui les aurait fait tomber dans les eaux, les trois hommes se coulaient ce soir-là tels des spectres dans la pénombre des berges de l'Adige. Ils étaient parvenus, avec mille précautions, à contourner la silhouette massive du bastion San Francesco avant de parvenir là.

— Ne faites pas de bruit, dit une fois encore Cosimo Montecchi.

Avec leurs capes noires, ils avaient l'air de ce qu'ils étaient véritablement : des conspirateurs. Conspirateurs nourrissant de bonnes intentions, mais conspirateurs tout de même.

Après avoir longé le fleuve sur près de cinq cents mètres, Montecchi désigna à ses compagnons les restes du pont Navi.

— Un siècle qu'il est dans cet état, suite à une inondation… C'est le défaut dans la cuirasse, et les Autrichiens ne s'en sont pas encore rendu compte… Bon, la garde passe par ici toutes les dix minutes. Il suffit de l'attendre et de prendre sa suite, en leur laissant trente bonnes secondes d'avance… Ces idiots sont aussi raides que des automates, ils ne se retournent presque jamais.

— Le presque me fait un peu peur, chuchota Alessandro. Que faisons-nous si nous tombons sur une de ces exceptions ?

Cosimo se toucha la tête.

— Ne perdons pas espoir.

Bientôt, ils entendirent le bruit des bottes battant les planches à quelques mètres au-dessus de leurs têtes, sur la route qui surplombait le fleuve. Quelques ordres en langue germanique.

— Ça y est, les voilà engagés sur le pont… Suivez-moi, et toujours pas de bruit.

Ils se hissèrent sur la route et, à pas de loup, gagnèrent la passerelle de bois. Cent mètres devant eux, éclairés par une lanterne que tenait le meneur, cinq gardes progressaient en direction du centre-ville. Quand ils parvinrent sur l'autre rive, ils tournèrent aussitôt sur leur droite.

— *Bravi !* Ah, les aimables crétins ! Ils nous laissent le champ libre ! se réjouit le guide. Allons, pressons le pas.

Malgré son sens de l'orientation assez développé, cette nuit-là, Léandre tentait de prêter attention aux rues qu'ils empruntaient, mais la pénombre et somme toute la peur d'être pris troublaient sa concentration ; de plus, leur guide paraissait décidé à leur faire emprunter le chemin le moins direct pour accéder à destination.

— Il est sûr de savoir où il va ?

— Chut ! dit Alessandro, lequel n'était pas plus rassuré que son fils.

Enfin, ils parvinrent devant un vieil immeuble dans lequel Montecchi pénétra comme un voleur. Ils montèrent sur la pointe des pieds quatre étages, avant d'entrer dans un appartement poussiéreux, ce qui fit éternuer le Goupil.

— Là, vous êtes en sûreté. Nous nous en servons souvent…

Il regarda l'état général du lieu et sourit, navré.

— Enfin, pas si souvent… nous disposons de quelques cachettes comme celle-ci à travers la ville. Personne ne nous y remarque. Les habitants ont tous de la sympathie pour nos actions, alors…

Il y avait deux vieux matelas qui perdaient leur crin, posés debout contre le mur. D'une armoire branlante, Cosimo sortit des couvertures grises et rugueuses.

— C'est un peu spartiate, mais…

— Nous saurons nous en accommoder, le rassura le Goupil. De toute façon, dès l'aube, nous devons nous mettre en chasse.

— Si vous voulez un conseil, ne sortez pas trop tôt : mêlez-vous plutôt aux fidèles qui vont célébrer Pâques. Mélangés au peuple en pleine rue, vous risquez moins de vous faire remarquer.

— Bonne idée.

Léandre et Alessandro ne connaissaient Cosimo Montecchi que depuis une demi-journée à peine, mais il leur faisait déjà une excellente impression, avec son tempérament aimable, mélange de bon sens et de calme, et le fait qu'il ne se départait jamais de son sourire.

Quand ils étaient parvenus à la conclusion qu'il leur fallait se rendre à Vérone, Orsini, leur hôte, avait été d'un admirable secours. Disposant d'un réseau d'alliés à travers tout le nord de la Péninsule, tant dans le royaume de Sardaigne que dans les terres occupées de la Lombardie et de la Vénétie, il leur avait fourni une liste de contacts à aborder selon les villes par lesquelles ils passeraient. Dans ce pays sous domination autrichienne, c'était une formidable précaution que de savoir à qui s'adresser sans crainte, même si, de l'avis d'Orsini, le patriotisme italien faisait que toute occasion de nuire à l'envahisseur était assurée de soulever l'enthousiasme général...

Bien que représentant moins de distance à parcourir, le trajet de Nice à Vérone avait duré presque aussi longtemps que leur voyage depuis Paris. La première partie du voyage les avait conduits à Genova, ville natale de Mazzini, puis à Piacenza.

Léandre se rappellerait longtemps de l'émotion de son père quand il lui avait désigné les plaines s'étendant autour du Pô.

— Regarde, *figlio mio*, regarde... C'est ma patrie, ton pays... Dire que Rivergaro est si près... Je pourrais presque l'atteindre en tendant la main... oh, j'exagère, mais...

Et le Goupil n'avait pu qu'être touché par la voix cassée de ce père qu'il connaissait si mal, dans ce pays dont il ignorait tout. En regardant par la fenêtre de la diligence, il se prenait à trouver des airs de ressemblance entre la campagne padane et celle de la Gascogne... Sa grand-mère avait donc raison... Il aurait aimé proposer à Alessandro d'abandonner la route et de descendre à Plaisance, pour parcourir les cinq lieues qui les séparaient de Rivergaro, découvrir la terre de ses ancêtres latins comme un pèlerin se rendant à Bethléem.

Mais cela était impossible en l'état. Chaque jour qui passait les rapprochait d'une chose qu'il devinait catastrophique, bien qu'il n'eût pas le moindre élément permettant de savoir avec exactitude qui était visé.

Après Piacenza, ils traversèrent Cremona, puis Mantova, avant de quitter le convoi à quelques kilomètres de leur destination finale en début d'après-midi, ce samedi-là.

Orsini avait bien précisé que c'était à Dossobuono qu'ils devaient se rendre, pour y chercher un marchand de grains du nom de Montecchi. Ils n'avaient guère eu de peine à le rencontrer et, quand Alessandro s'était présenté, le commerçant s'était incliné avec un respect très net.

— *Signore*, c'est un honneur ! J'ai eu vent de vos exploits bien des fois !

— On exagère toujours sur mes faits d'armes, j'espère que vous n'avez pas tout cru à la lettre…

— Qu'en est-il de l'affaire d'Alessandria ?

— Je dois reconnaître que tout ce qu'on en a dit est rigoureusement exact.

— Vraiment ?

— Passons, *amico mio*, nous ne sommes pas là pour faire l'étalage du passé. Nous avons une mission à remplir. Voici un message du *dottore* Orsini.

Pendant que le grainetier lisait la lettre, Léandre se rapprocha de son père :

— Alessandria ?

— Rien d'important, fit le père avec un geste désinvolte.

— Tu ne m'en as jamais parlé.

— L'occasion de te relater certains épisodes de ma vie ne s'est jamais présentée. Et je crains que cela ne soit guère le moment.

— Au fait... Orsini est docteur ?

— Tout ce qu'il y a d'authentique, diplômé de l'université de Bologne, la plus ancienne université d'Europe ! Docteur en droit, mais tout de même...

— Bon, messieurs, il n'est pas encore temps de se mettre en route : la ville connaît ces jours derniers une recrudescence de surveillance qui pourrait être liée à la raison de votre voyage, et les entrées sont trop bien gardées pour qu'on ose s'en approcher de jour... En attendant, vous souperez avec nous.

Ce fut ainsi qu'ils passèrent la soirée chez le grainetier, son épouse et leurs cinq enfants, qui riaient volontiers de l'accent étranger du Gascon et tentèrent tant bien que mal de lui faire adopter les règles de l'accent tonique qu'ils maîtrisaient naturellement malgré leur jeune âge.

Le repas mijotant au feu sentait délicieusement bon et, avant de procéder lui-même au service, le maître de maison se fit un devoir d'expliquer au jeune Français ce dont il s'agissait :

— Pour l'occasion, la *moglie* a fait la *pasta come per la domenica... Pasta al ragù.*

Léandre eut donc l'opportunité de déguster la *pasta asciutta* telle qu'il ne l'avait jamais goûtée. C'étaient des petits tubes coupés en diagonale, et la surface en était rayée.

— Les *penne rigate...* la *pasta* la meilleure pour une sauce à la viande.

— *Benissimo,* dit Alessandro en se frottant les mains. C'est l'idéal pour avoir des forces pour demain ! *Posso avere un po' di grana, prego ?*

— *Certo ! Serviti pure !*

De la pointe du couteau, Prazzoli racla à la surface d'un morceau de fromage sec quelques copeaux granuleux qui, au contact du plat fumant, fondirent en libérant de puissants arômes.

Léandre protesta quand il voulut faire de même sur son assiette :

— Je n'aime pas le fromage.

— *Non c'è formaggio…* c'est de la *grana* ! Allez, ne sois pas borné, *volpino* : essaie quand même.

Levant les yeux au ciel, le Goupil finit par accepter ; Alessandro s'abstint d'exagérer la quantité qu'il fit pleuvoir sur sa portion. Il ne souhaitait pas offenser Montecchi en gâchant des denrées au cas où son diable de fils n'apprécierait pas.

Mais le mélange de saveurs entre sauce à la viande et à la tomate, pâtes de semoule de blé et fromage fit merveille sur les papilles du Goupil, qui vida son assiette tel un affamé, à l'amusement général de la famille Montecchi.

Quand 9 heures sonnèrent à l'église du village, Cosimo donna le signal du départ, allant chercher, soigneusement pliées et cachées dans l'armoire de sa chambre, trois capes noires avec des tricornes assortis.

— Prenez ça.

— Vous êtes sûr ? demanda le Goupil.

— C'est certain que ce n'est pas la tenue la plus discrète qui soit, même pour circuler la nuit, admit Prazzoli.

— Ce sont des tenues de carnaval. Mais elles ont leur côté pratique, quand on sait les porter à bon escient… Vous les mettrez quand je vous le dirai.

Ils partirent donc à travers rues et champs, suivant un itinéraire qui n'était connu que de leur guide. Ils marchèrent un peu plus d'une heure avant de parvenir en vue d'une énorme barbacane devant laquelle stationnaient plusieurs groupes de soldats en armes.

— La *Porta Nuova*… Inutile d'essayer de passer par là.

— C'est une forteresse !

— Quatre ans que ces chiens cherchent à barricader notre cité petit à petit ! Mais ils ne détiennent pas encore toutes les clés pour aller et venir chez nous. Maintenant, enfilez vos capes et suivez-moi.

Les trois hommes pouvaient se reposer et profiter du calme de leur planque pour enfin parler de choses graves qu'il n'était pas convenable que les enfants Montecchi entendent.

— Un peu de *grappa* ?

— Non, merci.

— *Con piacere*, répondit Alessandro.

Dans deux godets de terre, le Véronais versa un doigt d'une eau-de-vie très pâle et à l'odeur plus forte que celle de l'armagnac, et les deux Italiens trinquèrent.

— *Salute.*

— *Salute.*

Ils firent cul sec, grimaçant de plaisir quand l'alcool leur rabota l'œsophage et que sa chaleur bienfaisante se répandit dans tout leur corps.

— Que pouvez-vous nous dire sur les mouvements de troupe que vous nous évoquiez tantôt ?

— Bah… il faut vraiment que la chose soit importante car, en temps habituel, la ville est déjà surpeuplée d'Autrichiens… mais là… les récentes pendaisons de Belfiore et de Mantoue ont été vivement contestées, et ce monstre de Radetzky est sur les dents. Comme il semble ne pas vouloir se calmer, cela pourrait expliquer le nombre exceptionnel d'hommes de troupe qui sont arrivés ces temps derniers. Mais je ne pense pas que cela soit la seule raison. À ce qu'on m'a rapporté, depuis deux jours, en nos murs loge un ambassadeur un peu particulier.

— C'est-à-dire ?

— Ce serait le propre frère de l'empereur d'Autriche… L'archiduc Karl-Ludwig.

— Mais… c'est un enfant ! dit Prazzoli.

— Il n'a pas vingt ans, certes, mais l'âge ne fait pas moins de lui un personnage important.

— Oui, on peut imaginer que son grand frère ait souhaité le mettre en apprentissage de la sorte. En effet, la présence d'un membre de la famille impériale a de quoi rendre Radetzky nerveux…

— Ce serait lui la cible ?

— C'est une possibilité. Une très, très nette possibilité !

— Je ne comprends pas pour autant les raisons de sa venue ici.

— Ce n'est sans doute pas pour venir entendre des cantiques.

— Ce n'est sans doute pas pour faire du tourisme non plus… dit Alessandro en faisant la moue. Je vous le demande, quand un joyau comme Venise se trouve aussi près, à quoi bon venir à Vérone ?

La remarque jeta un froid, et quand Montecchi reprit la parole, ce fut sur un ton glacial.

— Venise ? Tsss... cette cité lugubre et humide où un chat ne retrouverait pas ses petits ! Cette ville fondée par les Barbares, dirigée des siècles durant par les doges, tous plus corrompus les uns que les autres, qui ont fini par rendre les armes devant Bonaparte ! Il faut vraiment ne rien connaître pour la porter aux nues ! Vivement qu'elle disparaisse sous les eaux ou, mieux encore, dans la fange et la pisse de ses habitants, et qu'on cesse d'en parler !

— Je pense que c'était une simple maladresse de la part de mon père, hasarda Léandre en lançant un œil noir à ce dernier.

— Savez-vous qui est le Vénitien le plus célèbre entre tous ? poursuivit Montecchi avec feu. Casanova ! Vous parlez d'un modèle ! L'inconstance, la malhonnêteté et le vice réunis en une seule personne ! L'incarnation de toutes les maladies vénériennes ! Dire que cet imbécile est parvenu à faire croire que ce bourbier est le lieu propice à tous les complots et toutes les aventures ! Regardez Vérone ! Nos arènes que même Rome pourrait nous envier ! Il y a plus d'histoire dans une de leurs pierres que dans tous les palais de ces pisse-froid de Vénitiens ! Et même si c'est un Anglais qui les a voués à la postérité aux yeux du monde, ce n'est pas à Venise qu'ont vécu Giulietta Cappelletti et mon aïeul Romeo, les symboles de l'amour vrai !

Un éclat de rire retentit.

Alessandro était en train de s'esclaffer, avec le visage radieux d'un garnement ayant fait une bonne blague.

Et le plus surprenant, c'est que cette hilarité était contagieuse, puisque Cosimo se mit à rire à son tour, laissant Léandre perplexe devant cette réaction pour le moins étonnante.

— Ah ah ah… J'étais pourtant prévenu… *signore Zanzara…*

— Pourriez-vous m'expliquer, histoire que je puisse partager cette farce ? demanda Léandre sur un ton peu avenant.

— Votre père a toujours eu la réputation d'être un très mauvais plaisant qui s'arrange pour piquer au vif les gens, surtout quand il vient de les rencontrer.

— C'est vrai ?

Pouffant, Prazzoli acquiesça de la tête et expliqua :

— C'est une façon de gagner leur confiance. S'ils comprennent que je plaisante, bien sûr… Et à ce jeu-là, Cosimo, vous avez gagné haut la main.

— J'en suis flatté, dit ce dernier.

— J'ignorais ce détail, fit remarquer Léandre. Passons… Sans mettre votre parole en doute, Romeo est-il véritablement votre aïeul ?

— Je n'en sais rien, en fait. On m'a toujours dit que j'étais issu d'une branche cadette. Peut-être était-il un de mes grands-grands-oncles, mais allez savoir… cela remonte à si loin…

— Que veut dire *Zanzara* ?

— *Zanzara* ? Mais c'est le moustique… le vieux surnom de votre père chez les *carbonari…* L'emmerdeur, si vous voulez. Vous ne le saviez pas ? Vous êtes pourtant son fils, que je sache !

— Il y a encore bien des choses que j'ignore à son sujet… Il faut croire que les moustiques n'aiment pas se confier aux renards.

Et l'amertume teintée de colère qu'il perçut dans ces mots énigmatiques fit froid dans le dos à Cosimo Montecchi.

Léandre était mort.

Charles Leterrier ne pouvait s'empêcher de penser à cette tragique hypothèse.

Il se souvenait bien de cette enquête, vieille de quatre ans, qui avait conduit le Goupil jusqu'au repaire d'un culte de crédules et de fous.

Des déments qui avaient failli l'offrir en sacrifice humain.

En plein milieu du XIXe siècle.

Il n'était pas nécessaire d'en arriver à de telles extrémités pour croiser la route de gens dangereux, prêts à éliminer les gêneurs.

Et si Léandre avait frôlé de trop près l'Amour ?

S'il avait vu son visage ?

Il ne parvenait plus à dormir, malgré Catherine qui se faisait un devoir de le calmer, tous les soirs depuis une semaine, et qui lui assurait que son ami allait revenir.

Son ami, oui.

Chacun d'eux avait sa vie propre, ses obligations, ses activités.

Mais avant d'être des collègues, Roënel et le Goupil étaient des amis.

Et c'était surtout pour cela que Charles craignait l'affreuse révélation.

Ces derniers jours, les conditions n'avaient jamais été réunies pour lui permettre de penser à autre chose. Les enquêtes en cours n'aboutissaient pas. Il rêvait entre autres de mettre la main au collet d'André Montfront et de le laisser pourrir dans un cachot, sauf que les preuves lui faisaient toujours défaut.

Il était 2 heures du matin.

Il était assis au bureau du Goupil, rue du Petit-Lion, incapable de s'endormir, incapable de penser correctement.

Depuis une semaine, plus d'attentat, plus de bombe, plus de lettre de menace.

L'Amour avait disparu.

Cela devenait une certitude.

Il n'y aurait, avant longtemps, rien de nouveau à ajouter dans le dossier de l'Amour.

Ce n'était sans doute pas un mal.

Enfin, dans le dossier…

Dans le peu du dossier qui restait, Léandre, de toute évidence, ayant pris avec lui l'essentiel des pièces avant de partir aux trousses du fabricant de bombes.

Il y avait bien le rapport de l'autopsie pratiquée huit jours plus tôt par Mouflart, mais ce n'était qu'un supplément, cela ne comportait aucun élément qui puisse faire avancer l'enquête. Juste cette étrange coïncidence d'un assassinat commis quelques heures avant un attentat à la bombe au même endroit.

Il était trop bouleversé pour réfléchir clairement, il le savait.

Il l'ouvrit toutefois, et constata qu'une feuille y avait été adjointe, de la main de Thibert.

Un brave homme, ce Danty.

Pas policier, mais il aurait pu l'être.

Il était allé poser des questions à l'entourage du défunt, avec un respect des procédures remarquable.

L'entourage, c'était un bien grand mot, la famille qu'il lui restait vivant au diable, dans quelque campagne berrichonne ou bourguignonne…

Gabriel Jobert n'avait que son travail dans la vie.

Le dossier faisait quatre pages et se lisait somme toute rapidement, Thibert ayant une assez jolie écriture.

Il avait entendu son chef, Sagnier, qui le dépeignait comme un employé compétent, mais ayant des lubies, et à qui il avait dû donner un congé temporaire pour avoir, au cours de sa dernière soirée de travail, mis dans l'embarras des convives prestigieux. Il précisait, mais ce n'était sans doute que pour se donner le beau rôle, qu'il aurait volontiers fait preuve de clémence à son égard, mais qu'on avait insisté en haut lieu pour qu'il reçoive une sanction.

Foutus dignitaires, incapables de pitié.

C'est alors qu'il lut une chose qui le glaça.

Ce n'était rien, c'était un détail sans importance au milieu du reste des notes d'Antonin Danty.

Juste une référence aux précédents postes occupés par Jobert.

Un simple nom.

Et en lisant ce nom, Charles Leterrier se sentit pris d'une appréhension encore plus vive que tantôt. Si Léandre n'était pas déjà mort, il risquait fort de l'être prochainement.

L'efficace Cosimo quitta la cachette sitôt le soleil levé. Avant qu'ils ne dorment, profitant d'un sommeil bien mérité après leur périple, il leur avait fourni tous les indices pour se diriger dans la ville et expliqué que, selon toute probabilité, l'archiduc assisterait à la messe pascale à la cathédrale Santa Maria Matricolare.

— Une cathédrale, bien entendu ! Ce ne sera jamais que la deuxième fois !

— Ton Amour semble vraiment apprécier de détruire les ouvrages religieux !

— Je te croyais réfractaire au clergé ?

— Oui, mais pas à l'architecture !

N'ayant pour l'heure vu la ville que la nuit et en se déplaçant furtivement, Vérone sous le soleil du printemps leur apparut magnifique. Alessandro avait eu l'occasion, à quelques reprises, d'y venir, mais là encore, toujours en coup de vent, sans pouvoir profiter le moins du monde des splendeurs des lieux.

Suffisamment renseignés par Montecchi, ils n'eurent nulle peine à parvenir en vue du lieu de culte. Le siège de l'archevêque apparut au Goupil comme sobre et sévère. Avec sa façade de tuf et de brique, c'était un modèle d'art roman, plus proche des églises familières de Gascogne que du chef-d'œuvre gothique de Paris.

Il y avait foule pour y pénétrer, notamment un nombre accru d'officiers en armes qui encadraient plusieurs hommes dont l'allure et les vêtements prouvaient la puissance.

La plupart étaient inconnus au Goupil.

Sauf deux d'entre eux.

Et un, en particulier.

C'était le comte de Morny.

— Bon… et maintenant ?

— Eh bien, visiblement, nous pouvons tenter de jouer les fidèles, pour une fois. Je vais en profiter pour aller saluer quelqu'un qui sera sans doute aussi surpris de me voir en ce pays que je le suis de l'y trouver…

Imitant l'allure et la démarche humbles des croyants allant célébrer la résurrection christique, père et fils se mêlèrent à la foule et entrèrent dans l'église, anonymes au milieu de tous les gens. Léandre ne put qu'être saisi par l'ambiance particulière de cette communion des esprits mais s'il était venu là, ce n'était pas pour se prosterner. Il dédaigna le bénitier, tout comme Alessandro, et vérifia qu'il portait bien, accroché à la poche intérieure de son manteau, la plaque de bronze de la Noble Cour.

Il n'avait pas parcouru vingt mètres dans la nef qu'il était arrêté par deux militaires qui conservaient la main sur la poignée de leur épée en un geste volontairement destiné à intimider les fâcheux trop insistants.

— *Halt ! Wohin also wollt ihr gehen ?*

— *Ich bin Fransozen Polizei. Ich würde gern mit Herr Morny sprechen*, répondit-il non sans quelques hésitations en dévoilant sa plaque.

Un des soldats regarda de près son insigne et s'adressa à son camarade :

— *Er spricht leider fast nur Deutsch, aber er sagt die Wahrheit.*

— *Gut. Wir überwachen Sie. Los !*

Ce fut ainsi qu'il parvint à rejoindre les rangs des privilégiés et à se placer juste derrière le politicien français, en bousculant quelques personnes qui le tancèrent d'un regard sans oser pour autant lui faire reproche de sa grossièreté.

— Monsieur de Morny ! murmura-t-il jusqu'à ce que ce dernier tourne la tête et le reconnaisse.

— Goupil ? Mais qu'est-ce que ? Que… que faites-vous là ?

— Je me pose la même question à votre sujet, monsieur !

Morny remarqua un mouvement de deux autres soldats en train de se rapprocher, inquiétés par la présence soudaine de cet inconnu en violet qui s'était si peu délicatement frayé un chemin pour atteindre le noble français, il leur fit un petit signe pour montrer que tout allait bien.

— Vous savez que mon frère vous a fait chercher partout, et qu'il doit être persuadé que vous gisez quelque part aux abords de Paris, sous un tas de branchages, la gorge tranchée ?

— Vous lui expliquerez qu'il n'en est rien… si d'aventure vous sortez de cette messe en vie !

— Que voulez-vous dire ?

— L'Amour est ici.

— À Vérone ?

— Oui, et probablement dans cette cathédrale ! Avec l'un des petits cadeaux dont il a le secret !

— Dieu du ciel !

— Oui, je pense qu'il serait bon que Dieu soit dans notre camp en ce moment précis ! Après tout, si on vient ici, ce n'est pas sans espérer sa protection !

— Ne blasphémez pas. Si vous voulez vous moquer, restez sur le parvis, il est assez vaste pour cela.

— Vous avez raison. Veuillez me pardonner.

— Je n'ai pas à m'en charger, c'est auprès du Seigneur que vous aurez à rendre des comptes… mais bon… l'Amour à Vérone ? C'est inimaginable !

— Et pourtant !

— Par quel prodige êtes-vous parvenu sur ses traces ?

— Ce serait trop long à vous expliquer.

— L'avez-vous vu ?

— Non, toujours pas. Cet homme a tout d'une ombre.

— Mais comment le reconnaître en ce cas ?

— J'ai un allié sur place qui sera à même de l'identifier. Monsieur, au risque de sembler insistant, que faites-vous dans cette ville ?

— Je suis là pour une rencontre extraordinaire, bien évidemment, à la demande de l'empereur ! Normalement, c'était Persigny qui était chargé de cette besogne, mais celui-ci s'est senti mal la veille du départ, et mon frère m'a prié de le suppléer…

— Quand cette rencontre doit-elle avoir lieu ?

— Après la messe, de toute évidence !

— Et qui doit être présent, à part vous ?

— Que de questions ! Eh bien, le ministre Drouyn, ses homologues russe et anglais, l'archiduc d'Autriche, un prince de Prusse, et quelques diplomates de leur suite...

— Que des personnalités importantes, dont la mort entraînerait bien des troubles. Sont-ils tous à la messe ?

— Certains sont protestants, donc... Que comptez-vous faire ?

— Je vais inspecter la cathédrale.

— Pendant la messe ? s'offusqua le comte. La discrétion n'est décidément pas votre qualité première...

— La discrétion, à ce moment précis, c'est le cadet de mes soucis. Je ne souhaite pas devoir ramener à mon maître un paquet contenant vos restes carbonisés et une lettre pour m'excuser d'avoir failli à ma mission !

— Vous ne croyez pas que, dans un endroit pareil, chaque parcelle a été fouillée méthodiquement pour éviter tout drame ?

— Ce que je crois, c'est que nous avons affaire à un homme qui, depuis plusieurs années, parvient à passer entre les mailles du filet et que le risque ne doit donc pas être pris à la légère !

— Bon... je vous couvre... mais pas de vagues.

Se faufiler dans une église remplie de monde lors d'une des journées les plus sacrées qui soient n'avait rien d'une partie de plaisir. Alors qu'il observait, les yeux en perpétuel mouvement, chaque meuble, chaque dessous de banc où l'abominable paquet aurait pu être abandonné, le Goupil sentait les regards mécontents des fidèles que sa présence dérangeait en pleine adoration du mystère divin. Il fit un tour de l'église, puis un autre, exhibant au besoin sa plaque aux quelques militaires trop zélés que son manège affolait. Il ne pouvait bien sûr pas s'approcher trop près des plénipotentiaires étrangers et dut donc chercher le meilleur angle pour pouvoir scruter leurs abords de loin.

Il retourna au fond de la cathédrale où Alessandro l'attendait, adossé à l'un des piliers de la cathédrale, encore moins soucieux des conventions à respecter dans un lieu de culte que son fils.

— Quelque chose ?

— Rien. Et toi ?

— Non, l'Amour n'y est pas. Mais ça m'aurait étonné ! Il n'est pas fou, tout de même ! Rester à proximité immédiate de ses engins... C'est du suicide !

— Le comte de Morny m'a confirmé qu'une grande réunion diplomatique allait avoir lieu dans la foulée. Inutile de chercher la cible. Ce peut être n'importe lequel de ces hommes... Ou même tous à la fois. Quelle puissance peuvent avoir les engins de l'Amour ?

— Tout dépend de leur taille et de la quantité d'explosif qu'il emploie. Il serait peut-être capable de créer une machine assez forte pour nous tuer tous en même temps ici...

Cette affolante possibilité les rendit songeurs et silencieux.

C'est avec la gorge nouée et une boule au ventre qu'ils attendirent que la cérémonie prenne fin, ne respirant mieux qu'une fois à l'extérieur.

— Je vais vadrouiller un peu sur la place, histoire de voir si je ne le repère pas en train de guetter.

— Vas-y. Et sois prudent !

— Tu me connais !

— Pas tellement, non, dit Léandre à mi-voix alors que son père s'éloignait.

Il aurait pourtant mis sa tête à couper que l'attentat se déroulerait dans la cathédrale. Perdu dans ses pensées, il sursauta quand il se rendit compte de la présence de Morny à ses côtés.

— Alors ?

— Alors, non, pas d'Amour, pas de machine infernale. Il n'y avait rien.

— Vous n'avez pas l'air soulagé pour autant !

— Je reste convaincu de mon fait. Je ne suis pas là par hasard, et vous non plus. Quelque chose de sordide se trame, et si cela ne vient pas de se passer, c'est que c'est imminent !

— Vous êtes bien pessimiste ! Écoutez donc : afin de vous rassurer, je puis me porter garant de votre personne, vous présentant comme mon secrétaire, et vous n'aurez qu'à rester à proximité de moi pour assurer ma protection… et celle des autres participants au second congrès de Vérone.

— Et mon… mon indicateur ?

— Je pense que ça serait délicat. Normalement, nous ne sommes pas tenus d'avoir des éléments extérieurs à cette réunion. Un accompagnateur ne soulèvera pas de questions. Deux, c'est autre chose…

— Bien… ce n'est déjà pas si mal, et je vous en remercie.

— Tâchez de capturer ce monstre, et nous serons quittes.

— Où devons-nous aller ?

— La rencontre a lieu au palais Maffei.

À vingt mètres des Français, à l'angle de la place de la cathédrale et de la rue de l'archidiacre Pacifico, Alessandro Prazzoli avait l'attitude d'un hibou en chasse. Il tournait la tête sans arrêt, cherchant dans la foule des Véronais sortant de la messe et s'égaillant vers les rues voisines. Où se trouvaient Milos et Patrizia ? Cette histoire n'avait que trop duré, il fallait mettre un terme à tout cela, il n'était peut-être pas trop tard pour agir… Il songea à l'inanité de ses paroles. Il connaissait assez l'Amour pour deviner que ce dernier, même sans cautionner pleinement la besogne qu'on l'avait chargé d'accomplir – il le lui avait dit – n'était pas homme à abandonner une mission en cours de route.

Il se retrouvait en lui. Un peu comme en Léandre. Différemment, forcément.

Bientôt, il se rendit compte qu'en épiant il avait perdu de vue son fils.

Avec un juron, il s'avança vers le lieu où le Goupil se trouvait quelques instants plus tôt et finit par le repérer dans la rue du Dôme.

C'était une chance qu'il porte une couleur si différente. Il se démarquait au milieu des vestes noires et des uniformes militaires. Ce violet avait quelque chose de changeant : suffisamment vif pour susciter un minimum de curiosité, et assez sombre pour qu'on ne ressente pas le besoin de l'observer deux fois…

L'Italien demeurait en retrait, tâchant de rester sur les traces de son fils tout en essayant encore de repérer l'Amour ou sa compagne au milieu des habitants.

Le groupe tourna à droite sur la via Pigna, croisant la via Rosa sans s'y engager et enfin, tournant sur la gauche par une suite de *vicoli* dont il ne put voir les noms, ils débouchèrent sur la piazza delle Erbe.

Sans que cela soit jour de marché – qui aurait osé, à part des politiciens et des impies, travailler LE jour du Seigneur ? –, il y avait foule. L'ancien forum de Vérone grouillait de vie ; partout, des gens s'étant donné rendez-vous sans doute pour aller célébrer autour d'une table la renaissance du Sauveur…

Et au milieu de tout ce monde insouciant et le cœur en liesse, il le savait, il y avait la mort sous forme mécanique.

Ou du moins, celui qui était chargé de la construire et d'aller la placer.

Mais où ?

Il leva le nez et contempla la façade baroque du bâtiment où rentraient officiers et grands messieurs. Il se dit que les Maffei qui avaient commandé deux siècles plus tôt ce palais n'avaient pas l'humilité comme qualité principale. Couronné par des statues de marbre de dieux antiques, le *palazzo* était une splendeur de style Renaissance, magnifique, opulent, tout à fait approprié pour accueillir une réunion aussi prestigieuse… Il y avait toujours une dose très nette de m'as-tu-vu chez ceux qui organisaient de tels colloques.

Léandre, pour l'heure, se tenait à petite distance de l'entrée, toujours en train de converser avec le comte de Morny, sans doute pour le mettre en garde.

Mais de quoi ?

Passer à l'attaque au sein du palais équivalait à un suicide.

Il y avait trop de gardes pour qu'un inconnu puisse s'introduire là sans être repéré. Même l'Amour aurait du mal, lui si habile à échapper aux investigations.

Les yeux d'Alessandro s'écarquillèrent alors.

L'espace d'un instant, au milieu d'un groupe, il l'avait vu.

Et reconnu.

C'était impensable, et pourtant tout à fait logique.

Le commanditaire de toute l'opération ne pouvait évidemment pas se contenter d'un simple poseur de bombes. Il lui fallait déléguer une personne en qui il avait toute confiance.

Déjà, l'homme s'était engouffré sous les arcades.

— Léandre ! Léandre ! se mit-il à hurler.

Le Goupil interrompit alors sa conversation avec Morny, cherchant quelques secondes du regard son père avant de s'excuser auprès du député et de se rapprocher de son père avec une expression interrogative.

— Qu'y a-t-il donc ?

— Gluck !!! Gluck est là !!!

— Gluck ? répéta le Gascon sans comprendre.

— Oui, Gluck ! s'emporta son père. L'émissaire polonais qui m'a recruté !

— Tu es sûr ?

— Certain !

— Goupil, rejoignez-moi dès que vous en aurez terminé, je vais donner des instructions pour qu'on vous autorise l'accès, les interpella Morny, depuis le seuil du palais.

— Entendu, monsieur !

Il n'y avait plus un instant à perdre. Léandre devait se lancer aux trousses du comploteur, l'attraper et le faire parler pour espérer déjouer l'attentat *in extremis*.

— J'imagine qu'il ne s'est pas éternisé sur place. Il reste peut-être une chance de l'attraper avant qu'il n'aille trop loin : par quelle rue l'as-tu vu partir ?

— Dans l'escalier, en train de discuter, au milieu des autres diplomates !

— Hein ?

— Léandre, tu ne me comprends pas ! Gluck ne se cache pas, il n'est pas venu observer de loin ! Il est rentré délibérément dans le *palazzo* Maffei : il fait partie des ambassadeurs conviés à cette réunion !

— Comment vais-je le reconnaître ?

— Il est en veste noire…

— Comme la totalité des gens présents, à part moi !

— C'est là le problème, il n'a rien de vraiment remarquable : un homme en redingote noire, entre deux âges, ressemblant à n'importe qui !

— Formidable ! s'énerva le Goupil. Je vais aller loin, ainsi ! Ah, quelle poisse que tu ne puisses rentrer avec moi pour me le désigner !

— Je ne te cache pas que je n'en ai pas tellement envie… La fréquentation des grands de ce monde, je te la laisse… et la proximité d'une bombe n'est pas… Si ! Il y a quelque chose que j'ai remarqué à chaque fois que je l'ai croisé : Gluck porte une cravate, et il n'arrête pas de la toucher pour la rajuster !

Et ce fut nanti de cette seule information que Léandre se précipita à son tour dans le palais.

Il put voir que, malgré l'omniprésence militaire, on le laissait circuler sans problème. À deux reprises au moins, il entendit le mot « *Purpur* » sur son passage, et il comprit que Morny avait donné sa couleur de prédilection en guise de signalement. L'idée était bonne.

Dommage que Gluck n'en ait pas fait autant. Repérer une redingote noire ? C'était l'un des accessoires de mode les plus fréquents et, pour ce que Léandre avait pu en voir, la plupart des personnes présentes portaient un court manteau noir.

Il gagna le premier étage par un splendide et surprenant escalier en colimaçon et fut dirigé dans un grand et bel appartement. Une vaste salle avait été aménagée pour l'occasion, plusieurs tables accolées les unes aux autres formant un rectangle assez grand pour recevoir une vingtaine de personnes, sans pour autant qu'ils se sentent à l'étroit.

Le Goupil remarqua Morny et Drouyn et vint se placer debout derrière eux, tel un conseiller de l'ombre. Le point de vue était idéal pour observer toutes les personnes présentes.

Un à un, il détailla les visages, survolant les trop âgés et les trop jeunes. La plupart, hélas, rentraient dans les rares critères mentionnés par son père. Il se focalisa cependant sur les Prusses et les délégués du tsar, au cas où Gluck n'ait menti qu'à moitié en se prétendant polonais...

Mais ce fut à une tout autre table qu'il repéra le geste récurrent.

— Monsieur ?

— Oui, Goupil ?

— Comment se nomme ce gentilhomme là-bas, presque face à nous, de l'autre côté de la salle, qui ne cesse de remettre sa cravate en place ? À côté du siège vacant ?

— Ah, lui ? C'est un attaché d'ambassade anglais...

— Lord Andrew Coleman, souffla Drouyn. Un triste sire, si vous voulez mon opinion, désespérément francophobe...

Lord Andrew Coleman.

L'ex-libris du recueil de théâtre prenait tout son sens.

Aucun rapport avec une quelconque étendue d'eau.

LAC.

C'étaient tout simplement les initiales du propriétaire du livre.

— C'est notre homme.

— L'Amour ? dit Morny, stupéfait.

— Non, pas tout à fait : celui qui dirige l'Amour. Tout ce qui se passe rentre dans le cadre d'un vaste complot. Je ne sais pas quels en sont les véritables enjeux, mais cela importe peu. Il me faut l'arrêter sur-le-champ.

— L'arrêter ? siffla Morny. N'êtes-vous pas fou ? Je puis vous assurer mon soutien, mais cela dépasse mes compétences ! Avez-vous une preuve flagrante, irréfutable de sa culpabilité ?

— Juste d'énormes suspicions. Il faudrait que je puisse faire monter mon… informateur pour obtenir confirmation.

— Goupil, comprenez bien une chose : ce n'est pas avec des suspicions qu'on procède à l'arrestation d'un ambassadeur. Si vous vous trompez, c'est l'incident diplomatique assuré et votre tête sur le billot… Métaphoriquement, bien sûr !

— Mais…

— Pas de mais ! Le risque est trop grand ! Alors n'intervenez que si quoi que ce soit se produit, sans cela vous devrez vous passer de mon aide. Suis-je clair ? Ce n'est pas contre vous, je sais que vous pensez bien faire, mais nous devons traiter ici de choses capitales pour le futur commun de nos nations respectives, et tout écart pourrait avoir des conséquences catastrophiques ! Faisons silence, maintenant, laissons poursuivre ce malheureux archiduc qui lutte depuis cinq minutes contre son absence d'éloquence…

Mais Léandre ne l'écoutait plus.

Tout ce qu'il entendait, c'étaient quelques mesures de musique trop familières.

Et cela n'était pas qu'un effet de son imagination.

Rajustant sa cravate pour la énième fois de la matinée, lord Andrew Coleman était très impatient.

Bientôt, l'heure H sonnerait, et il aurait toute satisfaction.

Certes, il ignorait exactement comment cela aurait lieu.

Il lui faudrait alors être très adroit et jouer la comédie.

Il ne doutait pas d'y parvenir, au fond : du temps de ses études, il s'était laissé aller à frayer avec quelques saltimbanques qui lui avaient reconnu des qualités théâtrales évidentes. Mais il préférait mille fois son existence actuelle que celle d'un pauvre bateleur obligé de mendier et de se donner en spectacle pour s'assurer la pitance…

Oui, quand la chose aurait lieu, il saurait feindre la surprise, la panique. Il se demanda s'il convenait de jouer les héros en cherchant à venir à la rescousse des inévitables blessés.

Ce serait drôle… On garderait de lui l'image d'un altruiste, bravant tous les dangers.

Ce serait somme toute un peu gros quand même.

Pour l'instant, c'était l'archiduc autrichien qui s'exprimait. Quel ennui ! L'âge n'excusait pas tout… le jeune homme souffrait d'un terrible manque d'habitude de s'exprimer en société. Il n'y avait rien de tel que l'expérience pour corriger ce genre de problème, bien qu'il doute fort que le garçon trouve un jour l'aisance et la manière naturelle propres aux grands hommes quand il s'agissait de discourir.

Il regarda le siège vide à côté du sien.

Pauvre Fate ! Ce n'était vraiment pas une chance dans la vie que d'être aussi souffreteux. Prématurément vieilli, toujours en proie aux rhumes, habillé aussi chaudement qu'un montagnard hiver comme été, et là, le voilà qui souffrait des intestins ! Sitôt entré dans la salle, il avait dû partir à la recherche d'un lieu où se soulager… Le voyage en avait été interminable ; toutes ces haltes au cours desquelles il n'avait cessé de satisfaire ces besoins impérieux… Coleman se disait malgré tout que cela aurait pu être pire : incapable de se retenir en plein trajet, il aurait pu faire sous lui, tel un nourrisson ou un vieillard en fin de vie… C'eût été la honte suprême. Sans doute ne l'aurait-il pas conservé plus longtemps à son service. Un incontinent… quelle horreur !

Par chance, cela ne s'était pas produit, et lord Andrew s'en félicitait.

Il ne souhaitait pas, au fond, perdre un collaborateur aussi efficace et précieux, qui cherchait et trouvait tout ce qu'on sollicitait de lui, et qui, en outre, s'était révélé plusieurs fois un infatigable coureur de routes, malgré sa santé précaire.

Non, s'il se permettait de se montrer dur envers ses subalternes au quotidien, il n'était tout de même pas un employeur sans scrupule. Il savait récompenser, et avec générosité, la compétence de ceux qui travaillaient pour lui. Fate était le meilleur auxiliaire qu'il eût jamais eu ! Il méritait d'être rétribué en conséquence. Coleman s'imaginait bien lui offrant de l'or, une vraie belle somme. Ou mieux, les services permanents du meilleur médecin de Londres ! Il en avait sans doute bien besoin.

Ce n'était pas encore le moment de s'en soucier.

— *Signore ?*

C'était une voix inconnue qui chuchotait à son oreille droite.

Celle d'un valet en tenue.

Il fronça les sourcils.

— *Yes ?*

— *C'é qualcosa per Lei, signore.*

Le laquais portait dans les mains une boîte.

Un coffret de bois sculpté, délicatement ouvragé, en bois précieux et verni.

Un objet de prix, de toute évidence, sorti à n'en pas douter des mains d'un maître ébéniste.

Sur le dessus du cadeau reposait une enveloppe.

— On vient de vous la donner ?

— *Non ho capito, signore.*

— Qui vous l'a remise pour me la donner ?

— *Non ho capito,* répéta le domestique.

Avec un mouvement de colère, Coleman prit la boîte des mains du garçon et la rangea au sol, à côté de sa chaise. Il n'était pas temps d'observer plus en détail le coffret ; il prendrait cette peine à tête reposée, plus tard dans la journée, quand tout serait fini.

Il pouvait par contre lire la lettre qui l'accompagnait.

Il déchira sans brusquerie l'enveloppe et sortit un feuillet.

L'auteur n'avait visiblement pas cherché l'inspiration bien longuement. Il n'y avait qu'une seule phrase, et une signature. Pas un paraphe. Un nom étranger, soigneusement calligraphié.

Il posa la lettre de côté, devant la place de son secrétaire qui se chargerait de la classer.

Quoi qu'il en soit, cela restait une agréable attention, même si l'expéditeur lui était inconnu.

Il lui sembla alors que plusieurs personnes – celles qui étaient assises au plus près de lui – affichaient maintenant un air intrigué.

Ce ne fut qu'à ce moment précis qu'il entendit.

C'était léger, agréable.

Quelques petites notes de musique, flottant dans l'air de la salle de congrès.

Face à lui, de l'autre côté de la salle, il vit un homme en manteau violet qui le montrait du doigt et qui parlait avec vivacité à Morny.

Était-ce cet inconnu en violet, le messager ultime qui ferait de son plan une réalité ?

Mais ses voisins maintenant regardaient dans sa direction.

Sa direction, à lui.

Non, ce n'était pas qu'une impression.

Ils le dévisageaient.

Et sans amabilité.

Qu'avait-il donc fait pour qu'on le contemple ainsi ?

Cette musique toute douce, une musique familière.

Où l'avait-il déjà entendue ?

Ah oui !

C'était cet air que…

Ce fut alors qu'il comprit d'où provenait cette musique.

Elle venait de sous lui.

Il rejeta sa chaise en arrière en faisant involontairement crisser les pieds sur le sol de pierre et se dressa d'un bond.

Sans plus se soucier des regards courroucés ou des remarques, sans même se soucier du ridicule qu'il ressentirait s'il se trompait.

Mais il ne se trompait pas.

Pourtant, c'était impossible.

Mais c'était bien le cas.

Comment pouvait-on s'être trompé de la sorte ?

Ce maudit domestique ne pouvait qu'avoir fait erreur.

Peut-être avait-il le temps de donner un coup de pied.

Avec un peu de chance, s'il visait dans la bonne direction…

Il vit l'homme en violet sauter par-dessus la table et essayer de courir vers lui.

Et la musique s'arrêta net.

Il y eut un déclic.

Coleman n'eut que le temps d'ouvrir la bouche.

Et de hurler :

— *Nooooooooo !*

À l'intérieur du coffret, la pile fournit l'étincelle requise.

Dans la bouteille de matière détonante, tout ne fut alors plus que lumière.

La détonation assourdissante fut suivie d'une boule de feu qui détruisit l'Anglais, sa chaise et une partie de la table, projetant des fragments de bois, de métal, d'os et de chair, allant de la taille d'une écharde à celle d'une assiette à potage, aux quatre coins de la salle.

Le souffle projeta au sol les gens assis à proximité comme ceux qui étaient debout.

Dont Léandre Lafforgue.

Comme ce dernier se précipitait vers la bombe, par l'effet des forces opposées, il eut la détestable impression de recevoir la gifle d'un Titan, à la fois sur la joue, mais aussi sur la poitrine. Ses pieds quittant le sol, il partit deux mètres en arrière, atterrissant sans la moindre douceur sur le dos, parvenant tant bien que mal à amortir inconsciemment sa chute en suivant les conseils avisés de Lecour.

Il n'empêche qu'il se fit si mal en heurtant le sol qu'il en perdit connaissance, une fois encore, tant il est vrai qu'un Goupil n'est pas fait pour s'envoler.

Chapitre onzième

D'un repas de famille en pleine montagne

Ils se promenaient, main dans la main, comme les amoureux qu'ils étaient. Inconnus de tous dans cette cité, ils pouvaient au fond se le permettre.

La journée étant assez avancée, il y avait lieu de penser que tout était fini.

Milos et Patrizia avaient quitté leur cachette en début d'après-midi, et ils avaient parcouru sans se presser la route conduisant de Valpolicella à Vérone. Personne n'avait fait attention à eux. Frissonnant à chaque fois qu'ils avaient croisé la garde, ils avaient échappé à tout contrôle, tant il était vrai qu'un couple de jeunes gens épris n'est que rarement l'objet d'une surveillance accrue…

Jamais avant ce jour ils n'avaient pris la peine de découvrir cette ville.

Et au fil de leur déambulation, ils en éprouvèrent un regret.

Ils auraient dû entreprendre ce voyage bien plus tôt.

Pour découvrir Vérone, ou plutôt la contempler avant d'y entrer, ils grimpèrent sur la colline de San Pietro, parvenant au sommet à bout de souffle

– l'endroit n'était pas bien haut, mais la pente raide – et heureux comme des rois.

Ils ne restèrent pas longtemps sur ce belvédère naturel, car la présence d'une caserne autrichienne en cours de réaménagement ne constituait pas le voisinage qu'ils appréciaient le plus. Néanmoins, durant ce peu de temps passé, ils eurent tout loisir d'admirer le spectacle de la ville millénaire et d'en repérer les principaux monuments.

Ils ne mirent ainsi que peu de temps à parvenir au pied de la tour des Lambert, point culminant de Vérone, et d'admirer l'audace des architectes qui, quatre cents ans plus tôt, osaient déjà bâtir ce genre d'audacieux beffrois, si hauts qu'ils semblaient vouloir atteindre le firmament…

Au bout de la piazza delle Erbe, une agitation nette finit par les intriguer. Une cohorte militaire tenait à distance raisonnable les curieux.

— Que se passe-t-il ? demanda Patrizia à une vieille femme.

Celle-ci se racla la gorge et cracha une épaisse glaire avant de répondre :

— Un drame, ma jolie petite ! On dit qu'il y aurait eu un incendie dans le *palazzo dei Maffei* ! Quel malheur, mon Dieu !

Et elle se signa deux fois de suite.

Au premier étage, on pouvait en effet voir que les fenêtres donnant sur la place étaient largement détruites, ou tout du moins les vitres. Il n'y avait à part cela aucune trace visible de feu, aucune odeur persistante de fumée… Patrizia regarda son amant, qui hocha la tête.

Ils savaient désormais où s'était déroulé le dernier acte de leur mission.

Il n'était plus nécessaire qu'ils restent à Vérone trop longuement.

Cela ne voulait pas dire pour autant s'enfuir à l'instant. Si le soleil avait depuis longtemps quitté le zénith, la nuit était encore lointaine. Ils regagneraient l'auberge au soir, pour retourner chez eux le lendemain.

Ils n'eurent pas besoin d'en parler, aucune raison de se concerter. Ils savaient sans se parler prendre certaines décisions tant elles allaient de soi.

Ils poursuivirent leur marche, laissant le vieux forum derrière eux, prenant le chemin du sud, jusqu'à parvenir en vue des gigantesques arènes. Sensibles l'un comme l'autre à l'esthétique des vieilles bâtisses, ils décidèrent d'en faire le tour complet pour en apprécier davantage la beauté. C'était vraiment un bijou, certes abîmé par les ans et l'érosion, mais rappelant à tous la grandeur et le prestige de l'Empire romain.

Un jeune garçon, dont les vêtements, d'ici peu, mériteraient pleinement le nom de hardes, se trouvait non loin d'eux, assis contre l'un des piliers de l'amphithéâtre.

— Hé, petit ! l'interpella l'Amour.

Le jouvenceau se leva, s'étira et vint à leur rencontre d'une démarche de jeune chat, prenant son temps pour parcourir la courte distance qui les séparait. Il se planta ensuite devant eux, sans dire un mot, se contentant de les interroger du regard.

— Tu veux te faire quelques sous ?

— Toujours.

— Bien… Connaîtrais-tu quelqu'un qui puisse nous faire entrer dans les arènes ?

— Oh, ça, y a rien de plus facile ! Vous avez de la chance, mon bourgeois, je suis le guide qu'il vous faut !

— Voilà qui est parfait ! Je ne suis pas un bourgeois pour autant…

Il tendit deux pièces d'argent à l'adolescent qui les prit, non sans surprise :

— Vous êtes curieux, vous ! En général, les gens paient après qu'on leur a rendu service…

— C'est que tu m'as l'air de quelqu'un à qui je peux me fier.

Le garçon eut la tentation nette de s'enfuir avec cette monnaie si facilement gagnée, mais quelque chose le retenait, sans qu'il puisse expliquer pourquoi. En haussant les épaules, il leur fit signe de les suivre vers l'un des portiques, et ils parvinrent sans trop de difficultés dans des galeries à ciel ouvert qui, jadis, couraient sous le sol de l'arène elle-même et permettaient sans doute de faire circuler les gladiateurs ou les fauves d'un bout à l'autre du cirque.

— C'est l'entrée la plus tranquille… bon, faut dire les choses comme elles sont, ce n'est pas l'endroit où vous risquez d'être dérangé outre mesure.

— Ah bon ?

— Ben oui… en semaine, y a du chantier, et même des savants qui viennent pour étudier et réparer… mais ils sont pas bien nombreux. Là, c'est dimanche, en plus, alors y a encore moins de monde. Nous autres, on vient surtout la nuit ici.

— Pourquoi donc ?

— On sait s'y repérer sans trop de problèmes avec les amis, la garde, elle, sait ce qu'il s'y passe et ils ont d'autres chats à fouetter que de venir nous déranger. Vous me suivez ?

Il lança un regard aussi impudique que révélateur sur la croupe de Patrizia alors qu'elle lui tournait le dos, avant de faire un clin d'œil à Milos. Inutile d'en demander davantage sur les raisons qui poussaient le garçon à venir dans ces ruines après le coucher du soleil… L'endroit devait regorger de coins propices aux études anatomiques poussées.

— Je veux pas vous laisser croire le contraire, je saurai pas trop jouer les guides, moi, je suis pas un spécialiste… Y a juste deux, trois choses que je peux vous dire, si ça vous intéresse…

— On saura s'en contenter, ne t'en fais pas.

— Alors, à ce qu'il paraît, ces arènes sont presque aussi vieilles que le Christ. On les aurait construites au moment de la crucifixion, quand Rome était dirigée par l'empereur Ibère…

— Ibère ?

— Ben, je crois, oui.

— Continue.

— Y a eu un tremblement de terre au Moyen Âge qui a presque tout détruit, alors on s'est servi d'une partie des pierres pour construire d'autres bâtiments dans la ville, et puis on a laissé tout comme ça pendant des siècles… Puis un général français, du temps de ma grand-mère, a envahi Vérone sur les ordres de Napoléon, et lui, il a insisté pour qu'on répare le tout… Mais bon, c'est long…

— Merci pour ces détails… j'espère juste que tu n'inventes rien.

Le garçon les regarda tous les deux avec une mine offusquée.

— Y a pas besoin d'inventer des choses quand la vérité se suffit à elle-même !

La formule plut tellement à Milos qu'il ressortit plusieurs pièces et les glissa dans la main du garçon, avant de se pencher et de lui dire quelques mots à l'oreille.

Le visage du gamin s'éclaira de malice.

— Je vais vous montrer ça.

Milos et Patrizia marchèrent main dans la main, contemplant l'incroyable amphithéâtre, s'imaginant du temps des Césars assis sur les gradins de marbre et de calcaire en train d'acclamer mirmillons, rétiaires et thraces…

Il fallut quelques instants à la jeune femme, perdue dans ses pensées, pour se rendre compte que leur petit guide n'était plus avec eux.

— *Amore*… il nous a laissés ?

— Oui, c'est moi que le lui ai demandé.

Il l'attrapa par la taille avec le bras droit et, de la main gauche, attira son visage jusqu'à ce qu'il ne soit qu'à quelques centimètres du sien.

— Patrizia… veux-tu m'épouser ?

Elle ouvrit de très grands yeux en l'entendant faire cette proposition.

— Que… Pardon ?

— Veux-tu devenir ma femme ?

— J'avais bien compris, mais pourquoi ?

Il rit avec tendresse.

— Parce que, malgré tout ce que tu as pu me raconter, toutes tes réticences, tu n'es pas si bonne comédienne que tu peux le croire. Ma révolutionnaire, tes envies de tout renverser ne vont pas jusque-là ! Oh, je sais que c'est sans doute parce que tu te sens illégitime aux yeux des gens. Et si c'est ce que tu veux pour te sentir mieux, c'est ce que je ferai, car, ma Patrizia, je ferai n'importe quoi pour ton bonheur…

Elle se mit alors à pouffer.

— *Oh Dio*, qu'est-ce qu'on peut avoir l'air niais en parlant ainsi !

— Oui, je m'en doutais, je forçais un peu le trait histoire de te faire croire…

Patrizia recula et lui donna un ridicule semblant de gifle sur la joue, feignant d'être exaspérée.

— Tais-toi, idiot, et embrasse-moi plutôt ! Oui, dix fois, cent fois, je veux devenir ta femme, devant les hommes, et même devant ce foutu Dieu !

— Tu vas me traîner dans une église ?

— Quand on s'engage sur quelque chose, on se doit d'aller jusqu'au bout… n'est-ce pas ce que tu me disais il n'y a pas si longtemps ?

Il leva les yeux au ciel, consterné.

— On ne devrait jamais rien dire devant les femmes. Elles retiennent tout et l'utilisent quand on le souhaiterait le moins !

— C'est notre talent, mon cher ! Il faudra t'y habituer : tu n'auras jamais raison face à nous ! Et si les femmes de Bohême ne l'ont pas encore compris, je me chargerai d'aller le leur enseigner !

— La Bohême ? Sûrement pas ! Plus personne ne m'attend là-bas. Si je t'épouse, c'est toi tout entière : pas question de te déraciner. Nous vivrons dans tes montagnes. Je sais que, malgré ta frilosité, tu ne souhaiterais pas les quitter définitivement, pour tout l'or de François-Joseph et de Napoléon III réunis !

Elle se jeta dans ses bras avec un gémissement de joie ; elle ne pouvait pas rêver d'issue plus heureuse que celle qu'il lui proposait enfin.

— Veux-tu que je change de nom ? demanda-t-il à brûle-pourpoint alors qu'elle se pressait contre lui.

— Comment cela ?

— Que dirais-tu si on m'appelait désormais Milo Vezzielli ?

— Pourquoi veux-tu ? Est-ce ce que tu souhaites ?

— La différence ne serait pas grande, et je serais plus admis dans le village si j'avais une identité locale. Mais là encore, ça ne dépend pas de moi. Je te le redis : je ferai tout ce que tu voudras.

— Tu réfléchis trop ! Inutile de se cacher derrière d'autres artifices. C'est Milos Vesely que j'aime, c'est sous ce nom que je l'ai rencontré et que j'en suis tombée amoureuse. Et en plus, si nous avons des enfants, je tiens à ce qu'ils portent le nom de leur père…

Il perçut une fois encore à quel point sa propre expérience la faisait souffrir, et il l'embrassa avec passion, sur le front, les joues, les lèvres.

— En parlant d'enfants… ils n'arriveront pas en un claquement de doigts.

— Voilà une invitation des plus intéressantes, répondit-elle avec un sourire entendu en l'entraînant dans un recoin proche et sombre.

Léandre ouvrit les yeux et toussa à s'en fendre la gorge.

— Tiens, *figlio*, bois...

La main serviable de son père lui présenta un verre d'eau dont il avala la moitié d'un trait. Par quelque intervention diabolique, une partie du liquide jugea bon de prendre la voie qui conduisait à ses poumons, ce qui le fit *s'escaner* encore davantage.

— Ne bois pas si vite ! Décidément... tu me ressembles en beaucoup de choses, mais pour d'autres, je croirais voir ta mère...

— Ma mère buvait si vite que ça ?

— Pas que cela... elle parlait tout le temps, notamment en mangeant... et elle s'étouffait presque tous les jours ! Combien de fois ai-je cru la voir mourir devant moi de la sorte !

— Ce n'est pas ce qui a fini par l'emporter pour autant... et tu n'as pas été là pour y assister.

Alessandro détourna la tête, et Léandre sut qu'il l'avait blessé. Mais il n'y pouvait rien : il se sentait, sans pouvoir l'expliquer, particulièrement énervé et il éprouvait l'envie incoercible de se montrer désagréable avec n'importe qui.

Puis une nausée l'envahit, plus intense que le reste, et il vomit l'eau qu'il venait d'ingurgiter.

« Punition divine, lui aurait dit sa grand-mère. Tu as mal agi, tu n'as que ce que tu mérites. »

Pour se défaire de la saveur ignoble de la bile dans la bouche, il prit une nouvelle gorgée d'eau, mais s'abstint cette fois de déglutir. Il se contenta de se gargariser, puis d'aller cracher dans un vieux seau qu'il avait remarqué rangé sous l'une des fenêtres. Après, penaud, il s'approcha de Prazzoli.

— Je te demande pardon, papa. C'était une chose haïssable à te dire.

Il revint s'asseoir sur le matelas qu'il venait de quitter et passa la main sur sa tête. Il fut étonné de sentir un bandage qui lui enserrait le front.

— Mais que… Je me suis blessé ?

Alessandro pivota sur sa propre couchette et le regarda, interloqué.

— Tu ne t'en souviens pas ? J'étais en train de te panser quand tu as perdu connaissance… Enfin, ça m'a davantage paru tenir du sommeil que d'un évanouissement…

— Tu m'as soigné au palais Maffei ?

— Bien sûr que non, comment aurais-je pu y rentrer ?

— Alors ?

— Léandre… de quoi te souviens-tu ? demanda le père, vraiment inquiet cette fois.

— Je me souviens de la petite musique, que j'ai voulu arrêter Gluck… et puis plus rien…

— Ah… il faut donc que je te raconte : quand tu es rentré dans le *palazzo*, j'ai compris qu'il ne me restait plus qu'à t'attendre, alors je suis allé m'acheter de quoi manger.

— Pitié, ne parle pas de nourriture !

— Oh pardon… tu te sens mal ? Tu comptes vomir de nouveau ? Veux-tu que j'aille chercher le seau ?

— Non, je préférerais que tu ailles me chercher à manger ! J'ai une faim de loup !

— Et où veux-tu que je parte te trouver un repas ? Il est 3 heures du matin !

— Hein ?

Léandre alla d'un bond entrouvrir une fenêtre et constata qu'en effet il faisait bien nuit.

— Mais quel jour sommes-nous ?

— Lundi, comme de juste. Tu as dormi une bonne dizaine d'heures.

— Oui, et je n'ai rien dans l'estomac depuis avant-hier soir ! *La pasta al ragù* n'est désormais qu'un souvenir… un bon souvenir.

— Je suis désolé, il n'y a rien, à part un tonnelet d'eau…

Le Goupil râla. Qu'est-ce qu'on espérait qu'il fasse avec l'estomac vide, ou alors gonflé d'eau ? Des miracles ?

Tant pis : il attendrait le matin pour aller trouver de quoi se remplir la panse. Mais c'était dur quand même.

— Bon, reprenons… Tu as fini par revenir sur la place…

— Oui, et cela faisait à peine cinq minutes quand les vitres de l'étage ont éclaté. J'ai vu les notables qu'on faisait sortir, d'abord certains sur leurs deux jambes, en plus ou moins bon état, puis d'autres qu'on devait transporter… je me faisais un sang d'encre pour toi quand enfin je t'ai vu sortir à ton tour du palais. Tu avais le regard dans le vague, et tu saignais du front et de la nuque. Je t'ai rejoint, et je t'ai guidé jusqu'ici. Pendant que je te soignais, tu t'es évanoui. C'est tout.

— Rien de plus ?

— Pas que je sache.

— Ne t'ai-je donc rien raconté ?

— Pas un mot non plus. Je suis resté à ton chevet tout le long. Que s'est-il passé dans le *palazzo* ?

Léandre fit à son tour à son père un résumé de la scène.

— C'est inimaginable.

— Et pourtant…

— Non, je ne remets pas en cause ton récit : mais je connais l'Amour. Tuer Gluck ? Lui ? Ce n'est pas un traître, au contraire. Il y a de l'honneur dans ce qu'il fait… Faire exploser l'homme qui l'emploie est à l'opposé de sa manière d'agir.

— Les gens peuvent changer.

— Pas ainsi. Je l'imaginerais plus volontiers cessant au contraire de poser des bombes que de procéder de la sorte.

— La chose se résume pourtant ainsi : Gluck n'est plus de ce monde, et c'est à une bombe de l'Amour qu'on le doit.

— Peut-on considérer ta mission comme terminée ?

— D'une certaine façon… Si votre commanditaire…

— Ah, pardon, Gluck n'était qu'un messager : il ne s'en est jamais caché. Il affirmait représenter un dignitaire.

— Et je suppose qu'il n'en a jamais dit le nom.

— Bien sûr.

Léandre restait dans ses pensées. Il y avait bien des questions à se poser. La conclusion le laissait toujours sur sa faim…

Ah, qu'est-ce qu'il avait faim !

Il se rendit compte bientôt qu'Alessandro avait profité d'un long silence pour s'endormir à son tour.

Encore un point commun entre eux : la rapidité d'assoupissement…

Le Goupil n'était pas fatigué, du moins il ne l'était plus. Mais attendre des heures dans le silence ainsi était au-delà de ses capacités. Aussi, il souffla la seule bougie qui éclairait encore la pièce, puis se laissa plonger dans la léthargie.

Ce fut l'arrivée de Montecchi qui le tira de ce sommeil véritable et réparateur. Le grainetier se soucia visiblement de leur état de santé à tous deux, et Léandre en fut touché… moins cependant que quand il vit que l'homme venait à leur rencontre avec un pain de deux kilos et un énorme saucisson sec !

Quand le jeune Français l'attrapa et le serra contre son cœur, Cosimo fut donc particulièrement surpris.

Pendant qu'ils se restauraient, il renseigna les deux hommes :

— C'est encore plus agité qu'hier en ville… Je sors juste de chez un camarade boulanger, plus au fait des choses se passant en ville que moi. Les patrouilles ont augmenté en nombre et en fréquence. Il n'est plus question de circuler de nuit, c'est bien trop dangereux… et tout étranger présent deviendra forcément suspect.

— Pourquoi spécialement les étrangers ?

— Parce que l'information a déjà circulé : je crois que c'est un de vos compatriotes qui a répandu la nouvelle, disant que c'est l'Amour l'auteur de cet attentat… Et les Autrichiens, si bornés qu'ils soient, sont persuadés qu'il n'est pas un Italien… Sans cela, la bombe aurait visé directement l'archiduc.

— Qu'en est-il de lui ?

— *Il panettiere*, pour ce qu'il en sait, m'a dit qu'il était sauf et qu'il était reparti dans la nuit pour son pays. Tant mieux, qu'il y reste.

— Et les victimes ?

— On nous a parlé de trois blessés et d'un seul mort. Un Anglais.

— Lord Coleman.

— J'ignore son nom. Je suppose que vous le savez mieux que moi.

— Bien. Que devons-nous faire maintenant ?

Alessandro avala une bouchée de charcuterie avant de parler :

— *Figlio*, on dit que la nuit porte conseil… Je ne sais pas si c'est un bon conseil, mais au moins me voilà décidé.

— À quoi donc ?

— Tu vas m'accompagner.

— Où cela ?

— Rencontrer l'Amour.

Léandre fit une grimace fort peu convaincue.

— Ne veux-tu pas au passage me permettre d'aller serrer la main à Roméo Montaigu ? Je suis plus convaincu que tu aurais toute chance de m'obtenir un entretien avec un personnage de théâtre qu'avec cet artificier.

— Léandre, crois-moi. Ce n'est pas une mauvaise blague. Je sais où et quand le rejoindre. Et tu seras du voyage. À une seule condition.

— Ben tiens, j'aurais dû me douter que cela ne serait pas immédiat ni gratuit…

— Tais-toi, maintenant, et laisse-moi finir : si je te propose ça, c'est uniquement dans le but d'éclairer ta lanterne. S'il y a bien une personne qui pourra te fournir les éléments qui te semblent encore obscurs, c'est lui. Mais cette entrevue doit être basée sur la confiance. Celle que lui et sa compagne ont pour moi. Celle que j'ai en toi, et réciproquement. Il n'est pas question que tu tentes la moindre manœuvre pour l'arrêter ou pour l'attaquer. Et si tu oses, je m'interposerai.

— Tu agirais contre moi ?

— Dans ce cas précis, oui.

— Papa, cet homme est un danger pour la société, pour tous les pays où il sévit ! Il doit être mis hors d'état de nuire. Je suis aux ordres de l'empereur, j'espère que ce détail ne t'est pas sorti de la tête !

— Parce qu'à part pour circuler et obtenir un accès à une réunion secrète, ton insigne suffira à te préserver de tout ? Tu n'es pas en France, ici : si tu es pris à tuer quelqu'un, tu finiras la corde au cou, agent de Bonaparte ou pas ! Vois cette proposition comme une opportunité à saisir, et imagine que la scène se passe sur un terrain neutre, comme lors du droit d'asile des églises d'antan. Que cherches-tu, toi ? À arrêter le poseur de bombes ou plutôt à comprendre les raisons de ce qu'il s'est passé ?

— C'est singulier, en me parlant ainsi, j'ai encore la pénible sensation que tu me caches des choses…

— Je te le répète pour la dernière fois, dit Prazzoli en haussant le ton. C'est oui ou non ?

— Bien sûr que oui… souffla le Goupil.

— Ah, te voilà raisonnable… Ce n'est pas trop tôt.

Montecchi les invita alors à quitter leur refuge et à revenir à son domicile : il serait plus simple là-bas d'organiser leur voyage.

— Prendre une voiture publique sera trop périlleux à mon avis. Contrôles un peu partout, pots-de-vin çà et là… Vous finirez par vous faire prendre.

— Vous avez mieux à nous proposer ?

— Mieux ? Non.

Il n'avait pas menti.

— Nous aurions eu meilleure allure avec des bœufs ! répéta Léandre pour la trentième fois depuis leur départ.

— Peux-tu cesser de te plaindre ?

En guise de diligence, ils circulaient dans une vieille carriole qui avait dû au minimum être en service lors de la première campagne d'Italie menée par le général Bonaparte, repeinte en bleu roi du plus bel effet… Mais ce qui navrait Léandre plus que tout le reste, c'étaient surtout les bestiaux qui servaient à tracter le tout.

C'étaient deux ânesses.

Il n'avait rien contre les baudets mais, avec tout le reste, c'était le couronnement absolu du ridicule.

— Non, mais franchement, je le retiens, Montecchi ! Nous fournir pareil attelage ! Qu'expliquerons-nous à ceux qui nous poseront des questions ?

— Rien. Personne n'interroge les saltimbanques sur l'endroit d'où ils viennent et celui où ils vont : on sait qu'ils courent les routes, et c'est bien suffisant ainsi.

— Ah, nous sommes des saltimbanques, maintenant ? J'aurais préféré être prévenu, comme ça j'aurais pu peaufiner un petit numéro ! En quoi me vois-tu ? Montreur d'ours, mangeur de flammes ?

— Je te verrais bien en Pulcinella, en train de te prendre des coups de pied au derrière pour te faire taire !

— Non, mais a-t-on idée ! Se promener à travers l'Italie en compagnie de deux bourricots !

— Il n'y a vraiment pas de quoi grogner : moi, depuis Vérone, je fais route avec trois ânes, et tu ne m'entends pas protester !

Léandre n'apprécia évidemment pas le commentaire et se tut pour une bonne partie du voyage.

Ce faisant, l'esprit toujours en mouvement, il essayait de s'imaginer la manière dont s'établirait le contact avec l'Amour. Il espérait, sans trop y croire, que son père disait vrai et que la rencontre se déroulerait sans heurts. Mais si le poseur de bombes se montrait belliqueux, il aurait le droit de recevoir un coup de couteau dans le ventre jusqu'à la garde !

Le voyage fut de loin le plus laborieux car, si les ânesses étaient d'une incroyable robustesse, elles n'avaient pas la vitesse comme principale qualité, et le voyage se faisait vraiment, aux yeux de Léandre, à la manière de sauts de puce. Le premier soir, ils firent halte aux abords de Vicenza, puis suivirent Castelfranco, Treviso, Conegliano, Pordenone et enfin Spilimbergo.

Ce samedi-là, stationnés dans un champ autour d'un feu de camp, ils étaient en train de se nourrir d'un malheureux lièvre, sans doute le plus bête de toute sa litière, qui était venu se faire prendre à un collet tendu par Alessandro après cinquante minutes à peine de patience.

— Es-tu vraiment certain de l'endroit où nous nous rendons ?

— Sans le moindre doute !

— J'ai peine à te croire.

— Léandre, demain, nous parviendrons à destination, et tu auras – je le souhaite – les informations qui pour l'heure te font défaut. Tu as l'air de trouver ce voyage pénible et interminable.

— C'est parce qu'il l'est.

— Tu es vraiment impossible ! Je me demande comment on t'a élevé ! J'ai l'impression de faire face à un enfant de huit ans, pas un homme de vingt-six !

— Ne blâme pas ceux qui m'ont élevé. Ceux qui s'en sont chargés ont dû pallier ton absence.

— Léandre, tu ne vas pas recommencer !

— Tu m'as menti trop de fois ; j'aurais voulu passer outre, mais j'en suis incapable.

— J'ai obéi à ta mère en la quittant, et j'ignorais qu'elle t'attendait alors ! Et puis j'en ai assez de devoir me justifier de tout envers toi. La vie n'est qu'une succession d'erreurs, la tienne comme la mienne, le tout étant de ne pas y persister ! Répéter sans arrêt à ceux qu'on aime les choses qu'on leur reproche n'est pas la meilleure manière de les garder auprès de soi ! Là encore, tu tiens de ta mère !

— Et j'en suis fier ! répondit le Goupil en défiant l'Italien du regard.

Alessandro faisait de son mieux pour garder son calme.

— Mon fils, écoute-moi. Je ne sais pas quoi te dire pour que tu cesses d'être sur la défensive. Tu pourrais admettre au moins qu'en voyageant de la sorte tu découvres l'Italie comme jamais tu n'aurais pensé la voir…

— À dos d'âne ?

— Non, ce n'est pas ce que je veux dire… Mais aurais-tu songé un jour que nous partagerions un tel périple ?

— Non, c'est vrai. Je me voyais le faire seul. Comme à peu près tout ce que j'entreprends dans la vie.

— Tu me désespères… Pourquoi ai-je l'impression que tu me vois comme un ennemi ?

— Parce qu'en acceptant de travailler avec l'Amour et ton Gluck, tu en es devenu un ! Tu m'as trahi, et tu as trahi Bonaparte ! Et lui aussi a trahi son peuple, en devenant empereur ! Un homme a besoin de modèles pour avancer jusqu'au bout. Tous mes modèles sont des mensonges !

— Je ne me laisserai pas entraîner dans cette conversation. Hors de question. Et tu devrais avoir honte de toi. J'ai des torts. Bonaparte en a, et de très graves. Tous ici-bas nous en avons. Le tien, c'est l'égoïsme. Tu te crois généreux, mais il n'y a que toi qui comptes à tes yeux. N'ose pas dire le contraire, tu sais que c'est le cas. Je vais dormir, et tu devrais en faire autant. Demain, nous parviendrons à bon port peu avant midi. Si d'ici là tu n'es pas revenu à de meilleurs sentiments, une fois l'entrevue terminée, je me dispenserai de prendre de tes nouvelles et de te donner des miennes dorénavant. Est-ce bien ce que tu souhaites ? Bonne nuit, mon fils.

Et le *carbonaro* prit dans la carriole une couverture et, en dépit du froid encore mordant, alla s'installer quelques mètres plus loin, sous un arbre, sans plus adresser la parole à son garçon qui, dans l'obscurité et le silence, rumina longuement les reproches paternels.

« Égoïste, moi ? Mais pour qui il se prend, ce... Je devrais lui faire ravaler ses mots... et sa langue, par-dessus le marché ! Mais... Allons, Léandre, reprends-toi... Il reste ton père, et il reconnaît ses fautes. Un monstre n'en ferait jamais autant. Tu le sais, n'est-ce pas ? Es-tu toujours fier, toi, des actes que tu commets, même quand tu les estimes être nécessaires, ou seulement utiles selon tes propres critères ? Pas vraiment. Et tu te pardonnes ? Souvent. Presque toujours. Toujours. Alors comprends-le. Qu'attends-tu de lui ? Qu'il soit infaillible, parfait ? Nul ne l'est. Pas même toi... Et pourtant, tu te trouves des raisons de t'absoudre... Pardonner ses propres faiblesses sans l'autoriser aux autres, c'est se croire supérieur à eux. Et un égoïste se sent tellement supérieur aux autres que seules ses opinions comptent, n'est-ce pas ? Si tu détestes admettre qu'il voit juste à ton sujet, toi qui t'accordes si souvent des rémissions, pourquoi ne pas en faire autant avec lui, histoire de lui montrer qu'il a tort ? Pourquoi pas, Léandre ? Pourquoi ? »

Pour le Goupil, la nuit fut blanche, mais salutaire, car le lendemain il avait enfin repris une attitude plus cordiale envers son père. La chose fut considérablement facilitée par la beauté bucolique des cinq lieues qu'ils avaient encore à parcourir. L'endroit était enchanteur à souhait. Partout autour d'eux, les pentes abruptes des contreforts alpins disparaissaient sous le vert des grands arbres. Ils franchirent un pont jeté au-dessus d'un torrent limpide.

— Ici, c'est le hameau de Flagogna. Nous ne sommes plus très loin. Encore trois bons kilomètres.

— Quelle splendeur ! dit Léandre.

— C'est ce que je me suis toujours dit.

— Tu es venu souvent ici ?

— Moins souvent que je ne l'aurais souhaité… mais dans la vie, on ne fait pas toujours ce que l'on veut.

La route resta assez plane encore quelques centaines de mètres, avant de commencer une série de lacets à la pente si raide que les bêtes de trait avaient du mal à les grimper. À plusieurs reprises, père et fils durent descendre afin de prêter main-forte à leurs ânesses, et patienter quand celles-ci trouvaient plus intéressant de brouter le bas-côté plutôt que de s'engager dans ces harassantes montées.

Après un dernier virage, cependant, ils parvinrent à flanc de montagne à l'entrée d'un petit village paisible.

— *Ecco Forgaria.*

Ils traversèrent lentement le village désert.

— Il est 11 heures et demie, la messe n'est pas encore finie.

Ils suivirent un panonceau qui indiquait le nom de San Rocco.

— Nous allons là-bas ?

— Pas besoin de monter jusqu'à San Rocco… Sinon pour admirer la vue, elle y est plus belle encore qu'ici, surtout quand on se trouve devant l'église.

Il rit alors doucement.

— Qu'y a-t-il de drôle ?

— Oh, un vieux souvenir... J'ignore d'où vient cette plaisanterie, car San Rocco est surtout le *Patrono contro la Peste*, mais dans le coin j'ai souvent entendu dire que c'était un lieu de pèlerinage pour les hommes... qui ont des problèmes avec les femmes... tu saisis ? Ceci dit, je n'ai jamais pu constater la chose par moi-même.

— Le pèlerinage ou les embarras au lit ?

— Les deux, tiens.

Enfin, Alessandro dirigea la voiture sur un chemin étroit et long qui conduisait à flanc de coteau sur un versant isolé des regards. Là se trouvait une maison à deux niveaux, très ancienne et encore fort belle. Les murs étaient blancs de chaux, le toit d'ardoise, la façade au sud agrémentée d'une tonnelle couverte d'une vigne suspendue, déjà bien verdoyante. Le toit, lui, était très incliné pour éviter de crouler sous les chutes de neige qui devaient, à cette altitude, devenir importantes chaque hiver. Léandre repéra d'ailleurs, au milieu des prés voisins recouvrant l'ubac de la montagne opposée à la leur, des étendues blanches non encore fondues. Le printemps n'avait pas encore complètement gagné la partie, ici.

L'air était d'une pureté exceptionnelle.

Le panorama alentour valait tous les efforts pour atteindre l'endroit.

Pour l'heure, tout ce qu'il avait vu de l'Italie lui donnait envie d'y rester.

Mais c'était sans doute le plus bel endroit qu'il ait eu l'occasion de visiter.

— Laisse-moi parler histoire d'apaiser les tensions. Je te répète : considère que nous sommes ici en terrain neutre. Nous sommes d'accord ?

— Tu m'as dit cela tout au long du voyage !

— C'est donc que cela m'importe beaucoup.

— Et je t'ai promis de me tenir tranquille.

— Je l'espère.

Il approcha le poing de la porte, mais celle-ci s'ouvrit aussitôt sans qu'il ait besoin de frapper. Un peu décontenancé, Alessandro entra dans la maison, et Léandre le suivit.

Ils se trouvaient dans la pièce principale du lieu, qui servait à la fois de cuisine et de salle de vie. Cela fleurait bon l'oignon, la pomme d'amour mûre. Dans la cheminée, une marmite chauffait, et l'odeur chaude qui s'en échappait était annonciatrice à n'en pas douter d'un savoureux repas.

Assis à une table dressée pour quatre personnes, découpant avec précaution de fines tranches de jambon à l'aide d'un canif à deux lames, se trouvait un jeune homme qui sourit aux arrivants.

Mais le charmant tableau s'interrompit quand Léandre sentit le contact glacé d'une lame tranchante sur sa gorge.

Dans son dos, une voix féminine à l'accent italien prononcé dit :

— Enlève ton arme. Et donne-la à Alessandro. Je sais que tu as un grand couteau. Pas de geste brusque, sinon…

— D'accord, d'accord.

Léandre, en se repérant au son de la voix, sentait que la jeune femme était bien plus petite que lui et que la maîtriser pouvait être un jeu d'enfant, cependant, comme il avait promis à Prazzoli de ne pas faire d'esclandre et qu'il ne souhaitait pas non plus se retrouver avec une plaie béante au cou, il obtempéra, lentement, sans précipitation, dégainant le coutelas et le remettant à Alessandro qui alla le déposer dans la cuisine, sur le linteau de la cheminée.

— Avance.

La lame toujours prête à lui fendre la gorge, il fit quelques pas en avant jusqu'à la table.

— *Sedersi.*

Pendant qu'il s'asseyait, le jeune homme attrapa un tas de cordelettes suspendues à un clou fixé dans l'une des poutres du plafond bas et, avec l'une d'elles, ligota les poignets et le torse du Goupil à la chaise.

— J'aurais espéré un accueil moins brutal, dit Léandre, un rien moqueur.

— *Zitto,* répondit la jeune femme.

— Calme-toi, *drahy.* Baisse ce couteau, nous ne risquons plus rien.

Mais elle restait là, à fixer Léandre avec, serrant son poing menu et encore maculé de farine de maïs sur le manche de bois de son petit couteau de cuisine, prête à frapper et cachant mal la grande envie qu'elle éprouvait d'en faire usage.

Dans l'incapacité de faire autre chose, Léandre se contentait de les regarder à tour de rôle. Voilà donc le couple sur les traces duquel il était lancé depuis tant de jours. Il pensa que décidément – même s'il était bien placé pour le comprendre – la dangerosité ne se lit pas forcément sur le visage des gens. L'Amour était plutôt petit, robuste, le cheveu blond, plus clair que les siens, le visage mince, les yeux bruns et des mains épaisses et solides. Sa compagne, elle, était plus remarquable, avec son style de beauté farouche, très brune, petite et assez opulente… Il y avait pourtant un je-ne-sais-quoi d'indéfinissable en elle qui gênait le Goupil, lui qui était plutôt attiré en général par ce style de femme…

— Patrizia… dit l'Amour.

— Il ne devait pas *venire*, grogna-t-elle dans un français imparfait.

— Patrizia, répéta Alessandro.

— Il n'est pas le bienvenu ici ! Je veux qu'il parte !

— Je n'y tiens pas.

— Je suis chez moi, ici ! Et si je dis qu'il doit s'en aller, il s'en ira.

— Si ça peut m'éviter d'être tué, je préfère partir, remarqua le Goupil en italien.

— Et il se fout de nous ! s'écria la jeune femme, indignée. Valet d'empereur ! Bâtard de Française !

— Patrizia, je t'interdis d'insulter ton frère !

Il y eut un silence. Léandre n'avait d'yeux que pour Alessandro.

À la seconde où il avait prononcé ces mots, les joues de l'homme s'étaient teintes de rose très vif et il n'osait plus soutenir le regard de son garçon.

— Frère ? croassa-t-il. Patrizia, délivrez-moi.

— Sûrement pas, ricana-t-elle.

— Si, délivrez-moi… Vous ne risquez rien de moi. Tout ce que je vais faire, c'est d'aller lui casser la figure, à ce menteur, ce salaud.

Comme il disait cela à voix basse, Prazzoli secoua la tête. Autant il n'appréciait pas le spectacle de son fils ligoté sur cette chaise, autant il était certain que, si on le délivrait, il viendrait mettre ses menaces à exécution.

— Ce n'est pas une chose qui se raconte si facilement que ça.

— Oh non... Ça, j'en suis persuadé... Mais je commence vraiment à en avoir marre d'obtenir de toi des informations goutte à goutte... Comme si je ne pouvais pas comprendre... Tu me prends vraiment pour un idiot. Bon... puisque nous en sommes aux présentations... Bonjour, je m'appelle Léandre Lafforgue, et apparemment, madame, vous et moi sommes parents proches... Mais quel est votre nom complet ?

La jeune femme ne répondant pas, Alessandro le fit à sa place :

— Patrizia Maniscalco.

— Merci, père ! Et vous, monsieur, les hasards de l'existence font que nous sommes, à ce qu'il semble, beaux-frères ! J'en suis ravi ! Mais dites-moi au moins votre prénom, pas de manières au sein d'une si grande, si belle et si unie famille !

Le ton employé était infect, méchant, moqueur mais sans la moindre once de légèreté ni d'humour, et les yeux verts de Léandre s'étaient une fois de plus illuminés de cette flamme jaune qui n'était jamais bon signe le concernant. C'était à peine discernable, mais assez pour qu'aucune des trois autres personnes n'ose l'approcher.

Le jeune homme au jambon fut le premier à parler :

— Je m'appelle Milos Vesely.

— Plus connu sous le nom de l'Amour.

— Oui.

— Enchanté... on peut dire que vous m'aurez fait courir ces derniers temps... Quand je pense qu'il aurait suffi que je connaisse mieux ma propre famille ! Que la vie est curieuse !

— Calme-toi, *figlio*...

— Toi... toi... je devrais te tordre le cou... ou t'écraser entre mes mains... *Zanzara*...

Léandre prit une grande inspiration, puis souffla lentement, se vidant complètement les poumons d'air.

— Ça ne sert à rien... Je ne suis venu pour tuer personne... Je veux comprendre des choses. Je ne veux plus m'avancer dans cette histoire à l'aveuglette...

— Que voulez-vous comprendre ?

— Tout. Enfin, tout ce qui n'est pas encore clair à mes yeux dans cette histoire. Je récapitule, suivant ce que je sais déjà. Vous, Milos, êtes un poseur de bombes que je qualifierai de « légendaire », et voici quelque temps, sans doute à la fin de l'année passée, vous avez été contacté par un nommé Gluck pour commettre plusieurs attentats à Paris.

— Euh... il disait s'appeler Angelo Delfine.

— Bon, il employait donc deux fausses identités pour entrer en contact avec vous, puis avec Alessandro. Ce Delfine vous a-t-il dit pour quelle cause il se battait ?

— Non, pas vraiment.

— Mais vous avez accepté... Admettons qu'il ait su trouver les bons arguments... Vous ne vous êtes jamais demandé qui il était ?

— Si, quand même. J'ai pensé qu'il était anglais parce que, dans les lettres publiées par la presse, il disait « Dieu sauve la Reine ».

— Vous n'êtes pas l'auteur de ces lettres ?

— Pas du tout. D'habitude, oui, mais là, c'est lui qui insistait pour écrire. Il m'a juste demandé de lui fournir plusieurs dessins de Cupidon.

— En plus des bombes, évidemment. Combien de bombes ?

— Six, à lui livrer en mains propres en France.

— À quelle date ?

— Il n'a pas précisé alors. Mais il nous a fait transmettre un télégramme mi-janvier, nous ordonnant de venir sans attendre.

— Ce que vous avez fait. Et il vous a fait loger à Hérouville. Bon : la première bombe a explosé aux Tuileries… À propos, qui se chargeait d'aller les déposer ?

— Cela dépendait des ordres qu'il nous donnait. Parfois nous, parfois lui.

— Aux Tuileries ?

— Moi, dit Milos.

— Au *Café Frascati* ?

— Patrizia.

— À Notre-Dame ?

— Delfine.

— À l'hostellerie ?

— Moi encore.

— Je vous remercie personnellement pour la frayeur que vous m'avez causée, en ce cas… La sixième est donc celle qui a explosé dimanche dernier à Vérone… J'en oublie une, évidemment :

celle de la rue Vivienne… déposée par notre père commun, Patrizia.

— Je te l'ai déjà avoué… dit Alessandro.

— Ne vois-tu pas un problème là-dedans ?

— Quoi donc ?

— Si on retire la bombe qui m'était destinée, toutes les autres devaient frapper des lieux marquants, des lieux où le monde se réunit, où le nombre de victimes peut être grand ou bien la découverte d'une machine infernale susciter une peur panique… Mais cette explosion, rue Vivienne, visait le dernier étage d'un immeuble.

— J'ai été surpris aussi, dit Milos. Je n'ai pas compris les raisons de cet attentat-ci. Je me souviens juste que Delfine est venu la veille me commander trois bombes de plus…

— Que vous lui avez confectionnées ?

— Non, je n'ai eu le temps que d'en achever une seule. Après… vous êtes arrivé.

— Cela semble être un changement de dernière minute. Il n'a rien précisé à ce sujet ?

— Rien du tout.

— Entre-temps, Delfine… ou plutôt Gluck… était venu te trouver à Rivergaro et il est venu à son tour te demander de participer.

— C'est bien cela.

— Je suis persuadé qu'il n'a fait uniquement appel à ton sens moral pour te convaincre…

— Non… C'est vrai. Il a affirmé qu'il tuerait Patrizia si je refusais son offre.

La jeune femme fut visiblement choquée en entendant cela, et elle leva les yeux au ciel.

— Vous n'avez pas l'air aussi surpris que ma sœur, Milos...

— Non, pas vraiment. C'est-à-dire qu'il nous a fait comprendre également qu'il n'hésiterait pas à s'en prendre à vous, Alessandro, si nous n'obéissions pas à toutes ses directives... Et ça, Patrizia ne pouvait l'admettre, malgré tout...

— Quoi ? s'exclama Prazzoli. *Ah, che stronzo !* Je suis bien heureux de le savoir mort !

Il ne fit pas attention au regard perplexe qu'échangèrent alors les amants, mais Léandre, lui, le remarqua clairement.

— Vous ignoriez qu'il soit mort ? Vous n'avez pas fait en sorte qu'il soit la victime de votre dernière bombe ?

— Sûrement pas ! Samedi dernier, il nous a bien confirmé que nous ne pourrions pas entrer et qu'il se chargerait lui-même de préparer l'explosion !

— C'est donc qu'il a présumé un peu vite de sa maîtrise de l'appareil... Le juste retour des choses, souligna Alessandro.

— Oui, dit Léandre, de plus en plus suspicieux... ou alors c'est encore un exemple de ses manipulations... Il me vient d'ailleurs à l'esprit une autre interrogation... Vous accueillez souvent vos visiteurs en les attachant sur une chaise ?

— Bien sûr que non.

— Je peux me permettre de me poser la question, puisque nous n'avons jamais eu l'occasion de nous croiser et que, dès que j'ai mis les pieds dans votre maison, j'ai manqué être égorgé.

— Nous nous sommes méfiés... répondit Patrizia.

— Non... vous mentez... vous attendiez Alessandro, vous n'aviez pas de raison d'être armés, prêts à attaquer... vous n'aviez aucune raison de vous douter de ma présence avec lui et, quand nous sommes arrivés, vous étiez en train de préparer le repas. Milos en train de couper le jambon, et Patrizia occupée à cuisiner la polenta... Pas du tout sur le pied de guerre... Aucun de vous n'était près de la fenêtre à notre arrivée. On vous a prévenus, quelques secondes en avance, que j'étais là.

— Mais qui ? demanda Alessandro.

— Mais l'invité surprise, mon cher père... Celui pour qui on a prévu le quatrième couvert sur cette table. Si je savais son nom véritable, je te le dirais... mais j'imagine que tu le connais sous le nom de Kuba Gluck... ou d'Angelo Delfine...

— Il n'est pas mort ?

— Lord Andrew Coleman est mort... Devant témoins... et quels témoins !... Le tout, sans message de l'Amour. On aura plus vite fait de croire que son décès est accidentel... que c'était lui le vrai cerveau de cette affaire et que, victime de l'ironie du sort, sa propre bombe l'a envoyé *ad patres*... Alors que non... Comme les bombes sans explosif que vous fabriquez de temps en temps, Milos, il n'était qu'un leurre... À quelles fins, je l'ignore encore, mais...

Un fort rire le fit subitement taire. Puis ce furent des bruits de pas.

Ils provenaient du grenier, juste au-dessus d'eux.

Au sommet de l'échelle de meunier qui y conduisait, une paire de bottes apparut.

Un homme en redingote noire descendit rapidement, toujours riant aux éclats.

Une fois parvenu dans la cuisine, Angelo Delfine se mit à applaudir, presque avec frénésie.

— Ah, c'est tellement agréable à entendre... Vous sentir si près du but, mais manquant des éléments nécessaires pour y parvenir pleinement. Je vous sens aux abois... Délicieux, vraiment ! C'est au fond l'inconvénient des plans trop compliqués pour le commun des mortels... un peu comme le fameux nœud gordien... une partie renonce, l'autre opte pour la solution la plus simple, la plus stupide, la plus évidente. On a cherché à nous dépeindre Alexandre de Macédoine comme un futé... Aucun mérite !

Machinalement, tout en parlant, il remit en place sa cravate visiblement neuve.

Pour l'occasion, il l'avait choisie de soie verte.

— Ce pauvre Coleman... J'ai eu des bons moments avec lui... à lui faire prendre des vessies pour des lanternes ! Quel abruti ! Tout votre contraire, Léandre ! Ah ! Vous m'avez tellement manqué !

Le Goupil avait du mal à en croire ses yeux, mais, tout effaré qu'il fût, il répondit :

— Je n'en crois rien... Lazare.

Chapitre douzième

Des mensonges des hommes de bien et de mal

Le premier réflexe du pseudo-Delfine fut de récupérer le coutelas de Léandre, puis, paré de l'énorme lame, de récupérer les deux autres armes des mains de Milos et de Patrizia et de les jeter par la fenêtre, loin, en direction des bois. Il prit la peine d'admirer le couteau américain, le maniant avec une habileté certaine.

— Vraiment, quel bel objet… Lourd, et pourtant maniable… Ça me rappelle mon propre *golok*. Vous vous en souvenez, Goupil ? Vous avez eu l'occasion de l'admirer de près, lors de notre dernière rencontre sur les toits de la place Vendôme, il y a quatre ans… Je me suis dispensé de l'emporter avec moi, bien entendu… Pas assez discret quand on cherche à se fondre dans la masse.

Jacques Lazare alla ensuite picorer une tranche de jambon frais, qu'il huma longuement avant d'emboucher.

— Le *prosciutto di San Daniele*… même l'excellent jambon de Parme ne l'égale pas… Compliments, Vesely, vous pourriez être un vrai Italien : vos tranches sont *sottilissime*, comme il se doit… Oh, que vous faites tous des convives peu réjouissants ! Ne sommes-nous pas entre personnes de bonne compagnie ?

— J'oserai dire, fit Léandre, qu'à part vous nous formons une famille…

— Quelle famille ! Ne me faites pas rire ! Vous ignoriez tout de son existence ce matin même… Vous ne connaissez le nom de votre charmante mais caractérielle sœur que depuis quelques minutes.

— En parlant de noms, vous concernant, Lazare, je m'y perds un peu, pour être franc. Comment faut-il vous appeler désormais ? Gluck ? Delfine, pour faire couleur locale ? Encore un autre nom ?

— Des identités d'emprunt qui seront vite oubliées… Ces derniers temps, j'ai pris l'habitude d'être le ridicule et mal fichu James Fate, encore que ce n'est pas un patronyme que je compte conserver bien longtemps, lui non plus… Lazare… Quand je vous entends prononcer ce nom, cela me rappelle un temps heureux où nous étions amis… Je suppose que vous espérez quelques explications supplémentaires, vous, toujours en quête de vérité ?

— Non, là, à cet instant précis, ce que j'aimerais par-dessus tout, c'est que vous vous étouffiez avec le jambon que vous êtes en train de déguster…

— Oh, que c'est méchant de dire cela ! Pourtant, de mémoire, s'il y a querelle entre nous, vous en êtes responsable… Vous auriez pu éviter de vous mêler de mes affaires de lit…

— J'enquêtais sur des meurtres dont vous étiez l'instigateur, vous et Miss Sandford, votre folle de maîtresse.

— Des décès un peu prématurés dont personne n'avait grand-chose à faire…

— Vous n'avez pas changé depuis votre bal des muscadins, Jacques. Toujours convaincu d'être parfait, aussi pur et blanc que l'agneau !

— J'ai toujours un faible pour la couleur verte, mais ne jouons pas sur les mots. Vous aviez deux coupables toutes désignées, et vous avez préféré venir me chercher des noises…

— Vous étiez le grand maître qui orchestrait cette supercherie sanglante : en tant que tel, vous demeurez un criminel en fuite, et dès que j'en aurai l'occasion, je vous livrerai à la justice.

— Quelle justice ? Celle qui vous a conduit à mettre le feu à mes livres en tentant de m'arrêter ? En fait, votre conception personnelle de la justice m'échappe… Agiriez-vous de la sorte si j'étais un de vos proches ? Votre père, par exemple ?

— C'est vous-même qui avez allumé l'incendie dont vous m'accusez… protesta le Goupil, mal à l'aise. Et les coupables doivent finir par payer un jour.

— Le doux rêveur que voilà… Les coupables doivent payer… Vous devriez perdre vos certitudes, si d'aventure vous aviez vraiment foi en ce que vous dites ! Si les assassins devaient être punis, vous seriez depuis longtemps hors d'état de nuire ! Vous avez du sang sur les mains tout comme moi, mon cher… Patrizia, voudriez-vous faire les honneurs de votre polenta ? Je pense qu'elle est prête, maintenant… et l'odeur en est à se damner.

— Vous pouvez aller crever.

— Léandre, n'est-ce pas attendrissant ? Elle sait se montrer aussi aimable que vous ! Vous pouvez être fier de votre petite sœur !

Il sortit une montre et regarda l'heure.

— Midi passé de quarante-huit minutes... Ça laisse juste le temps de profiter d'une assiette bien garnie et de vous fournir les renseignements qui vous font défaut... Oh, tout d'abord, je vais quand même m'assurer de ne pas être dérangé.

Il mania le couteau de Léandre d'une main experte.

— Messieurs, je vous prierai de vous asseoir... Et ne tentez rien contre moi, aucun de vous ici présent n'est de taille à m'affronter.

— Croyez-le... sur ce point au moins, il dit vrai, ajouta Léandre.

— Brave Goupil ! Vous êtes bien charitable, vouloir à tout prix préserver vos proches d'un coup de couteau... J'espère qu'ils vous en sauront gré. Alessandro, avant de vous installer, prenez l'une des cordes qu'il reste, et veuillez attacher votre gendre, je vous prie. Je ne doute pas que vous sachiez le faire. Après quoi, Patrizia, vous ferez de même avec votre père...

Ligoter les deux hommes ne prit que quelques instants.

— Et maintenant, jeune fille, la polenta.

En le foudroyant du regard, elle passa à côté de lui et, à l'aide d'une louche, versa une généreuse portion de bouillie crémeuse dans une écuelle.

— Si vous songez ne serait-ce qu'une seconde à me jeter ce plat brûlant sur le visage, je vous conseille de viser juste. Si vous me ratez, j'éviscérerai votre fiancé devant vous.

Patrizia ne put empêcher les larmes de s'échapper de ses yeux. Elle y avait en effet pensé… L'idée de voir mourir ainsi Milos la dissuada d'entreprendre la moindre tentative désespérée.

Lazare prit une fourchetée et la savoura.

— Ah, mon cher Vesely, vous faites le bon choix en la prenant… Elle est aussi bonne cuisinière qu'elle est agréable à regarder.

Et sans la moindre douceur, tout en lui posant la lame contre la gorge, il se plaqua contre son dos et lui agrippa le sein gauche.

— Si j'avais un peu plus de temps, ma chère, je vous ferais découvrir bien des choses… à même cette table.

Il la repoussa contre le mur, et elle s'effondra au sol, épouvantée, sanglotant, rampant presque pour rejoindre son amant attaché. Léandre ne put s'empêcher de feuler :

— Jacques… je vous promets une chose… si vous me tombez entre les mains… pour ce geste-ci… je vous châtrerai.

— Des menaces ? Vous êtes bien en peine de les mettre à exécution, n'est-ce pas ? Ficelé tel un rôti… Bah, c'est bon… Pas de quoi s'énerver… Le sens de la fraternité est un concept encore si récent pour vous que vous vous sentez scandalisé parce que je viens de lutiner votre sœur, voilà tout…

— Votre sens de la fraternité a conduit votre frère à avoir la tête tranchée.

— C'est déjà loin. Il repose en paix, maintenant. Et s'il a perdu la tête, c'est par votre faute. À moi, vous faites perdre la notion du temps.

— Que comptez-vous nous faire, ordure ? demanda Prazzoli.

— Oh, ça, le destin se chargera de nous le montrer. En attendant, je vais juste évoquer quelques bons souvenirs à Léandre.

Il poursuivit son récit entre deux bouchées de polenta :

— Après votre ultime visite place Vendôme, j'ai dû évidemment mettre un peu de distance entre la France et moi… Par chance, je suis homme prévoyant, et j'avais des biens qui m'attendaient dans plusieurs pays, donc je ne me suis pas retrouvé dans le besoin.

— Toutes nos félicitations…

— Néanmoins, j'ai eu la tristesse d'apprendre que, suite à mon départ précipité, ma bibliothèque – du moins ce qu'il en restait par votre faute – allait être cédée aux quatre vents. Et je vous en ai beaucoup, mais alors beaucoup voulu… Ceci dit, partant du principe que la vengeance est un plat qui se mange froid, j'ai pris sur moi, et j'ai décidé d'attendre une opportunité idéale. J'ai adopté l'identité de James Fate et me suis fait oublier de tous et de toutes, en usant de mes talents pour me rendre indispensable auprès de quelques notables, dont lord Coleman… Je voulais d'abord passer par votre père pour vous atteindre, Goupil. Mais il fallait pour cela qu'il vienne à Paris, car s'il mourait ailleurs, loin de vous, vous l'auriez sans doute pleuré, mais pas autant que je le souhaitais. J'ai donc mené l'enquête à son sujet… ce qui m'a permis de remonter jusqu'à Patrizia… et puis à vous, Milos… C'était inespéré : le mystérieux poseur de bombes se trouvant être le beau-frère d'un agent de l'Empire ! J'aurais été un imbécile de ne pas profiter de l'aubaine ! Oh, il m'a fallu un peu de temps quand même pour tout mettre en place, mais je dois dire que le résultat, même s'il n'a pas été parfaitement ce que je pouvais espérer, me satisfait hautement !

— Nous en sommes ravis pour vous.

— J'ai d'abord réussi à convaincre Coleman de l'opportunité de lancer une attaque contre la France. Je n'ai jamais su pour quelle raison véritable il détestait autant notre pays, et au fond je m'en fous. Mais par contre, il a débordé d'enthousiasme à l'idée de mettre la bave aux lèvres de Bonaparte ! Il est devenu ainsi le pion parfait, lui qui me voyait comme sa simple éminence grise… Ceci dit, c'était un joueur, et surtout un perdant ; il manquait de fonds, et une telle affaire ne pouvait pas s'improviser sans argent… J'ai donc dû trouver encore un autre pigeon. Un qui allait financer mes projets. Ayant mes entrées dans vos ministères facilitées par mon statut de diplomate, je me suis arrêté sur un Indien… qui a été lui aussi des plus faciles à convaincre. J'avais utilisé ma personnalité anglo-saxonne pour être dans les petits papiers de Coleman ; avec l'autre, ce fut l'inverse, j'ai tu mes racines irlandaises pour me faire passer pour un Italien. J'ai même fait mieux : je lui ai fait croire que j'étais en affaire avec vous, Léandre, que vous constituiez l'interlocuteur idéal pour avoir l'oreille de l'empereur, et que tôt ou tard nous nous arrangerions pour organiser un rendez-vous de la façon la plus impromptue qui soit... histoire de détourner les soupçons.

— Ce n'est pas possible ! s'écria Léandre. Pas le prince Dakkar ?

— Lui-même ! Ce n'est pas un gogo dans l'âme, notez bien, mais sa volonté de combattre les Anglais dépasse tout... À lui aussi, j'ai fait mention de l'Amour et de ses bombes, arguant qu'elles seraient coûteuses, et il a accepté de les financer. Je n'allais tout de même pas piocher dans mes propres économies pour cela ! En contrepartie, il a fallu qu'on laisse croire que les machines infernales étaient gérées par une entité pro-britannique... d'où les lettres des Archanges charbonniers. Cela lui convenait... enfin, pour l'instant... mais il imaginait sans doute que je ferais poser des bombes par centaines pour que Napoléon se fâche contre l'Angleterre... Les idéalistes patriotes sont vraiment de grands naïfs...

— Mais quand Bonaparte m'a demandé d'avoir l'œil sur lui ?

— C'est moi qui lui ai fait transmettre un message en le décrivant comme un fanatique dangereux, qu'il convenait de surveiller de près, si possible par son meilleur homme.

— Vous êtes vraiment un fumier hors catégorie.

— Merci beaucoup.

— Et la bombe de la rue Vivienne ?

— Ça vous intrigue, hein ?

— Maintenant, de vous, rien ne m'étonne, pas même la mort d'un enfant.

— L'enfant ? C'était involontaire. Moi, celui qui importait, c'était l'autre... Si ce n'était pas de la déveine, ça ! Un souper aux Affaires étrangères, et qui fait partie des valets ? Mon ancien employé, Jobert ! Et il me reconnaît en plus ! J'ai préféré ne pas prendre de risques. J'ai insisté d'abord pour qu'il soit mis à pied et j'ai obtenu gain de cause, car c'est toujours plus simple quand on a un statut diplomatique ! Ensuite, je me suis arrangé pour savoir son adresse, et je suis allé lui rendre visite. À peine entré, un petit coup de lame dans la gorge... et pour couvrir le tout, un attentat sur le palier, histoire de bouter le feu à l'étage... J'aurais pu m'en passer, mais bon, après tout... Je ne tenais pas à ce que la mention de mon nom revienne trop vite à vos oreilles...

— Et pour l'attentat de Vérone ?

— Rien de bien compliqué : j'étais celui qui a favorisé la réunion et même procédé à son organisation ! J'ai fait croire à Coleman que nous nous en prendrions soit à la délégation française, soit à la russe. Et à Dakkar, j'ai dit évidemment qu'un Anglais serait l'une des victimes et qu'on croirait à un accident ayant provoqué la mort de l'artificier ! Et maintenant, me voilà tranquille.

— Sauf que désormais nous sommes quatre à être au courant de vos manigances, répliqua Alessandro.

— Oui... à ceci près que Léandre est le seul que je craigne vraiment... et la façon dont il est impliqué – par votre faute, Prazzoli – me laisse entendre qu'il ne dira rien de toute façon... quant à vous autres ? Un révolutionnaire décati, sa fille naturelle et son gendre, qui se trouve être un terroriste recherché par toute l'Europe ? À qui iront-ils faire croire l'existence d'une telle conspiration ?

— Tout cela... pour vous venger de moi ?

— La raison se suffit à elle seule, mon cher. Vous êtes la cause de tous mes malheurs, de ma déchéance, de ma ruine. Il est naturel que je vous le fasse payer.

— Me voilà à votre merci, en ce cas. Profitez-en !

— Certes... et pourtant, malgré ce que vous pensez de moi, si je vous plantais maintenant ce couteau dans le cœur, je n'en serais pas ravi pour autant. S'en prendre à un homme incapable de se défendre... Je préférerais vous saigner dans de meilleures conditions. Au cours d'un duel, par exemple.

— Quand nous nous sommes battus sur les toits de votre demeure, au lieu de profiter de votre avantage, vous avez fui. Mais si cela peut vous faire plaisir, déliez-moi. J'aurai tout loisir alors de vous satisfaire.

— C'est fort tentant, mais pas aujourd'hui.

La montre se mit alors à sonner.

— Ah, il est 1 h 10. Excellent ! J'aimerais bien rester plus longuement mais... dites-moi, Milos, où se trouve cette pièce à laquelle vous confiez la responsabilité de fabriquer des bombes réelles ou défaillantes ?

— Dans ma poche.

— Parfait. Patrizia, pourriez-vous aller fouiller les pantalons de votre fiancé, s'il vous plaît, et la déposer sur la table devant moi ? N'en profitez pas trop... Je sais que la jeunesse est souvent prompte aux caresses poussées, mais nous n'avons pas trop le temps.

La jeune fille obéit, et Lazare prit brièvement le sou dans sa main pour l'admirer avant de le remettre en place.

— Maintenant, vous allez vous lever, vous diriger vers cette armoire, y prendre l'objet qui se trouve en bas dans la penderie et me le rapporter.

À nouveau, Patrizia obtempéra, sous le regard des autres convives attachés.

Elle ouvrit le meuble, se pencha.

Quand elle se retourna, elle était aussi pâle qu'un cadavre.

Et elle tenait dans les mains un coffret en bois ouvragé.

— Non ! cria l'Amour.

— Ce matin, peu après mon arrivée, j'ai profité du moment où vous, Milos, vous étiez à la cave, et vous, Patrizia, en train de procéder à vos ablutions, pour ranger ceci dans l'armoire. Je voulais le mettre sous la table, mais je me suis dit que vous risquiez de le voir un peu trop vite… et ça, je n'y tenais pas. Maintenant, mademoiselle, tournez-moi le dos et fermez les yeux. Je vous promets, pour ne pas exciter la colère de votre frère aîné, que je ne tenterai pas d'abuser de votre vertu.

D'une main habile, avec une des dernières cordes, il forma un harnais autour du coffret et le fit passer sur la poitrine de Patrizia avant de lui nouer les extrémités autour des poignets qu'il réunit dans le dos.

Il se dirigea ensuite, couteau de Léandre en main, vers Milos.

Patrizia se mit à se lamenter.

— Silence ! aboya Lazare. Milos, je vais maintenant vous détacher… mais attention. Nous nous sommes compris ?

L'Amour hocha la tête.

— Voilà qui est parfait.

En un coup de taille, les cordes qui le maintenaient sur la chaise tombèrent au sol.

— Récupérez votre pièce.

Alors qu'il tendait la main pour s'emparer du *carlino*, affreusement près des convives ligotés, la musique funeste retentit.

— Ah, quelle douce mélodie… *Nabucco*… Une vraie merveille, Léandre, vous devriez l'apprécier si l'opportunité se présente… Mais là, nous n'avons guère le temps… La boîte à musique va jouer une dizaine de fois l'air avant que… vous m'avez compris. Alors le choix est simple. Dépêchez-vous de lancer cette pièce, et voyez ce qu'elle décide. Ne nous dites rien… Ce sera soit vous… soit elle…

Milos Vesely regarda Lazare avec horreur.

Et pourtant, il envoya la pièce en l'air, la rattrapant au vol.

Il y jeta un coup d'œil, alors que Lazare plantait le couteau de Léandre dans le bois de la table et partait en courant vers la porte.

Avant de la franchir, il s'écria, avec un rire terrible de dément :

— Dix fois… ou moins ?

Puis il disparut.

L'Amour, en poussant un hurlement de terreur, s'empara de la lourde lame et, tout en prenant garde de ne pas blesser sa compagne, sectionna en quelques coups précis les cordelettes qui maintenaient la bombe au corps de la jeune femme. Lâchant aussitôt le couteau au sol pour saisir le coffret des deux mains, il s'enfuit lui aussi vers la seule issue possible, sans songer aux fenêtres pourtant plus proches, focalisé sur le désir de rattraper et de blesser celui qui avait tenté de tuer la femme qu'il aimait.

Poursuivi par les supplications de Patrizia déliée, il n'eut que le temps de faire un pas à l'extérieur de la maison quand, la dernière note de musique jouée, la bombe s'amorça.

Ce lundi-là, Napoléon III, empereur des Français, était face à deux feuilles de papier imprimées et les relisait avec attention.

Il n'y avait pourtant pas grand-chose d'écrit.

À côté d'elles, le dossier, encore frais dans sa mémoire.

C'était probablement la chose qu'il détestait faire le plus, inhérente à ses fonctions de chef d'État : le régalien et ancestral droit de grâce qui consistait à accorder la clémence ou la mort. Oh, il avait sans doute moins à faire que ses prédécesseurs sur ce plan-là, l'époque était devenue bien charitable envers les criminels. Trop, s'il fallait en croire certains braves gens, qui trouvaient qu'on privait les bourreaux de besogne bien trop souvent depuis 1832 et l'invention des circonstances atténuantes. Alors que sous la monarchie de Juillet on condamnait encore jusqu'à cent assassins à mort par an, ce chiffre était descendu à une quarantaine désormais.

Il y avait tout lieu de se féliciter. La France n'avait pas enrayé définitivement la criminalité de sang, mais on pouvait espérer que la statistique fût annonciatrice à long terme d'une baisse significative des meurtres et des assassinats.

Ce n'était pas le cas à cette heure-là.

Et dans son bureau, Napoléon III devait décider du sort d'un certain Tarriot. Il avait évidemment pris la peine de feuilleter le dossier du recours en grâce, dépêché depuis le parquet de Châlon-sur-Saône... Une lecture édifiante s'il en était : ce Tarriot se prétendait tailleur de pierres, mais il était en réalité un chemineau, un de ces sans toit ni loi qui préférait à l'existence des cultivateurs ou des ouvriers une vie de bohème... Treize fois l'homme était passé devant des juges ; treize fois il avait été condamné, dont une fois à dix ans de travaux forcés.

L'année précédente, arrêté à nouveau pour mendicité, il avait été enfermé à la prison de Montluçon, et là il avait affirmé être l'auteur d'un assassinat, commis deux ans plus tôt près de Saint-Sorlin. On s'était renseigné, histoire de voir s'il n'inventait pas... Il n'en était rien. En septembre 1850, le corps d'un enfant de dix ans avait bien été retrouvé dans les bois de cette commune, caché sous des bruyères et atrocement mutilé : son assassin lui avait tranché la jambe gauche et la main droite, le corps était éventré, dénudé, et portait une incision entre coccyx et périnée... sans doute pour masquer les véritables raisons de son assassinat.

Tarriot n'avait pas accepté de reconnaître le viol. Pour lui, l'enfant était un simple compagnon de route qu'il aimait beaucoup, mais qu'il avait tué parce qu'il avait peur de s'aventurer dans les bois. Ce n'était en fait qu'un pauvre gosse qui avait fui la maison familiale et qui avait, pour son malheur, croisé presque aussitôt le chemin du prédateur.

Durant l'instruction et le procès, Tarriot n'avait cessé d'avoir des paroles scandaleuses, précisant qu'après avoir ouvert le ventre du petit il avait plongé sa main au plus profond de ses entrailles pour attraper son cœur et voir s'il battait encore... Il semblait également nourrir une animosité toute particulière envers le concierge de la prison de Montluçon, dont il disait qu'il souhaitait « l'éteindre », puis boire son sang, ou bien exterminer sa famille, et avoua durant le procès : « Si c'était à recommencer, je ne le ferais pas sur lui, mais sur d'autres, je ne dis pas... »

Face à ce tableau, Napoléon restait perplexe. Tout ce qu'il lisait lui faisait penser à l'attitude d'un dément. Il était pourtant précisé que l'assassin avait avoué parce qu'il en avait assez de la vie... Un fou peut-il avoir conscience de sa démence ? Ressentir l'envie de se confesser et d'expier son crime ?

Mais l'empereur n'était pas un aliéniste, et ceux-ci avaient conclu à la responsabilité du criminel. Sa dangerosité n'était pas à remettre en question, et ni le président de la cour d'assises ni le procureur général ne mentionnaient la moindre volonté qu'on se montre clément à son égard.

Tout le mois de mars, le chef de l'État avait fait preuve de magnanimité envers des assassins. Mais pour ce cas précis, on n'aurait pas compris.

La volonté populaire l'emporterait cette fois.

Il repoussa la feuille qui, en quelques mots de sa part, aurait permis la commutation de la peine en une sentence moindre, mais quand même redoutable, de travaux forcés à perpétuité ou à temps.

Et il nota scrupuleusement, en se fiant aux pièces contenues dans le dossier de recours, l'identité, la date et le lieu du procès ainsi que les chefs d'accusation sur le papier qui s'achevait par ces mots :

Laisser la justice suivre son cours.

Il lui restait une dernière chose à accomplir quand on frappa à la porte de son cabinet.

L'exercice du droit de grâce étant une épreuve, il détestait qu'on le dérange à ce moment-là. Ce fut donc d'une voix assez peu chaleureuse qu'il dit :

— Entrez.

Et le Goupil obéit.

En le voyant, l'empereur oublia le sort de l'assassin, mit de côté sa mauvaise humeur et se leva pour aller accueillir le visiteur en lui prenant les mains.

Pas comme un employé, mais comme un ami.

— Léandre ! Mon pauvre, pauvre garçon ! Je ne vous espérais plus !

— Je vous présente mes respects, Votre Majesté.

— Votre Majesté, il s'agit bien de s'embarrasser de formules, asseyez-vous donc, vous avez l'air épuisé, mon cher ! Morny m'a raconté votre présence à Vérone, l'explosion ! Il était persuadé que vous aviez été blessé gravement et que vous aviez péri là-bas...

— Il s'en est fallu de peu, mais comme vous pouvez le voir, j'en ai réchappé.

— Quelle affaire inimaginable ! Un diplomate meurtrier, fabricant de bombes !

— Qu'en sera-t-il ?

— Que voulez-vous dire ?

— Eh bien, Coleman était un délégué de la couronne britannique... Cela ne remet-il pas en cause les tractations entreprises avec le Royaume-Uni ?

— Voyons, vous plaisantez ? Les actes d'un homme isolé, nuire à une entente internationale ? Il faudra juste recommander à la reine Victoria de faire attention dans le choix de ses émissaires, voilà tout... Mon ami, ceci dit, je dois vous faire un reproche : vous n'êtes vraiment pas prudent ! Vous lancer comme ça, seul et sans aide, à la poursuite d'une personne aussi dangereuse ! Et en terre étrangère, bien ! Que se serait-il passé en cas de coup dur ? Comment auriez-vous justifié votre présence ?

— J'aurais dit que j'agissais sur vos ordres, et j'aurais présenté mon insigne. J'ai du reste eu à m'en servir.

— Fut-ce efficace ?

— Très, Votre Majesté.

— Cessez, je vous prie ! Quand vous le dites, cela a une consonance curieuse... Goupil, je sais très bien que votre emploi du « monsieur » pour m'adresser la parole n'est pas une marque d'insolence de votre part. J'étais de méchante humeur quand je vous en ai tenu grief et vous avez écopé pour tout le monde. Restez-en donc à vos habitudes... et pour ma part, je me garderai d'écouter les conseillers toujours prompts à critiquer tout ce que font les autres…

— Si cela vous convient ainsi, monsieur.

— Oui, c'est bien mieux, sans le moindre doute. Dites-moi, à propos, n'était-ce pas la première fois que vous fouliez la terre natale de votre père ?

— En effet.

— Et qu'avez-vous ressenti ?

— Une grande émotion, et l'envie d'y retourner un jour.

— Si j'ai l'occasion de m'y rendre, vous ferez partie des bagages.

— J'en serais honoré, monsieur.

— Avez-vous eu l'opportunité d'y croiser Alessandro ?

— Oui… j'ai dû faire quelques détours à cette fin, d'où mon absence assez longue.

— Bien excusable.

— Cela m'a permis d'y rencontrer quelques autres membres de ma famille… et même d'être présent à l'inhumation de l'un d'eux.

— C'est un triste souvenir. La cérémonie fut-elle belle ?

— Davantage… Mais qu'en sera-t-il des négociations endeuillées par l'explosion de Vérone ?

— Bah… un simple rendez-vous raté… Nous ne manquerons pas de rendez-vous pour parvenir à de prochains accords politiques… Alors un de plus ou de moins… Qu'allez-vous faire, maintenant ?

— Je songeais à aller apporter les derniers éléments recueillis en Italie afin de pouvoir classer l'affaire.

— Nous sommes donc à l'abri de tout attentat ?

— De l'Amour ? C'est une certitude, soyez-en assuré. Ceci dit, par votre statut, je crains que votre justice n'ait à s'occuper assez fréquemment de cas du même genre.

— Point trop fréquemment, j'espère.

— Monsieur, comme l'aurait dit mon père, quand on souhaite mener une vie tranquille, on se contente de gérer la culture d'un champ de poireaux, pas de faire de la politique...

— Je vais finir par envier les fermiers.

— Ah, si : je pense qu'il serait bon que j'aille présenter mes excuses au prince Dakkar.

— Ah, oui, cet Indien en visite... Je l'avais oublié, tiens. Pourquoi donc ?

— Eh bien, en me laissant emporter par l'enquête, je pense lui avoir fait un vrai faux bond...

— Vous avez surtout désobéi à mes ordres...

— Je vous prie de m'en pardonner.

— C'est déjà fait. J'apprécie votre comportement, Goupil, et le fait que vous mettiez un point d'honneur à aller vous présenter avec humilité à ce prince... Oui, c'est un geste qui me plaît. Notez qu'il ne doit pas vous en tenir bien rigueur. Il va de soi d'ailleurs que vous n'aurez plus besoin de l'accompagner. On m'avait communiqué un message affirmant qu'il était un homme à surveiller de près, et pour ce que j'en ai entendu dire venant de certains employés du ministère, mis à part un côté nationaliste développé, c'est plutôt un rêveur épris de sciences qu'un homme de combat...

— C'est dommage, monsieur : la fréquentation d'un savant est souvent plus enrichissante que celle d'un guerrier.

— Rien ne vous empêche au demeurant de conserver de bons rapports avec lui, mais inutile qu'ils empiètent sur vos autres fonctions.

Le Goupil approuva.

— Puis-je me retirer, monsieur ?

— Bien sûr, Goupil. Heureux de vous retrouver à mes côtés.

— J'en suis également ravi… Votre Majesté.

— Arrêtez, vous dis-je : cette obséquiosité ne vous sied pas. Je préfère vous savoir moins attaché aux traditions de l'étiquette mais fidèle à ma cause ! Filez, maintenant.

Quand Léandre fut parti, l'empereur revint à son document.

Il en était sûr : si sévère fût-il, il faisait le bon choix.

Après l'avoir daté au 11 avril, il apposa sa signature.

C'était désormais une chose officielle.

Dans une semaine au plus, l'assassin Tarriot ne pourrait plus jamais nuire à quiconque.

Pourtant, il le savait, il existait forcément un autre meurtrier, pour l'heure inconnu, qui frapperait quelques heures après, voire, par une ironie cruelle, à l'instant précis où la tête de Tarriot se séparerait de ses épaules.

La justice était un travail d'Hercule ; le crime, l'incarnation de l'Hydre de Lerne.

L'empereur des Français se sentait soulagé en se disant qu'il disposait d'éléments de confiance comme Charles Leterrier ou Léandre Lafforgue pour tenir tête aux assassins de tous bords.

En quittant les Tuileries, Léandre ne put s'empêcher de penser une nouvelle fois à son départ d'Italie.

Il entendait encore les hurlements affreux de Patrizia, agenouillée devant sa maison, en train de tenir contre elle le corps en lambeaux de l'homme qu'elle aimait.

Elle avait repoussé les tentatives d'Alessandro pour la calmer, jeté au loin le verre d'eau qu'il voulait lui faire boire pour calmer les sanglots qui la déchiraient.

La détonation n'était sans doute pas passée inaperçue, mais la maison des Maniscalco était isolée et, personne n'y ayant jamais été forcément le bienvenu, aucun voisin ne vint aux nouvelles.

À bout de forces, épuisée de chagrin, après deux heures de pleurs, Patrizia s'était finalement écroulée.

Son père et son frère l'avaient soulevée et conduite dans son lit.

— Il faut enterrer Milos, décida le Goupil. Hors de question de le laisser pourrir comme une charogne.

— Je t'accompagne.

— Non. Ce n'est pas nécessaire. Reste auprès de ta fille. Je saurai me débrouiller seul.

Il fouilla d'abord dans une armoire et y récupéra un drap de lit. Cela conviendrait tout à fait.

Il saisit la dépouille par les bras et la fit glisser sur le tissu étendu au sol, avant de replier le suaire de fortune.

Au moins serait-il à l'abri le temps nécessaire, qu'il espérait n'être pas trop long.

Dans une petite grange, située à l'arrière de la maison, il trouva une pelle et une pioche.

Une demi-heure durant, outils en main, il parcourut les alentours de la maison quand, à deux cents mètres environ vers l'est, il parvint dans une clairière minuscule.

De ce point, il avait une vue excellente sur la vallée, sur le lit gigantesque de ce fleuve de montagne que son père lui avait dit s'appeler Tagliamento, sur la plaine qui s'étendait au loin, très loin, jusqu'aux plages de la mer Adriatique.

Il n'y avait pas besoin de chercher plus loin.

Il passa trois heures à forer le sol, heureusement assez meuble et encore amolli par de récentes pluies.

S'il avait déjà donné la mort, il n'avait jamais eu à creuser de tombeau. C'était épuisant. Il ressentit une admiration soudaine pour les fossoyeurs dont c'était la triste besogne quotidienne.

Quand il eut fini, il se glissa dans la fosse, profonde d'un bon mètre, afin de vérifier s'il n'était pas nécessaire de l'agrandir davantage.

C'était inutile.

Milos, plus petit et plus fin que lui, y contiendrait aisément.

Le Goupil ne s'étendit là que quelques secondes, pourtant trop longues à son goût.

Il eut l'impression qu'en agissant ainsi il attirait le mauvais sort sur sa personne, tant l'idée de finir enterré vivant lui paraissait intolérable.

C'est en frissonnant qu'il retourna à la maison, posa la pioche qu'il avait rapportée et, non sans effort, chargea le corps sur ses épaules. La marche n'était pas longue, mais avec ce poids sur les épaules, il parvint devant le tombeau trempé de sueur.

Quand il acheva de reboucher la fosse, le soleil était en train de se coucher ; il constata à quel point le crépuscule était court dans ces montagnes orientales.

C'est trébuchant sur le sol inégal, gêné par la pénombre croissante, qu'il regagna la maison.

Le lendemain, dès l'aube, il acheva son travail, délimitant le tombeau par de grosses pierres récupérées aux alentours.

Il ne fit pas de prière. Le défunt n'était assurément pas un croyant, et lui non plus du reste.

Il ne déposa nulle fleur sur le sol. La nature et certainement Patrizia s'en chargeraient.

La jeune femme était sur le pas de la porte quand il revint.

Il lui expliqua où se trouvait désormais Milos.

Elle ne répondit rien.

Elle ne pleura pas.

Il eut l'amorce d'un geste vers elle, qu'il interrompit aussitôt.

Le regard qu'elle posait sur lui interdisait toute tentative de rapprochement.

Seul le sang de leur père faisait qu'ils étaient frère et sœur. Rien de plus.

Et la mort de Milos Vesely les avait séparés pour toujours.

Quelques instants après qu'elle fut rentrée, Alessandro Prazzoli était sorti à son tour.

Père et fils discutèrent une heure environ.

Une conversation faite d'hésitations et de silences.

Sans colère, mais pleine de chagrin.

Léandre se fit indiquer la direction de la plus grande ville voisine, où il pourrait trouver une diligence vers la France.

Prazzoli lui avait désigné le chemin vers Udine, à dix lieues de là, et proposé à son fils de l'y conduire en charrette. Léandre refusa.

C'était tant par crainte du ridicule qu'il éprouverait en circulant à nouveau à bord de la patache bleue que par souci de ne pas laisser Patrizia seule trop rapidement.

Alessandro sourit tristement à cette marque d'affection.

— Je regrette de t'avoir traité d'égoïste, *figlio mio*. Tu as tes moments… comme nous tous.

Au village, avec l'or maudit d'Angelo Delfine – Patrizia refusant d'y toucher –, ils achetèrent à un fermier pour deux fois sa valeur réelle une jument en assez bonne santé, et c'est sur cette monture mille fois moins grotesque qu'une bourrique que le Goupil quitta Forgaria.

À Udine, il s'était mis en quête d'une écurie qui accepterait de la racheter.

La tractation avait été difficile, car le commerçant ne parlait que frioulan, et l'italien classique de Léandre était pour lui une langue plutôt absconse. Il avait insisté pour examiner en détail la jument, ne comprenant pas que le jeune Français la lui aurait cédée gratuitement...

Cet entêtement fit que Léandre parvint de justesse à obtenir une place dans une voiture à destination de Pordenone. De là, il rallia Milan, puis Gênes, et enfin Nice. Le reste du trajet s'était accompli par des routes qui lui étaient plus familières.

Arrivé la veille au soir à Paris, il était allé directement à la Noble Cour, car il ne souhaitait pour l'heure qu'une chose : dormir, sans avoir besoin de relater son parcours à quiconque, pas même à Constant et Arnaud.

Revigoré par une vraie bonne nuit de sommeil, même s'il sentait qu'une seconde ne serait pas de trop, il s'était fixé une liste de choses à faire.

Se présenter au rapport à l'empereur, c'était désormais chose faite.

Trouver une manière satisfaisante de conclure l'épopée de l'Amour et des mécaniques du crime, il s'en chargerait bien assez tôt.

Il se rendit donc, depuis les Tuileries, jusqu'aux Grands Boulevards. Paris au printemps ne lui avait jamais paru plus agréable, et pourtant il restait profondément au regret d'avoir dû quitter les montagnes du Frioul.

Le Goupil entra sans façons dans le vieil hôtel particulier de la rue des Capucines. En d'autres circonstances, il se serait passé de tout protocole. Pas cette fois.

Après avoir exhibé son insigne, il fut conduit par un valet jusqu'à un appartement du deuxième étage, dont l'entrée était surveillée par deux soldats à l'air rébarbatif et qui regardaient avec insistance le couteau pendant à sa ceinture. Avec un soupir contrarié, il sortit encore sa plaque de police, et la leur présenta. Croyaient-ils qu'il se présenterait de façon aussi évidente pour commettre un assassinat ?

À travers la porte résonnaient les accords d'une agréable mélodie.

Loin de provenir d'une boîte, ils étaient produits par un piano carré, un Pleyel, et l'interprète n'était autre que le prince en personne. Ses doigts couraient sur le clavier avec aisance, et le résultat était si agréable à l'oreille que, durant un instant, Léandre regretta de venir troubler son jeu de la sorte.

— Monsieur Lafforgue, annonça le domestique après avoir toussoté.

— Ah, mais quelle heureuse surprise ! Prenez place, mon cher ! dit le prince Dakkar en lui désignant un fauteuil à proximité de l'instrument sans pour autant cesser de jouer. La musique ne vous dérange pas ?

— Tout au contraire.

— Peut-être pratiquez-vous ?

— Non… un peu de guitare, un peu de chant, mais je manque hélas de coordination pour me permettre de vous égaler devant un clavier.

— M'égaler ? Je n'ai rien d'un virtuose. L'air vous est-il familier ?

— Je crois… Mozart ?

— Tout à fait. *Concerto en ré mineur…*

Il joua encore quelques mesures avant de s'interrompre.

— J'ai été fort surpris de ne pas vous revoir ! J'imagine que vous avez eu à faire ?

— Oui, ces dernières semaines ont été des plus occupées. Et pour vous ? Avez-vous obtenu satisfaction ? L'occasion de rencontrer mon maître l'empereur s'est-elle présentée à vous ?

— Malheureusement pas ! Pour l'heure, je végète ici, en attendant qu'on veuille bien m'accorder un minimum de respect. Je ne suis quand même pas le premier venu ! Ne pourrait-on avoir la décence de me recevoir ?

— C'est qu'il a un emploi du temps chargé.

Léandre plaqua distraitement un accord sur le clavier.

— Mi majeur, dit Dakkar, et qui sonne juste, qui plus est. Vous êtes sûr de ne pas vouloir essayer ? Craindriez-vous d'y prendre goût ?

— C'est gentiment proposé, prince. Je crains juste de ne vouloir y consacrer trop de temps, moi qui en manque souvent.

Et Léandre, d'une main hésitante, ou plutôt d'un doigt, joua la série de notes créées par Verdi.

La signature musicale de l'Amour défunt.

Si le prince indien identifia à voix haute chacune des notes, il ne releva pas l'allusion. Cela n'avait rien d'étonnant pour le Goupil.

— Cet air ne vous est pas familier, n'est-ce pas ?

— Du tout.

— C'est un extrait d'un opéra, *Nabucco*.

— Ah, de l'italien, si j'en crois le titre ?

— Tout à fait. Je l'ai découvert très récemment, lors d'un voyage là-bas.

— Ah, ce qui explique sans doute votre absence de près d'un mois !

— C'est bien cela. Oh, ce n'était nullement par loisir que je m'y suis rendu, mais j'en ai quand même profité car, pour ne rien vous cacher, une partie de mes origines viennent de là... J'ai donc eu l'occasion d'aller y retrouver mon père, lequel m'a demandé de vous saluer.

— C'est fort aimable de sa part, même si je ne le connais pas.

— Il se nomme Alessandro Prazzoli.

Et Léandre vit le sourire s'effacer tout net des lèvres du prince indien.

Il avait obtenu l'effet qu'il escomptait. Une simple supposition, mais que pouvait-il attendre de Lazare ?

— Comment dites-vous ?

— Vous m'avez compris.

— Mais, c'est impossible !... s'écria Dakkar. Prazzoli n'est pas assez vieux pour être votre père !

— Ah, mais je vous parle du véritable Alessandro, pas de l'imposteur que vous avez eu la malchance de rencontrer et qui vous a convaincu de financer son plan diabolique.

— Ainsi... vous savez tout...

— Oui.

— Qui vous l'a dit ?

— Le faux Prazzoli en personne... un dangereux personnage qui s'appelle en réalité Jacques Lazare.

— Je suppose qu'il est maintenant sous les verrous ?

— Non.

— Mort ?

— Pas davantage. Il s'est enfui en faisant une dernière victime... Ceci étant, il me faut vous préciser que je ne suis pas le seul à avoir entendu ses accusations, et ces témoins seraient tout à fait aptes à corroborer mes dires.

Cela n'était pas tout à fait vrai, mais Léandre n'allait certainement pas le lui révéler.

— Je ne comprends pas comment vous avez pu vous laisser entraîner dans pareille combine, à fournir de l'argent sans réfléchir… Encore que si… oubliez ce que je viens de dire… quand on sait qui est Lazare et ce dont il s'est déjà rendu coupable, on a tout lieu d'imaginer qu'il a su jouer sur la corde sensible en rentrant en contact avec vous.

— Il est parvenu à me faire croire qu'il parviendrait à réveiller une vague d'antipathie envers les Anglais par ses bombes.

— C'est bien ce que je dis : vous qui haïssez les Britanniques pour ce qu'ils font endurer à votre pays ne pouviez qu'être réceptif à sa proposition, si grossière soit-elle…

— Faut-il que je vous suive quelque part ?

Léandre ne put s'empêcher de rire, sans la moindre joie.

— Arrêter un diplomate ? On m'a, voici encore peu de temps, laissé comprendre à quel point la chose risquait de poser problème. Non, je ne peux pas vous arrêter. Je ne le souhaite pas vraiment, du reste.

— Alors, que faire ?

— Prince Dakkar, lors de cette mission, je me suis fortement impliqué pour toucher au but, en usant de procédés dont je n'ai pas lieu d'être fier… Si je vous arrête, pour que les faits concordent, il me faut raconter tous les détails sans rien omettre. Et ce serait ma perte. Il n'existe alors qu'une autre possibilité : vous renoncez à rencontrer l'empereur pour obtenir quelque aide que ce soit, et vous quittez la France. Définitivement.

— Mais…

— Ne protestez pas. Le marché que je vous offre est plus que généreux. Pour avoir commandité une série d'attentats, vous devriez être traduit devant un tribunal spécial n'ayant que faire de votre statut princier et, selon toute évidence, vous finiriez criblé de balles ou le cou coupé… Dans d'autres pays, et avec d'autres personnes, vous ne disposeriez pas d'une chance pareille. Saisissez-la.

— Je ne voulais qu'une seule chose…

— C'est trop tard.

— Qu'est-ce qui m'oblige, au fond, à vous obéir ? répondit alors Dakkar dans une attitude de défi. Vous n'êtes personne, je suis prince de sang.

— Oui. Mais mes fonctions m'autorisent, le cas échéant, à remplir les fonctions d'exécuteur… sans avoir de compte à rendre à personne, pas même à l'empereur.

— Vous n'oseriez pas !

— Je vous déconseille de tenter l'expérience. Le choix est simple. La mort ou la vie. On peut difficilement proposer mieux.

Les deux hommes se regardèrent sans rien dire pendant une minute, avant que le prince ne rende les armes.

— J'ai votre parole que personne n'en saura rien ?

— Oui. Vous savez, prince, je regrette d'en arriver là. Vous m'étiez devenu sympathique… On ne rencontre jamais trop de gens instruits et curieux de tout dans la vie. Jadis, j'ai fait connaissance d'un homme que je pouvais qualifier d'ami, qui fut probablement la personne la plus intéressante que j'ai eu l'occasion de côtoyer, mis à part certains membres de ma famille. Il m'a menti. Plusieurs fois j'ai failli périr sur ses ordres. Cet homme s'appelait Jacques Lazare. C'est un comédien habile et redoutable. Vous n'êtes pas le seul à avoir été berné dans cette affaire. Soyez heureux d'en ressortir vivant. D'autres n'auront pas eu ce bonheur.

— Je n'aurais jamais dû me fier à un Italien.

— Lazare n'a rien d'un Italien. Il est irlandais. Enfin, il vient d'une famille franco-irlandaise.

Le prince poussa un petit gémissement.

— Dupé par un Anglo-Saxon... Je devrai boire le calice jusqu'à la lie.

Léandre conclut en disant :

— Dans quatre jours, au Havre, le steamer *France et Chili* prend la mer en direction de Lima. Je suis navré, je n'ai pas eu l'occasion de vous trouver un trajet plus direct. Je veux que vous quittiez Paris dès demain pour le port. Je viendrai m'assurer de votre départ. Et si, le 15, vous n'êtes pas l'un des passagers de ce paquebot, c'est moi qui vous tuerai. Nous sommes-nous compris ?

— Nous nous sommes compris, répondit Dakkar dans un murmure.

Le Goupil n'avait plus besoin de s'éterniser là.

Quand il parvint à la porte, le prince le héla une dernière fois :

— Lafforgue !

— Quoi donc ?

— Merci... malgré tout.

Le Gascon n'était pas fier de devoir recourir à cette méthode… mais au fond, il avait tant mal agi au cours du mois passé qu'une entaille supplémentaire à ses convictions et à la morale ne changeait plus grand-chose à la donne.

Il regagna la rue du Petit-Lion et constata avec soulagement que l'endroit était toujours désert. Il s'enferma à double tour dans son cabinet. Sur le bureau qu'utilisait habituellement Leterrier, il remarqua un second dossier consacré à l'Amour et à ses bombes, sans doute ouvert après qu'il eut emporté l'essentiel des pièces avec lui en Italie. Faute de nouveaux attentats, il ne contenait pas grand-chose d'intéressant, mais Léandre remarqua quand même un compte rendu de la main de l'efficace Roënel, rédigé à propos de l'explosion de la rue Vivienne.

Le défunt ayant été victime d'un assassinat, lequel aurait pu passer inaperçu sans les examens poussés du Dr Mouflart, il a paru juste de s'intéresser à tous les points le concernant, ce qui a permis d'apprendre qu'il était, avant d'occuper son dernier poste en date auprès du ministère des Affaires étrangères, domestique auprès d'un criminel, Jacques Lazare, recherché pour assassinats et complicité d'assassinats, vols et incendie volontaire.

Léandre souffla de contrariété.

La chose serait difficile à camoufler. Pas impossible, juste périlleuse.

Il lui fallait réfléchir à une version probante à fournir à Charles et aux autres membres histoire de dissimuler l'implication paternelle dans ces crimes.

Mais plus tard.

Pour l'heure, il ressentait une envie d'écrire.

Ce ne serait pas le début d'une future pièce, pas davantage l'amorce d'un roman.

Il souhaitait juste prendre des nouvelles de Phèdre Lebrun, et relater un peu ses dernières aventures.

Il devrait bien sûr faire attention à ne pas donner trop de détails sur ses péripéties italiennes. Hors de question de l'impliquer à son tour dans ses mensonges. D'ailleurs, cela l'aiderait à forger un récit crédible dans sa tête, avant d'en faire mention aux membres de la Noble Cour…

Il se mit alors à siffloter et se rendit compte avec surprise qu'il était en train de fredonner machinalement les notes des mécaniques de l'Amour.

— Ça ou autre chose…

Il haussa les épaules et entama sa rédaction.

Patrizia ne pouvait pas se lasser de ce spectacle.

Assise sur l'herbe, les paumes appuyées sur le sol, la jeune femme regardait le panorama sublime, accessible uniquement aux promeneurs qui parvenaient, un peu par hasard, dans la petite clairière.

Elle se tourna vers Milos.

Il était inutile de lui dire un mot.

Rester à ses côtés lui suffisait pour être heureuse.

Elle en voulait bien un peu à son amant de s'être sacrifié de la sorte.

Mais elle avait toujours aimé ce côté fou, irréaliste. Et en agissant ainsi, il lui avait sauvé la vie.

C'eût été un affront à sa mémoire que de lui en tenir rigueur.

Elle aurait simplement voulu se serrer entre ses bras.

Lire la joie dans ses yeux quand elle lui aurait annoncé la bonne nouvelle.

Elle devait se contenter de son imagination pour cela.

Patrizia avait pensé, pendant quelques jours, à mettre le feu à la maison désormais bien vide sans sa présence. Elle s'était ravisée. Cet endroit, c'était son bien, plein des souvenirs de ses si chers disparus, sa mère et son amant.

Elle avait rangé au grenier, loin de son regard, tous les éléments qui lui rappelaient trop l'absent.

Tout, à part trois objets : un coffret de bois gravé, lequel contenait la montre de Libor Vesely et un vieux canif à deux lames.

C'était le seul héritage qu'elle conserverait de l'Amour.

Ça, et l'enfant.

En dépit de la courte distance pour se rendre sur la tombe, elle avait rendu en chemin à deux reprises.

C'était bon signe : si elle prenait souvent froid, elle avait un estomac de chèvre, et Milos ne se gênait pas d'ailleurs pour commenter son appétit.

Voilà un mois et demi également qu'elle n'avait plus saigné.

Patrizia ferait attention à elle dans les mois qui suivraient. Elle irait trouver la vieille rebouteuse des bois de Cornino ; elle avait confiance en elle. N'était-ce pas elle qui l'avait fait naître ?

Les hommes ne méritaient rien d'autre que du malheur. Leur vie n'était destinée qu'à raconter des mensonges qui faisaient couler le sang et les larmes.

Pour l'heure, elle ne se consacrerait qu'à la vie qu'elle portait.

Puis un jour, l'heure sonnerait à l'horloge.

Elle ouvrirait le coffre, récupérerait le couteau.

Peut-être épargnerait-elle Alessandro.

Sans lui, elle n'aurait pas été là.

Mais il avait abandonné sa mère. Il n'avait longtemps été qu'une idée, une chimère. Et quand enfin il était revenu dans sa vie, cela n'avait été que pour causer du chagrin.

Ensuite, elle se chargerait de Léandre Lafforgue.

Ce frère qu'elle n'avait fait que croiser et qui, plus encore qu'Alessandro, était venu apporter le malheur dans sa vie.

Son apparition coïncidait avec la mort de Milos. Milos. Le seul homme qui l'avait estimée, acceptée, aimée, elle, la paria orpheline des montagnes. Elle lui devait tant, il était tout ce qui comptait ici-bas pour elle. Et un cruel destin le lui avait retiré, en lui offrant, insultante compensation, un méprisable frère issu d'un père absent et honni.

Un homme qu'elle avait perçu comme nuisible et dangereux dès la première seconde où elle l'avait croisé.

Un « porteur du mauvais œil », comme aurait dit Caterina, sa regrettée *mamma*.

De cette mère trop tôt disparue, elle avait gardé le tempérament changeant, le physique avantageux et un certain sens de la superstition. Elle y croyait dur comme fer. Ce Léandre dégageait quelque chose de malsain.

Au nom de quoi l'épargner ? Les liens du sang ? À part Alessandro, ils n'avaient rien d'autre en commun.

Hors de question d'avoir de la pitié pour un inconnu, né de quelque autre coucherie du *Zanzara* à des centaines de lieues de là.

Oui, ce bâtard maudit aux yeux verts, elle le supprimerait également. Il le méritait.

Enfin, elle n'aurait aucun scrupule à éliminer Jacques Lazare.

Patrizia se doutait que le retrouver serait difficile.

Mais elle ne doutait pas le moins du monde qu'elle y parviendrait.

Cela prendrait le temps qu'il faudrait.

Une vie si nécessaire.

Elle se coucha par terre, sous le doux soleil d'avril, ferma les paupières et posa ses mains sur son ventre, en un réflexe naturel, ancestral, de protection maternelle.

En robe noire de deuil, aux côtés de ce tombeau de pierres inégales, portant en son giron l'enfant de l'Amour, la Mort attendait patiemment l'heure encore lointaine de châtier les responsables de sa peine.

Épilogue

Le soleil n'avait pas encore fait son apparition, et déjà le port bruissait d'activité. Des esquifs rentraient, toutes lanternes allumées, de leurs expéditions nocturnes, plus ou moins remplis des proies qui n'avaient pas eu la chance d'échapper aux filets des pêcheurs. Les vendeurs commençaient déjà à proposer aux ménagères les plus tôt levées les savoureux poissons qui feraient, dès le midi, le régal de leurs familles.

Mounier, le *boatswain*, tira sa montre de la poche et hocha la tête. 5 h 20. Il observa le pont : aucun homme d'équipage ne manquait à l'appel. Si, un seul, qu'il distingua en train de se hâter sur le quai dans leur direction, tout en se rembraillant du mieux qu'il pouvait. Il avait le visage d'un homme satisfait, repu de tous ses appétits. En parvenant en haut de la passerelle, il eut une mimique d'excuse envers son supérieur, qui l'accepta sans mot dire, d'un simple sourire : tous, sur ce bateau, avaient fait de même pour leur dernière nuit à terre.

Sauf le capitaine.

Mais cela, c'était une chose dont plus personne ne s'étonnait ni n'aurait pensé à se moquer.

Mettant ses mains en conque autour de sa bouche, en guise de porte-voix, il héla les marins et procéda à un appel, nom par nom. Simple procédure de sa part, puisqu'il était certain de n'oublier personne, mais son passé de marin militaire le poussait à ce genre d'habitude.

— Les gars, j'espère que vous avez pris du bon temps.

Quelques ricanements approbateurs lui répondirent, tous fleurant l'alcool, la chique de tabac et les parfums des inévitables filles à matelot avec lesquelles ils avaient passé le plus clair de la nuit.

— J'espère aussi que vous en avez profité pour dormir un peu. La journée sera longue. Normalement, la traversée se fera sans encombre, mais vous savez ce que c'est... Dans une heure, on met les voiles direction l'île. Aussi, je transmets un message de la part du capitaine : si l'un de vous veut jouer les marins d'eau douce, il est encore temps de le dire et de descendre du pont. Vous savez que c'est un voyage sans retour prévu. Le capitaine n'oblige personne à l'accompagner, vous avez tous accepté de le suivre, mais vous n'êtes pas prisonniers. Alors, pour la dernière fois, qui ne se sent plus de poursuivre la route ? Qui veut lâcher l'aventure ?

Pas un mot, pas une main, pas un regard de doute. Le maître d'équipage eut un sourire entendu : il disposait des hommes les plus fidèles qui eussent jamais navigué sur les océans. Nulle crainte de mutinerie. Certes, il savait que l'argent – une belle somme offerte par le capitaine lors de l'engagement – aidait à vaincre bien des scrupules, mais ils n'étaient nullement des mercenaires, juste des serviteurs dévoués et des matelots hors pair. Tout ce qu'il fallait pour la grande traversée.

— Bon, allez voir Lebleu, le coq, il a préparé du café, histoire de vous tenir chaud et de vous réveiller un tantinet. Dans une demi-heure, je veux tout le monde à son poste, c'est bien compris ?

Il fut le premier à descendre au niveau de la cuisine et à se diriger vers les cabines, les mains chargées de deux quarts fumants. Il frappa à la porte à deux reprises.

— Entrez.

Installé à sa table de travail, tournant le dos à la porte, un homme barbu aux abondants cheveux poivre et sel n'esquissa pas un geste pour se retourner vers son subalterne.

— Votre café, capitaine, dit ce dernier en posant la tasse de métal brûlant sur le bureau, à distance raisonnable des papiers qui le recouvraient.

— Merci, Mounier. Repassez dans dix minutes. Une fois cette lettre terminée, je vous confie le soin d'aller la remettre aux postes avant notre départ.

— À vos ordres.

Le *boatswain* tourna les talons et repartit aussitôt, laissant à nouveau son chef à sa solitude.

Il écrivait d'une plume de cygne noir, avec une habileté que peu d'hommes de mer pouvaient égaler. Parfois, il regardait par le sabord l'obscurité qui régnait dans le port, tout en se posant d'inutiles questions.

Sa décision était prise. Il avait tenu une dernière fois à rallier une terre habitée et hospitalière – du moins, aux yeux des autres – avant de franchir le point de non-retour. Il s'était rapidement lassé de cette faune glapissante et avait passé le reste du séjour dans sa cabine, à améliorer ses plans.

Il n'y avait désormais que dans la science et le recueillement qu'il se sentait bien.

Il se demanda à nouveau s'il avait raison d'écrire cette lettre. Il en ressentait pourtant le besoin. Comme une excuse, formulée à la seule personne qu'il pensait encore apte à la comprendre, à l'admettre.

Un ennemi, oui, mais honorable, digne de parole, qui ne l'avait pas trahi et, il en était persuadé, saurait à nouveau se taire…

Il relut le texte, l'œil aux aguets de la moindre faute, se reprochant une tache d'encre qui allait mettre un peu trop de temps à son goût pour sécher.

Monsieur Lafforgue,

J'ignore si ce message vous parviendra, mais j'ai bel espoir que ce ne sera pas une bouteille qu'on jette à la mer, et que les hasards des transports maritimes vous permettront de le recevoir.

J'imagine que vous êtes sûrement surpris d'avoir de mes nouvelles après autant de temps, cependant j'ai gardé envers vous une grande estime, nonobstant notre adversité, et je suis convaincu que vous en avez autant à mon égard. Ou peut-être suis-je encore trop naïf ? Je regrette d'avoir été berné par ce sinistre personnage ; j'espère que son âme finira aux tréfonds des enfers, souffrant des tortures éternelles pour avoir osé se jouer de nous tous.

C'était sans doute un coup du destin. Un méchant caprice qui m'a conduit à rencontrer cet homme avant vous. Oh, je sais bien que vous m'avez surtout laissé la vie sauve pour vous préserver et préserver votre famille, mais vous n'ignorez pas que j'en aurais fait tout autant à votre place... Quand j'y repense, je sais très bien que vous n'auriez pas pu m'aider tout à fait, mais j'aurais pu vous compter parmi les gens de confiance, et ceux-ci se font rares, si rares.

Je vous semble bien amer. Cela n'a rien de surprenant. Ma crédulité m'a abandonné voici plusieurs années déjà, toutes mes illusions se sont envolées quand ces chiens d'Anglais en tunique rouge ont massacré ma famille. Ce fut l'affaire d'une seule journée, alors que j'étais au front. Ma douce femme, et mes fils. Je n'ai même pas pu les revoir, saluer leurs corps : le palais, à mon retour, n'était que cendres et braises, et ils étaient enfouis sous cette masse noire, rouge et brûlante jusqu'à faire corps avec les bois calcinés.

Je suis désormais, pour reprendre la langue de mes lointains ancêtres, un vilomah. *C'est un mot de tristesse, rempli de chagrin, qui désigne les parents affligés par la perte de leurs enfants. Il signifie « contre nature », tant il est impensable, dans un monde sain et normal, que ce soit aux parents de devoir porter leurs petits en terre.*

J'ai vengé comme j'ai pu mon chagrin pendant les semaines qui ont suivi, mais ce que l'histoire appelle désormais la mutinerie des cipayes, cette révolte qui me tenait tellement à cœur, s'est achevée sur une débandade. Ce n'est qu'après cela que j'ai finalement, sans doute trop tard, compris une chose.

Combattre efficacement, c'est comme couper un arbre : s'en prendre aux feuilles une par une ne fait pas avancer la besogne. Combattre efficacement, c'est également s'équiper en conséquence. Là encore, on n'abat pas un arbre avec une cuiller à soupe.

J'ai revu Herr Bauer, et également un de ses rivaux, un Espagnol, Monturiol. J'ai payé à prix d'or des copies de leurs travaux – et je dois dire qu'au fond j'ai davantage acheté leur silence que leurs études, car à bien les étudier, leurs projets manquaient cruellement d'efficacité et d'ambition. Ils contenaient toutefois quelques bonnes idées, dont je me suis inspiré au mieux. Ça et tant d'autres… Vous pourriez comparer mon vaisseau à celui de MM. Bourgeois et Brun, mais leur Plongeur n'égale en rien mon sous-marin… Ne serait-ce que sur le plan du fonctionnement ! Fi du charbon, des pétroles empuantisseurs d'air ! Tout fonctionne à l'énergie électrique ! Un chef-d'œuvre contenant des chefs-d'œuvre… J'aurais eu plaisir dans une autre vie à vous le faire découvrir, car je reste convaincu que vous auriez apprécié ses qualités techniques, vous le littéraire avide de connaissances… Peut-être n'auriez-vous pas cautionné l'usage que je compte en faire, mais qu'importe, car je doute que nous ayons l'opportunité d'en discuter dans le futur.

Vous vous posez sans doute la question de la manière dont j'ai pu construire un tel appareil sans attirer l'attention ? J'ai simplement fait appel à plusieurs compagnies différentes, aux quatre coins de l'Europe et de l'Amérique, pour commander les diverses parties de mon appareil. J'ai procédé bien sûr anonymement… Ou plutôt, sous couvert de faux noms. Vous l'avouerai-je ? J'ai même utilisé le vôtre pour obtenir les meilleurs instruments de précision à New York ! J'ai même osé réquisitionner des entreprises chez ces fous d'Anglais ! Jamais ils ne se douteront qu'ils ont aidé à créer l'arme qui leur sera funeste…

Car telle est ma mission, Monsieur, la raison qui fait que j'ai survécu à la mort de mon épouse et de mes enfants. À bord de mon vaisseau, sans la moindre pitié, je saborderai et enverrai par le fond tous les bateaux portant pavillon anglais.

Et si cela ne suffit pas, je finirai par couler tous les navires qui se mettront en travers de la route. De quelque nationalité qu'ils soient.

Me voilà soulagé d'un poids. Je sais que le contenu de cette lettre – je me répète, si vous la recevez, ce qui n'est pas certain – ne sera jamais révélé à quiconque, car me trahir serait vous trahir, n'est-ce pas ? À vouloir cacher des secrets, on finit par devenir le destinataire idéal de bien d'autres choses qu'on n'aurait jamais souhaité apprendre…

J'espère, pour votre propre bien, que vous ne connaîtrez jamais les malheurs qui me poussent ainsi à quitter pour de bon la terre et surtout les hommes. Mais les continents sont peuplés de monstres qui ne cherchent qu'à s'entretuer. Qu'ils prennent garde désormais de ne pas s'avancer sur les océans : ils y seront reçus comme il se doit.

Plus rien d'autre n'a d'importance.

J'ai désormais choisi mon combat, et je m'y consacrerai jusqu'à mon dernier souffle.

Qu'importe si j'y perds les dernières parcelles de mon âme.

Qu'importe si j'y perds mon équilibre mental.

Qu'importe si j'y perds mon nom.

De toute façon, un nom ne sert que quand on souhaite être quelqu'un.

Et je ne suis déjà plus personne.

PS : quant à mes hommes d'équipage, je me suis arrangé pour n'en choisir que des fiables. Aucun Irlandais. Trois Français. J'ai retenu la leçon.

Te Whakaraupō, le mardi 25 juillet 1865.

Il relut le texte une fois encore, puis, satisfait du résultat, plia la lettre qu'il glissa dans une enveloppe de parchemin solide, les mêmes dont il s'était servi par le passé pour passer commande des éléments de sa création, idéales pour résister à de longs transports internationaux...

Par sûreté, il joignit les bords de l'enveloppe avec de la cire jaune et cacheta la matière tendre et chaude en y apposant un sceau tout neuf, dont il savait qu'il n'aurait guère d'usage par la suite, une fantaisie gravée à la seule initiale du nom auquel il répondait désormais.

Comme il venait de gagner le pont et se dirigeait vers la passerelle, le *boatswain* le héla :

— Voulez-vous que j'aille porter cette lettre, capitaine ?

— Non, c'est inutile. Il est certaines missions, même sans grande importance, qu'on se doit de remplir seul, sans les déléguer le moins du monde.

Au moment de remettre la lettre à l'employé des postes locales, il hésita un bref instant.

Cette lettre était, au fond, la dernière trace qu'il laisserait à autrui de son passage sur la terre.

Qu'elle arrive à destination ou pas dépendait de la fortune.

En marchant sur le quai au milieu de cette agitation qu'il côtoyait, il l'espérait, pour la dernière fois de sa vie, le prince Abdul Dakkar songeait au voyage qu'il s'apprêtait à faire.

Rallier l'île Lincoln, débarquer le matériel recueilli durant cette ultime escale, procéder à l'assemblage.

Et enfin partir, loin de tout, loin de tous.

Danser au milieu des vagues, le cœur en joie.

Aux yeux de cette humanité honnie, n'être plus personne.

Comme sa nouvelle identité l'aurait indiqué aux hellénophones.

Il prit pied sur le pont de l'*Argonauta*, et Mounier se mit au garde-à-vous devant lui.

— Prêt à larguer les amarres, capitaine.

— Parfait... en temps et en heure... Mon bon Mounier, êtes-vous sûr de ne pas regretter de m'accompagner ?

— Moi, regretter ? s'exclama le second. Moi et l'équipage, nous vous suivrions partout, capitaine, même au milieu d'un ouragan ! Pas vrai, les gars ? Hourra pour le capitaine !

Alors, dopés par le cri du *boatswain*, en un parfait unisson qui aurait pu faire croire qu'ils parlaient d'une seule voix, tous les membres d'équipage, du plus jeune mousse au vétéran couturé, de l'honnête mécanicien aguerri à l'ancien bagnard, tous qui avaient accepté de tout abandonner derrière eux pour courir l'aventure sur le terrible et gigantesque océan, répondirent :

— Hourra pour le capitaine Nemo !

Remerciements

À Luigina, LA femme de poche par excellence. *Ti amo, piccolina.*

Aux membres de ma famille : Claude, Roger, Daniel, Françoise, Claire, Romain dit Jean-Guy et leur petite princesse, Jean-Jacques, Luisa, Maëlie, Silvano, Mariucci, Elvis, Rémi et son gang de blondinets nordistes, Romain…

Aux trois grâces : Alexandra, Marion et Mélodie.

À Anthony Frot, en l'honneur de son incommensurable patience et de tant d'autres choses.

À Isaac Enzi, mon frère de cœur, mon modèle, mon coach sportif. Avoir un bon Clopin, voilà ce qu'il y a de meilleur au monde.

Aux membres des troupes musicales avec qui j'ai l'honneur de partager la scène.

Aux lecteurs récurrents : Guillaume et Ketsia Ardillon, Fabienne et Thierry Desseux, Marion Diez, Dominique Frot, Agathe Lebelle et Aline Marelli.

Aux amis : Jocelyn L., Laure R., Tilia W., Jessica T., Harmonie L., Mégane V., Yoann V., Jean-Michel B., Carole B., Ambre B., Aurore L., Julie V., Sabine D., Michel F., Lola D., Clémentine A., Jean-Marc S., Christophe D., Aurélie D., Léandro « L'arsouille » D.,

Yannick G., Delphine C., Rémi P., Élodie M., Martine D., Ingrid C., Marion L., Mathilde B., Nista Kera, Delphine M., Charlotte L., Maxime C.-L., Xavier M. et Laura N., Vincent D., Romain D., Arnauld, Isabelle B., Jean-Luc R., les « 100 » de ATN, etc. Que ceux qui ne sont pas mentionnés ne s'offusquent pas : la liste serait trop longue et doublerait le prix de revient du livre…

À Nounou et Papanou et à la tribu de leurs enfants et petits-enfants : les seuls, les vrais, les authentiques Lafforgue de l'Isle-Jourdain.

À Hélène Tellier, qui m'a remis le pied à l'étrier, et à qui je souhaite le meilleur dans sa nouvelle aventure professionnelle.

À Édouard Ballureau, l'inestimable. Nuff' said.

À Stéphanie Jardy, Klaus Blocher, Sophie Jutier, Bérénice Boulay, Carole Pageard, Virginie Bourgeon, Éric Poupet, Véronique Da Costa et Antoine Savoy, qui ont su gérer dans l'urgence la publication de ce roman.

Aux représentants de De Borée, qui ont su accompagner les enquêtes de Léandre Lafforgue en librairie, et Laurent Fontaine, Franck Bourdin, Christophe Parrois, Nicolas Donnary, Christian Blanchard, Guillaume Moine, Benjamin Gay et Hubert Mange.

Enfin, à vous, lecteurs, les nouveaux comme ceux que j'ai trop fait patienter, en vous fixant rendez-vous si tout va bien – et si cette aventure a été à la hauteur de vos attentes – pour un cinquième volume, *L'Éventreur du Palais-Royal*.

Table des matières

Du même auteur

Aux éditions De Borée

Les Grandes Affaires Criminelles du Gers, 2004
Les Grandes Affaires Criminelles du Vaucluse, 2005
Les Grandes Affaires Criminelles de Gascogne, 2006
Les Grandes Affaires Criminelles du Tarn, 2006
Les Grandes Affaires Criminelles de Paris, 2007
Les Grandes Affaires Criminelles du Val-de-Marne, 2007
Tueurs en série de France, 2008
Les Grandes Affaires Criminelles des Hauts-de-Seine, 2008
Les Grandes Affaires Criminelles de Seine-Saint-Denis, 2008
Les Grandes Affaires Criminelles de France, 2008
Les Grandes Affaires Criminelles du Val-d'Oise, 2008
Les Nouvelles Affaires Criminelles de France, 2009
Les Grandes Affaires Criminelles de Haute-Garonne, 2009, avec Gisèle Vigouroux
Les Nouvelles Affaires Criminelles de Paris, 2009
Les Grandes Affaires Criminelles de Seine et Marne, 2009
Les Grandes Affaires Criminelles du Tarn-et-Garonne, 2010, avec Gisèle Vigouroux
Les Grandes Affaires Criminelles. Crimes Passionnels, 2010
Les Grandes Affaires Criminelles de l'Essonne, 2011, avec Nathalie Michau
Desfourneaux, bourreau – L'homme du petit jour, 2019

Les enquêtes de Léandre Lafforgue

L'Œil du Goupil, 2016
Au bal des muscadins, 2017
Le Crime de l'Odéon, 2018
L'Éventreur du Palais Royal, 2020

Dans la même collection

Dans la même collection

Imprimé en France par CPI
en février 2021
N° d'impression : 2056340
Dépôt légal : mai 2021
ISBN : 978-2-8129-2888-8
ISSN : 2497-8876
www.deboree.com
livres@centrefrance.com